GLOBAL KILLER

Teil 2

Volker Pfaffen

D1728702

1. Auflage Februar 2019
Copyright © Volker Pfaffen

Volker Pfaffen
Hauptstraße 97
73054 Eislingen
Volker.Pfaffen@gmx.net
Titelfoto:© Argus/Fotolia
Umschlaggestaltung: Wener und Braun, Eschenbach
Korrektorat: SKS Heinen
Lektorat. Marion Pielseike

ISBN: 9781796942408

Inhalt

I

Markus Hardenberg nahm die Tote hoch und legte sie auf die Rollbahre. Eine alte Frau, die kaum etwas wog. Er quetschte sich durch den schmalen Gang zwischen den Feldbetten und steuerte auf den Ausgang zu. Obwohl er einen Mundschutz trug, alle Oberlichter geöffnet waren und die Türen noch dazu, stank es in der Sporthalle. Eine Mischung aus Schweiß, Exkrementen und Essen. Es war widerlich und dazu noch laut. Über einhundertfünfzig Patienten hatten sie in die Halle gequetscht und dabei jeden Quadratzentimeter ausgenutzt. Hinzu kamen die Angehörigen und die Helfer. Die Kranken stöhnten, einige schrien, in Albträumen gefangen, andere redeten laut, beteten, riefen um Hilfe, wollten Wasser oder nur Trost. Ein apokalyptischer Ort, der aus Dantes Inferno stammen konnte.

Er war jedes Mal froh, wenn er ins Freie trat. Kaum zur Tür hinaus, bugsierte er die Bahre nach links zum IVECO-Lkw. Dort warteten schon Jürgen und Heiner auf ihn.

„Die noch, dann ist aber Schluss", rief Jürgen und zeigte auf die Tote.

Markus hätte sich mehr Anstand und ein wenig Pietät erhofft, aber das konnte man bei Jürgen nicht erwarten.

„Fass mal mit an", sagte er und griff nach den Beinen der Frau. Gemeinsam hievten sie die Leiche auf die Ladefläche. Dort lagen schon zwanzig Körper, einer neben dem anderen. So weit, die Leichen zu stapeln, waren sie noch nicht. Sie schlossen die Ladeklappe und vertäuten die Plane.

„Fahren wir", befahl er knapp und machte sich auf den Weg zum Führerhaus. Jürgen setzte sich ans Steuer, Heiner in die Mitte, und Markus saß ganz rechts. Sie hatten die Straße zur Sporthalle sperren müssen, da sie sonst in wenigen Stunden mit Autos verstopft war. Autos, zu denen sich häufig kein Fahrer mehr fand. Menschen, die sich mit letzter Kraft und Hoffnung hierher gerettet hatten. Gestern Abend hatten sie sämtliche Fahrzeuge mit einem Abschleppwagen versetzt und danach mit rot-weißem Absperrband alles eingehegt.

Der Lkw-Motor erwachte mit einem lauten Knurren zum Leben. Jürgen legte den ersten Gang ein, und es ging los. Die zweite Tour des Tages und es war erst kurz nach Mittag. Über die leere Bundesstraße ging es Richtung Marburg bis an den Ortsrand. Dort bogen sie links ab und folgten einer gepflasterten Straße. Nach zweihundert Meter kam der Betriebshof der Straßenmeisterei. Sie passierten das offene Tor, querten den Hof und fuhren auf der anderen Seite auf einen unbefestigten Feldweg. Ein gelber Bagger kam in Sicht und einige Leute.

„Fahr diesmal rückwärts ran", verlangte Markus.

„Und wo soll ich wenden?"

„Die Wiese ist trocken und fest, das geht schon."

Umständlich rangierte Jürgen den Lkw hin und her, bis er gewendet hatte. Markus stieg aus und wies ihn ein. Langsam rollte der Laster rückwärts auf die Grube zu.

„Wie viele?", rief einer der Männer, die dort standen.

„Zwanzig."

Auf sein Zeichen hin hielt Jürgen an und stellte den Motor aus. Drei Männer in Schutzanzügen kamen auf den Laster zu.

„Wie steht's?", fragte Markus.

„Die zweite Grube ist gleich voll. Ihr sollt euch im Rathaus melden."

„Wer sagt das?"

„Die Bürgermeisterin."

Markus nickte, dann half er, die Leichen abzuladen. Sie schmissen sie einfach in die Grube.

Vor dem Rathaus standen einige Leute. Jürgen stellte den IVECO mitten auf den Platz davor, und Markus stieg aus. Am Eingang hingen allerlei Aushänge mit Anweisungen und Vorschriften, die keinen mehr interessierten. Alles ging mit einem unfassbaren Tempo vor die Hunde, dachte er, als er die Stufen vor der Eingangstür erklomm.

Drinnen war es kühl, leer und leise. Markus wusste, wo er hin musste, und nahm die Treppe in den zweiten Stock. Vor dem Büro der Bürgermeisterin saßen einige auf Stühlen und warteten. Er ging einfach an ihnen vorbei, klopfte und betrat das Vorzimmer.

„Mahlzeit. Ich soll mich bei Frau Beimer melden?"

„Herr Hardenberg. Schön, dass Sie da sind. Gehen Sie nur rein."

Mechthild Beimer telefonierte, als Markus ihr Büro betrat. Sie winkte ihm zu und gab ihm mit einer Geste zu verstehen, dass sie sofort Zeit für ihn haben würde, sobald sie mit dem Telefonat zu Ende war. Er nahm sich einen Stuhl und sah sich um. Das Klingenbronner Rathaus war ein historischer Fachwerkbau aus dem Mittelalter, der unter Denkmalschutz stand. Draußen und drinnen hatte man weder Kosten noch Mühen gescheut, um die originale Bausubstanz zu erhalten und hervorzuheben. Umso weniger passte die Büroeinrichtung zum Raum. Billige, moderne Zweckmöbel wie von IKEA. Selbst die Regale sahen nach *Billy* aus.

„Danke, dass Sie gekommen sind", sagte Mechthild und riss ihn aus seinen Betrachtungen.

„Keine Ursache. Was kann ich für Sie tun?"

„Wir müssen etwas unternehmen, um den Menschen zu helfen, die Toten aus den Häusern zu bekommen. Ich habe unzählige Anrufe von Leuten, die nicht wissen, wie sie ihre

Angehörigen bestatten sollen, und ich wette, im Flur sitzen auch schon welche, die aus denselben Gründen hier sind."

Markus schüttelte mit dem Kopf. „Das schaffen wir nicht, Frau Beimer. Auf keinen Fall. Wir haben an der Halle alle Hände voll zu tun. Außerdem kümmern wir uns noch um das Altenheim. Gerade eben komme ich von der zweiten Tour des Tages, und wenn wir wieder zurück sind, werden wir gleich wieder mit dem Aufladen beginnen. Die Menschen sterben wie die Fliegen. Am Bauhof ist bereits die zweite Grube voll. Der Pfarrer ist auch nicht mehr dort."

„Pfarrer Rheinold? Wo ist er?"

„Ich weiß es nicht, kann es mir aber denken."

„Dann beerdigen wir, ohne den Menschen einen letzten Segen geben zu können?"

„Wir verscharren unsere Mitmenschen wie Abfall."

Mechthild beugte sich vor und vergrub ihren Kopf in den Händen. Sie musste sich zusammennehmen, um die Nerven zu behalten, um nicht laut aufzuschluchzen oder in Tränen auszubrechen. Das alles war kaum noch zu ertragen. Sie war noch nicht bei den Massengräbern gewesen, und sie war froh darum. Sie wusste auch, welch schrecklichen Job Markus und seine Männer machten, aber es ging nicht anders.

„Was ist mit dem Landratsamt? Können die niemanden abstellen? Kann man nicht Leute aus Marburg abziehen?", fragte Markus.

„Nein, Herr Hardenberg. Marburg ist noch viel schlimmer dran. Die halbe Stadt ist abgebrannt, nachdem das Tanklager explodiert ist."

„Weiß man, wie es dazu kommen konnte?"

„Nein. Vielleicht hat jemand an den Tanks herumgefummelt, weil er Benzin brauchte. Aber das ist nur eine Vermutung. Marburg ist größtenteils zerstört. Die ganze Gegend ist dem Erdboden gleichgemacht worden. Was genau passiert ist, wird man wohl nie aufklären. Und die Auswirkungen auf die Stadt waren katastrophal. Wir haben Glück gehabt, dass der Wind günstig stand. Der ganze Rauch ist nach Osten gezogen."

„Ja, ich habe es auch schon von einigen gehört. Schlimm."

„Dann verstehen Sie sicher auch, warum wir von dort keine Hilfe erwarten können. Und im Landratsamt sind sie genauso hilflos wie im Ministerium. Ich habe es schon überall versucht. Wir müssen das aus eigener Kraft schaffen."

„Ich habe die Leute nicht, Frau Beimer. Wirklich nicht."

Mechthild seufzte auf. Was sollte sie tun? Die Toten mussten bestattet werden. Vielleicht fanden sich noch Freiwillige. Eine schwache Hoffnung.

Markus stand auf. „Ich muss wieder los."

„Ja, sicher. Ich komme nachher zur Halle."

Er ging hinaus, froh, dass dieser Kelch an ihm vorbeigegangen war.

***

Alex betrat das Innenministerium tief in Gedanken versunken. Er hatte ein wirklich unangenehmes Gespräch mit Professor Hörig hinter sich. Sein Chef hatte ihn frostig empfangen, und Alex reagierte darauf ebenso frostig. Früher hätte er sich so etwas nie getraut, aber die Zeiten waren nicht mehr dieselben. Er arbeitete nicht mehr, weil er musste, sondern, weil er wollte. Angst, den Job zu verlieren, hatte er jedenfalls nicht mehr. Im Gegenteil. Er würde auch ins Institut gehen, wenn Hörig ihn rausschmeißen würde. Er musste den Impfstoff herstellen, alles andere interessierte ihn nicht. Er musste es schon für sich und Tine tun, und wenn er sich dafür mit seinem Vorgesetzten anlegen musste, dann war es eben so.

Er fand Hörigs Haltung bestenfalls feige und dumm, und das hatte er auch klar kommuniziert. Nun war Alex entschlossen, es auf seine Art und Weise zu tun, egal, was andere sagten. Und er war sich sicher, dass er dabei im RKI auf einige Unterstützung zählen konnte, denn er hatte die ersten Rückmeldungen auf seine Mail vom Vortag bekommen. Die Kollegen sahen ihn auf dem richtigen Weg, bestätigten seine Einschätzungen und boten alle erdenkliche Hilfe an. Keine Frage, da schwang Hoffnung mit, und die war in diesen Tagen alles, was zählte.

Er betrat den Besprechungsraum und sah sich verdutzt um. Matuschek von der Landespolizei saß einsam und verlassen auf seinem Stuhl.

„Was ist denn hier los?", erkundigte sich Alex.

„Keine Ahnung. Ich wollte schon wieder weg."

„Sind die alle krank?"

„So viele, so schnell? Glaube ich kaum, aber ausschließen kann man natürlich gar nichts. Vielleicht haben sie nur vergessen, uns abzusagen."

Alex schlenderte in den leeren Raum. Ihm wäre es ganz recht, wenn er wieder ins Labor könnte. Zwar konnte er an den Proben nicht arbeiten, weil er warten musste, bis die Vermehrung der Viren abgeschlossen war, aber er hatte noch genügend Ideen, was zu tun war. Er blickte auf seine Armbanduhr. Fünf vor. Bis zur vollen Stunde wollte er noch warten.

„Wie sieht's aus bei Ihnen?"

Matuschek winkte ab. „Außer mir gibt es nicht mehr viele. Die Berliner Polizei hat praktisch aufgehört zu existieren."

Verblüfft sah Alex den Kommissar an. „Echt? Und warum bleibt es so friedlich?"

„So friedlich ist es gar nicht. Erst vorgestern haben zwei libanesische Clans die Situation genutzt, um alte Rechnungen zu begleichen. Na ja, solange die sich gegenseitig kaltmachen, habe ich nichts dagegen. Aber es ist schon ruhig, da haben Sie recht. Ich denke, dass alle begriffen haben, was Sache ist." Matuschek lehnte sich nach hinten und grinste. „Bei den meisten Gewaltverbrechen muss man das Haus verlassen und kommt mit seinem Opfer unter Umständen in direkten Körperkontakt. Das ist den bösen Buben wohl zu riskant."

Alex lachte auf. Dieser Matuschek hatte einen merkwürdigen Humor.

„Ich denke aber auch, dass wir vieles, was dort draußen passiert, gar nicht mehr mitbekommen", sagte der Kommissar mit ernster Miene. „Gerade was Beziehungstaten angeht. Lassen Sie sich durch die vermeintliche Ruhe nicht täuschen, Herr Dr. Baldau. Es ist ganz bestimmt nicht sicherer geworden und unsere Mitmenschen nicht besser. Ein Supermarktdiebstahl, selbst eine Plünderung, das zeigt keiner mehr bei der Polizei an, und wenn er es wollte, müsste er erst mal einen Polizisten ans Telefon bekommen. Ich habe keine genauen Zahlen mehr, schätze aber, dass in ganz Berlin keine hundert mehr Dienst tun. Wenn überhaupt."

Schritte auf dem Gang veranlassten beide, sich zur Tür zu wenden. Staatssekretär Norbert Brandtner und sein Kollege vom Kanzleramt betraten den Raum.

„Dann sind wir also nicht verkehrt?", fragte Alex etwas enttäuscht.

„Das ist schon richtig so, Herr Dr. Baldau. Wir werden diesen Krisenstab auflösen beziehungsweise ihn in den bereits beim Kanzleramt eingerichteten allgemeinen Stab integrieren. Wir haben nur auf Sie gewartet und fahren gleich hinüber."

„Und die anderen?"

„Die werden nicht mehr benötigt. Kommen Sie."

Zehn Minuten später hielt ihr weißer Kleinbus vor dem Kanzleramt. Alex stieg hinter Matuschek aus und war etwas eingeschüchtert. Klar war er schon hier gewesen, aber noch nie drinnen. Brandtner ging voran. Sie durchschritten das futuristische Foyer, passierten die Porträts der Kanzler und betraten einen Konferenzraum, der zu zwei Dritteln besetzt war und wo schon eine lebhafte Diskussion stattfand. Alle verstummten, als sie eintraten.

„Guten Morgen, wir sind vom Krisenstab des Innenministeriums", sagte Brandtner.

„Endlich", rief der Vizekanzler. „Kommen Sie, wir brauchen die letzten Zahlen. Ist jemand vom RKI dabei?"

Alex hob schüchtern die Hand. Den Vizekanzler und Außenminister kannte er natürlich aus dem Fernsehen. Auch der Gesundheitsminister war da. Den Verkehrsminister erkannte er auch und noch einige weitere Gesichter, zu denen ihm kein Name einfiel. Keine Frage, diese Runde war wesentlich prominenter besetzt als ihr Krisenstab. Wurden hier die wirklich wichtigen Entscheidungen gefällt? Wo war er da reingeraten?

„Ah, Sie sind vom RKI? Sehr schön. Wie heißen Sie?"

„Dr. Alexander Baldau ist mein Name."

„Kommen Sie, berichten Sie."

Alex trat unschlüssig einige Schritte vor. Er hätte sich gerne einen Platz gesucht, aber nun stand er hier nahe dem Eingang wie auf dem Präsentierteller, und alle schauten ihn an. Er nahm all seinen Mut zusammen. „Ich kann Ihnen mitteilen, dass das Robert-Koch-Institut mittlerweile von mehr als zehn Millionen Infizierten ausgeht. Wobei unsere Datenlage von Tag zu Tag dünner wird. Es kann daher sein, dass es auch ein oder zwei Millionen mehr sind. Wir haben den Kontakt zu einigen Gesundheitsämtern im Land verloren. Die weiteren Aussichten sind daher düster."

„Ist uns bekannt, auch liegen uns Ihre Schätzungen oder Berechnungen vor, was den Fortgang der Infiziertenzahlen angeht."

„Dann wissen Sie ja, wie schlecht es steht."

„Leider nur zu gut. Das Gesundheitswesen steht kurz vor dem Zusammenbruch oder ist schon zusammengebrochen. Aus einigen Landesteilen bekommen wir keine Rückmeldungen mehr, weshalb wir das nicht sicher wissen. Wir gehen aber davon aus, dass es sich nur noch um Stunden handeln kann, bis alles versagt. Die Krisenstäbe der Länder sind ebenso am Ende ihrer Möglichkeiten angelangt, wie die letzten Reste der öffentlichen Verwaltung. Unsere Frage daher an Sie als Experten. Was kann man noch machen?"

„Sinnvoll machen kann man schon lange nichts mehr. Jedoch empfehlen wir, die Maßnahmen so lange wie irgend möglich aufrecht zu erhalten. Insbesondere alles, was mit der dringend benötigten Infrastruktur zu tun hat. Strom, Wasser, Kommunikation und natürlich die Versorgung mit Lebensmittel sollten so lange wie irgend möglich aufrechterhalten werden."

„Welchen Sinn soll das noch machen?", fragte jemand reichlich frustriert.

Alex zögerte kurz, die Bombe platzen zu lassen, aber dann rang er sich dazu durch. „Wir werden sehr bald einen Impfstoff haben. Zumindest einen vorläufigen."

Es war totenstill im Raum, und er sah die Überraschung, aber auch den Unglauben.

„Ist das Ihr Ernst?", fragte der Vizekanzler.

„Sicher doch. Allerdings muss ich gleich einschränken, dass wir bei der Entwicklung und auch bei den anstehenden Tests alle gesetzlich vorgeschriebenen Sicherheitsvorkehrungen bewusst außer Acht gelassen haben, um schnell zu sein. Der Impfstoff, den wir in Kürze zu testen beabsichtigen, kann sich daher als nutzlos oder sogar schädlich entpuppen."

Die Einschränkungen, die er soeben gemacht hatte, beeindruckten niemanden, erkannte Alex. Er sah die Hoffnung in den Gesichtern, und genau das hatte er gewollt.

„Wann, Herr Dr. Baldau?", fragte der Vizekanzler mit heiserer Stimme.

„Ende der Woche wollen wir mit dem Testen beginnen."

***

Mechthild Beimer war völlig erschöpft. Sie war beim Landfrauenverein gewesen, bei den Tierfreunden, dem Garten- und Landschaftsgärtnern, dem Modellflugzeugklub und, und, und. Ihre Sekretärin hatte Mechthild eine Liste sämtlicher Vereine Klingenbronns ausgedruckt, und sie hatte sich sofort auf den Weg gemacht, alle Vorsitzenden und Vorstände aufzusuchen und um Hilfe zu bitten. Leider brachte sie das nicht viel weiter. Bei der Hälfte der Häuser machte niemand auf, wenn sie klingelte. Entweder waren die Bewohner tot oder fest entschlossen, keinen hineinzulassen. Andere unterhielten sich mit ihr nur durch die geschlossene Haustür oder ein gekipptes Fenster. Auf diese verschwendete sie nicht allzu viel Zeit, da es sinnlos war, jemanden, der Angst vor seinen Mitbürgern hatte, zur Mitarbeit zu überreden. Sie suchte Helfer für alles. Für die Krankenbetreuung, die Leichenbestattung, die Hilfsdienste und die Verwaltung. Die Vereinsvorsitzenden wären dabei gute Multiplikatoren, hatte sie gedacht. Aber weit weniger als erhofft hörten sich ihr Anliegen auch nur an.

Sie schloss die Tür ihres Wagens und fuhr los. Klingenbronn, das hatte sie an diesem Nachmittag oft genug bemerkt, war wie ausgestorben. Man konnte minutenlang durch die Kleinstadt fahren, ohne einen Menschen oder auch nur einem anderen Auto zu begegnen. Die Leute hatten sich eingeschlossen, waren krank oder tot. Sie blickte auf den Tacho, war aber nicht mehr in der Lage, die Geschwindigkeit abzulesen, und schaltete das Fahrlicht ein. Warum waren die Straßenlaternen nicht an? Alarmiert sah sie auf die Häuser links und rechts. Nirgends brannte Licht. Dabei war die Dämmerung schon weit fortgeschritten.

Als sie an der Sporthalle ankam und ausstieg, hörte sie das Notstromaggregat lärmen. Nicht auch noch das noch, sagte sie sich, und Verzweiflung durchflutete sie. Ohne Strom würde alles noch sehr viel schneller sehr viel schlimmer werden. Herr Schön vom Ministerium hatte sie bereits vor zwei Tagen gewarnt, dass das passieren würde. Nun war es wohl so weit.

Markus Hardenberg kam mit der Bahre aus der Sporthalle. Mechthild folgte ihm auf seinem Weg zum Lkw.

„Hallo Herr Hardenberg."

„N'Abend Frau Beimer. Haben Sie wen gefunden, der bei den Bestattungen hilft?"

„Drei Leute", sagte sie niedergeschlagen. „Dabei habe ich es überall probiert."

„Das glaube ich Ihnen sofort. Würden Sie bitte einen Schritt auf die Seite gehen?"

Mechthild begriff, dass sie im Weg war, und trat zurück. Markus' Kollegen standen schon bereit, und zu dritt hoben sie die Leiche eines kräftigen Mannes auf die Ladefläche des Lasters. Mechthild kannte den Toten. Es war der stellvertretende Leiter der Freiwilligen Feuerwehr gewesen. Der Mann hatte drei Kinder. Ihr traten Tränen in die Augen.

„Wenn Sie auf dem Rückweg sind, wären Sie dann so nett und würden im Altenheim vorbeischauen?", fragte sie mit belegter Stimme.

„Mache ich. Wie viele Tote?"

„Ich weiß es nicht. Bitte schauen Sie auch nach den noch lebenden Bewohnern oder, besser gesagt, nach den Pflegerinnen."

Markus schloss die Ladefläche. Das war also noch nicht die letzte Tour für heute, dabei war es fast dunkel. Seit einer Stunde war der Strom weg, und er glaubte auch nicht, dass er nochmals wiederkommen würde. Jedenfalls nicht in absehbarer Zeit. Er hatte Taschenlampen im Führerhaus.

„Ist Dr. Jung in der Halle?", fragte Mechthild.

„Ja, aber er ..." Markus konnte es nicht aussprechen. Sie wären spätestens morgen ohne Arzt. Eine Katastrophe.

„Oh nein!"

Er seufzte. „Es wird uns alle erwischen. Ich fahr dann mal. Bis später."

Mechthild schaute betreten zu Boden. Jetzt auch noch Dr. Jung. Was sollte sie nur machen? Sie sah den Rücklichtern des davonfahrenden Lkw hinterher. Schließlich gab sie sich einen Ruck und betrat die Sporthalle. Der Gestank war schlimm, dazu das Stöhnen, Schreien und Weinen. Ihr lief es eiskalt den Rücken herunter. Sie half gerne und gab alles für ihre Stadt, aber den Job hier in der Halle, den traute sie sich nicht zu. So viel Elend, Not und Tod.

Dr. Jung war am anderen Ende der Sporthalle damit beschäftigt, einer Kranken etwas einzuflößen. Mechthild ging zu ihm rüber.

„Hallo Frau Beimer."

Sie trat neben den Doktor und blickte auf das Feldbett. Die Frau darauf sah schlimm aus. Das letzte Stadium der Krankheit. Sie hatte es oft genug gesehen.

„Hallo Dr. Jung." Jetzt erst sah sie den Arzt an. Er war fast vollständig vermummt, aber seine Augen glänzten fiebrig. „Sie hat es auch erwischt?"

„Ja, einige Stunden noch, dann kann ich mir eines der Betten aussuchen."

„Was sollen wir machen, wenn Sie nicht mehr da sind?"

„Es ist doch völlig egal, ob ich da bin oder nicht."

„Nein, Herr Doktor. Sie unterschätzen, welchen symbolischen Wert die Anwesenheit eines Arztes hier hat."

„Ich würde gerne bleiben, Frau Beimer. Nur fürchte ich, dass das nicht in meinen Händen liegt!"

„So war das nicht gemeint. Entschuldigen Sie, wenn ich mich missverständlich ausgedrückt habe. Ich wollte Ihnen keinesfalls Vorwürfe machen, im Gegenteil. Ich bin verzweifelt. Wie sollen wir weitermachen? Das alles hat doch keinen Sinn mehr."

„Das hatte es noch nie, und dennoch sind wir hier. Wir tun den Menschen Gutes, Frau Beimer. Zweifeln Sie nicht daran. Einem Sterbenden die Hand halten, ist viel wert. Wir haben noch einige Helfer, die ihre Aufgabe ernst nehmen und die weitermachen wollen. Helfen Sie ihnen. Und vergessen Sie nicht, dass es einige schaffen werden, die Krankheit zu besiegen."

Mechthild war peinlich berührt und fühlte sich schlecht. Wieso hatte sie nur an sich selber gedacht. Sicher musste es weitergehen, es gab ja gar keine Alternative. Dr. Jung hatte ihr das in seiner direkten und nachdrücklichen Art schnell klargemacht. Er hatte keine Zweifel, und das im Angesicht des sicheren Todes. Fast schämte sie sich.

„Ich will sehen, was ich machen kann."

„Treiben Sie Leute auf, die helfen. Und sehen Sie zu, dass wir an neue Decken kommen. Unsere Vorräte sind längst aufgebraucht."

„Ja, mache ich."

Sie atmete einmal tief durch, dann ging sie hinaus.

***

Es wurde langsam dunkel draußen. Heimatschutzminister Michael North blickte auf den gepflegten Rasen vor dem Weißen Haus. Wie immer tobten rote Eichhörnchen umher, kletterten auf den Bäumen herum und rannten über den Rasen. Es kümmerte sie nicht im Geringsten, was mit den Menschen geschah. Wahrscheinlich wären sie nicht mal traurig, wenn sie es verstehen könnten. Michael North schüttelte sich. Was ging ihm für ein Unfug durch den Kopf? Als wenn er keine anderen Sorgen hätte, als über Eichhörnchen nachzudenken.

Er drehte sich um und ging zu seinem Schreibtisch, schaltete das Leselicht an und sah auf den Berg an Papier, den er die letzten Tage produziert hatte. Alles umsonst. Nichts davon war noch wichtig, nichts davon würde noch umgesetzt werden oder gar etwas an der Lage ändern. Es klopfte und er schaute auf.

„Herein."

Eine junge Frau mit hochgesteckten schwarzen Haaren öffnete und sah ihn schüchtern an.

„Was wollen Sie?", fragte North unwirsch.

„Entschuldigen Sie, Sir. Mr. Madison bittet Sie, zu kommen."

Was wollte der Chef des CIA von ihm? Madison war wieder aufgetaucht, nachdem er einige Tage verschwunden gewesen war. Niemand fragte, was gewesen war, und Madison sagte nichts. North vermutete, dass er getürmt war und es sich dann anders überlegt hatte. Das schlechte Gewissen. Egal, was es war, er war wieder zurück, und sie waren über jeden froh, der weitermachte. Michael North stand auf, nahm sein Jackett und gab der Frau mit einer Geste zu verstehen, dass sie vorgehen sollte.

Entgegen seinen Erwartungen ging es nicht in den ersten Stock, sondern in den Keller. Er wunderte sich kurz, stellte aber keine Fragen, weil er schnell merkte, was das Ziel war. Die Frau öffnete die Tür zum medizinischen Dienst des Weißen Hauses. Einer aus zwei Zimmern bestehenden sehr gut ausgestatteten Notfallstation.

Der erste Raum war leer. Die Frau wartete an der Tür zum Nebenraum. Michael North trat ein. Harold Madison sah ihm entgegen. Es saß auf einem Metallstuhl. Neben ihm stand Dr. Franklin. Der Grund, warum er hierher gebeten war, war ebenfalls schnell ausgemacht. Auf der Behandlungsliege lag die Leiche von Earl Foggerty. North seufzte auf.

„Hallo Michael, nett, dass du es einrichten konntest", begrüßte ihn Madison.

„Hallo Harold." Er zeigte auf den toten Foggerty. „Das ging schnell."

„Dr. Franklin hat etwas nachgeholfen."

„Auf ausdrücklichen Wunsch von Mister Foggerty", rief der Arzt aufgeregt. „Ich habe es sogar schriftlich."

North winkte ab. Als wenn das noch jemanden interessierte. Er konnte Foggerty nur zu gut verstehen. Zu oft hatte er gesehen, wie die Leute langsam und qualvoll verreckt waren. Er sah Madison an.

„Und jetzt?"

„Sag du es mir."

„Ich?"

„Earl wollte dich als seinen Nachfolger."

„Oh nein. Nein, auf gar keinen Fall. Earl hat lange gekämpft, um zu retten, was zu retten war, aber jetzt ist nichts mehr zu retten. Und ich werde mich ganz bestimmt nicht hinstellen und den Hampelmann für den Spinner in seinem Bunker geben. Vergiss es, Harold."

Madison musste sich ein Lächeln verkneifen. „Und was dann?", fragte er.

„Mach du es, wenn du willst. Meinen Segen hast du."

„Was soll ich denn machen, Michael? Hast du dir die Frage mal gestellt? Die CIA hat aufgehört zu existieren. Ich habe vielleicht noch hundert Agents, landesweit. Mag sein, dass da draußen noch mehr ihren Dienst tun, aber wenn es so wäre, so bekommen wir davon nichts mehr mit."

„Meinst du, mir geht es anders. Die Nationalgarde ist ausgelöscht, und dort, wo sie das nicht ist, kümmert man sich lieber um sich selber, als auf das zu hören, was irgendein Typ aus Washington will."

„Also?"

„Nichts also. Wir machen hier dicht. Wie viele Leute arbeiten hier noch? Zwanzig, fünfundzwanzig? Das ist doch wohl ein Witz. Nein, lass uns nach Hause gehen, Harold. Das alles ist sinnlos."

Madison sah ihn skeptisch an. „Wenn wir hinschmeißen, dann ist es vorbei. Der Präsident in seinem Bunker wird jedenfalls nichts mehr bewegen."

„Bewegen wir denn noch was?"

„Ich mag keine Kapitulation, Michael. Wenn wir aufhören, hört Amerika auf zu existieren."

„Bitte nicht so pathetisch. Aber du kannst gerne weitermachen. Ich bin hier fertig."

Madison sah ihn lange und ausdruckslos an. Schließlich nickte er. „Du hast ja recht."

„Gut, dann machen wir hier dicht."

„Und wer sagt es ihm? Ich nehme das nicht auf meine Kappe, Michael", antwortete Madison. „Du weißt, wie rachsüchtig er ist."

Michael North warf hilflos die Arme in die Luft. Mit dem Präsidenten zu telefonieren, war so ziemlich das Letzte, was er wollte. Er sah auf Foggertys Leiche, und dann kam ihm eine Idee.

„Wir sagen ihm, dass Foggerty die Räumung des Weißen Hauses angeordnet hat."

Madison zog überrascht die Augenbrauen hoch. Er dachte kurz über den Vorschlag nach. „Das könnte klappen. Wer will das später noch nachvollziehen?"

Madison wandte sich an den Arzt. „Sie halten die Klappe, Dr. Franklin. Kapiert?"

„Ja, Sir, Selbstverständlich Sir", beeilte sich der Arzt zu antworten, dem es nur darum ging, dass man seine Beteiligung an Foggertys Ableben nicht weiter hinterfragte.

„Wer weiß sonst noch was?", erkundigte sich North.

„Die Sekretärin, die dich hergebracht hat. Sonst weiß niemand, dass Earl tot ist."

„Gut, dann kümmere du dich darum, dass die Frau die Schnauze hält. Ich werde die Anweisung zur Räumung des Weißen Hauses fertig machen."

Madison nickte, dann stand er auf, streckte sich und warf noch einen Blick auf Foggerty. „Das war es dann, alter Freund. Alles umsonst."

***

Die Berliner Polizei war schon in normalen Zeiten eine chaotische Behörde. Chronische Unterfinanzierung, bürokratischer Wahnsinn und unfähiges Führungspersonal waren etwas, das man als gottgegeben hinnahm. Von den unzähligen Skandalen ganz zu schweigen. Insofern war Helge Hartung einiges gewohnt, und üblicherweise nahm er es mit dem ihm eigenen Humor, aber so langsam reichte es ihm. Sie hatten kein Diesel mehr für ihre Streifenwagen, und es sah auch nicht so aus, als wenn er noch an welchen kommen sollte. Den halben Vormittag hatte er sich durch die Polizeibehörde telefoniert, und die wenigen, die noch ihren Dienst versahen, hatten mitleidig abgewinkt, als er sein Problem schilderte.

„Das wird nichts mehr", verkündete er und legte den Hörer auf.

„Im Tierpark haben sie Wildpferde. Habe ich letzten Monat gesehen, als ich mit meiner Nichte dort war. Warum holen wir uns nicht zwei?", schlug Birgit vor.

„Du kannst reiten?"

„Ja, aber auf Pferden habe ich es noch nicht probiert."

Helge lachte schallend. Schlagfertig war sie.

Er stand auf, streckte sich und trat ans Fenster. Unten auf der Perlenbergerstraße war nichts los. Seit Tagen ging das so, und mindestens genauso lange wurden die Kollegen mit jedem Tag weniger. Außer ihm und Birgit tat nur noch ein weiterer Beamte Dienst. Mittlerweile waren sie viel zu wenige, um die Wache vierundzwanzig Stunden am Tag zu besetzen. Ihr Chef, Polizeidirektor Brahme, fehlte seit vorgestern auch. Ersatz gab es nicht. Sie sprachen sich untereinander ab. Improvisieren war eine Eigenschaft, ohne die man es bei der Berliner Polizei nicht weit brachte.

Helge verstand nicht, warum man oben nicht in der Lage war, das anders zu organisieren. Immer wieder hatte er gehört, dass es in anderen Revieren nicht anders aussah. Warum fasste man dann nicht einige Bezirke zusammen, schloss einige Wachen und leitete das wenige vorhandene Personal um? Lieber wurschtelte man weiter wie bisher, schob es auf die Umstände und erklärte sich für nicht zuständig. Das war Berlin. Er schaute auf die Autos im Hof.

Der Touran hatte noch Diesel für sechzig Kilometer. Die Tanks der anderen Wagen waren leer. Zwei bis drei Einsätze, dann konnten sie nur noch zu Fuß ausrücken oder mit dem Fahrrad. Helge fragte sich, ob es dann nicht Zeit war, den Laden dichtzumachen. Ohnehin stellte sich die Frage nach der Sinnhaftigkeit ihres Tuns. Sämtliche Supermärkte im Umkreis waren ausgeräumt worden, und sie waren brav in der Wache geblieben. Was sollte man noch machen? Es hätte eine Hundertschaft gebraucht, um die Plünderer aufzuhalten.

Das Telefon klingelte. Birgit ging ran. Das Telefon funktionierte noch, und die Leute riefen an. Es waren nur wenige Einsätze dabei. Man wandte sich wegen alles und jedes an die Polizei, insbesondere, um seine Wut rauszulassen. Die Lage war beängstigend. Helge neigte nicht zum Pessimismus, aber er war sich sicher, dass alles den Bach runtergehen würde. Die Frage war nur, wann zog er persönlich Konsequenzen? Er hatte weder Familie noch

Freundin, niemanden, um den er sich kümmern musste. Außer Birgit. Das war natürlich Quatsch, aber er fühlte sich ihr gegenüber verpflichtet, und er mochte sie mehr als nur ein bisschen.

„Helge, Einsatz!"

Er fuhr herum. „Was und wo?"

„Bremer Straße, Schüsse."

„Bitte nicht!"

„Nun komm schon."

Gemeinsam gingen sie nach unten. Birgit schloss die Wache ab. Helge holte das Auto.

„Was ist passiert?", fragte er, sobald sie neben ihm im Auto saß.

„Ein Anwohner hat Schüsse gehört. Er meint aus der unter ihm liegenden Wohnung, ist sich aber nicht sicher."

„Hat er geguckt, ob er Löcher im Fußboden hat?"

„Helge, bitte!"

Grinsend bog er in die Bogenhagenstraße ab und beschleunigte. Auf Blaulicht und Sirene verzichtete er. Es war ohnehin nichts los und die Zeiten, wo er gerne Aufsehen erregt hatte, waren lange vorbei.

Die Bremer Straße war schmal, und links gab es einen kleinen Park. Hier konnte man gut wohnen. Ruhig und grün. Er sah die Straße auf und ab. Wo mussten sie nun hin? Nach einer Schießerei sah das hier ganz und gar nicht aus.

„Welche Nummer?", fragte er.

„Dreiunddreißig, da vorne, das mit der braunen Eingangstür."

Helge fuhr auf den Gehweg, wo schon ein aufgeregt wirkender älterer Mann stand und ihnen winkte. Er stieg aus und sah nach oben. Ein fünfstöckiger Wohnblock aus den Sechzigern, die Balkone zur Straße hin. Birgit sprach bereits mit dem Mann.

„Zweiter Stock", sagte sie und zeigte auf die Eingangstür.

„Wie viele Schüsse haben Sie denn gehört?", wollte Helge von dem Mann wissen.

„Drei, glaube ich."

„Und das kann nichts anderes gewesen sein? Ein Auto mit Fehlzündung, Böller oder so?"

Der Mann wiegte den Oberkörper hin und her und dachte nach. Er machte einen nüchternen, klaren Eindruck. Kein Spinner, der sich wichtigmachen will.

„Ich kann nicht hundertprozentig sagen, ob es Schüsse waren. Aber ich wüsste nicht, was es sonst gewesen sein soll. Und bei Niemöllers macht keiner auf. Niemöllers, das sind die unter mir, die Nachbarn."

„Wissen Sie, ob Ihr Nachbar eine Waffe besitzt? Was macht der von Beruf?"

„Das weiß ich nicht. Wir sehen uns nicht oft. Wenn, dann im Treppenhaus oder hier vor der Tür. Hallo und Tschüss, mehr ist da nicht."

„Wie viele Personen wohnen denn in der Wohnung?"

„Er, seine Frau und die Tochter. Die müsste so zehn sein."

„Gut, wir sehen uns das mal an."

Zu dritt gingen sie die Stufen nach oben. Es war ruhig im Haus und entgegen dem, was er erwartet hatte, standen auch nicht alle Bewohner gaffend herum. Die Tür zu der Wohnung war eine unauffällige grau-weiße Kunststofftür mit Spion. Helge stellte sich links neben die Tür, und gab dem älteren Mann ein Zeichen, auf der Treppe zu bleiben. Birgit ging nach rechts und klingelte mehrmals. Ergebnislos.

„Aufmachen, Polizei", rief Helge und schlug mit der Faust gegen die Tür, wobei er darauf achtete, in Deckung zu bleiben. Das wiederholte er noch drei Mal, mit dem einzigen Ergebnis, dass die restlichen Bewohner des Hauses ins Treppenhaus kamen. In der verdächtigen Wohnung tat sich nichts, und es war auch nichts zu hören.

Als er erneut klopfen wollte, winkte Birgit ab und blickte sich um. „Hat jemand von Ihnen einen Schlüssel?"

Eine vielleicht vierzigjährige Frau aus der gegenüberliegenden Wohnung meldete sich schüchtern. „Ich habe einen Ersatzschlüssel. Was ist denn passiert?"

„Das wissen wir noch nicht. Wären Sie so nett und würden den Schlüssel holen?"

Die Frau ging kurz in ihre Wohnung und kam mit einem einzelnen Schlüssel in der Hand wieder raus.

„Haben Sie vorhin auch etwas gehört?", fragte Helge.

„Ja, das hat irgendwo geknallt. Draußen, denke ich."

Er nahm ihr den Schlüssel ab und zog seine Pistole. Er glaubte zwar nicht, dass Gefahr drohte, aber Vorsicht war die Mutter der Porzellankiste. Leise öffnete er die Wohnungstür, stieß sie auf und spähte in den dahinterliegenden Flur. „Hallo? Ist jemand da? Hier ist die Polizei. Wir kommen jetzt rein."

Er vergewisserte sich, dass Birgit ebenfalls ihre Waffe gezogen hatte und ihm Rückendeckung gab. Langsam schritt er in den Flur. Rechts war das Badezimmer. Er warf einen Blick hinein. Leer. Gegenüber lag die Küche. Ebenfalls verlassen. Zwei weitere Türen gab es noch. Er entschied sich für die linke und kam im Wohnzimmer heraus.

Auf dem braunen Sofa lag ein Mann, dem der halbe Schädel fehlte. Helge sah eine großkalibrige Pistole auf dem

Fußboden liegen, jede Menge Blut und Stücke von Hirn und Schädelknochen.

Sonst war niemand in dem Raum. Er nahm seine Waffe runter und ging zwei Schritte vor.

„Selbstmord?", fragte Birgit.

„Sieht so aus."

„Der Nachbar sagte, es waren drei Schüsse."

„Ich sehe im Schlafzimmer nach."

Helge fand Mutter und Tochter im Bett liegend vor. Der Vater hatte ihnen ins Herz geschossen. Er sah auch die Medikamente auf dem Nachttisch, und sogar im Tod sah man, dass die beiden krank gewesen waren. Sehr krank, unheilbar krank.

Er konnte den Vater fast verstehen.

***

„Der Kanzler ist tot!" Alex hatte auch nicht eine Sekunde damit zurückhalten können, als er zur Tür reinkam.

Tine schaute mäßig interessiert. „Im Fernsehen haben sie nichts davon gebracht. Wir haben übrigens nur noch einen Sender. ARD ... ausgerechnet."

„Ja, das ist hart."

Tine lachte auf. „Also, mein Dickerchen. Wo hast du das her, das mit dem Kanzler?"

„Ich war heute im Kanzleramt. Die haben den Krisenstab im Innenministerium aufgelöst und einen Teil der Leute in den großen Krisenstab umgeleitet. Das RKI, und damit ich, ist natürlich auch mit dabei. War schon spannend, vor allem, was nach dem offiziellen Teil kam."

Jetzt schaute Tine schon deutlich interessierter. „Erzähl!"

„Lass uns erst was essen", sagte er und schob sich an ihr vorbei in die Küche. Kein Salat auf dem Tisch. Das war schon mal ein gutes Zeichen. Dafür eine große Schüssel und zwei tiefe Teller. Er tippte auf Suppe oder Eintopf. Auf jeden Fall roch es lecker. Er setzte sich, griff nach dem Deckel und berichtete.

„Das waren heute alles Leute, die was zu sagen hatten. Geleitet wurde das durch den Außenminister, der ja auch gleichzeitig Vizekanzler ist. Jedenfalls, kaum dass die Sitzung für beendet erklärt wurde, kam ein Mitarbeiter von ihm auf mich zu und bat mich, mitzukommen. Wir sind dann mit dem Fahrstuhl nach ganz oben. Da habe ich mich schon gewundert, was das werden sollte. Es dauerte dann nicht lange und der Vizekanzler und der Gesundheitsminister und ein ganzer Haufen anderer Hochwichtiger kamen dazu. Die hatten alle sehr genau zugehört, als ich Ihnen sagte, dass wir in Kürze einen Impfstoff testen wollen."

„Das hast du denen gesagt?"

„Klar, und nicht ohne Grund. Mein Chef zickt rum, und ich habe beschlossen, das auf meine Art zu machen. Das heißt, ich brauche Rückendeckung von oben, und was könnte da besser sein als von ganz oben."

Er legte den Deckel des Topfes ab und sah neugierig hinein. Es war Suppe. Zunächst war er enttäuscht, aber dann schwamm ein großes Stück Wurst an die Oberfläche. Alex griff schnell nach dem Schöpflöffel.

„Und jetzt wollen die alle als Erste den Impfstoff", sagte Tine.

„Gut geschlussfolgert! Können sie auch haben. Allerdings müssen sie sich dann auch für Tests zur Verfügung stellen und werden mit dem echten Erreger in Kontakt kommen. Da haben einige aber gezuckt."

„Kann ich mir vorstellen. Mir macht das auch Angst."

„Wem nicht? Keinem ist wohl dabei. Mir am allerwenigsten, denn ich muss das verantworten. Aber haben wir eine Alternative?"

„Wir können sehr lange Zeit hier drin bleiben, Alex. Monatelang. Wir kommen erst wieder hier raus, wenn alles vorbei ist."

„Vergiss es, Tine. Schon bald wird der Strom ausfallen und irgendwann das Wasser. Spätestens dann ist der Zeitpunkt erreicht, wo du raus musst, ob du willst oder nicht. Denn ohne Wasser geht gar nichts. Aber selbst wenn es nicht so wäre. Der Erreger ist in der Welt, und den wirst du da auch nicht mehr rausbekommen. Du kannst auch noch in Jahren auf ihn treffen. Du müsstest dich schon den Rest deines Lebens isolieren, um sicherzugehen, und wer will das schon?"

Tine sah fast danach aus, als wenn sie das wollte. Nachdem sie vorgestern überschwänglich zugesagt hatte, den Impfstoff zu testen, waren ihr inzwischen Zweifel gekommen. Alex begann zu essen.

„Das Wasser wird ausfallen?"

„Ja, sicherlich. Die haben heute ganz offen diskutiert. Die gesamte Versorgung bricht in Kürze zusammen. In einigen Großstädten ist es wohl schon passiert. Stuttgart, Essen und Frankfurt. In Bremen ist niemand mehr zu erreichen, und das gilt wohl für einige Städte mehr. Strom, Wasser, Telefon, auch Handy. Das alles ist bald Geschichte. Das Schlimmste momentan ist aber, die Leichen zu entsorgen. Stell dir mal vor. Alleine hier in Berlin müssen es Hunderttausende sein, die gestorben sind. Sie überlegen nun, Kipper durch die Straßen zu fahren, in die die Leute ihre Angehörige werfen sollen. Einer hat ernsthaft vorgeschlagen, Container aufzustellen. Diese Container für Bauschutt, du weißt schon."

„Wie bitte?"

„Alles nur Verzweiflung. Ich kann das ja verstehen. Tatsächlich wird es weder Kipper noch Container geben, weil schlicht keine Helfer da sind."

„Und was macht man jetzt mit den Toten."

„Nichts. Die bleiben da, wo sie sind."

„Du verarschst mich doch!"

„Nein, Tine."

„Das gibt es doch gar nicht."

„Mach du einen Vorschlag. Die Herrschaften sind über jede Idee froh."

Tine war fassungslos. „Davon haben sie im Fernsehen nichts gesagt."

„Kein Wunder, wer will das schon verkünden? Es ist ja nicht nur das. Gas, Müllabfuhr, Lebensmittel, alles nicht mehr aufrecht zu erhalten. Man wird nun die zivile Notfallreserve freigeben."

„Was soll das sein?"

„Notvorräte an Grundnahrungsmitteln. Reis, Linsen, Erbsen, aber auch Weizen und Milchpulver. Da gibt es Unmengen von in Lagern über ganz Deutschland verteilt. Habe ich bis heute Mittag auch nicht gewusst."

„Echt?", sagte Tine und schüttelte den Kopf.

Alex grinste breit „Definitiv. In Deutschland ist alles geplant und geregelt, nur nützt es nichts. Wir haben, wie ich seit heute weiß, sogar ein Gesetz über die Sicherstellung von Güterbeförderungen auf der Straße. Lach nicht, das heißt wirklich so. Damit darf die Regierung in Krisenzeiten Lkw beschlagnahmen und sie einsetzen. Darüber haben die heute auch debattiert, als es um die Lebensmittellager ging. Man muss das Zeug ja in die Städte schaffen. Aber jetzt hat man das Problem, dass es zwar jede Menge Lkw, aber keine Fahrer dafür gibt. Eigentlich wollte man auch Großküchen aufstellen, das bekommt man jedoch definitiv nicht mehr organisiert. Wir sind mit Volldampf auf den Weg in die Steinzeit."

Tine schaute auf ihren leeren Teller. Das Thema schien ihr den Appetit zu verderben. Alex hatte da deutlich weniger Probleme und gönnte sich Nachschlag.

„Ich sagte ja, die Runde war wesentlich interessanter. Die reden nicht um den heißen Brei rum und wissen, was Sache ist. Dabei habe ich dann auch erfahren, dass der Kanzler gestern gestorben ist. Will man der Bevölkerung aber heute noch sagen. Kommt wahrscheinlich in den Abendnachrichten."

Markus Hardenberg hatte es schon am Nachmittag gespürt. Jetzt, als sie die letzte Tour des Tages hinter sich hatten und sechzehn Leichen aus dem Altenheim im Massengrab lagen, gab es gar keine Zweifel mehr. Es hatte ihn erwischt.

Die Erkenntnis traf ihn mehr, als er nach all dem Elend der letzten Tage gedacht hatte. Tausende Erkrankte zu sehen und Hunderte Leichen zu beerdigen, hatte Spuren hinterlassen, aber irgendwo war immer noch ein Fünkchen Hoffnung gewesen, selber verschont zu bleiben. Eine Illusion. Er war tief getroffen, er wollte nicht sterben, und doch war es nun so weit. Sein erster Impuls war gewesen, nach Hause zu fahren. Ein Fluchtinstinkt, eine diffuse Sehnsucht nach Trost und Nähe, dabei war es alles andere als sicher, ob seine Frau noch etwas für ihn empfand. Seine Ehe war seit Jahren tot, seit sie definitiv wussten, dass es mit Kindern nie etwas werden würde. Man lebte nebeneinander her, beide zu feige, einen Schlussstrich zu ziehen.

Nein, dort würde er nicht finden, was er suchte, und außerdem würde er seine Frau nur anstecken. Soweit er wusste, war sie noch gesund und hatte sich zu Hause verbarrikadiert. Sie hatten vorgestern das letzte Mal telefoniert. Markus nahm den Mundschutz ab und strich sich über die erhitzte Stirn. Es gab nur einen Ort, an den er konnte: die Sporthalle. Keine angenehme Aussicht. Wahrscheinlich würden Jürgen und Heiner ihn morgen auf die Ladefläche des IVECO werfen und zur Stadt hinausfahren. Hoffentlich ging es schnell.

„Was ist mit dir?", fragte Jürgen. „Lass uns Feierabend machen."

Wegen der Dunkelheit hatte Jürgen noch nichts bemerkt, oder weil er nicht besonders helle war. Markus wusste es nicht. „Ich bin krank."

„Ach du Scheiße."

„Fahr uns zur Halle."

„Bist du dir sicher, dass du es hast?"

„Ganz sicher, Jürgen. Lass uns los."

Er ging zur Beifahrertür, öffnete und kletterte auf den Sitz. Die Stadt lag vor ihm, völlig im Dunkeln. Nur die Umrisse der Gebäude zeichneten sich vor dem Himmel ab. Ein unheimlicher Anblick. Heiner kletterte an ihm vorbei auf den mittleren Sitz. Jürgen startete den Motor.

Ganz langsam setzte sich der Laster in Bewegung. Die schwachen Lichter der Scheinwerfer warfen unscharfe Kegel ins Dunkel, aus dem ab und zu etwas auftauchte. Markus stierte nach vorne und realisierte, dass dies seine letzte Fahrt war. Nicht nur für heute, sondern für immer.

***

Alex war schon um kurz vor sieben im Labor, um nach seinen Kulturen zu sehen. Alles lief, wie es sollte. Zwei Tage noch und er hatte genug Material für eine erste Charge. Viel machen konnte er nun nicht und musste abwarten. Er ging hinauf in sein Büro und schmiss den Rechner an. Sechzehn neue Mails auf seine Fragen von vor drei Tagen. Die Kollegen waren weitgehend einer Meinung, nur einer bemängelte das verwendete Adjuvans und schlug eine Alternative vor. Er machte sich eine Notiz und las weiter. Bedenkenträger gab es auch jede Menge. Kaum einer, der es sich nicht verkneifen konnte, auf die Gefahren hinzuweisen, einen ungetesteten Impfstoff anzuwenden. Als wenn die nicht auf der Hand lägen.

Alex suchte alle Mails nochmals durch. Was noch fehlte, war ein offizielles Okay vom Paul-Ehrlich-Institut. Zwar hatten sich einige Mitarbeiter gemeldet, das waren aber nur deren persönliche Meinungen. Er musste also entweder erneut offiziell anfragen oder er schiss drauf. Alex lehnte sich zurück. Das RKI war kaum noch besetzt, und wahrscheinlich sah es in Hamburg am Paul-Ehrlich-Institut ähnlich aus. Sie hatten den Punkt der höchsten Ansteckungsquote bereits überschritten. Mehr als die Hälfte der Menschen in diesem Land war krank. Unvorstellbar. Er konnte sich bei aller Fantasie nicht ausmalen, was das wirklich bedeutete. Das Ganze hatte eine solche Dimension angenommen, dass jedes Verstehen und erst recht Nachempfinden unmöglich war. Nur rein rational konnte man mit Zahlen und Schlussfolgerungen darüber sprechen, ohne tatsächlich zu begreifen. 40 Millionen Infizierte waren zu abstrakt.

Was für ein krankes Hirn hatte dieses Virus erdacht, und wer war so wahnsinnig gewesen, es auf die Menschheit loszulassen? So wie er es mitbekommen hatte, wusste man das nicht einmal mit Sicherheit im Kanzleramt zu sagen. Man vermutete einen terroristischen Anschlag, aber eine Bestätigung dafür gab es nicht. Es blieb also ein Rätsel, und ob man je erfahren würde, wer dafür verantwortlich war, durfte bezweifelt werden. Aber was sollte das auch nutzen, außer, die eigene Neugier zu befriedigen? Aber so war der Mensch.

Er fuhr den Rechner runter, stand auf und machte sich auf den Weg.

Sein Polo hatte kaum noch Sprit. An drei Tankstellen war er vorbeigekommen und keine hatte offen gehabt. Fluchend und sauer auf sich selber, bog er in die Paul-Löbe-Allee ein. Wenn jemand hätte wissen müssen, dass man sich besser rechtzeitig um einen vollen Tank kümmerte, dann ja wohl er. Aber was sollte er machen? Radfahren war wohl bald die einzige Möglichkeit, um von A nach B zu kommen. Ihm graute davor.

Vor dem Bundeskanzleramt standen genau wie gestern zwei Schützenpanzer der Bundeswehr und einige Soldaten mit Maschinenpistolen. Er parkte halb auf dem Grünstreifen und ging zum Eingang, wo er sich ausweisen musste. Ein Mitarbeiter begleitete ihn in den obersten Stock.

Neben dem Vizekanzler war auch wieder die Staatssekretärin aus dem Gesundheitsministerium da, und Brandtner vom Innenministerium fehlte auch nicht. Aber es war keine offizielle Runde, mehr eine spontane, die sich hier versammelt hatte. Es ging ungezwungen zu, ein Umstand, der Alex verunsicherte. Er hatte lieber einen klaren Rahmen und Regeln, an die er sich halten konnte. Die Leute unterhielten sich, und er wusste nicht, ob er die Gespräche unterbrechen sollte, um alle zu begrüßen, und stand deshalb ziemlich verkrampft herum, bis sich jemand seiner erbarmte.

„Guten Morgen Herr Dr. Baldau."

„Morgen Herr Vizekanzler, morgen meine Damen und Herren."

„Seien Sie nicht so förmlich. Nennen Sie mich bei meinem Namen."

„Gerne, Herr Schmidt."

„Setzen Sie sich. Wir haben soeben über die Lage im Rest der Welt diskutiert. Meinen Sie, andere Länder sind mit einem Impfstoff ebenso weit wie Sie?"

„Das weiß ich nicht", wiegelte Alex sofort ab. „Ich denke, die Forscher dort sind auch nicht dümmer als ich. Insbesondere die Amerikaner haben einige ganz herausragende Experten auf dem Gebiet. Sollte mich nicht wundern, wenn die viel weiter wären."

„Da täuschen Sie sich gewaltig! Wir wissen nicht viel von dem, was in den USA vorgeht, aber wir wissen ganz sicher, dass die Verwaltung komplett zusammengebrochen ist. Der Präsident hat sich an einen sicheren Ort zurückgezogen, und im Rest des Landes herrscht Anarchie."

Alex hatte das schon im Fernsehen gehört. Insofern war das für ihn nichts Neues. „Ja, aber die Amis sollte man nicht zu früh abschreiben. Sie haben in Atlanta, im Stadtteil Druid Hills, das beste Hochsicherheitslabor der Welt. Würde mich nicht wundern, wenn von dort noch was käme."

„Das CDC ist zerstört worden, Herr Dr. Baldau. Zumindest sagen uns die Briten das. Wie Sie ja sicher wissen, bin ich auch Außenminister. Wir haben noch Kontakte, zumindest zu einigen Ländern, hauptsächlich natürlich Europa. China hat sich komplett abgeschottet, Russland ebenso und alles, was im Nahen Osten liegt, ist kaum noch zu erreichen. In Indien ist es ganz fürchterlich."

„Das verwundert nicht."

„Nein, aber auch Europa löst sich auf. Brüssel hat es aufgegeben, oder besser gesagt, aufgeben müssen, zu koordinieren. Es gibt dort kaum noch gesunde Mitarbeiter. Deshalb sind wir zunehmend auf uns selbst gestellt. Was sich aber auch erledigt haben wird, wenn wir nicht mehr kommunizieren können."

„Sieht es so schlecht aus?"

„Nur noch eine Frage von Stunden, wenige Tage, wenn wir Glück haben. Wir haben heute noch die letzten Reserven mobilisiert, um die Lebensmittellager zu räumen, und selbst das hat nicht überall geklappt. Wir haben keine Struktur mehr. Wir bekommen nichts mehr von hier aus auf die Beine gestellt, weil die Kommunikationswege nicht mehr funktionieren und häufig niemand mehr ansprechbar ist. Alles, was jetzt noch geschieht, geht auf die Initiative einzelner vor Ort zurück. Die haben aber ihre eigenen Sorgen und Probleme und wollen und können sich von uns nicht reinreden lassen. Wenn ich beispielsweise einen Landrat erreiche und ihm sage, er muss etwas umsetzen, lacht der mich aus. Der hat doch selber keine Leute. So sieht es aus. Und heute Morgen haben wir erfahren, dass in zwei Dritteln der Republik der Strom ausgefallen ist. Dass Berlin nicht betroffen ist, ist ein Wunder, aber eines, das auch nicht lange vorhalten wird. Nein, Herr Dr. Baldau, es steht schlecht, ganz schlecht. Die einzige Hoffnung ist Ihr Programm. Wir brauchen diesen Impfstoff!"

Das war seine Gelegenheit. „Ich arbeite, so schnell ich kann. Aber ich brauche Hilfe. Zum einen wäre es gut, wenn ich offiziell die Unterstützung des Gesundheitsministers bekommen könnte. Er müsste zum einen anweisen, dass das RKI bei der Entwicklung des Impfstoffes aus naheliegenden Gründen auf die üblichen Sicherheitsprozeduren verzichten darf. Zum anderen müsste er alle verpflichten, uns unter die Arme zu greifen."

„Der Gesundheitsminister ist krank oder schon tot, ich weiß es nicht. Aber klar, die Anweisung sollen Sie bekommen. Kein Problem. Sonst noch was, das wir für Sie tun können?"

Alex wand sich. „Ich habe kein Benzin mehr."

Der Vizekanzler sah ihn verdattert an, dann lachte er laut und herzlich. „Sie bekommen ein Auto aus dem Fuhrpark der Bundesregierung. Aber ohne Fahrer!"

„Kein Problem, besten Dank."

***

Mechthild Beimer saß in der Küche ihres Hauses und versuchte, auf dem Ofen etwas Wasser zu erhitzen. Ohne Strom war alles mühselig. Ihr Telefon ging ebenfalls nicht mehr, was aber mehr eine Erleichterung war. Zwar konnte sie nun niemanden erreichen, wurde aber auch nicht mehr den ganzen Tag mit Anliegen bedrängt.

Ihr Mann war krank. Gerd lag oben im Schlafzimmer, und es sah nicht gut aus. Wie auch? Mechthild stand auf und schaute nach dem Wasser, legte dann einen Scheit nach. Sie wollte sich um ihren Mann kümmern, aber sie musste auch ins Rathaus. Ihr Plan war, alle zwei Stunden heimzufahren, um nach ihm zu sehen. Sie war hin, und hergerissen von der ganzen Sinnlosigkeit des eigenen Tuns. Aber die Arbeit lenkte ab und sie konnte auch gar nicht anders. Es war ihre zweite Natur.

Das Wasser sprudelte leicht, sie nahm den Topf herunter und schüttete etwas davon in einen Becher. Dann gab sie den Teebeutel hinzu und ging nach oben. Gerd schlief. Sie musste sich zusammennehmen, als sie ihn so sah. Seit fünfundzwanzig Jahren waren sie verheiratet, und es war eine gute Ehe gewesen. Ihn jetzt zu verlieren, brach ihr das Herz, aber wahrscheinlich würde sie ihm bald nachfolgen. Es konnte nicht mehr lange gut gehen. Mit Tränen in den Augen ging sie wieder hinab ins Erdgeschoss, griff ihre Tasche und öffnete die Haustür. Ein warmer Septembertag erwartete sie.

Im Rathaus war kaum noch jemand. Der Empfang war unbesetzt und auch ihre Sekretärin fehlte. Mechthild setzte sich resigniert an ihren Schreibtisch. Was sollte sie von hier aus noch bewirken? Alles schien aussichtslos, und sie fragte sich, warum sie sich das noch antat. Sie stand auf und trat ans Fenster. Die Bundesstraße war leer, keine Fahrzeuge, keine Passanten. Nicht einmal unten vor dem Rathaus hatten sich welche versammelt, wie es in den letzten Tagen immer der Fall gewesen war. Als wenn der Stromausfall auch dem Letzten klargemacht hatte, wie es stand. Sie öffnete das Fenster. Noch nie war es so ruhig in Klingenbronn gewesen. Nichts, kein Geräusch, außer dem Zwitschern der Vögel.

Es klopfte an der Tür, und sie drehte sich um.

„Herein."

Eine ältere Frau, ganz in Beige gekleidet, betrat schüchtern ihr Büro. „Entschuldigen Sie, Frau Bürgermeisterin. Ich brauche Ihre Hilfe."

„Was kann ich für Sie tun?"

„Ich bin Diabetikerin und mein Insulin ist alle. Dr. Jung ist tot, und die Adler-Apotheke ist zu. Was soll ich denn machen?"

„Haben Sie denn bei der Apotheke auch mal den Nebeneingang versucht? Herr Freitag wohnt doch direkt über seinem Geschäft."

„Habe ich, aber da meldet sich niemand, wenn man klingelt."

Mechthild nahm an, dass der Apotheker tot in seiner Wohnung lag, oder zumindest so krank war, dass er nicht einmal mehr die Tür öffnen konnte. Was konnte man da tun? Das, was sie seit Tagen tat: einfach machen.

„Kommen Sie, wir gehen da zusammen hin", sagte sie zu der alten Frau und griff nach ihrer Tasche.

Die Adler-Apotheke war eines der altehrwürdigen Fachwerkhäuser der Stadt und nur dreißig Meter vom Rathaus entfernt. Mechthild vergewisserte sich, dass die Eingangstür verschlossen war, und versuchte es dann an der

Tür im Nebeneingang. Ergebnislos. Sie wollte gerade die Nachbarhäuser abklappern, als sie den Lkw näherkommen hörte. Eilig lief sie zur Hauptstraße, wo der dunkelblaue IVECO hinter einer Kurve auftauchte. Sie winkte.

„Morgen Frau Beimer, was gibt's?"

„Ich brauch mal Hilfe." Der Fahrer nickte und stellte den Motor ab. Mechthild meinte, dass er Jürgen hieß, war sich aber nicht sicher. Sie sah ihm zu, wie er aus dem Fahrerhaus kletterte.

„Was kann ich denn für Sie tun?"

„Wir müssen die Tür zur Apotheke aufbekommen. Kennen Sie sich mit so was aus?"

Der Mann rieb sich das Kinn. „Nein, also mit Schlössern nicht. Wir können die Tür aufbrechen oder die Scheibe zerschlagen."

„Das wäre sicher die schlechteste Lösung."

„Mal sehen", sagte der Mann und machte sich an einem Kasten, der neben dem Hinterrad des Lasters befestigt war, zu schaffen. Mit einer großen Brechstange und einigen Schraubenziehern ging er Richtung Eingangstür der Apotheke. Dann versuchte er, die Schraubenzieher in den Spalt zwischen Türrahmen und Tür zu zwängen.

„Wie geht es Herrn Hardenberg?", erkundigte sich Mechthild.

„Beschissen."

„Aber er lebt noch?"

„Ja, der Markus ist ein zäher Knochen. Zwei Tage geht das schon, andere haben mehr Glück. Der Heiner, mein Kollege, der hat es gestern Mittag gekriegt, und gestern Abend war er hinüber. Ich habe ihn da hinten drauf."

Jetzt griff er zur Brechstange. Mit einem Krachen brach die Tür auf. „So, Frau Beimer. Das war es schon."

„Ja, besten Dank."

„Gerne doch. Ich fahr dann mal zur Grube. Wir sehen uns noch."

„Ja, bis später."

Sie sah Jürgen hinterher, der sein Werkzeug in die Kiste zurücklegte und sich dann ans Steuer setzte. Ein merkwürdiger Kerl und sicher nicht der Hellste, aber einer der wenigen, der noch seinen Job machte. Als er den Motor anließ, ging sie in Innere der Apotheke, und die alte Frau folgte.

„Sie wissen, was Sie brauchen?"

„Ja, aber nicht, wo es ist."

„Wir suchen zusammen."

Sie wollte zu Fuß gehen und ließ das Auto am Rathaus stehen. Etwas Bewegung, frische Luft und ein wenig Zeit, nachzudenken. Mechthild musste jemanden finden, der in der Lage war, die Apotheke zu führen. Wobei ihr klar war, dass das mehr ein Aufpasser als ein Berater werden würde, denn medizinisch ausgebildetes Personal gab es nicht mehr, von Apothekern ganz zu schweigen. Die Menschen brauchten Medikamente, und jemand musste sie ihnen geben. Solange noch welche da waren. Denn das, hatte sie soeben erlebt, würde ganz schnell zum Problem werden, wenn man nicht aufpasste. Die alte Frau mit Diabetes wollte sämtliche Vorräte ihres Medikamentes mitnehmen. Mechthild konnte das ja verstehen, denn ohne Insulin würde sie nicht überleben können, aber was, wenn noch andere das gleiche Medikament brauchten? Sie musste das irgendwie rationieren. Eine offen stehende Apotheke wäre binnen Stunden ausgeräumt.

Auf ihrem Weg zur Sporthalle begegnete ihr niemand. Sie schaute auf die Häuser rechts und links. Wie viele Menschen lebten noch hinter diesen Mauern? Von außen war kein Leben auszumachen. An manchen Häusern hatte man mit schwarzer Farbe ein Kreuz gemalt. Das war der Trupp gewesen, der bis vorgestern Leichen eingesammelt hatte. Jedes Haus, das sie vollständig geräumt hatten, war auf diese Weise markiert worden, damit man nicht ein zweites Mal suchte. Den Trupp gab es nicht mehr. Gestern früh hatte der letzte von ihnen seinen Abschied verkündet. Seitdem verwesten die Leichen in den Häusern. Mechthild sah keine Chance, das noch zu ändern.

An der Sporthalle war wieder alles zugeparkt. Anscheinend gab es niemanden mehr, der das überwachen oder die falsch geparkten Autos abschleppen konnte. Sie wunderte sich, dass noch Menschen hierher kamen. Eigentlich hätte sich längst herumsprechen müssen, was für ein schrecklicher Ort die Halle war. Es zeigte die Not und Verzweiflung, dass immer noch welche kamen.

Bei dem Geruch wurde ihr schon im Eingangsbereich übel. Essen, Erbrochenes, Schweiß und Exkremente. Eine schreckliche Mischung, gegen die kein Mundschutz half. Sie betrat die Halle und sah sich um. Noch immer waren fast alle Betten belegt. Die inneren Trennwände hatte man zwischenzeitlich wieder abgebaut, um mehr Platz zu haben, und deshalb konnte Mechthild alles überblicken. Die Kranken lagen auf den Feldbetten. Die meisten still, wenige bewegten sich. Es war viel leiser als bei ihrem letzten Besuch. Angehörige sah sie kaum, aber die drei Helferinnen waren noch da. Gott sei Dank. Frau Nottusch und ihre Freundinnen waren noch im Einsatz. Ein kleines Wunder. Ihr fiel eine Last vom Herzen, und Mechthild atmete erleichtert auf. Sie ging sogleich hinüber.

„Hallo Frau Nottusch."

„Frau Beimer, grüß Gott."

„Geht es noch?"

„Es ist schon schwer, vor allem nachts. Aber wir haben Hilfe bekommen. Schauen Sie mal", sagte Frau Nottusch und zeigte ans andere Ende der Halle. Mechthild sah einen jungen Mann, der sich ebenfalls um die Kranken kümmerte, und überlegte, wo sie ihn schon mal gesehen hatte.

„Der Matthias ist das. Er ist wieder gesund, und jetzt hilft er uns."

Mechthild brauchte, um zu verstehen. Völlig entgeistert riss sie die Augen weit auf. Zu ungeheuerlich schien ihr das. „Er hat überlebt?"

„Ja, doch. Und er wird nicht der Einzige sein, Frau Beimer. Wir haben einige, die wohl wieder gesund werden. Der Herr Hahnbichel, Frau Graumaier und vielleicht auch die Heike." Frau Nottusch zeigte auf die Betten, wo die Genannten lagen, und jetzt erkannte Mechthild auch, wie sehr sich diese Patienten von den anderen unterschieden. Sie sahen schwach und ausgelaugt aus, machten aber nicht den Eindruck, schwer krank zu sein. Dann gab es noch Hoffnung. Der Gedanke schien ihr ungeheuerlich und vor Erleichterung kamen ihr die Tränen. Unwillkürlich schluchzte sie auf. Sie war mit den Nerven am Ende.

„Ist schon gut, Frau Beimer. Ich weiß, man glaubt es kaum, aber einige schaffen es tatsächlich."

Ohne Telefon hatte das alles keinen Sinn mehr. Helge Hartung setzte den Springer auf E4 und schaute zufrieden drein, als er Birgits gerunzelte Stirn sah.

„Du bist gleich matt", sagte er hoffnungsvoll.

„Du hast gleich einen Springer weniger."

Meinte sie das ernst? Er hatte keinen Schimmer. Schach hatte er nie gespielt, bis sie vor zwei Tagen damit ankam. Bisschen was gegen die Langeweile. Helge machte mit, nicht, weil er eine Leidenschaft für das Spiel hatte, sondern eine für seine Kollegin. Mit Birgit hätte er auch Mensch ärger Dich nicht gespielt, wenn sie das gewollt hätte. Sie beide und Udo waren die letzten drei Polizisten auf dem Revier, wobei Udo die Spätschicht machte. Nachts war niemand mehr hier und auch tagsüber war es eigentlich sinnlos, weil ohne Strom und Telefon an einen vernünftigen Dienst nicht zu denken war. Ein fahrbereites Auto hatten sie ebenfalls nicht mehr. Helge hatte den Eindruck, Birgit käme nur noch wegen ihm und er nur noch wegen ihr. Leider war er sich nur bei Letzterem sicher.

Sie schlug seinen Springer, und an dessen Stelle stand jetzt ihr Läufer. Helge überlegte, ob das gut oder schlecht war. Schlecht wahrscheinlich, denn er hatte ein Pferd verloren. Konnte er sich nicht etwas dafür zurückholen? Er beugte sich vor.

Dass sie beide noch gesund waren, grenzte an ein Wunder. Die Toten lagen inzwischen auf der Straße. Ob sie dort gestorben waren oder von verzweifelten Angehörigen dort abgelegt worden waren, wusste er nicht und wollte es auch gar nicht wissen. Es war einfach schrecklich geworden, vor die Tür gehen zu müssen. Ein weiterer Grund, in der Wache zu bleiben. Helfen konnte sie ohnehin niemanden mehr.

Er sah eine Chance, mit seinem Turm zuzuschlagen. Das brachte ihm zwar nur einen Bauern, aber immerhin. Helge machte den Zug und grinste breit. Aber kaum, dass er den Bauern einkassiert hatte, schlug Birgit seinen Turm und schüttelte den Kopf.

„Das war dumm von dir."

„Aber mutig!"

„Die Mutigen sind für ihre Dummheit bekannt. Wären sie schlau, würden sie vorsichtig sein."

„Jaja."

Es klopfte an der Tür, dann trat ein junges Mädchen ein. Helge schätzte sie auf elf, höchstens zwölf. Die Kleine war schlimm zugerichtet. Blutergüsse und eine Schnittwunde über dem Auge. Die Haare fettig und die Klamotten zerrissen. Birgit sprang auf.

„Um Himmels willen, was ist denn mit dir passiert?"

Das Mädchen brach in Tränen aus. „Sie müssen mir helfen. Er ist bestimmt hinter mir her."

Birgit eilte der Kleinen entgegen. „Keine Sorge, hier bist du in Sicherheit. Setz dich, ich hole den Verbandskasten." Sie fasste das spindeldürre Mädchen am Arm und begleitete sie zu einem Stuhl.

Helge besorgte ein Glas Wasser und kam dazu. „Hier trink. Was ist passiert?"

„Ich bin abgehauen. Ich wurde gefangen gehalten. Er kommt mich bestimmt suchen."

„Wer hat dich gefangen gehalten?"

„Ich kenne seinen Namen nicht. Ein Mann, ein Perverser."

„Und wie und wo hat er dich gefangen gehalten?"

„In seinem Haus", sagte das Mädchen und brach in Tränen aus.

Birgit strich ihr beruhigend über die Stirn. „Ganz ruhig, hier bist du sicher. Bitte sag mir, was passiert ist."

„Er hat mir gesagt, dass er Medikamente hat, die gegen Viren helfen. Das war vor einer Woche. Ich war so dumm und bin mit ihm mit, und als wir dann in seinem Haus waren, da ist er über mich hergefallen. Er hat mich vergewaltigt, geschlagen und in den Keller gesperrt."

Helge sah zu Birgit hinüber, die dabei war, ein Antiseptikum auf einen Lappen zu geben, um die Schnittwunde zu desinfizieren. Ein kurzer Blick genügte ihm, um zu erkennen, dass sie die Geschichte des Mädchens für genauso wahr hielt wie er selber. Die Kleine schien erstaunlich ruhig und gefasst, wenn man bedachte, was ihr zugestoßen war. Aber das täuschte. Das Mädchen stand noch unter Schock. In einigen Stunden würde es ganz anders sein, Helge kannte das.

„Wo war das? Wann bist du weg? Findest du das Haus wieder?"

„Ich gehe nicht dahin zurück!"

„Halt mal still", sagte Birgit und säuberte die Wunde vorsichtig. „Du musst nicht dahin zurück, aber wir würden uns gerne ansehen, wo das war. Und du willst doch sicher auch, dass der Kerl zur Rechenschaft gezogen wird. Stell dir nur vor, er würde jemand anderem das antun, was er dir angetan hat. Alleine deshalb müssen wir ihn festnehmen."

„Da waren noch andere. Ich habe sie schreien gehört."

„Wo? In dem Haus?"

Das Mädchen nickte.

„Wie heißt du?"

„Simone."

„Gut Simone. Du bist jetzt in Sicherheit, hier bei uns. Aber wir müssen zu dem Haus. Kannst du uns sagen, wo das war?"

„Rackowstraße, die Nummer weiß ich nicht. Ein Einfamilienhaus, rot, aus Backstein, mit schwarzem Dach."

Birgit stand auf. „Wir sind gleich wieder da. Hörst du? Wir kommen gleich wieder. Wir schließen unten ab, dann bist du in Sicherheit. Ist das okay?"

Helge trat in den Hof und hob die Hand gegen das blendende Sonnenlicht. Birgit schloss die Tür.

„Willst du wirklich dahin? Das könnte gefährlich werden", fragte er.

„Hast du nicht gehört, dass da vielleicht noch andere Mädchen sind? Wenn ich für etwas zur Polizei gegangen bin, dann, um solche Schweine aus dem Verkehr zu ziehen."

Erschrocken über ihre Wut ruderte Helge sofort zurück. „Gut, dann lass uns mal."

Sie gingen zu Fuß, so weit war es nicht, beide in ihren Gedanken versunken und genauso still, wie die tote Stadt um sie herum. Das Haus in der Rackowstraße war nicht schwer zu finden. Einfamilienhäuser gab es hier nur wenige und die meisten waren weiß verputzt. Der rote Ziegelbau mit dem schwarzen Walmdach stand auf einem großen Grundstück und war nicht zu verfehlen. Helge war nicht wohl bei der Sache. Sie waren nur zu zweit und schon von Weitem an ihren Uniformen zu erkennen. Verstärkung anzufordern, war reines Wunschdenken. Dennoch schien Birgit fest entschlossen, das durchzuziehen. Er versteckte sich hinter eine Hecke und zog sie mit sich.

„Wir sollten nicht einfach an der Haustür auftauchen", sagte er.

„Warum nicht? Ich habe eine Waffe, und ich habe keine Probleme, die auch einzusetzen."

„Der Typ hat vielleicht auch eine Waffe. Vergiss nicht, die Zeiten haben sich geändert. Ob das Auftauchen der Polizei heute noch jemanden davon abhält, durchzudrehen?"

„Das hat es doch noch nie!"

„Komm, wir gehen durch den Nachbargarten."

Birgit ließ sich widerstandslos mitziehen. Helge blieb hinter der Hecke und nutzte jede Gelegenheit, einen Blick auf das rote Haus zu werfen. Alles schien ruhig und auch an den Fenstern war niemand zu sehen, der nach ihnen Ausschau hielt. Am Ende des Gartens stand ein kleiner Geräteschuppen. Zwischen ihm und der Hecke war genügend Platz, um durchzuschlüpfen. Er zog seine Pistole.

Tief gebückt schlichen sie über den ungemähten Rasen und drückten sich dann an die Hauswand. Es gab einen Hintereingang, und dort wollte Helge hin. Er gab Birgit ein Zeichen, ihn zu sichern, und ging los. Die Hintertür war komplett verglast. Eine schmuddelige Gardine verhinderte den Blick ins Innere. Er versuchte den Türknopf. Ohne Erfolg. Nebenan gab es ein gekipptes Fenster. Helge drückte sich an die Scheibe und spähte hinein. Eine dreckige unaufgeräumte Küche. So viel war zu erkennen, und niemand war darin. Er langte nach seinem Messer und begann, den Hebel des gekippten Fensters zu bearbeiten. Er war beileibe kein Profi in solchen Sachen, aber dennoch in der Lage, das Fenster in wenigen Sekunden zu öffnen. Sofort bemerkte er den Gestank. Er hatte zu viele Leichen gerochen, als dass er nicht wusste, was das war.

Helge kletterte ins Innere. Die Küche war ein einziges Chaos. Dreckiges Geschirr, Töpfe mit Essensresten, angebrochene Verpackungen und jede Menge Müll. Er öffnete die Hintertür und ließ seine Kollegin hinein. In dem Moment hörten sie einen Schrei. Sie sahen sich an, und Birgit zeigte mit der freien Hand an die Decke. Helge nickte.

Hinter der Küche war der Flur mit dem Treppenhaus. Wieder ging er vor, während Birgit ihn absicherte und dabei die obere Treppe ins Visier nahm. Helge hörte Geräusche und leises Wimmern und war sich sicher, dass sie einen günstigen Moment abgepasst hatten. Anscheinend war der Kerl beschäftigt. Wut kam auf.

Er ging die Treppe bis zum oberen Absatz und winkte seiner Partnerin, nachzukommen. Birgit war gleich bei ihm, und er hatte mittlerweile ausgemacht, woher die Geräusche kamen. Helge zeigte auf die Tür schräg gegenüber, dann auf sich. Birgit nickte. Er drehte sich herum, schritt schnell die wenigen Meter ab, riss die Tür auf und hob die Waffe.

„Polizei, rühr dich nicht von der Stelle!"

Birgit weinte, und er legte ihr den Arm um die Schultern. Sie saßen hinter dem Haus im Garten und waren mit den Nerven am Ende. Sie hatten den Kerl dabei erwischt, wie er eine Zehnjährige vergewaltigte. Helge hatte es sich nicht nehmen lassen, dem Typen die Zähne einzuschlagen, bevor er ihm Handschellen anlegte.

Das war aber nur der Auftakt zu Schlimmeren gewesen. Im Haus fanden sie noch ein weiteres Mädchen eingesperrt. Im Keller drei Leichen. Der Anblick der zerschundenen jungen Leben war für Birgit zu viel gewesen. Ihm ging es nicht besser. Er war voller Wut und Abscheu.

Der Perverse hatte sich hier sicher gefühlt, jetzt, wo alles zusammengebrochen war, und er hatte ungehemmt seine kranke Veranlagung ausgelebt. Jetzt war die Frage, was sie mit dem Schwein machen sollten. Ins Gefängnis konnten sie ihn nicht bringen, weil sie kein Auto hatten. Was Birgit wollte, war ihm klar, und er musste versuchen, sie davon abzuhalten.

II

Alex sah die Proben durch und konnte keine Fehler finden. Nun galt es, die Viren unschädlich zu machen, sie zu inaktivieren. Er wollte dafür Formaldehyd nutzen, ein bewährtes und relativ sicheres Mittel. Leider auch zeitaufwendig. Drei Kollegen hatten sich ihm angeschlossen, und gemeinsam machte man sich an die Arbeit.

Als er ins Institut gekommen war, hatte er zuerst in seinen Posteingang geschaut. Und tatsächlich waren alle Freigaben, Vollmachten und Bestätigungen vom Gesundheitsministerium da, die er brauchte, um tun und lassen zu können, was er wollte. Er hatte es sich nicht nehmen lassen, eine Kopie davon an seinen Chef zu schicken und ihm in einem Nebensatz mitzuteilen, dass er einige Mitarbeiter für seine Zwecke einspannen würde. Das war schwieriger gewesen als gedacht. Nur noch acht Forscher mit Akkreditierung für das Hochsicherheitslabor waren heute zur Arbeit erschienen, die meisten davon ihrerseits mit der Entwicklung eines Lebendimpfstoffes beschäftigt. Alex hatte die angesprochen, die er am besten kannte und zu denen er einen Draht hatte. Drei hatten sofort zugesagt, zwei weitere würden nach dem Mittag dazustoßen.

Dennoch würden sie nur eine geringe Menge Impfstoff herstellen können. Das Robert-Koch-Institut war nicht darauf ausgelegt, große Mengen zu produzieren. Die Frage war nun, wie viele Personen er damit versorgen konnte. Bei neuen Impfstoffen war die benötigte Mindestdosis, um eine ausreichende Immunantwort auszulösen, unklar. Er musste eine Schätzung vornehmen. Schätzte er zu vorsichtig, würde die Impfung nutzlos sein. Schätzte er zu großzügig, konnte die Immunreaktion heftig werden. Außerdem hatte er dann nur wenige Impfdosen. Seit Stunden knobelte er an dieser Aufgabe.

Und über allem stand die Frage nach der Wirksamkeit. Die Reaktion des Immunsystems würde er erst im Nachhinein über die gebildeten Antikörper und T-Zellen ermitteln können. Aber reichte diese Immunantwort auch wirklich aus für einen belastbaren Schutz vor einer Infektion? Nicht selten korrelierte die Menge an Antikörpern nicht mit dem tatsächlichen Schutz. Dies machte den Nachweis der Schutzwirkung so kompliziert. Der einzige wirklich sichere Wirksamkeitsnachweis war das dokumentierte Ausbleiben der Erkrankung nach einer Exposition mit dem Pathogen. Und die einzige schnelle Möglichkeit, das herauszufinden, war, die Geimpften den echten Erregern auszusetzen. Eine hundert Prozent tödliche Sache, sollte er einen Fehler gemacht haben.

Gegen Mittag meldete sich sein Magen, und er machte sich auf den Weg zur Kantine. Die war aber geschlossen.

Fassungslos las Alex den Aushang, der verkündete, dass es bis auf Weiteres keine Verpflegung mehr geben würde. Er ging in sein Büro, holte sein Portemonnaie und verließ das Institut. Draußen waren keine Reporter mehr. Nur noch ein Wachmann versah tapfer seinen Dienst. Alex wandte sich nach rechts.

Sobald er im Freien war, spürte er, dass sich die Atmosphäre der Großstadt grundlegend gewandelt hatte. Die permanenten Hintergrundgeräusche, der Lärm des Verkehrs, die Geräusche des Alltags, das Zuschlagen einer Haustür, die aufgeschnappten Fetzen von Unterhaltungen, nichts davon war noch präsent. Er sah sich unbehaglich um. Der Herbst kam schnell näher. Die ersten Blätter fielen, die Büsche und Sträucher verfärbten sich. Dazu hatte sich der Himmel mit Wolken verhangen. Es war deutlich kühler geworden.

Am Nordufer entlang lief er zum Kiosk, der verschlossen war. Die Gaststätte *Deichgraf* war zu, ebenso das Restaurant *Fünf & Sechzig*. Als er am *Ufer-Café* ankam, war er nicht einmal mehr enttäuscht, dass es geschlossen hatte. Wo bekam er etwas zu essen her?

Er lief weiter bis zur Fennbrücke, querte sie, hielt in der Mitte inne und spähte ins Wasser des Nordhafens. Drei Leichen trieben am Ufer, keine hundert Meter entfernt. Er schüttelte sich. Waren die Toten Opfer der Krankheit oder Opfer eines Verbrechens geworden? Das konnte er von dort, wo er stand, unmöglich beurteilen. Wie hatte Matuschek von der Polizei noch gesagt? Man bekam von der Gewalt nichts mit. Stimmte das? War er leichtsinnig, wenn er sich alleine hier herumtrieb? Aber wer sollte schon etwas von ihm wollen? Trotzdem fühlte er sich nicht mehr wohl.

Einige Meter weiter, an der großen Kreuzung mit der Friedrich-Krause-Straße, war nichts los. Hier stockte sonst der Verkehr. Jetzt wechselten die Ampeln ihre Farbe, ohne dass es jemanden betraf. Er sah auf das große Werbeschild: Kaiser's, ALDI, KIK und TEDi. Dort wollte er hin.

Die Tür des ALDI-Marktes war aufgebrochen, der Verkaufsraum verwüstet. Alex hatte nicht ernsthaft erwartet, dass der Supermarkt noch geöffnet hatte, aber dass es so schlimm war, hätte er auch nicht gedacht. Er lief durch den halbdunklen Markt an ausgeräumten Regalen vorbei und suchte nach etwas, womit er seinen Hunger stillen konnte. Aber da war nichts mehr. Er ging zu den Kassen und dann nach draußen.

Als er ins Freie trat, hörte er ein Auto näher kommen und blieb stehen. Ein blauer Mazda-Kombi fuhr langsam auf den Parkplatz und kam direkt auf den Eingang zu, wo Alex stand. Als der Wagen nur noch zehn Meter entfernt war, sah er, dass ein älterer Mann am Steuer saß. Der Mann parkte den Mazda direkt vor die Eingangstür, stellte den Motor ab und stieg aus.

„Gibt's noch was?", rief er Alex zu und zeigte auf den Markt.

„Nein, alles weg."

„Warst du auch schon beim EDEKA und Kaiser's?"

„Nee, da wollte ich als Nächstes schauen."

„Kannst du dir sparen. Ich komme gerade von dort."

Der Mann lehnte sich mit dem Rücken an sein Auto, kramte eine Schachtel Marlboro hervor und zündete sich eine an.

„Willst du auch?"

„Danke, ich rauche nicht. Zu essen hast du nicht zufällig was?"

Einen Moment lang musterte ihn der Mann misstrauisch, dann nickte er. „Ein bisschen habe ich schon noch zusammenbekommen, aber viel kann ich nicht abgeben."

„Nur für jetzt, für die Mittagspause. Ich hab Hunger."

„Mittagspause? Arbeitest du etwa noch?"

„Ja, im RKI."

„Wissenschaftler?" Alex staunte, dass der verwahrloste Kerl etwas mit der Abkürzung vom Robert-Koch-Institut anfangen konnte.

„Ja, und Sie?"

„Ach, ich bin nur Sozialarbeiter."

Was für eine merkwürdige Antwort, dachte Alex. Der Mann drehte sich um, ging zum Kofferraum seines Wagens. Er öffnete die Klappe, und Alex sah, dass der gesamte Kofferraum mit Lebensmitteln gefüllt war. Der Mann nahm schnell eine Packung Kekse und schloss die Klappe wieder. Dann kam er auf ihn zu.

„Hier, die kannst du haben."

Alex nahm die Kekse dankbar entgegen und machte eine Kopfbewegung zum Auto. „Sie haben eine Menge an Zeug da drin."

Der Gesichtsausdruck des Mannes wurde sofort misstrauisch. „Ist nicht für mich, und ich würde dir nicht raten, zu versuchen, da ranzukommen."

„Keine Sorge", wiegelte Alex sofort ab. „Zu Hause habe ich reichlich. Ich hab mich nur gewundert."

„Ich sag dir was. Das sieht zwar nach viel aus, ist es aber gar nicht. Jedenfalls nicht, wenn man ein Dutzend hungriger Kinder durchfüttern muss."

„Hungrige Kinder?"

„Dir ist wohl noch nicht aufgefallen, wie viele Waisenkinder alleine durch die Stadt laufen, was?"

„Nee ..."

„Fällt niemanden auf, sag ich ja. Oder die Leute schauen weg. Das kann ich aber nicht. Ich sagte ja, ich bin

Sozialarbeiter." Der Mann schüttelte kurz mit dem Kopf, dann winkte er ab. „Also, mach's gut", sagte er dann und ging zu seinem Wagen.

Alex sah dem Mann hinterher. Über verlassene Kinder hatte er noch nicht nachgedacht. Aber sicher musste es die geben, und viele dürften nicht das Glück haben, dass sich jemand um sie kümmerte.

***

Zwei große Laster standen auf dem kleinen Platz vor dem Rathaus und eine ratlose Mechthild Beimer gleich daneben.

„Wie soll ich das denn lagern?"

„Das kann ich Ihnen auch nicht sagen."

„Reines Korn, sagten Sie? Muss man das noch mahlen?"

„Sicher doch."

Mechthild sah den Fahrer ungläubig an. Der Mann konnte nichts dafür und wusste auch nichts, außer, dass er und sein Kollege achtzehn Tonnen Reis und Weizen hier abliefern sollten, aber ein wenig Empathie hätte sie schon gebrauchen können. Reis und ungemahlener Weizen. Was sollte sie damit anfangen? Irgendwer hatte Klingenbronn einen Anteil an der Notreserve zugedacht und es hierher liefern lassen. Wer das gewesen war, wusste der Fahrer nicht, und Mechthild konnte nirgends mehr anrufen und sich erkundigen. Nun mussten der Reis und das Getreide abgeladen werden, damit die Lkw zurückkehren und jemand anderes beliefern konnten. Das warf die Frage auf, wohin mit dem Zeug? Reis und Weizen, zumindest so viel war ihr klar, mussten trocken und dunkel gelagert werden. Sicher vor Mäusen und anderen Schädlingen wäre auch nicht schlecht.

„Ich kann Ihnen die Auflieger hier stehen lassen und wir fahren nur mit den Zugmaschinen zurück."

Der Mann wollte wieder los. Konnte sie sich auf den Vorschlag einlassen? Dann standen die vollen Anhänger hier herum. Wie sollte sie die später bewegt bekommen? Aber jemanden zum Abladen hatte sich auch nicht, und der Fahrer würde das nicht machen, hatte er gesagt. Und immer noch wusste sie nicht, wohin damit.

„Ja, lassen Sie die einfach hier stehen. Ich kümmere mich später darum", sagte sie nach langem Nachdenken. Vielleicht fiel ihr noch was ein. Zumindest hatte sie erst einmal Zeit gewonnen. Der Fahrer nickte seinem Kollegen zu, und sie machten sich daran, die Stützen der Auflieger herunterzukurbeln und die Zugmaschinen abzukoppeln.

Mechthild setzte sich auf die Stufen vor dem Rathaus und sah den Männern zu. Wieder etwas, das sie klären musste. Jeder Tag brachte neue Probleme. Sie zog die Jacke enger um sich. Es war kalt geworden. Ein plötzlicher

Wetterwechsel. Bisher hatte sich niemand an sie gewandt, weil er Hunger hatte. Die Leute schienen noch ausreichend Lebensmittel zu haben. Es war also nicht dringend.

Sie stand auf und machte sich auf den Weg zu ihrem Golf. Für heute reichte es. Sie hatte geholfen, die vier letzten Bewohner des Altenheims in die Sporthalle zu bringen. Sie hatte mit angepackt, als es galt, Berge von alten Decken auszutauschen. Sie hatte an Dutzenden Türen geklingelt, bis sie jemanden hatte, der sich um die Apotheke kümmerte. Alles andere konnte bis morgen warten.

Leichter Regen setzte ein, als sie in die Einfahrt ihres Hauses fuhr, und sobald sie ausstieg, wehte ihr ein böiger Wind ins Gesicht. Sie fröstelte. Konnte man die Sporthalle heizen? Sie schob die Frage von sich. Nicht heute.

Im Wohnzimmer feuerte sie sofort den Ofen an, dann ging sie nach oben, um nach ihrem Mann zu sehen. Gerd sah schlimm aus, aber er atmete noch. Es roch nach Urin. Sie ging ins Badezimmer und machte ein Handtuch nass. Dann kehrte sie zurück, wusch ihren Mann, zog ihm einen frischen Pyjama an und tauschte das Bettlaken und die Decke. Das war alles, was sie für ihn tun konnte. Sie griff nach seiner Hand und wünschte sich sehr, dass er ihren Griff erwiderte, aber da war nichts. Zu gerne hätte sie noch einige Worte mit ihm gesprochen, ihm gesagt, dass sie ihn liebte. Sie weinte.

Es war schon fast dunkel draußen. Mechthild stand auf, strich Gerd über die Stirn und flößte ihm etwas Wasser ein. Sie war sich sicher, dass er die Nacht nicht schaffen würde.

In der Küche entledigte sie sich der Handschuhe und des Mundschutzes, wusch sich mit kaltem Wasser und viel Seife. Dann öffnete sie eine Konserve, gab den Inhalt in einen kleinen Topf und stellte ihn auf den Ofen.

Der Wind trieb den mittlerweile heftigen Regen an die Fensterscheiben. Sie kam sich so einsam und verlassen vor wie nie zuvor. Nur der Schein des Feuers erhellte das Wohnzimmer. Mechthild fragte sich, was von ihrem Leben noch übrig bleiben würde, wenn dies alles vorbei war.

***

Die Stadt war dunkel. So was von rabenschwarz, wie Alex es nie für möglich gehalten hätte. Der Strom war weg und damit wohl auch ein wesentlicher Teil der Zivilisation. Die Scheinwerfer seines Autos schnitten wie helle Sicheln durch die Nacht. Er hatte tatsächlich aus dem Fuhrpark des Bundestages einen Audi bekommen. Eine riesige Karre, aber wenigstens war er mobil.

Auf dem Beifahrersitz lag ein Koffer mit Impfstoff und Spritzen. Er war darüber so aufgeregt und gleichzeitig ängstlich, dass er immer wieder darauf schauen musste.

Entweder hatte er es endlich geschafft, oder er baute gerade den größten Mist seines Lebens. Nichts und niemand konnte ihm bei seiner Entscheidung helfen. Wenn er heute Tine und sich impfen würde, gab es kein Zurück.

Er parkte an der Straße, ließ die Scheinwerfer an und stieg aus. Im Kofferraum hatte er sein übliches Equipment, um sich umzuziehen. Er schleppte alles in den Lichtkegel und fing an.

Im Flur war es dunkel, nur aus der Küche drang flackerndes Licht.

„Wieder da!", rief er.

„Du warst nicht zu übersehen. Was ist das für ein Auto?"

„Ein angemessenes Fortbewegungsmittel für den besten Virologen der Welt", sagte er und betrat die Küche. Tine saß am Tisch. Eine Kerze erhellte den Raum. Erst jetzt fiel ihm auf, dass es nicht nach Abendessen roch. Wie auch, wenn es keinen Strom gab? Sie mussten von nun an wohl kalt essen. Ob er eine Tüte Chips bekam?

Tine schaute auf den Metallkoffer in seiner Hand. Sie begriff sofort, und ihr Blick wurde ängstlich. „Du hast es mitgebracht?"

„Ja, wir werden die Ersten sein."

Sie lehnte sich zurück und verschränkte die Arme vor der Brust. Ihre Körperhaltung war nicht schwer zu interpretieren.

„Du musst das nicht tun", sagte er, gab ihr einen Kuss auf die Wange und stellte den Koffer ab.

„Doch ich muss. Aber ich habe Angst."

„Wir werden vorsichtig sein. Schau, ich bin mir ziemlich sicher, dass die Nebenwirkungen nicht allzu schlimm sein können. Das Risiko ist überschaubar", gab er sich optimistischer, als er war.

„Und wenn es nicht wirkt?"

„Dann sind wir wieder da, wo wir jetzt auch sind."

„Die Nachbarn von oben sind heute weg", sagte Tine und zeigte zur Decke.

„Die Schuberts?"

„Ich weiß nicht, wie die heißen, Alex. Die Familie mit der kleinen Tochter. Der Vater ist so ein schmächtiger mit Halbglatze."

„Ja, das sind die."

„Die haben heute all ihr Zeug ins Auto geschafft und sind weggefahren. Die haben sicher gewusst, dass sie nicht hierbleiben können."

„Weil der Strom weg ist? Ja, sicher, das hatte ich dir doch gesagt."

„Schon, aber erst, als ich sah, wie die losgefahren sind, habe ich es auch begriffen. Wo sollen wir denn hin?"

„Das sehen wir dann, wenn es so weit ist. Tine, lenk nicht ab. Entweder wir machen das jetzt, oder wir lassen es. Ich werde dich zu nichts zwingen."

Sie schüttelte sich, als wenn ihr kalt wäre. „Schon okay, das ist nur die Angst. Entschuldige." Sie stand auf und krempelte sich den Ärmel des Pullovers hoch. „Komm, bringen wir es hinter uns."

***

Mechthild Beimer schwitzte trotz des kühlen und regnerischen Wetters. Ihre Arme und Schultern schmerzten und die Oberschenkel zitterten von der ungewohnten Anstrengung. Keuchend trat sie einen Schritt zurück und besah sich das, was sie bisher geschafft hatte. Das Loch war groß genug, aber nicht sehr tief. Vielleicht einen Meter an der tiefsten Stelle. Die ausgestochenen Grassoden waren teilweise mit Erde bedeckt. Sie hätte sie weiter weg schaffen sollen, aber dafür fehlte ihr die Kraft. Wieder nahm sie den Spaten, trat in die Grube und kämpfte mit dem lehmigen Boden.

Gerd war letzte Nacht gestorben. Er war nicht wieder zu Bewusstsein gekommen, wie sie gehofft hatte, sondern hatte irgendwann aufgehört zu atmen. Einfach so, ohne dass sie es mitbekam. Lange hatte sie an seiner Seite gesessen, schwankend zwischen Trauer und Verzweiflung.

Mit dem ersten Tageslicht war sie nach draußen gegangen, hatte den Spaten aus dem Geräteschuppen geholt und begonnen, im Garten ein Grab auszuheben. Auf keinen Fall wollte sie, dass ihr Mann wie Abfall in das Massengrab geworfen wurde.

Als sie die Grube fast fertig hatte, fiel ihr ein, dass sie mit ziemlicher Sicherheit in naher Zukunft auch ein Grab brauchen würde, und so begann sie, das bestehende Loch um das Doppelte zu erweitern. Sie wollte neben Gerd liegen, wenn es so weit war. Hier, in ihrem Garten. Doch die Arbeit war viel schwerer, als gedacht. Mit eisernem Willen zwang sie sich, durchzuhalten.

„Hallo Frau Beimer."

Mechthild fuhr erschrocken herum. Der junge Matthias stand an der kleinen Gittertür, die in ihren Garten führte, und sah sie unsicher an. Er war blass, aber eindeutig gesund. Noch immer fiel es ihr schwer zu glauben, dass es Menschen gab, die diese schreckliche Krankheit überleben konnten.

„Komm ruhig, Matthias, was führt dich her?"

Er öffnete die Tür, kam näher und schaute mit betroffenem Gesichtsausdruck auf die Grube.

„Was machen Sie da?"

„Mein Mann ist gestorben. Ich will ihn hier beisetzen."

Matthias' Gesichtsausdruck ließ keinen Zweifel daran, wie ungeheuerlich er das fand. Streng genommen hatte er recht, ging ihr durch den Kopf. Als Bürgermeisterin hatte sie selbstverständlich auch die zwei Friedhöfe der Stadt zu verwalten. Thema in vielen Gemeinderatssitzungen. Selbstredend gab es eine Friedhofssatzung und eine dazugehörige Gebührenordnung. Alles war in Deutschland geregelt und natürlich auch, wie genau und wo und zu welchem Preis man unter die Erde gebracht wurde. Aber das alles galt nicht mehr.

„Warum machen Sie es so groß?"

„Damit später auch noch Platz für mich ist."

Matthias klappte die Kinnlade herunter und ihm traten die Augen aus dem Kopf.

„Warum bist du hier?", versuchte Mechthild, ihn von ihrem Tun abzulenken.

„Frau Nottusch schickt mich. Das Wasser ist ausgefallen. Wir brauchen Wasser. Sie meint, dass Sie helfen können."

Mechthild stöhnte auf und stützte sich schwer auf den Spaten. Auch das noch! Und wie sollte sie da helfen? Alles sollte sie machen, was fiel denen ein? Fast wäre sie über Matthias hergefallen und bremste sich erst in letzter Sekunde. Er konnte nichts dafür und war auch noch viel zu jung, um so ein Problem eigenständig anzugehen.

„Ich komme nachher zu euch. Aber erst muss ich das hier fertig machen."

Matthias nickte eifrig, dann drehte er sich um und ging zum Gartentor. Plötzlich hielt er an, zögerte kurz und drehte sich um. „Ich helfe Ihnen."

Auf der einen Seite war ihr der Junge eine große Hilfe, auf der anderen Seite wäre sie gerne alleine gewesen, als sie Gerd in die Grube legten. Nicht einmal Zeit, um in Ruhe zu trauern. Mechthild nahm es, wie es war. Die letzten Wochen hatten sie Demut gelehrt.

Verschwitzt und dreckig, wie sie war, konnte sie nun nicht duschen, denn das Wasser war nicht nur an der Sporthalle weg, sondern auch bei ihr im Wohngebiet am anderen Ende der Stadt. Damit gab es wohl in ganz Klingenbronn und Umgebung kein Wasser mehr.

Sie stieg in den Golf, Matthias nahm auf dem Beifahrersitz Platz, und sie fuhren los. Unterwegs ging Mechthild durch, was sie über die Wasserversorgung wusste. Es gab einen Wasserzweckverband, der sieben Brunnen betrieb. Das dort gewonnene Wasser wurde nach strengen Kontrollen in insgesamt neun Hochbehälter gepumpt, von wo aus es in die Leitungen floss. Gepumpt! Mechthild begriff sofort, wo der Hase im Pfeffer lag. Ohne Strom waren mit Sicherheit die Pumpen ausgefallen, und nachdem das vorhandene Wasser aus den Hochbehältern abgeflossen war, kam kein neues mehr nach. Sie bremste.

Dann brauchte sie gar nicht in die Industriestraße fahren, wo das Betriebsgelände des Wasserwerks lag, denn am fehlenden Strom würde man dort nichts ändern können. Sie wendete und fuhr Richtung Sporthalle.

Der blaue Lkw des THW stand wie immer nahe dem Eingang. Matthias begleitete sie ins Innere. Der Gestank war nicht besser geworden. Frau Nottusch kam sofort auf sie zu.

„Hallo, Frau Beimer, und danke, dass Sie kommen."

„Keine Ursache. Das Wasser ist weg?"

„Seit heute früh. Wir holen jetzt mit Eimern Wasser aus dem Ginsterbach. Das kann man aber nicht trinken, zumindest möchte ich es nicht versuchen, und das Schleppen ist mühselig."

„Kann man nicht mit Schläuchen und einer Pumpe das Wasser herschaffen? Wie weit ist es denn bis zum Bach? Dreihundert Meter? Das müsste doch gehen, und Stromaggregate haben wir."

„Und wer macht das? Ich kann das jedenfalls nicht, und ich wüsste auch nicht, wer."

„Ist denn keiner von der Freiwilligen Feuerwehr mehr da?"

Frau Nottusch zuckte bedauernd mit den Schultern. Damit war klar, wer sich darum kümmern musste.

„Gut, ich gehe dann mal wieder Klinkenputzen. Vielleicht finde ich noch jemand", sagte Mechthild mit aller Resignation in der Stimme, die sie empfand.

„Ich habe eine Idee", meldete sich Matthias.

Überrascht schauten die Frauen ihn an.

„Mein Kumpel Dirk hat so einen getunten 3'er mit 'ner fetten Anlage hinten drin. Die kann man nutzen, um Durchsagen zu machen. Das ist richtig laut."

„Verstehe ich dich richtig? Du willst, dass ich durch die Stadt fahre und Ansprachen halte?"

„Ansprachen nicht. Sie können aber nach Leuten suchen, die helfen wollen. Das Ding ist irre laut, echt jetzt, das hört man sogar bei geschlossenen Fenstern."

Mechthild schaute skeptisch. Aber wieder von Tür zu Tür zu ziehen, war auch nicht gerade verlockend. „Wo steht denn das Auto von deinem Freund?"

***

Achtunddreißig Mitarbeiter zählte Alex, und Professor Hörig war auch darunter. Er überlegte einen Moment lang allen Ernstes, seinen Chef von der Impfung auszuschließen. Achtzig Impfdosen hatte er, die Hälfte war für Mitarbeiter des RKI vorgesehen, die andere würde er nachher im Bundeskanzleramt verabreichen. Freiwillige zu finden, war kein Problem gewesen, die Leute rissen sich darum.

Er und Tine hatten gestern Abend die Impfung durchgezogen. Bisher hatte er bei sich keine Nebenwirkungen feststellen können, und seine Freundin hatte beim gemeinsamen Frühstück gesagt, dass sie sich wohlfühlte. Das verbuchte Alex unter erstem Erfolg. Noch völlig offen war die Wirksamkeit. Er wollte seinem Immunsystem zwei bis drei Tage Zeit geben, und erwog sogar eine Nachimpfung, bevor er sich ungeschützt dem echten Erreger aussetzen wollte. Deshalb stand er nach wie vor im vollen Schutzanzug vor seinen Kollegen, die nicht anders aussahen. Genauso offen wie viele andere Fragen war, ab wann man von einem Impfschutz ausgehen konnte. Üblicherweise veranschlagte man dafür mindestens vierzehn Tage. Zu lang nach seinem Geschmack. Die Zeit drängte, aber alles unter einer Woche schien ihm zu riskant.

Die Kollegen und Kolleginnen absolvierten die Spritzen ruhig und gelassen. Alle waren vom Fach und allen war klar, was sie hier machten. Entsprechend schnell war die Aktion gelaufen und sie gingen an ihre Arbeit zurück. Alex packte die restliche Charge in seinen Metallkoffer, versicherte sich, dass er genügend Spritzen und Desinfektionsmittel dabei hatte und verließ das Gebäude. Das riesige RKI war ein stiller und einsamer Ort geworden.

Den Audi hatte er direkt vor die Tür gefahren. Niemand störte sich mehr an so etwas. Er legte seine Sachen in den

Kofferraum und stieg ein. Zügig fuhr er durch den grauen und regnerischen Vormittag.

Im Kanzleramt erwartete man ihn schon sehnsüchtig. In den Gesichtern sah er die Hoffnung, und er hoffte, sie nicht zu enttäuschen. Man brachte ihn wieder in den sechsten Stock, wo sich annähernd hundert Personen versammelt hatten. Sogar Kinder waren darunter. Das war nicht abgesprochen gewesen. Der Vizekanzler kam auf ihn zu.

„Guten Morgen Herr Dr. Baldau. Da sind Sie ja endlich. Haben Sie den Impfstoff dabei?"

Alex hob den Koffer ein wenig an. „Sicher habe ich das, Herr Schmidt, aber nur die vierzig Dosen, wie verabredet. Ich kann nicht sämtliche Leute hier im Raum impfen."

„Das bekommen wir schon hin ... irgendwie. Kann man den Impfstoff nicht etwas strecken, ihn verdünnen, sodass es für alle reicht?"

So eine Frage konnte nur von einem Laien kommen. „Nein, selbstverständlich nicht. Wir sind uns ohnehin nicht sicher, ob die gewählte Dosis die richtige ist, und auf keinen Fall können wir sie beliebig strecken. Dann kann ich Ihnen auch gleich Wasser spritzen."

Die Antwort gefiel dem Vizekanzler nicht. Das war unübersehbar. Er wand sich, und Alex vermutete, dass er unhaltbare Versprechungen gemacht hatte, oder wie sonst war die große Zahl an Menschen in diesem Seminarraum zu erklären? Aber da konnte und wollte er sich nicht einmischen. Er würde vierzig Personen impfen, nicht mehr und nicht weniger. Welche, das war ihm egal.

„Wann können wir denn mit einer zweiten Lieferung des Impfstoffes rechnen?"

„Das wird einige Tage dauern. Selbstverständlich tun wir, was wir können, aber das RKI ist kein Pharmaunternehmen. Außerdem, und bitte vergessen Sie das nicht: Wir wissen nicht, ob es wirkt!"

„Das wird es schon, Herr Dr. Baldau. Es muss ganz einfach helfen."

Der Vizekanzler war bis auf einen Meter an ihn herangetreten. Heutzutage eine Distanz, die viele Menschen trotz Mundschutz nicht akzeptierten. Aber Politiker gingen eben gerne auf Tuchfühlung. Wahrscheinlich konnte er nicht aus seiner Haut raus. Jetzt standen sie sich gegenüber, und Alex war nicht bereit, ihm zu helfen. „Wenn Sie dann bitte die vierzig Personen auswählen würden. Ich werde dort hinten den Tisch nehmen und die Impfung vorbereiten", sagte er und ging an das andere Ende des Raums, wo ein leerer rechteckiger Tisch stand, an dem niemand saß.

„Sie hatten mir versprochen, dass ich was bekomme", rief eine Frau.

„Die Regierung muss weiter funktionieren", rief die Staatssekretärin aus dem Gesundheitsministerium. „Wir sollten daher unbedingt die Funktionsträger zuerst impfen lassen." Ihr war anzusehen, dass sie sich dazu zählte.

„Nein, die Kinder zuerst."

Dann riefen alle durcheinander. Alex hatte sich hinter den Tisch zurückgezogen und ärgerte sich. Wer auch immer dafür verantwortlich war, dass so viele hier waren, er hatte nicht zu Ende gedacht. Die Hoffnung zu enttäuschen, war so ziemlich das Schlimmste, was man verzweifelten Menschen antun konnte, und hier würden einige Hoffnungen enttäuscht werden müssen, denn er hatte nicht mal für die Hälfte genug. Er packte weder den Impfstoff noch die Spritzen aus, sondern wollte erst abwarten, wie sich das entwickeln würde. Er traute den Leuten alles zu, erst recht hier. Der Vizekanzler versuchte mit lauter Stimme, die Lage unter Kontrolle zu bekommen. Die Diskussionen waren hitzig und wurden mit aller Entschiedenheit geführt. Es wurde gebrüllt und gedroht. Die Kinder, fünf an der Zahl, hatte sich ängstlich zurückgezogen. Alex beobachtete und dabei wurde ihm klar, dass er gleich heute noch handeln musste. Die Szene hier zeigte, wie sehr es auf Schnelligkeit ankam. Er konnte keine zwei bis drei Wochen warten, bevor er dazu überging, den Impfstoff in größerem Umfang herzustellen, wie er es zuerst vorgehabt hatte. Es würde sich wie ein Lauffeuer herumsprechen, dass es einen Impfstoff gab. Ob dessen Wirksamkeit bewiesen war oder nicht, spielte keine Rolle. Die Menschen würden das RKI stürmen, sie würden alles versuchen, um zu überleben.

Daran konnte es keine Zweifel geben. Wenn er jetzt weitermachte, wie geplant, dann hatte er in vier Tagen eine neue Charge, die auch nicht größer wäre als die jetzige. Mehr ging in ihren Laboren einfach nicht. Nein, er musste umdisponieren, und parallel die Wirksamkeitskontrolle machen. Abbrechen konnte er das Ganze immer noch, aber Zeit würde man ihm nicht mehr lassen. Das war nun klar. Wie sollte er das angehen?

„Wir haben uns geeinigt."

Alex schreckte aus seinen Gedanken hoch. Vizekanzler Schmidt stand mit erhobenen Armen vor den Menschen.

„Gut, wenn Sie dann hierher kommen. Bitte einer nach dem anderen."

Erst jetzt öffnete Alex seinen Koffer, nahm den Impfstoff und die Spritzen und legte sie auf den Tisch. Es entstand etwas Hektik, dann trat eine Frau vor und führte die Kinder zu ihm. Alex atmete erleichtert auf. Wenigstens so viel Anstand hatte man gehabt.

***

Helge Hartung lehnte sein Fahrrad an die Wand. Er hatte seine Uniform noch an, und auch seine Waffe nahm er jeden Abend mit nach Hause, obwohl es verboten war. An einen schlimmeren Tag als gestern konnte er sich nicht erinnern. In den ganzen Jahren als Polizist nicht. Noch immer saß es ihm in den Knochen.

Den Perversen hatten sie durch die Straßen vor sich her geprügelt. Und das war wörtlich gemeint. Immer wieder hatte er dem Schwein einen Tritt verpasst, ihm gegen den Kopf geschlagen und ihn zu Boden gestoßen. Er hatte seinen Hass kaum unter Kontrolle gehabt. Sie hatten den Mann in die Ausnüchterungszelle gesperrt, ohne Wasser und Essen. Danach hatten sie sich um die zwei überlebenden Mädchen gekümmert. Die eine war zu ihrer Familie zurück. Die andere hatte niemanden. Birgit nahm sie mit zu sich nach Hause.

Helge war derweil mit dem Rad zur Staatsanwaltschaft in die Turmstraße gefahren, um die Sache an einen Staatsanwalt abzugeben. Vergeblich. Niemand war mehr da. Das ganze riesige Gebäude leer und verlassen. Ratlos war er wieder aufs Rad gestiegen und hatte sich auf den Weg zur Polizeidirektion gemacht. Er wollte den Fall bei seinen Vorgesetzten abladen, wenn kein Staatsanwalt mehr Dienst tat. Aber auch dort war keiner mehr. Für einen Moment hatte er das Gefühl, er und Birgit waren die letzten Polizisten, die in Berlin Dienst taten. Die letzten Idioten.

Er öffnete die Haustür und hatte sofort den Verwesungsgeruch in der Nase. Es wurde mit jedem Tag schlimmer. Acht Parteien wohnten hier und die Frage war, wie viele davon tot in ihren Wohnungen lagen. Sicher nicht wenige, und sicher wäre er nicht derjenige, der die Leichen entsorgen würde. Niemand würde es tun. Das war die

Wahrheit. Er stapfte in den dritten Stock, schloss die Tür auf und betrat seine Zweizimmerwohnung. Als Erstes öffnete er die Fenster, dann wollte er duschen. Es gurgelte kurz, als er nackt, aber glücklicherweise noch nicht eingeseift in der Duschwanne stand, dann war das Wasser weg.

Was für ein Tag. Und was sollte er nun tun? Helge ging ins Wohnzimmer und nahm die Flasche guten Whiskys aus dem Schrank, die ihm ein Freund zum siebenundzwanzigsten Geburtstag geschenkt hatte. Der Verschluss war noch unberührt. Eigentlich hatte er sich das teure Zeug für einen freudigen Anlass aufbewahren wollen. Aber einen solchen Anlass sah er weit und breit nicht. Vielleicht würde er nie wieder einen erleben. Es war nur eine Frage der Zeit, bis es auch ihn erwischte. Er drehte den Verschluss auf und trank direkt aus der Flasche.

Als er am darauffolgenden Morgen erwachte, waren die Kopfschmerzen nicht allzu schlimm. Aber er hatte Durst. Helge stand auf, ging in die Küche und schaute in den Kühlschrank. Eine halbe Flasche Orangensaft, drei Bier, etwas Milch. Er nahm die Milch, roch daran und trank sie aus. Auf dem Küchentisch stand die Whiskyflasche, nicht einmal ein Viertel fehlte. Er war nichts mehr gewöhnt.

Er ging ans Fenster. Draußen war der Himmel grau, und es sah nach Regen aus. Hunger hatte er keinen. Mit einer Flasche Mineralwasser wusch er sich und putzte die Zähne. Eine Aspirin-Tablette warf er nur für den Fall ein, dann zog er sich an. Den Mundschutz hatte er gestern schon getragen, und vergessen, einen neuen einzupacken. Er ging zurück ins Bad und wusch ihn gründlich mit Spülmitteln. Dabei fragte er sich, ob das was nützte. Er wusste es nicht, aber es zu tun, fühlte sich besser an, als nichts zu tun.

Den Weg mit dem Fahrrad zurückzulegen, vertrieb auch die letzten Spuren der nächtlichen Sauferei. Gut fühlte er sich dennoch nicht. Es war einfach nur irreal, durch diese riesige leere Stadt zu fahren. Auf dem Rad fühlte er das noch intensiver und kam sich klein und schutzlos vor. Am Revier angekommen, schob er das Rad in den Flur, und dann hörte er auch schon den Perversen im Keller toben. Er schlug mit den Fäusten auf die Zellentür ein. Helge hatte kein Mitleid und ging nach oben.

Wie jeden Morgen war Birgit vor ihm da, aber diesen Morgen würde er nie vergessen. Er kam zur Tür rein, und sie saß ganz hinten am letzten Arbeitsplatz. Krank. Die Augen, ihre Hautfarbe, das alles kannte er nur zur Genüge. Ihm kamen die Tränen, völlig unkontrolliert. Er fühlte sich, als wenn man ihm den Boden unter den Füßen weggezogen hätte, als wenn alles, was ihm einmal etwas bedeutet hatte, mit einem Mal nichts mehr wert war. Ein Gefühl tiefster Verzweiflung durchlief ihn.

III

Markus Hardenberg war fassungslos. Er lebte. So richtig glauben konnte er es immer noch nicht.

Vor einigen Stunden war er zu sich gekommen. Unendlich schwach. Völlig desorientiert hatte er auf den Boden der Sporthalle gestarrt und auf das leere Bett gegenüber. Es dauerte, bis er begriff, wo er war, und noch viel länger brauchte er, bis er beisammen hatte, wie er hergekommen war. Und vor allem: weshalb.

Als die Erkenntnis das erste Mal in ihm aufblitzte, hatte er unwillkürlich geschrien. Zumindest hatte sein Mund das versucht. Was dabei herauskam, war ein heiseres Bellen, das in einen üblen Hustenanfall überging, der ihn völlig erschöpfte. Jemand stützte seinen Kopf und gab ihm Wasser. Als er aufsah, erkannte er Frau Nottusch. Sie hatte Tränen in den Augen, und das war der Moment, an dem Markus endgültig realisierte, dass er das Virus besiegt hatte. Die Freude in den Augen der Frau.

Er war vor Erschöpfung wieder eingeschlafen, und vor zwei oder drei Minuten erneut erwacht. Diesmal war er schneller orientiert, aber immer noch entgeistert, dass ausgerechnet er überlebt hatte. Die Chancen dafür, das hatte er öfter gehört, sollten bei nur fünf bis zehn Prozent liegen. Verdammt wenig. Womit hatte er das verdient, oder war es genauso Zufall wie alles andere?

Ganz langsam stützte er sich mit den Armen ab und versuchte, sich aufzurichten. Er war dermaßen geschwächt, dass er es gerade soeben schaffte, sich hinzusetzen. Ihm war schwindelig, und er klammerte sich ans Bettgestell, saß ganz still, voll darauf konzentriert, nicht ohnmächtig zu werden. Nach einiger Zeit ließ der Schwindel nach. Er hob den Kopf und sah sich um.

Die Sporthalle war zur Hälfte leer. Es war deutlich leiser, als er es in Erinnerung hatte, und es war kalt. Er sah an sich herab. Er trug nur ein T-Shirt und Unterhose. Das und sein schlechter Zustand mochten erklären, warum er fror. Markus griff nach der kratzigen Decke und legte sie sich mühselig um seine Schultern.

Er wollte aufstehen, traute sich aber nicht. Er war sich ziemlich sicher, dass er dafür noch nicht die Kraft hatte. Selbst das Sitzen strengte an. Er suchte nach bekannten Gesichtern, sah aber außer Frau Nottusch und ihrer Kollegin niemanden, den er kannte. Markus legte sich wieder hin und schloss die Augen. Die Entkräftung brachte schnellen Schlaf.

„Hallo Herr Hardenberg."

Markus schreckte auf, als jemand seinen Arm berührte und er seinen Namen hörte. Er drehte sich um und sah hoch. Die Bürgermeisterin stand an seinem Bett. Ihr freundliches Lächeln konnte auch der Mundschutz nicht verbergen.

„Hallo", krächzte er und musste sofort wieder husten. Der Anfall war nicht so schlimm wie der letzte, nahm ihm aber den Atem. Frau Beimer reichte ihm Wasser. Er trank in kleinen Schlucken.

„Ich freue mich sehr, dass Sie es geschafft haben. Ruhen Sie sich aus, dann wird es bald besser."

Markus setzte den Becher ab. Das Wasser schmeckte merkwürdig. „Wie sieht es aus? Leben Heiner und Jürgen noch?"

„Nein, leider nicht. Heiner ist bereits vor fünf Tagen verstorben, Jürgen erst gestern."

„Wer macht dann die Transporte?"

„Ruhen Sie sich erst mal aus, Herr Hardenberg. Sie müssen sich darüber keine Gedanken machen."

Markus kam langsam hoch und setzte sich hin. Kein Schwindel diesmal, aber einfach war es trotzdem nicht gewesen. „Sie brauchen mich nicht zu schonen, Frau Beimer. Körperlich bin ich noch ziemlich im Arsch, aber mein Kopf funktioniert ganz normal."

Mechthild seufzte auf. Markus Hardenberg gesund vor sich zu sehen, bewegte sie mehr, als sie gedacht hatte. Warum hatte ihr Mann nicht sein Glück haben dürfen? Sie schob den Gedanken weg und konzentrierte sich auf das, was sie immer ablenkte, ihre Arbeit. „Wir haben einige Helfer gefunden. Neue Leute, darunter drei, die wie Sie das Virus überlebt haben. Dennoch gehen wir auf dem Zahnfleisch, keine Frage. Die Leichen transportieren wir nur noch einmal am Tag. Es sind nicht mehr so viele."

„Warum, und warum ist die Halle so leer?"

„Weil keine Neuen mehr kommen. Wir sind an einem Punkt, wo die Leute es nicht mehr schaffen, hierher zu kommen, oder es nicht mehr wollen oder es einfach niemanden mehr gibt. Ich weiß es nicht. Wir haben keinen Strom mehr in der Stadt. Das Telefon ist ausgefallen, das Wasser auch. Es geht nichts mehr. Wir sind handlungsunfähig."

„Ich bin bald wieder auf den Beinen. Dann helfe ich Ihnen."

„Lassen Sie sich Zeit."

***

Alex trat das Gas voll durch und hatte Mühe, den Audi auf der Straße zu halten. Er lachte und kurbelte am Lenkrad. Mittlerweile machte der Wagen Spaß. Vor allem die vielen PS auf leeren Straßen. Das war was anderes als sein oller Peugeot.

Heute war der erste Tag seit Langem, an dem er auf jedwede Vorsichtsmaßnahme verzichtete. Kein Schutzanzug, keine Handschuhe, nicht einmal einen Mundschutz hatte er angelegt, als er die Wohnung verließ. Seit der ersten Impfung waren nur sechs Tage vergangen, und deshalb war der Abschied von Tine einer auf längere Zeit gewesen. Er wollte an sich selbst testen, ob er gegen das Virus geschützt war, nachdem er sich und Tine gestern eine Auffrischungsimpfung verabreicht hatte. Tine hingegen würde weiter in der Wohnung bleiben, und er nicht eher dorthin zurückkehren, bis er sich sicher war, dass ihr keine Gefahr drohte.

Mit knapp hundertvierzig schoss er die Müllerstraße hinunter und bremste nicht einmal, als er über die Kreuzung mit der Seestraße jagte. Am Leopoldsplatz ging er mit Schmackes in die Kurve. Der Wagen schob über die quietschenden Vorderräder, und Alex schaffte es so gerade eben, nicht in den mittigen Grünstreifen zu rauschen. Erschrocken ging er vom Gas und ließ es ruhiger angehen. Wenn er jetzt einen schweren Unfall baute, würde er wohl ewig auf einen Krankenwagen warten.

Am RKI war niemand. Kein Wachmann, kein Reporter, keiner an der Anmeldung. Er atmete erleichtert auf. Insgeheim befürchtete er jeden Tag, Horden von Verzweifelten zu begegnen, die alles taten, um an den Impfstoff zu kommen. Noch war es nicht so weit, aber lange würde es nicht mehr dauern, bis es sich herumsprach.

In seinem Büro erwartete ihn eine Überraschung. Michael saß in einem Vollschutzanzug im Besucherstuhl und las in seinen Papieren.

„Ich fass es nicht!"

„Alex, alles klar?" Michael pfiff anerkennend durch die Zähne. „Wow, ohne jeden Schutz! Du bist Optimist."

„Ne, nur verzweifelt. Irgendwer muss es ja ausprobieren. Warum nicht ich?"

„Ich habe deine Unterlagen durchgesehen. Der Impfstoff sieht gut aus."

Alex sah ihn skeptisch an. Michael war schon immer ein Hallodri gewesen, und dass er genau jetzt auftauchte, war sicher kein Zufall. Er konnte sich schon denken, warum er gerade jetzt aufgetaucht war. Dennoch fragte er. „Was führt dich her?"

„Das wird dich jetzt überraschen …"

„Vergiss es!"

„Alex, das kannst du nicht machen. Mensch, wir sind Freunde!"

„Toller Freund, der sich wochenlang verpisst, wenn es eng wird, und der erst dann aus seinem Loch kriecht, wenn er seinen Freund ausnutzen kann."

„Also wirklich. Ich will dich doch nicht ausnutzen."

„Nochmals: vergiss es. Du bekommst von mir keine Impfung!"

Michael sprang auf und kam auf ihn zu. „Alex, bitte! Das kannst du doch nicht machen. Ich weiß, es war ein Fehler, einfach zu Hause zu bleiben, und es tut mir leid. Ehrlich, ich entschuldige mich. Ich konnte einfach nicht anders. Ich hatte Angst."

„Angst haben wir alle, und die meisten sind auf ihrem Posten geblieben, und deshalb werden die jetzt auch bevorzugt behandelt. Du kannst dich ja wieder in deiner Wohnung verkriechen. Wer weiß, in einigen Wochen haben wir dann genug Impfstoff, dass du auch etwas bekommst."

„Alex, ich habe kein Wasser mehr. Ich kann nicht mehr wochenlang warten."

„Dein Problem."

„Himmel, was ist denn mir dir los? Wir sind doch immer super miteinander ausgekommen. Bist du wegen der Ministeriumssache sauer? Verdammt, Alex, ich entschuldige mich. Mea culpa! Tausend Mal."

Alex schüttelte entschlossen den Kopf. „Wir haben zu wenig Impfstoff, und das bisschen, das ich habe, muss ich möglichst effizient einsetzen. Es gibt eine Reihe von Leuten, die es sich in den letzten Wochen mehr als verdient haben, unter den Ersten zu sein. Dann gibt es noch eine Reihe von Leuten, die wichtig sind, damit wir überhaupt weitermachen können. Du, lieber Michael, gehörst zu keiner der eben genannten Gruppen."

„Boah, wie bist du denn drauf? So kenn ich dich gar nicht. Machst du jetzt auf wichtigen Weltretter? Alex, der Starvirologe, der über Wohl und Wehe seiner Mitmenschen bestimmt."

„So schon mal gar nicht. Und jetzt raus!"

Michael wirkte mit einem Mal aufrichtig verzweifelt. „Bitte Alex, bitte. Ich mach auch, was du willst. Ich kann helfen, das weißt du. Hier sind ohnehin nicht genügend Forscher mehr übrig."

„Du würdest dein Wort brechen, sobald ich die Spritze aus deinem Arm ziehe."

„Du hast mein Ehrenwort. Ich bleibe, und ich mache, was immer du willst."

„Ich überlege es mir."

„Sag ja."

„Ich überlege es mir, Michael. Mehr kann ich dir nicht versprechen. Komm morgen früh wieder, und dann sehen wir weiter."

Zwei Stunden später fuhr Alex am Kanzleramt vor. Die Schützenpanzer standen an der gleichen Stelle wie immer, und auch die Soldaten waren noch da. Wie viele Soldaten mochten noch Dienst tun? Er fand es schon erstaunlich, dass es überhaupt noch welche gab.

Am Eingang war die Kontrolle flott absolviert. Man kannte ihn mittlerweile, und wenn er den Blick des Wachmannes richtig gedeutet hatte, dann glaubte der Mann, dass er Impfstoff in seinem Koffer hatte. Zügig machte er sich auf in den obersten Stock, wo Vizekanzler Schmidt schon wartete. Alleine, ohne Berater und Kollegen. Er kam sofort auf Alex zu.

„Herr Dr. Baldau. Da sind Sie ja. Sie tragen keinen Schutz mehr? Heißt das, die Impfung wirkt?"

„Hallo Herr Schmidt. Um herauszufinden, ob es wirkt, muss man sich den echten Viren aussetzen. Das tue ich gerade."

„Haben Sie noch keine Hinweise?"

„Doch sicherlich. Ich habe Blutproben sämtlicher im RKI Geimpfter untersucht, und ich brauche nun die Blutproben von hier. Zumindest von denen, die anwesend sind. Erste Ergebnisse lassen zumindest den Schluss zu, dass das Immunsystem anspringt."

„Sind Nebenwirkungen aufgetreten?"

„Ja, Fieber, aber nur in drei Fällen und nicht sehr hoch. Hautrötungen und leichte Schwellungen. Eine Mitarbeiterin am RKI klagte über Schwindel und Übelkeit. Das kann, muss aber nicht von der Impfung kommen."

„Und zur Wirksamkeit können Sie noch nichts sagen?"

Die Enttäuschung war aus den Worten des Vizekanzlers deutlich herauszuhören. Alex seufzte. „Nein. Das hatte ich aber im Vorfeld deutlich kommuniziert. Wir werden abwarten müssen. Mindestens zwei Wochen, besser drei."

„Die Zeit, Herr Dr. Baldau, die Zeit! Es wird immer schlimmer da draußen."

„Das weiß ich, und deshalb schlage ich Ihnen hier und heute auch ein forciertes Vorgehen vor. Ich will in eine schnelle Produktion des Impfstoffes einsteigen. Sofort, nach Möglichkeit."

„Und wenn er sich als ungeeignet herausstellt?"

„Dann brechen wir das ab, und ich gehe zurück in mein Labor und fange von vorne an. Aber wenn er geeignet ist, dann haben wir zwei Wochen gewonnen. In dieser Zeit können wir Tausenden oder Zehntausende Impfdosen herstellen. Wir müssen schnell sein, sonst ist bald niemand mehr da, der geimpft werden kann."

Der Vizekanzler nickte eifrig. Der Mann wurde ihm so langsam sympathisch. Einen Spitzenpolitiker hatte sich Alex immer ganz anders vorgestellt. Abgehoben, unnahbar und auch unbelehrbar. Das war Herr Schmidt nicht. Er hörte zu, und er hörte auf die Ratschläge von Fachleuten.

„Ich unterstütze Sie selbstverständlich. Wo wollen Sie produzieren?"

„In der Nähe von Marburg gibt es ein modernes Werk von GlaxoSmithKline. Es ist erst vor wenigen Jahren eröffnet worden, auf dem neusten Stand der Technik und sollte sich mit relativ wenigen Mitarbeitern betreiben lassen."

„Marburg, so weit weg?"

„Das ist doch unerheblich. In einigen Stunden ist man vor Ort." Alex zögerte, weil er das Gefühl hatte, etwas übersehen zu haben, dann begriff er Schmidts Vorbehalt. „Wir werden selbstverständlich dafür sorgen, dass die Regierungsmitarbeiter und ihre Angehörigen mit zu den Ersten gehören, die versorgt werden. Sie können uns auch nach Marburg begleiten."

„Die Regierung, Herr Dr. Baldau, besteht nur noch aus einigen Dutzend Personen, von denen die meisten keine Handlungsmöglichkeiten mehr haben. Dennoch will und muss ich weitermachen. Hier, in Berlin."

„Warum hier?"

„Weil es zum einen eine wichtige symbolische Wirkung hat, wenn wir noch hier sind, und weil wir hier immer noch etwas Infrastruktur haben. Das Kanzleramt und die Ministerien sind auf Krisenszenarien vorbereitet und dafür ausgerüstet. Sicher nicht auf das, was jetzt geschieht, aber wir haben immer noch Kommunikationsmittel, Strom und auch Kontakte innerhalb Deutschlands, Europas und in die

Welt. Wir haben noch Verbindung zu Einheiten der Bundeswehr und des Katastrophenschutzes. Wir haben Zugriff auf das Radio-Notsendernetz des Bundes. Wir haben Wasser und Nahrung und Energie. Das alles haben wir nur hier."

„Verstehe."

„Wir bleiben hier und halten über Funk Kontakt", sagte Schmidt und versuchte, entschlossen auszusehen. „Was brauchen Sie alles?"

„Ich muss Fachleute vom RKI mitnehmen. Das sollte kein Problem darstellen. Aber ich brauche auch Strom. Dabei müssen Sie mir helfen."

„Und Schutz brauchen Sie auch."

***

Birgit war gestorben. Er konnte es immer noch nicht fassen. Helge Hartung hatte sie nach Hause gebracht. In ihr Zuhause, wo er noch nie gewesen war und wo er immer hingewollt hatte. Aber nicht unter diesen Umständen. Birgit hatte sich zunächst dagegen verwahrt. Sie hatten sich sogar angeschrien. Am Ende hatte er seinen Dickkopf durchgesetzt. Er wollte sich um sie kümmern, so gut er konnte. Das war so wenig gewesen.

Auch das Mädchen, Simone, die Birgit bei sich aufgenommen hatte, war erkrankt. Helge vermutete, dass sich Birgit bei ihr angesteckt hatte, und er musste eine irrationale Wut herunterkämpfen. Niemand trug Schuld an Birgits Zustand, die arme Simone am allerwenigsten. Sie hatten den Perversen überlebt, nur um dann zu erkranken. Das Schicksal war ein Arschloch.

Birgits Fieber war binnen Stunden gestiegen und gestiegen. Er gab ihr zu trinken, machte Wadenwickel und kühlte ihre Stirn mit feuchten Tüchern. Es half alles nichts. Als er das letzte Mal maß, hatte sie 41,1 °C. Kurz darauf verlor sie das Bewusstsein und erlangte es auch nie wieder. Drei Tage hatte sie gekämpft, aber nun war sie tot. Simone starb wenige Stunden später.

Lange Zeit hatte Helge am Fenster gestanden. Paralysiert und nicht fähig, einen klaren Gedanken zu fassen. Dann war er gegangen und hatte die Leichen zurückgelassen. Er hatte sich auf sein Rad gesetzt und war durch die dunkle Stadt gefahren. Immer weiter, ohne Ziel, nur den kleinen Ausschnitt der Welt wahrnehmend, den der Kegel der Fahrradlampe in die Finsternis schnitt.

Mit der Morgendämmerung drehte er um. Keine willentliche Entscheidung, nur Instinkt, führte ihn zum Revier in der Perlenbergstraße. Dort ging er in die Wachstube und setzte sich auf seinen Stuhl. Helge sah sich um. Was wollte er hier? Ohne Birgit hatte das keinen Sinn mehr. Keinen Grund weiterzumachen, keine Alternative, keine Zukunft. Er konnte gehen, wohin er wollte, aber wohin sollte das sein? Hierbleiben und weitermachen stand nicht zur Debatte. Alles hier würde ihn an sie erinnern.

Er stand auf. Warum setzte er sich nicht wieder aufs Rad und fuhr einfach weg? Egal wohin. So wie letzte Nacht. Das hatte ihm gutgetan. Diesmal würde er jedoch die Stadt verlassen und auch nicht zurückkehren. Berlin war am Ende. Auf dem Land konnte es nur besser sein als hier. Er setzte seine Mütze auf und trat ans Fenster. Dunkle Regenwolken trieben schnell von West nach Ost. Er musste zuerst noch zu Hause vorbei. Sich umziehen, einige Dinge packen und mitnehmen, was er noch an Lebensmitteln hatte.

Helge ging die Treppe ins Erdgeschoss. Im Keller schlug der Perverse erneut auf die Tür ein. Er hielt an. Wieso durfte dieses Schwein noch leben? Der Mann war jetzt den zweiten Tag ohne Wasser. Konnte er einfach abhauen, und den Kerl in seiner Zelle verdursten lassen? Helge ging weiter, verließ die Wache, schloss hinter sich ab und setzte sich aufs Rad.

Er hatte schon den halben Nachhauseweg hinter sich, als er bremste. Er war nicht Polizist geworden, um Menschen verdursten zu lassen. Das konnte er einfach nicht, selbst wenn der Kerl es verdient hatte. Er rang mit sich. Waren solche ethischen Werte nicht längst obsolet? Warum sollte er es nicht tun? Angst vor Konsequenzen brauchte er nicht haben. Nichts und niemand würde ihn dafür zur Rechenschaft ziehen. Und dennoch konnte er nicht aus seiner Haut.

Einen Versuch wollte er noch machen und direkt zum Innensenator fahren. Nachdem bei der Staatsanwaltschaft und der Polizeidirektion niemand mehr war, war das die einzige Behörde, bei der er noch aufschlagen konnte. Wenn das auch nichts brachte, würde der Kerl in seiner Zelle sterben. Dann hatte er alles getan, was er tun konnte, um einen rechtsstaatlichen Prozess zu gewährleisten, denn freilassen würde er den Kerl unter keinen Umständen. Zufrieden mit dem mit sich selbst geschlossenen Kompromiss radelte Helge los.

Senatsverwaltung für Inneres und Sport stand an dem protzigen und abweisenden Gebäude. Helge lehnte sein Rad gegen die Wand und schloss es ab. Er trat einen Schritt zurück und fragte sich, warum die Gewohnheit so mächtig war. Das Rad abzuschließen, war völlig sinnlos, und dennoch hatte er es automatisch getan. Dabei war weit und breit niemand. Er sah sich um. Hier war er noch nie gewesen. Aber das hier war die oberste Behörde, für Sicherheit und Polizei zuständig. Wenn sich jemand seines Falles annahm, dann hier.

Er stieg drei Stufen den Eingang hinauf und spähte in die Korridore. Leer und verlassen. Der Empfang war unbesetzt und man hörte nichts. Sollte er jede Tür in den endlosen Fluren öffnen? Dann würde er Stunden brauchen.

„Hallo, ist hier jemand", rief er aus vollem Hals und ging nach rechts.

Eine Viertelstunde später war er im dritten Stock angekommen. Das Gebäude war riesig, aber völlig verlassen. Er rief, doch niemand antwortete. Kurz darauf gab er es auf. Das war's dann. Er hatte es versucht. Das Schicksal hatte seine Wahl getroffen. Helge ging die Stufen ins Erdgeschoss hinab, verließ den düsteren Bau und schloss sein Fahrrad auf. Er schwang sich in den Sattel und sah mit einem Mal ein Auto näher kommen. Ein schwarzer BMW, sehr neu und wenn ihn seine Fachkenntnisse nicht täuschten, dann war das ein gepanzertes Fahrzeug aus dem Bestand des Bundestages. Man sah diese Autos regelmäßig in der Stadt.

Der Wagen hielt direkt auf den Eingang zu. Helge stieg wieder ab. Am Steuer saß ein Mann, vielleicht fünfzig Jahre alt, und schaute ihn erstaunt an. Das Auto stoppte direkt neben ihm und die Seitenscheibe fuhr hinunter.

„Sind Sie echt?"

„Ne, ich bin Polizist."

„Ha! Warten Sie."

Der Mann stellte den Motor ab und stieg aus. „Mein Name ist Matuschek, Polizeidirektor."

„Hartung, Helge Hartung von der 33."

„Und was machen Sie hier?"

„Ich habe ein Problem und ich dachte, man könnte mir hier weiterhelfen. Sonst ist ja keiner mehr da. Aber da drinnen ist auch niemand mehr."

„Ich bin noch hier, Herr Hartung. Kommen Sie, erzählen Sie mir von Ihrem Problem."

Er war Matuschek ins Gebäude gefolgt und hatte ihm ausführlich berichtet. Der Polizeidirektor gab ihm was zu trinken und hörte zu. Jetzt saß er nachdenklich hinter seinem Schreibtisch und verarbeitete, was Helge ihm gesagt hatte.

„Wissen Sie, ich sehe jetzt nicht, was wir da machen könnten."

„*Wir* ist falsch, Herr Matuschek. Ich bin aus der Nummer raus. Bringen Sie das Schwein in ein Gefängnis oder vor einen Richter, wenn Sie wollen. Meinetwegen können Sie ihn auch dort verrecken lassen. Mir ist das egal."

„Sie wollen hinschmeißen?"

„Die Frage ist doch wohl nicht ernst gemeint? Was um alles in der Welt sollte ich noch in Moabit erledigen? Das hat doch alles keinen Sinn mehr. Nein, ich haue ab."

„Wo wollen Sie denn hin?"

„Keine Ahnung. Raus aus der Stadt. Wohin auch immer."

„Wie wäre es mit Hessen?"

Helge stutzte. Hatte er richtig gehört? Was sollte das jetzt?

„Schauen Sie, ich hätte da was für Sie. Rein freiwillig, aber sehr wichtig, wirklich wichtig", sagte Matuschek und beugte sich vor.

***

Ein Unimog von der Bundeswehr. Mechthild Beimer war mehr als überrascht, als der grün-braune Wagen mit BW-Kennzeichen auf die Sporthalle zukam. Sie stand unter dem Vordach der Halle und machte Pause. Noch immer hielt sie es drinnen nicht lange aus. Dennoch half sie, weil jede Hand gebraucht wurde und weil es sonst nicht mehr viel gab, was sie tun konnte.

Die Wasserversorgung war ihr größtes Problem. Im Moment holten sie das Wasser aus einem Brunnen. Ein mühseliges und langwieriges Unterfangen. Mit einer Handpumpe dauerte es, bis man einen Kanister voll hatte und wenn hundert Kanister voll waren, holte der Lkw sie ab. Ob das Wasser gesund war, stand auf einem anderen Blatt, aber sicher war es besser als die Brühe aus dem Bach.

Der Unimog näherte sich im Schritttempo. Ein Sanitätswagen mit Blaulicht und Rotem Kreuz gekennzeichnet. Am Steuer saß eine Frau mit kurzen dunklen Haaren. Sie parkte das Auto direkt hinter dem THW-Laster und stieg aus. Sie war zierlich, die Uniform schlackerte um sie herum, auf den Schultern trug sie silberne Abzeichen. Die Frau sah sich zuerst den THW-Laster an, dann die Halle und schließlich blieb ihr Blick an Mechthild hängen.

„Guten Morgen. Ich habe gehört, hier gibt es noch ein Notfalllager. Bin ich da richtig?"

„Morgen. Ja, das sind Sie."

Die Frau trug weder Mundschutz noch Handschuhe, was Mechthild mittlerweile zu interpretieren gelernt hatte. Sie war eine Überlebende.

„Gibt es hier einen Ansprechpartner?", fragte die Frau. „Wer leitet das Ganze?"

Mechthild seufzte. Was sollte das nun wieder werden? Bedeutete das Auftauchen der Frau Hilfe oder zusätzliche Arbeit? Sie war desillusioniert genug, um Letzteres zu befürchten. „Sie können es mit mir versuchen. Mein Name ist Beimer, ich bin die Bürgermeisterin von Klingenbronn."

Die Frau setzte ein Lächeln auf, kam auf sie zu und streckte die Hand aus. „Stefanie Leussink, Oberstabsärztin im Bundeswehrkrankenhaus in Koblenz. Hallo Frau Beimer."

Mechthild sah irritiert auf die ausgestreckte Hand. Beinahe hätte sie automatisch danach gegriffen.

„Keine Sorge, ich habe es hinter mir."

Mechthild lächelte scheu und schüttelte der Frau die Hand. Eine Oberstabsärztin, was immer das auch sein sollte, auf jeden Fall aber eine Ärztin. Das konnte nichts Schlechtes sein.

„Was führt Sie her?"

„Ich bin auf der Suche nach Quartieren und Versorgung für drei bis vier Dutzend Leute."

„Hier?"

„Eigentlich in Marburg, aber die Stadt ist zur Hälfte abgebrannt. Es gibt dort niemanden mehr, der irgendwas koordiniert, keine Verwaltung, keine Ansprechpartner. Ich war den ganzen Vormittag dort auf der Suche. Gespenstisch. Die Stadt ist menschenleer. Wo sind die alle hin?"

Die Frage schien Mechthild reichlich naiv. Die Ärztin machte keinen dummen Eindruck, wie auch, wenn sie das Medizinstudium absolviert hatte. Aber sie schien wenig von dem mitbekommen zu haben, was hier draußen los war.

„Sie kommen direkt aus Koblenz?"

„Ja. Gestern Abend haben wir eine eilige Anweisung aus Berlin bekommen. Im Verteidigungsministerium wollen sie, dass hier in Marburg eine Impfstoffproduktion aufgebaut wird. Ich soll mich darum kümmern, aber ich bin ganz alleine."

Mechthild brauchte einige Sekunden, die Nachricht zu verdauen. „Einen Impfstoff? Habe ich richtig gehört?"

„Sie haben. Aber ich kenne keine Details, außer, dass in den nächsten Tagen ein Konvoi aus Berlin ankommen soll. Die wollen das Werk von GlaxoSmithKline nutzen. Kennen Sie das?"

„Das kennt hier jeder."

„Es ist wirklich wichtig. Ich brauche Wohnungen oder Häuser. Wie sieht es hier mit Wasser und Strom aus? Können Sie mir helfen?"

Mechthild blickte nach Osten, wo, wie sie wusste, die riesigen Gebäude des Pharmaunternehmens standen. Sie konnte keines davon sehen, aber sie hatte die Bilder davon im Kopf. Die Nachricht, dass es einen Impfstoff gab und er bald hier in Klingenbronn verfügbar sein konnte, gab ihr vorsichtig Hoffnung. In den Häusern der Stadt gab es sicher noch viele, die von so etwas profitieren konnten, sie selbst auch, fiel ihr ein. Sofort schob sie den Gedanken beiseite. Nur nichts beschwören. In wenigen Stunden konnte alles vorbei sein, oft genug hatte sie es erlebt. Mach dir keine Hoffnungen, denn dann kann auch nichts enttäuscht werden, mahnte sie sich. Dennoch würde sie alles tun, um der Frau zu helfen. Das war eine einmalige Chance für ihre Stadt.

„Wie war Ihr Name?"

„Leussink, Stefanie Leussink."

Mechthild zeigte auf die Sporthalle. „Kommen Sie, Frau Leussink. Ich zeige Ihnen alles. Wir werden schon eine Möglichkeit finden, die Leute unterzubringen und zu versorgen."

IV

Helge Hartung hatte die Nacht am Rolandufer verbracht und auf die Spree geschaut. Es war kalt gewesen. Kalt, einsam und finster. Es schien ihm nur angemessen. Nach dem Gespräch mit Matuschek von der Polizeibehörde war er losgeradelt. Er wollte raus aus der Stadt, weg von hier, aber es dämmerte schon und er war müde. An den Parkbänken am Spreeufer hatte er haltgemacht, um nachzudenken und sich auszuruhen, war dann schnell eingeschlafen und ebenso schnell wieder wach gewesen. Er hatte von Birgit geträumt.

Den Rest der Nacht saß er frierend auf der Bank, die Füße hochgezogen, die Knie mit den Armen umklammert, unfähig irgendetwas zu unternehmen. Er schwankte zwischen Verzweiflung und Selbstmitleid. Er dachte an das Angebot, das Matuschek ihm gemacht hatte, und wie sinnlos das alles war. Er dachte daran, an die Ostsee zu fahren und sich an den Strand zu setzen. Er liebte das Meer, aber was sollte er alleine dort? Birgits Tod hatte eine Welt für ihn zusammenbrechen lassen, und am schlimmsten war für ihn, dass er es bis zum Schluss nicht fertiggebracht hatte, ihr zu sagen, was er für sie empfand.

Als die Morgendämmerung einsetzte, holte ihn das aus seiner Lethargie. Helge ging zu seinem Fahrrad und sah sich um. Die Straßen waren leer, nichts und niemand da. Ihm ging auf, dass er die gesamte Nacht nicht ein menschengemachtes Geräusch gehört hatte, hier, mitten in Berlin. Er fror und zog die Uniform enger, dann setzte er sich aufs Rad und fuhr nach Norden, am Alten Stadthaus vorbei und über den Alexanderplatz. Er hatte Hunger und Durst und hielt an. Aus seiner Fahrradtasche nahm er eine Packung Backwerk und eine Flasche Orangensaft. Er aß nur wenig, um seine Vorräte zu schonen, und saß bald darauf wieder im Sattel.

Über den Rosa-Luxemburg-Platz nahm er die Schönhauser Allee. Er fuhr, aber der Reiz des Vorankommens blieb aus. Immer weiter die Straße hinab, bis an die Stadtgrenze und mit jeder Pedalumdrehung die Sinnlosigkeit fühlend. Er gab sich keinen Illusionen hin, das alles war nicht mal eine Flucht vor sich selber. Wenn Birgit noch leben würde, wäre sie sicher auf Matuscheks Vorschlag eingegangen. Ein paar Leben retten, den Guten helfen, das hätte sie getan. Gemeinsam mit ihm. Er fand seinen Gedankengang so defätistisch wie treffend. Helge hielt an, schrie seinen Frust raus, dann drehte er um.

Eine Stunde später kam er am Robert-Koch-Institut an. Es war immer noch früh, keine neun Uhr. Der riesige Gebäudekomplex lag still und verlassen vor ihm. Helge hatte keine Ahnung, wohin er sollte oder musste. Matuschek hatte nur gesagt: am RKI. Da war er nun, aber wie weiter? Als Polizist war er es gewohnt, fremde Gebäude zu betreten, und so machte es ihm nichts aus, durch den offen stehenden Haupteingang ins Innere zu gehen. Flure,

Türen, Wartezonen. Er ging einige Gänge bis an deren Ende, klopfte an Türen, lugte in Büros. Niemand.

Helge kehrte in den Eingangsbereich zurück, setzte sich auf eine Couch und wartete.

***

Alex war früh dran. Er war müde, schlecht gelaunt, ihm taten die Knochen weh. Gestern Abend hatte er vor dem Wohnblock geparkt, den Fahrersitz ganz nach hinten gefahren und die Augen zugemacht. Aber der Schlaf kam nicht. Zu ungewohnt, zu unheimlich war es, im Auto an der Straße zu schlafen. Mitten in der Nacht kam er dann zu der Erkenntnis, dass es wohl besser gewesen wäre, im Institut zu übernachten. Dort gab es wenigstens einige Sofas. Aber er hatte in Tines Nähe sein wollen, was völliger Quatsch war. Und so wurde es eine Scheißnacht. Entsprechend zerschlagen fühlte er sich, als er den Wagen direkt vor dem Eingang des RKI parkte. Grummelnd und hungrig stieg er aus.

Er betrat das Foyer und sah einen uniformierten Polizisten auf der Besuchercouch sitzen. Sofort regte sich bei ihm das schlechte Gewissen. Auch wenn er wusste, dass es Unsinn war, reagierte er immer so, wenn er die Polizei sah. Wahrscheinlich Ausdruck seines Minderwertigkeitskomplexes. Der Polizist war ein junger

Kerl, noch keine dreißig. Er machte einen ungepflegten und erschöpften Eindruck.

„Kann ich Ihnen helfen?", fragte Alex.

„Vielleicht. Ich soll mich hier einfinden, um irgendeinen Konvoi nach Marburg zu begleiten. Polizeidirektor Matuschek hat mich hierher geschickt."

„Matuschek? Woher weiß der denn davon?", fragte sich Alex laut. Aber die Frage war nicht schwer zu beantworten. Der Vizekanzler hatte ihm Schutz für die Fahrt zugesagt. Wahrscheinlich hatte er sich mit Matuschek kurzgeschlossen.

„Das weiß ich nicht. Bin ich denn hier richtig?"

„Ja, klar. Natürlich sind Sie das. Ich bin Alex Baldau. Ich leite die ganze Aktion."

„Hartung, Helge Hartung. Was soll ich denn tun, Herr Baldau?"

Das war eine gute Frage, fand Alex und überlegte. Ein Polizist als Bewachung war wohl etwas wenig. Aber brauchte er überhaupt Schutz? Alex verspürte jedenfalls keine Furcht vor dem, was ihn da draußen erwartete. Er sah sich Helge genauer an. Irgendwie schien ihm der Mann deprimiert.

„Sie können hier unten Posten beziehen. Ich komme dann heute Mittag wieder auf Sie zu. Aber zunächst will ich

Sie impfen. Kommen Sie, danach sind Sie geschützt vor der Krankheit."

Entgegen seinen Erwartungen zeigte Helge weder Überraschung noch eine freudige Reaktion. Er stand auf und kam auf Alex zu, als wenn er auf einen Kaffee eingeladen worden wäre. Entweder hatte er nicht begriffen, was er ihm gesagt hatte, oder es war ihm egal. Alex befürchtete Letzteres. Irgendetwas stimmte mit diesem Polizisten nicht.

Zwei Stunden später hatte er Helge Hartung bereits wieder vergessen. Alex war im Labor zugange und hatte Blutproben aus dem Kanzleramt ausgewertet. Die T-Zellen hatten sich deutlich vermehrt. Die Impfung zeigte Wirkung, das konnte man sicher sagen, nur welche Wirkung, das war offen.

Einige Kollegen waren auch schon am Arbeiten, und die Produktion der nächsten Charge stand kurz vor der Fertigstellung. Alex hatte für zwölf Uhr alle in den Besprechungsraum geladen, um das weitere Vorgehen zu besprechen, dabei wusste er selber noch nicht, wie genau er es anstellen sollte. Deshalb brach er seine Arbeit im Labor ab. Er wollte in seinem Büro in Ruhe einen Plan ausarbeiten. Viel Zeit blieb ihm nicht mehr.

Wie ferngesteuert war sein erster Griff der nach der untersten Schublade seines Schreibtisches gewesen. Aber die Lade war leer. Keine Schokolade, nichts Süßes, rein gar nichts. Dabei knurrte sein Magen und mit dem Mittagessen sah es auch schlecht aus. Alex ließ sich in seinem Stuhl nach hinten sinken und strich sich über den Bauch. Hatte er etwas abgenommen? Das fühlte sich flacher an, oder war das nur Einbildung, weil er nichts zu futtern hatte? Er blickte an sich hinunter, zog den Bauch ein und entspannte sich dann wieder. Doch, da war schon mal mehr Fett gewesen. Die stressigen letzten Wochen und das gesunde Essen hatten Spuren hinterlassen. Außerdem hatte er viel mehr Bewegung gehabt. Sehnsüchtig dachte er an Tine, als es klopfte.

Michael kam herein und grinste breit hinter der Plexiglasscheibe seines Anzugs. „Wie versprochen, bin ich wieder da und bereit, dir zu helfen."

„Na, toll. Um elf Uhr."

„Nun komm schon, Alex! Du hast gesagt, du überlegst es dir." Michael setzte sich in den Stuhl direkt gegenüber. Alex schwankte, ihn sofort vor die Tür zu setzen oder ihm eine Chance zu geben. Immerhin waren sie befreundet und fachlich war Michael top. Er schluckte seinen Ärger über die Vergangenheit hinunter. Er konnte Michaels Anwesenheit nutzen, um das weitere Vorgehen zu besprechen. Sich mit jemand, der Ahnung hatte, austauschen zu können, war genau das, was er jetzt brauchte.

„Also gut, ich gebe dir eine Chance", sagt er, nur um sofort einzuschränken. „Aber nur, wenn du mitkommst!"

„Mitkommst? Was hast du vor?"

„Was wohl? Einen Impfstoff produzieren. Also, bist du dabei?"

„Großes Indianerehrenwort!" Michael grinste wie ein Honigkuchenpferd.

„Verscheißer mich nicht!"

„Niemals. Also, wo soll es denn hingehen?"

„Marburg, in das neue Werk von GlaxoSmithKline."

„Wow. Das muss riesig sein, was ich so gehört habe, und hochmodern. Was haben die da produziert?"

„Meningokokken-B- und Mumps-Impfstoffe, soweit ich weiß."

„Das ist eine komplexe Anlage. Kannst du mir sagen, wie du die betreiben willst?"

„Ich kann es dir erst sagen, wenn wir vor Ort sind. Wir werden sehen, was wir nutzen können."

Michael schaute skeptisch. „Das ist ein wenig vage, Alex."

„Hast du eine bessere Idee?"

„Ui, nicht gleich so giftig! Ich meine ja nur. So eine Produktion aufzubauen, ist nicht ohne."

„Habe ich auch nicht behauptet. Aber die Prinzipien sind ja wohl allen hier vertraut und alles, was du für die

Produktion brauchst, findest du dort. Wenn wir Strom haben, müssen wir nur noch sehen, wie wir mit den Maschinen klarkommen, dann kann es losgehen."

„So einfach wird das nicht. Ich habe mal bei Pfizer gearbeitet und dabei einen Blick in die Produktion werfen dürfen. Das ist hoch komplex."

„Du warst bei Pfizer, Sven Haller war bei Merk, Ivonne Gärter war bei CSL, und wir haben hier noch einige mehr, die in der Pharmabranche waren, bevor sie am RKI gelandet sind. Wir werden das schon schaukeln, Michael. Es muss klappen."

Sein Freund sah ihn einige Sekunden an. Man sah den Zweifel in seinen Augen. „Du willst es wirklich wissen. Nun gut. Ich bin dabei."

„Dann lass uns mal überlegen, wie wir das anstellen."

***

Mechthild Beimer stand am Fenster des Schlafzimmers und sah in den Garten hinaus. Ein grauer Herbsttag mit viel Wind und gelegentlichen Regenschauern. Die Bäume und Sträucher trugen bereits jede Menge braune und gelbe Blätter, aber noch sah der Rasen grün und satt aus. Und mittendrin Gerds Grab. Sie hatte die Grassoden fein säuberlich zurückgelegt, und in einigen Wochen würden sie zusammengewachsen sein. Dann wäre von der letzten Ruhestätte ihres Mannes nichts mehr zu sehen. Wie groß war der Kontrast zu dem tiefen Loch daneben, das sich mit Regenwasser gefüllt hatte und das auf sie wartete. Der Gedanke, bald dort in der kalten, nassen Erde zu liegen, schien Mechthild ungeheuerlich, aber es war wohl wahr. Es sei denn, das mit der Impfung war mehr als ein Hirngespinst und es ging schnell. Sie schaute wieder auf das Grab und fragte sich, woher sie überhaupt den Mut nahm, weiterzuleben. Wie würde es in einigen Monaten sein, in einigen Jahren erst, wenn es kaum noch Menschen gab? Wie sollte man mit so wenigen wieder etwas aufbauen?

Sie ging in die Küche hinunter, nahm die letzte Flasche Mineralwasser aus dem Kasten und schenkte sich ein Glas voll ein. Es war kühl im Haus, aber es lohnte sich nicht, den Ofen anzufeuern. Sie musste gleich los. Sie trank, nahm ihre Tasche, wie sie es jeden Morgen tat, zog sich eine Regenjacke an und verließ das Haus.

Vor dem Altenheim stand der Unimog der Bundeswehr. Mechthild parkte direkt dahinter und stieg aus. Ein Regenschauer trieb sie schnell zur Tür hinein. Sie schlug die Kapuze zurück und sah sich um. Ohne Licht war das Erdgeschoss des Heims eine halbdunkle Höhle. Niemand war in der angrenzenden Cafeteria.

„Frau Leussink!", rief sie so laut sie konnte und zog die Jacke aus. Gleich darauf waren Schritte zu hören.

Frau Dr. Leussink trug erneut die ausgebeulte Uniform. Mechthild vermutete, dass sie früher dicker gewesen war. Vor der Krankheit. Die Ärztin lächelte sie freundlich an.

„Guten Morgen Frau Beimer."

„Guten Morgen. Haben Sie gut geschlafen?"

„Danke, zuerst war es etwas ungewohnt, aber nach allem, was in letzter Zeit passiert ist, gewöhnt man sich daran, die Umstände so zu nehmen, wie sie sind."

„Wohl wahr. Sie waren in Koblenz im Bundeswehrkrankenhaus?"

„Ja, richtig. Ich bin Chirurgin. Ich bin schon seit acht Jahren dort, eine gute Klinik."

„Gibt es sie noch? Ich meine, ist das Krankenhaus noch in Betrieb?"

„Nein, wie denn? Bei uns war es nicht anders als anderswo. Wir sind von dem Virus überrollt worden. Es war schlimm. Binnen zwei Wochen waren alle krank, tot oder verschwunden. Ich hatte das Glück oder Pech, als eine der Ersten zu erkranken. Da gab es noch etwas Behandlung und Versorgung. Vielleicht hat das dazu beigetragen, dass ich es geschafft habe. Jedenfalls waren nur noch zwei Ärzte und sechs Pflegerinnen und Pfleger am Leben, als ich wieder auf den Beinen war. Ein Kollege ist immer noch im Dienst."

„Und wie kommen Sie dann hierher?"

„Ich habe meine Genesung nach Berlin gemeldet, ins Verteidigungsministerium, und dass ich weitermachen will, dass wir in Koblenz noch zu zweit sind und dringend Hilfe brauchen, um die Versorgung mit Strom und Wasser wieder herzustellen. Statt Hilfe kam dann die Aufforderung, nach Marburg zu fahren und sich um die Vorbereitungen für das Eintreffen der Leute vom RKI zu kümmern."

„Eigentlich nicht das, was eine Ärztin tut."

Frau Dr. Leussink zuckte mit den Schultern. „Man hat mir gesagt, dass ich am nächsten dran bin und dass man sonst weit und breit keinen Offizier mehr hat, den man schicken könnte. Die Bundeswehr hat praktisch aufgehört zu existieren, nur noch ganz wenige Truppenteile sind erreichbar, einsatzfähig sind noch viel weniger. Aber wir sollen Hilfe bekommen. Angeblich ist ein Trupp Pioniere aus Thüringen auf dem Weg hierher."

„Aus Thüringen?"

„Anscheinend."

„Guten Morgen, Frau Beimer."

Mechthild fuhr herum. Markus Hardenberg, oder das, was die Krankheit von ihm übrig gelassen hatte, stand am Eingang. Er war so abgemagert, dass seine Wangenknochen unnatürlich hervortraten, und so bleich und grau im Gesicht, als wenn er jeden Moment umkippen würde.

„Herr Hardenberg, also wirklich. Sie gehören ins Bett!"

„Geht schon, Frau Beimer. Ich will mich nur etwas umsehen. Zum Arbeiten bin ich noch zu schwach."

Mechthild schüttelte missbilligend den Kopf, dabei war sie selber nicht besser, fiel ihr ein. Es gab einige, die konnten nicht anders, als immer weiterzumachen. „Darf ich Ihnen Frau Dr. Leussink vorstellen", sagte sie und zeigte neben sich. „Sie ist Ärztin bei der Bundeswehr und hierhergekommen, um Quartiere und Versorgung für eine Gruppe von Wissenschaftlern vorzubereiten. Man will in Marburg Impfstoff produzieren."

Sie sah, wie es in Markus arbeitete. Er brauchte, um die Nachricht zu verdauen und die richtigen Schlussfolgerungen zu ziehen. Schließlich kam er mit ausgestreckter Hand auf Frau Leussink zu.

„Das sind ja ganz erstaunliche Neuigkeiten. Das Werk von GlaxoSmithKline, nicht wahr? Mein Name ist Hardenberg, Markus Hardenberg. Ich bin vom THW."

Stefanie Leussink schüttelte ihm die Hand. „Das THW können wir gut gebrauchen."

„Oh, ich fürchte, ich bin das ganze THW. Insofern erwarten Sie nicht zu viel."

„Wir werden das schon schaukeln. Zunächst muss ich nur Unterkünfte haben, und da hat mir Frau Beimer schon geholfen. Ich werde das Altenheim nehmen."

„Das Altenheim?"

„Ja, das eignet sich ganz hervorragend. Alles in einem Gebäude. Genügend Zimmer und Betten, eine Großküche und Gemeinschaftsräume. Wenn es uns noch gelingt, das Haus mit Strom und Wasser zu versorgen, kann man es hier prima aushalten."

„Strom dürfte kein Problem sein, zumindest, wenn man die Nutzung begrenzt. Wasser wird ein Problem. Mal sehen, wie man das angehen kann."

Mechthild sah, wie es in Markus arbeitete, und war sich sicher, dass ihm schon etwas einfallen würde. Dann konnte sie sich daran machen, einige Leute aufzutreiben, die den beiden bei ihren Vorbereitungen helfen würden.

***

Um fünf vor zwölf hatte Alex drei DIN-A4-Blätter vollgeschrieben. Er schob sie zusammen, knickte sie in der Mitte und stand auf. Das Gespräch mit Michael hatte weitergeholfen, so wie er es sich erhofft hatte. Nun gab es einen Plan, wie man vorgehen konnte.

„Dann lass uns mal."

„Wann wirst du mich impfen?", fragte Michael.

„Gleich nach der Besprechung. Aber wehe, du haust danach ab."

Für einen Moment sah Michael eingeschnappt aus. Dann stand er ebenfalls auf und folgte Alex in den Flur hinaus. Durch die leeren Gänge eilten sie zum Besprechungsraum, der bereits zur Hälfte gefüllt war. Alex war nervös. Bisher war er immer nur Teilnehmer der Runden gewesen, heute musste er die Leitung übernehmen. Für seine Verhältnisse sprühte er vor Energie, aber ob das reichen würde? Die Probleme, die Michael angesprochen hatte, waren real. Es konnte gut sein, dass sie in Marburg ankamen und dann feststellen mussten, völlig überfordert zu sein. Er hängte sich weit aus dem Fenster, wenn er immer so tat, als wäre alles kein Problem. Jetzt musste er überzeugen, musste seine Kollegen und Kolleginnen mitziehen, damit sie ihm nach Marburg folgten. Das würde nicht für jeden selbstverständlich sein. Viele hatten Angehörige in Berlin. Entsprechend nervös war Alex, und er versuchte auch gar nicht, das zu verbergen. So etwas gelang ihm ohnehin nicht. Er wollte ehrlich sein, und auf Freiwilligkeit setzen. Sollte doch jeder sehen, wie aufgeregt er war, es würde ihn nur glaubwürdiger machen.

„Mahlzeit", rief er in die Runde und suchte sich einen Platz an der Stirnseite.

„Herr Dr. Baldau. So geht das nicht!" Alex sah auf. Professor Hörig stand in der Tür und schaute wütend. „Ich kann nicht zulassen, wie Sie sich hier aufspielen, noch kann ich gutheißen, was Sie planen."

„Was Sie gutheißen, spielt überhaupt keine Rolle mehr. Sie, Herr Hörig, haben es selber aus der Hand gegeben, und zwar in dem Moment, wo Ihnen Ihre persönlichen Interessen wichtiger waren als die Sache. Sie waren zu feige, um alles auf eine Karte zu setzen. Sie hatten doch tatsächlich Angst um Ihren lächerlichen Posten. In meinen Augen haben Sie damit nicht nur Ihre Inkompetenz bewiesen, sondern auch Ihre charakterlichen Mängel."

Im Raum war es mucksmäuschenstill. Den kurzen, aber heftigen Schlagabtausch verfolgten alle mit großen Augen. Michael hatte sich instinktiv einige Meter von Alex entfernt. Zu tief saß noch der in Jahren antrainierte Respekt vor dem Professor.

„Ich darf Sie erinnern, dass es immer noch ich bin, der das RKI leitet."

„Das dürfen Sie auch in alle Zukunft tun, Herr Professor. Aber ab jetzt wird niemand mehr auf das hören, was Sie sagen. Ich bin sowohl vom Gesundheitsministerium als auch vom Kanzleramt autorisiert. Gehen Sie und beschweren Sie sich dort. Machen Sie sich nur lächerlich, und jetzt raus hier!"

Hörig zuckte beim letzten Satz zusammen. „Sie haben jeden Bezug zur Realität verloren, Herr Dr. Baldau. Sie sind weder fachlich noch menschlich qualifiziert. Nicht ohne Grund haben wir Sie vor einigen Wochen gefeuert, und ich sage Ihnen auch, dass es kein Zufall war, dass es Sie erwischt hatte, wie man Sie glauben machen wollte."

„Das ist mir mittlerweile scheißegal. Sie kapieren es einfach nicht, nicht wahr?" Alex legte seine Papiere auf den

Tisch und ging auf Hörig zu, bis er ihm direkt gegenüberstand. „Das RKI existiert nicht mehr, die Verwaltung existiert nicht mehr, die Regierung nur noch in rudimentären Teilen. Was gewesen ist, ist uninteressant, und nur noch die Zukunft ist wichtig. Und ich werde mich um die Zukunft kümmern. Und jetzt raus hier!" Den letzten Satz brüllte Alex so laut er konnte direkt in das Gesicht des Professors. Der zuckte erneut zusammen, hielt aber stand.

„Sie werfen mich nicht aus meinem Institut. Sie nicht!"

Alex sah rot und griff Hörig an die Schultern. Mit seinen ganzen hundertdreißig Kilo schob er den Professor in den Flur hinaus. Dabei knirschte er vor Wut mit den Zähnen und griff so fest zu, dass seine Hände schmerzten. Sich Hörig zu schnappen, war ihm ein echtes körperliches Bedürfnis, eine Rache für viele Jahre, die er vor ihm gekuscht hatte. Mit einem Stoß beförderte er den entsetzten Professor an die gegenüberliegende Wand, griff ihn sich dann am Kragen und riss mit aller Kraft am Kittel. Dabei knurrte er wie ein Tier. Hörig war dreißig Jahre älter und fünfzig Kilo leichter und hatte Alex nichts entgegenzusetzen. Er versuchte nur halbherzig, sich frei zu machen, und war hauptsächlich damit beschäftigt, nicht hinzufallen, so sehr drängte Alex ihn den Flur hinab. Dabei schrie und zeterte Hörig, so laut er konnte.

Noch bevor sie am Treppenhaus angekommen waren, tauchte der Polizist, den Alex am Morgen im Foyer getroffen hatte, im Flur auf. Sofort nutzte er seine Chance.

„Herr Hartung. Begleiten Sie bitte diesen Herrn nach draußen. Und lassen Sie ihn auch nicht wieder ins Gebäude. Heute nicht, und nie wieder", rief Alex laut.

Helge Hartung hatte den Vormittag damit verbracht, draußen vor dem Eingang und unten im Foyer zu warten. Er hatte lange nachgedacht, bis ihn das Geschrei aus dem sonst so leisen Haus in den ersten Stock getrieben hatte. Sobald er um die Ecke kam, sah er Dr. Baldau, der einen anderen, ihm unbekannten Mann über den Flur schleifte. Für Helge war Dr. Baldau der Chef, und deshalb zögerte er auch nicht, der Aufforderung nachzukommen und den Kerl rauszuwerfen. Es würde schon Gründe geben, da war er sich sicher. Er nahm den älteren Mann mit einem geübten Polizeigriff in Empfang, bog ihm den rechten Arm auf den Rücken und griff nach der linken Schulter. Routiniert und schnell, schmiss er Professor Hörig auf die Straße.

Alex atmete einmal tief durch, als er sah, wie Helge Hartung den Leiter des RKI aus seinem eigenen Institut schmiss. Tiefe Befriedigung und ein klein wenig Angst vor dem, was er da soeben getan hatte, kämpften in seinem Kopf um die Vorherrschaft.

„Wow, du hast dich echt verändert."

Alex fuhr herum. Michael stand hinter ihm, und wenn er sich nicht täuschte, dann hatte er Respekt im Blick.

***

Seine Frau hatte weniger Glück gehabt als er. Markus Hardenberg war ganz früh morgens aufgebrochen in das nur zehn Kilometer entfernte kleine Dorf, in dem er wohnte. Seit fast zwei Wochen hatte er nichts mehr von Kathrin gehört. Dennoch war es weniger die Sorge als das Pflichtbewusstsein, das ihn dorthin getrieben hatte. Seit Jahren schon war das Verhältnis mit seiner Frau bestenfalls das, was man eine Notgemeinschaft nannte. An vielen Tagen nicht mal das. Sie hatten sich nichts mehr zu sagen gehabt, seit Langem, und duldeten den anderen nur noch wie ein notwendiges Übel. Dennoch war Markus betroffen, als er ihre Leiche im Ehebett fand. Die alten Erinnerungen an die Tage, als sie noch glücklich miteinander gewesen waren, kamen hoch.

Kathrin konnte noch nicht lange tot sein, ein oder zwei Tage. So gut kannte er den Tod mittlerweile, dass er seinen Eintritt einschätzen konnte. Was waren das für Zeiten? Er deckte die Leiche zu. Um sie zu beerdigen, fehlte ihm noch die Kraft. Aber er würde wiederkommen, schon bald und richtig Abschied nehmen. Das schuldete er ihr. Markus schloss die Haustür hinter sich und fuhr zurück nach Klingenbronn, wo Arbeit auf ihn wartete.

Zwei Stunden später saß er am Steuer des IVECO und fuhr mit Schrittgeschwindigkeit die Ockershäuser Allee hinab. Er war geschockt von den Verwüstungen um ihn herum. Marburg sah aus wie nach einem Bombenangriff. Links und rechts gab es nur Brandruinen. Geschwärzte Mauern, skelettierte Bäume und selbst der Asphalt der Straße war an einigen Stellen durch die Hitze der Feuer zerstört worden. In all seinen Jahren beim THW hatte er nichts Vergleichbares gesehen. Das Ausmaß der Brandkatastrophe war unbeschreiblich und erinnerte ihn an apokalyptische Bilder aus Kriegsgebieten. Die Feuer hatten gründlich gewütet, und nichts und niemand hatte sich ihnen entgegengestellt.

„Ich weiß nicht, ob wir hier noch was finden", sagte Matthias.

Markus brummte nur und sah ihn an, wie er kreidebleich auf die Reste der zerstörten Stadt starrte. Der Junge war eine große Hilfe geworden. Er packte an, wo er nur konnte. Und deshalb hatte Markus ihn mitgenommen. Er selber war immer noch so schwach, dass ihn schon die kleinste Anstrengung an seine Grenzen brachte.

„Ich und meine Kollegen hatten am Krankenhaus eine Isolierstation eingerichtet. Das war noch ganz am Anfang, als man glaubte, die Sache unter Kontrolle bekommen zu können. Wenn es das Krankenhaus noch gibt, werden wir dort Notstromaggregate und einige andere nützliche Dinge finden."

Matthias sah ihn zweifelnd an. „Ich glaube nicht, dass hier noch irgendetwas existiert."

„Es kann nicht sein, dass die ganze Stadt abgefackelt ist. Irgendwann muss das Feuer aufgehört haben, weil es nicht mehr weiterkonnte, weil es keine neue Nahrung mehr gefunden hat. Spätestens die Lahn sollte es aufgehalten haben."

„Das Krankenhaus ist aber auf dieser Seite des Flusses."

„Die Psychiatrie nicht, und da müssen wir hin."

Eine Viertelstunde später hatten sie Gewissheit. Wie Markus vermutet hatte, waren die Stadtteile auf der anderen Lahnseite vom Feuer unberührt. Das Klinikum stand verlassen und leer, aber völlig intakt vor ihnen. Die Straße war ein Chaos aus wild durcheinanderparkenden Autos. Markus hatte keine Scheu, einige Wagen mit dem IVECO einfach beiseitezuschieben. Er konnte und wollte nicht weit laufen, erst recht nicht, wenn sie noch was fanden, das sie aufladen mussten.

UKGM prangte in großen blauen Lettern an dem aus dem Gebäude herausragenden Vorbau. Die Grünfläche davor war mit einem hohen Absperrzaun gesichert gewesen. Jetzt lagen viele der metallenen Zaunelemente umgefallen auf dem Rasen. Die einstige Dekontaminationsschleuse existierte nur noch in Teilen. Die Planen waren aufgerissen und aufgeschlitzt, überall lag Müll und Markus sah auch schon zwei Leichen.

Er stieg aus und der Geruch war unverkennbar. Nichts war zu hören, nichts bewegte sich oder deutete darauf hin, dass noch jemand hier war. Er ging die gepflasterte Einfahrt hinauf. Im Inneren des Zeltes, das als Schleuse hergehalten hatte, war nur Chaos. Umgekippte Tische, verstreute Papiere, wild durcheinandergeworfene Stühle und Möbel. Nur ein schmaler Gang in der Mitte war frei. Er durchquerte das Zelt zügig und stand dann vor der Eingangstür des Krankenhauses. Der Gestank wurde immer schlimmer.

„Müssen wir da rein?", fragte Matthias und legte dabei alles Unbehagen in die Frage, zu dem er fähig war.

„Ich weiß nicht. Vielleicht finden wir drinnen etwas?"

„Was sollte das wohl sein? Lass uns hier draußen nach den Aggregaten, den Pumpen und den Schläuchen schauen. Das muss hier irgendwo rumstehen, weil die Dekontamination draußen ist."

„Schau du mal danach. Ich sehe mich im Inneren um."

Matthias war die Erleichterung anzusehen. Alleine hier draußen oder aber mit Markus in das Krankenhaus mit all seinen Schrecken zu gehen, war eine einfache Wahl.

„Gut, aber bleib nicht zu lange weg."

„Keine Sorge. Ich werde keine Sekunde länger als unbedingt nötig da drinnen bleiben."

Markus trat durch die Tür und wünschte sich, er hätte noch einen Mundschutz. Der Verwesungsgestank war so intensiv, dass es ihm die Tränen in die Augen trieb und er mit einem Würgereiz zu kämpfen hatte, den er kaum beherrschen konnte. Er passierte den Empfangsbereich mit schnellen Schritten. Auf die Stationen wollte er auf keinen Fall. Dort lagen all die verrottenden Leichen. Der Keller war sein Ziel. Nur dort konnte er noch Technik finden.

Er brauchte, bis er den Zugang hinter einer unbeschrifteten und unscheinbaren Tür gefunden hatte. Ein kurzer Gang, dann ein halbdunkles nur von einem kleinen Fenster erhelltes Treppenhaus. Markus fluchte. Eine Taschenlampe hatte er nicht mitgenommen. Ein dummer Fehler, wenn man in einen Keller wollte. Er ging die Stufen hinab bis zum ersten Absatz, öffnete die schwere feuersichere Stahltür und wich sofort zurück. Der Verwesungsgestank war unbeschreiblich und rollte wie eine Walze, die ihm die Luft zum Atmen nahm, über ihn hinweg. Er taumelte rückwärts, hustete und würgte, bis er sich erbrach.

Zitternd stand er an die Wand gelehnt und schaute auf die wieder ins Schloss gefallene Kellertür. Unmöglich, da hineinzugehen. Man hatte den Keller mit Leichen vollgestopft. Da kam er nicht weiter. Völlig ausgelaugt stieg er die Stufen ins Erdgeschoss empor und ging nach draußen. Dort setzte er sich auf den Rasen und atmete tief durch.

„Geht es dir nicht gut?"

Matthias kam angelaufen und Markus winkte ab. „Schon okay. Ich muss mich nur ausruhen."

„Was gefunden?"

„Nein, unmöglich. Das Krankenhaus kann man auf Wochen oder Monate nicht mehr betreten. Bis all die Leichen verwest sind. Es müssen Hunderte oder Tausende sein."

„Hab ich ja gleich gesagt."

„Ja, war dumm von mir", sagte Markus, griff nach der Hand, die Matthias ihm entgegenstreckte, und kam hoch. „Es gibt wohl keinen schlimmeren Ort als ein Krankenhaus in diesen Zeiten. All die Menschen, die hier Hilfe gesucht hatten und nur den Tod fanden. Schlimm." Er schüttelte den Kopf und wischte sich über den Mund. Der Geschmack von Erbrochenem war ekelhaft. „Hast du was gefunden?", fragte er.

„Ja, da vorne bei dem Lkw stehen zwei Notstromaggregate."

„Bekommen wir die aufgeladen?"

„Ein Gabelstapler steht dort hinten herum. Ich weiß aber nicht, ob der funktioniert."

„Dann schauen wir uns das mal an."

Eine Stunde später startete Markus den Motor des IVECO. Er hatte nicht nur die Aggregate, sondern auch Pumpen und Schläuche auf der Ladefläche. Eine gute Ausbeute, die reichen sollte, um eine Strom- und Wasserversorgung für

das Altenheim herzustellen. Aber nicht mehr heute. Er war
völlig erschöpft.

V

Matuschek von der Berliner Polizeibehörde war der Stolz anzusehen. Der dicke gemütliche Mann mit dem eigenartigen Humor stand vor Alex, als wenn er den Hauptpreis in der Lotterie gewonnen hätte. Hinter ihm standen fünf Polizisten und Polizistinnen in Uniform, darunter auch Helge Hartung.

„Wo haben Sie die alle aufgetrieben?", wunderte sich Alex.

„Nachdem Herr Hartung bei mir aufgekreuzt war, habe ich mir gedacht, dass es wahrscheinlich noch mehr wie ihn geben wird. Polizisten, die immer noch in ihren Revieren Dienst tun, von denen ich aber nichts weiß. Ich hab mich dann ins Auto gesetzt und bin durch Berlin gefahren, von Revier zu Revier. Und siehe da: Ich hatte recht."

„Großartig", murmelte Alex, der nicht wusste, was er mit den Leuten anfangen sollte. Musste er sich überhaupt darum kümmern? Er konnte doch nicht für alles zuständig sein. „Wir sollten Sie alle zunächst einmal impfen", sagte er, weil ihm nichts Besseres einfiel. „Das kann mein Kollege machen." Er gab Michael einen Wink, und dann fiel ihm ein, wie er das Ganze klären konnte. „Und Sie, Herr Matuschek, dürfen mich ins Kanzleramt begleiten."

„Das mache ich doch gerne."

„Dann kommen Sie."

Eine Viertelstunde später stellten sie das Auto vor dem Kanzleramt ab. Der Weg ins Innere war Alex bereits zur Routine geworden. Mit Matuschek im Schlepptau ging er in den sechsten Stock, wo er wie erwartet auf den Vizekanzler traf, der mit mehreren anderen eine Besprechung abhielt.

„Guten Morgen, Herr Dr. Baldau, hallo Herr Matuschek. Kommen Sie, setzen Sie sich."

Der Vizekanzler sah niedergeschlagen aus. Insgesamt machte die Runde einen deprimierten Eindruck. Niemand sprach.

„Ist etwas passiert, Herr Schmidt?", erkundigte sich Alex besorgt.

„Ja, kann man so sagen. Einiges. Zwischen Pakistan und Indien soll es zu kriegerischen Auseinandersetzungen um Kaschmir gekommen sein. Fragen Sie mich nicht, wie das in der momentanen Lage überhaupt geschehen kann, aber unsere Quellen sind da sehr genau. Leider. Dann haben wir aus England die Nachricht bekommen, dass in Russland ein Putsch stattgefunden hat. Das ist nur ein Gerücht, aber in Moskau sind Panzer aufgefahren, das ist bestätigt." Schmidt seufzte und atmete einmal tief durch. „Das Schlimmste aber, Herr Dr. Baldau, ist, dass es im belgischen Tihange wahrscheinlich zu einem schwerwiegenden Unfall gekommen ist. Sie wissen sicherlich, dass dort, unweit der

Grenze zu Deutschland, eines der ältesten und störanfälligsten Kernkraftwerke Europas steht. Wir haben aus der Region Aachen mehrere Hinweise auf eine gewaltige Explosion in Tihange bekommen. Die belgische Regierung ist leider nicht mehr zu erreichen. Wir wollen jetzt Messungen durchführen, wie es um die Radioaktivität im Grenzgebiet bestellt ist. Aber selbst wenn sich die Annahme eines GAUs bestätigen sollte, was ich nicht hoffe, tun können wir nichts. Wir haben zwar jede Menge Jodtabletten, aber niemanden, der sie an die Bevölkerung verteilen könnte. Evakuieren können wir noch viel weniger. Wohin auch? Wir haben Westwind, wie so häufig. Vielleicht zieht im Moment eine radioaktive Wolke über Deutschland, gegen die Tschernobyl ein Witz war, und wir wissen nichts davon."

Alex schnappte erschrocken nach Luft. Das waren schlimme Neuigkeiten. „Ich dachte, alle Kernkraftwerke sind heruntergefahren worden."

„Das sollten sie sein, richtig. Aber ob das überall geklappt hat? Hier in Deutschland schon, das haben wir noch prüfen können. Aber hier gibt es ja auch nicht mehr viele davon. Die Franzosen haben es ebenfalls hinbekommen. Was aber mit allen anderen Staaten in Europa, insbesondere Osteuropa ist ..." Schmidt zuckte mit den Schultern, langte über den Tisch nach einer Wasserflasche und ließ sich wieder in seinen Stuhl fallen. „Wir können nichts tun. Aber reden wir von dem, was wir sicher wissen, und dem, was wir tun können. Reden wir von der Impfstoffherstellung."

„Aber Tihange ist genau westlich von Marburg", warf Alex ein.

„Und? Wollen Sie deshalb alles hinschmeißen? Wie gesagt, wir wissen nicht sicher, ob es zu einem Unfall gekommen ist. Und wenn doch, dann wird außer Marburg halb Deutschland betroffen sein, mindestens."

„Marburg könnte besonders betroffen sein."

„Könnte, muss aber nicht. Und selbst wenn ..."

„Ist denn in Berlin Radioaktivität festzustellen? Haben Sie gemessen?"

„Wir bemühen uns, an Geigerzähler zu kommen. In einigen Stunden wissen wir mehr. Wie weit sind Sie mit Ihren Vorbereitungen?", fragte Schmidt.

Alex gab auf. Es war zu offensichtlich, dass der Vizekanzler das Thema nicht vertiefen wollte. Und wenn es passiert war, was machte das noch für einen Unterschied? Es stimmte, sie konnten nur weitermachen und das Beste hoffen. Er warf einen kurzen Blick auf seine Unterlagen und begann dann mit einer Zusammenfassung.

„Wir sind fast fertig. Wir werden mit zweiundzwanzig Wissenschaftlern aufbrechen. Proben, Geräte und alle Aufzeichnungen nehmen wir mit. Ich muss noch Beförderungsmittel haben und Benzin."

„Kein Problem. Sie bekommen Autos aus unserem Fuhrpark. Hier fährt ohnehin niemand mehr rum. Außerdem gebe ich Ihnen einen der Schützenpanzer mit und acht Soldaten. Mit den Polizisten, die Matuschek aufgetan hat, sollte das als Bewachung reichen. Mehr habe ich jedenfalls nicht."

„Wir waren übrigens nicht untätig", mischte sich der Staatssekretär aus dem Verteidigungsministerium ein. „Wir haben eine Einheit Pioniere nach Marburg in Marsch gesetzt, die Ihnen bei der Infrastruktur behilflich sein wird. Auch ist bereits ein Offizier vor Ort, der sich um Ihre Unterbringung und die Versorgung kümmert."

„Können wir Lebensmittel mitnehmen?"

„Ja, sicher, davon haben wir reichlich."

Alex sah den Vizekanzler an, der immer noch nachdenklich und niedergeschlagen aussah. Kamen da noch mehr schlechte Nachrichten? Er wollte es gar nicht darauf anlegen und lieber wieder zurück ins Institut.

„Wenn Sie sonst nichts mehr haben, würde ich vorschlagen, dass wir übermorgen in aller Frühe aufbrechen. Als Treffpunkt schlage ich das RKI vor. Die Fahrzeuge würde ich heute oder morgen abholen lassen, die Lebensmittel auch."

„Machen Sie es so", murmelte Schmidt, ohne Alex anzusehen.

Alex stand auf, nickte einmal in die Runde und drehte sich um. Er war schon fast an der Tür, als Schmidt ihm hinterherrief. „Herr Dr. Baldau, warten Sie."

Voller Unbehagen drehte sich Alex um. Was kam jetzt?

„Ich sehe, dass Sie immer noch ohne jeden Schutz herumlaufen, weshalb ich annehme, dass Sie davon ausgehen, dass Ihr Impfstoff wirksam ist. Aber sind Sie sich dessen sicher?"

Das alles hatte er doch schon ausführlich erklärt und erläutert. Wieso fragte Schmidt nach? Etwas stimmte ganz und gar nicht. „Darf ich fragen, was vorgefallen ist?"

„Eine Mitarbeiterin aus dem Gesundheitsministerium, die sie vor vier Tagen geimpft haben, ist erkrankt. An Ebolapocken."

Alex lief es eiskalt den Rücken runter. Konnte das sein? Lag er völlig falsch und der Impfstoff war nutzlos oder allenfalls in der Lage, die Erkrankung hinauszuzögern oder deren Verlauf abzumildern? Tausend Fragen gingen ihm durch den Kopf und auch, was das für ihn persönlich bedeutete.

„Ich muss die Frau sehen und mit ihr sprechen, Herr Vizekanzler. Gleich jetzt."

„Das wird leider nicht möglich sein. Sie ist tot."

***

Der Körper fiel die nasse, lehmige Böschung hinunter. Der linke Arm wirbelte willenlos durch die Luft, dann schlug der Torso mit der rechten Seite zuerst auf dem Boden auf, drehte sich langsam und kam mit dem Gesicht voran in einer tiefen Pfütze zur Ruhe. Mechthild Beimer half mit, die Toten zu entsorgen. Anders konnte man das, was sie da machten, wirklich nicht nennen. Mit einem ordentlichen Begräbnis hatte das Ganze jedenfalls nichts mehr gemein. Sie kletterte von der Ladefläche des Lkw und half, die Bordwand hochzuklappen.

Ohne ein Wort mit Matthias zu wechseln, ging sie zum Führerhaus, öffnete die Tür und kletterte auf den Fahrersitz. Was sollte sie mit ihm reden, wie ihm helfen? Was machte all das aus einem Jungen wie ihm?

Mechthild langte nach dem Zündschlüssel. Markus Hardenberg hatte ihr gezeigt, wie der Laster zu bedienen war. Der Rest war nicht schwer, wenn man fast vierzig Jahre Fahrpraxis hatte und einen nur leere Straßen erwarteten. Sie startete den Motor, löste die Druckluftbremse und legte den ersten Gang ein.

Sie war am Ende ihrer Kräfte, körperlich und geistig. All das Leid, die Not und das Elend hatten sich wie ein langsam wirkendes Gift durch sie hindurchgefressen. Gerds Tod, das Ausheben des Grabes, die Ungewissheit, was mit ihren Töchtern war. Dazu der tägliche Kampf, um den völligen Zusammenbruch ihrer Stadt abzuwenden. Alles so aufreibend, so frustrierend und letztlich sinnlos. Fast wünschte sie sich, ebenfalls tot zu sein. Dann hätte all das ein Ende und sie endlich ihre Ruhe. Ruhe vor den schrecklichen Bildern, den eigenen Ansprüchen und den Erwartungen anderer. Nicht einmal mehr die Aussicht auf Rettung durch die Wissenschaftler aus Berlin gab ihr Mut. Sie war am Ende.

Mechthild Beimer bog auf die Landstraße ein und beschleunigte. Der Regen der letzten Tage hatte kühlem, aber sonnigem Wetter Platz gemacht. Das Grün der Bäume leuchtete von der Nässe der letzten Nacht. Links und rechts hatte der Regen die Weizenfelder platt gedrückt, die in diesem Jahr kein Bauer abgeerntet hatte. Anderswo stand der Mais über zwei Meter hoch. Auch er war fast so weit, dass man ihn reinbringen konnte, aber das würde nie geschehen. Was sollten sie nächstes Jahr essen, wenn niemand die Ernte einfuhr? Mechthild schob den Gedanken beiseite. Nächstes Jahr war endlos weit weg. Sie schaute wieder nach vorne. Die Straße war von Blättern bedeckt. Noch waren es wenige, aber mit dem voranschreitenden Herbst würde sich das bald ändern. Alles verkam sehr schnell, wenn sich niemand darum kümmerte.

Klingenbronn lag vor ihnen. Ein idyllischer Anblick, der trog. Die Stadt war voller Tote. Mechthild Beimer schätzte, dass nicht mal mehr ein Viertel der Bevölkerung am Leben war. Das wären aber immer noch über zweitausend Menschen, von denen sich so gut wie keiner blicken ließ. Die, die noch lebten, hatten sich verkrochen und kamen nicht heraus. Erst gestern war sie mit Matthias durch die

Straßen gefahren und hatte mithilfe der Lautsprecher versucht, Hilfe zu bekommen. Vergeblich. Dabei musste es doch auch in den Häusern Menschen geben, die die Krankheit überstanden hatten, und wenn es nur eine Handvoll war. Warum kamen die nicht heraus?

Sie wollte zurück zur Sporthalle, als sie zwei Bundeswehr-Lkw auf dem Rathausplatz herumstehen sah. Sofort ging sie vom Gas, bremste und bog dann rechts ab. Neben den Lastern standen sechs Soldaten in Uniformen und mit Gasmasken. Ein unheimlicher Anblick, der Mechthild aber nur kurz einschüchterte. Sie hielt an, stellte den Motor ab und zog die Bremse an.

Sobald sie die Tür geöffnet hatte, lösten sich zwei Soldaten aus der Gruppe und kamen auf sie zu. Mechthild ging ihnen entgegen und grüßte mit erhobener Hand.

„Seid ihr die Einheit aus Thüringen?", rief sie ihnen zu.

Die zwei Männer hoben ebenfalls eine Hand zum Gruß.

„Guten Tag. Malz, mein Name. Major Richard Malz." Die Stimme klang durch die Gasmaske hindurch dumpf und verzerrt. Der Mann war groß, fast eins neunzig, schlank und von seinem Gesicht sah sie nur die blauen Augen und den unmittelbaren Bereich darunter

„Beimer, Mechthild Beimer. Ich bin hier die Bürgermeisterin."

„Freut mich, Frau Beimer. Ja, wir sind vom Panzerpionierbataillon 701 aus Gera. Oder besser gesagt, wir sind das, was davon noch übrig ist."

„Ich freue mich, Sie kennenzulernen", kam die Bürgermeisterin in ihr durch. Aber das stimmte auch. Sechs Soldaten waren eine Hilfe, die wie gerufen kam. „Wir haben Sie bereits erwartet. Oberstabsärztin Leussink, ich hoffe, ich habe den Titel jetzt richtig in Erinnerung, hat ihr Eintreffen angekündigt."

„Ja, wir wissen darüber. Wo ist denn nun diese Unterkunft, die wir errichten sollen?"

„Errichten brauchen Sie nichts. Wir haben das leer stehende Altenheim als Quartier auserkoren. Ich schlage vor, ich fahre voraus und Sie folgen mir."

„Gut, machen wir es so, und vielen Dank, Frau Bürgermeisterin."

Mechthild Beimer lächelte den Major an. Endlich Hilfe, endlich jemand, der anpacken konnte. Ihre Erleichterung war körperlich zu spüren.

***

Sebastian Runge saß im riesigen Wohnzimmer seiner Villa und schaute auf den einstmals so gepflegten Garten. Der Rasen war mittlerweile dreißig Zentimeter hoch und mit Wildblumen und Unkraut durchsetzt. Die Büsche, die der Gärtner immer so akkurat in Form geschnitten hatte, wucherten wild vor sich hin. Das Wasser des Swimmingpools war grün vor Algen und auf der Wasseroberfläche trieben mit jedem Tag mehr farbige Blätter, die die hohen Buchen und Kastanien abwarfen. Ein Bild der Verwahrlosung und des Niedergangs.

Im Kamin hinter ihm knisterte ein Feuer, das es nicht schaffte, den großen nach oben zur Empore hin offenen Raum zu wärmen. Er griff nach seinem Glas und trank etwas Apfelsaft. Der letzte Rest, danach hatte er außer Wein und harten Alkohol nichts mehr im Haus, das man trinken konnte, und aus dem Wasserhahn kam schon seit Tagen nichts mehr. Er musste hier raus und seine selbst gewählte Isolation beenden. Nur, wo sollte er hin, wo fand er Wasser, das man trinken konnte, wo Lebensmittel, und wie sah es dort draußen aus? War es gefährlich, rauszugehen? Sebastian Runge vermochte das nicht einzuschätzen.

Es würde ihm nichts anderes übrig bleiben, als es herauszufinden. Er war kein ängstlicher Mensch, aber vorsichtig. Fünfundzwanzig Jahre als einflussreicher Lobbyist im Regierungsviertel der Hauptstadt lehrten einen das. Wer nicht aufpasste, leichtsinnig oder gar übermütig wurde, war auf dem Parkett des Politikbetriebes ein leichtes

Opfer. Immer und überall galt es, sorgfältig abzuwägen, sämtliche Optionen zu durchdenken und sich im Zweifelsfall für den sicheren Weg zu entscheiden. Aus keinem anderen Grund war er noch am Leben, da war sich Sebastian Runge sicher. Er hatte schon vor über drei Wochen den Rückzug angetreten und sich daheim versteckt, kaum dass absehbar gewesen war, wie es enden würde.

Für ihn war das Alleinsein nicht schwer gewesen. Er war es seit Langem gewohnt. Seine Frau hatte ihn vor über zehn Jahren mit den Kindern verlassen und jeden Kontakt abgebrochen. Und das nur, weil er eine Affäre gehabt hatte. Als wenn das heutzutage etwas Schlimmes war. Lächerlich. Er hatte sie ziehen lassen, ohne Bedauern. Er war kein Familienvater, und als Ehemann taugte er auch nicht allzu viel, da machte er sich nichts vor. Außer Geldranschaffen hatte er wenig zum Familienleben beigetragen, aber so war er nun einmal. In den ersten Monaten, nachdem sie weg gewesen war, hatte er es sogar genossen, alleine zu sein. Dann hatte sich nach und nach sein Leben den neuen Gegebenheiten angepasst. Die Arbeit war noch mehr geworden, die abendlichen Termine gingen gerne bis in die Nacht und wenn ihm danach war, konnte er jederzeit den Escort-Service bemühen. Kein schlechtes Leben. Vermisst hatte er nichts.

Er stellte das leere Glas ab und ging in die Garage im Kellergeschoss. Drei Autos hatte er und selbstverständlich entschied sich Sebastian Runge für das größte von ihnen. Der Mercedes GLE 63 AMG versprach Schutz und Sicherheit. Er nahm auf den Fahrersitz Platz und betätigte den Anlasser.

Der V8 erwachte mit einem heiseren Bellen aus vier Auspuffrohren. Er atmete erleichtert aus. Insgeheim hatte er die Befürchtung gehabt, die Batterie könnte leer sein. Er schaute auf die Tankanzeige: dreiviertel voll. Er stieg wieder aus, froh, dass sich das erledigt hatte, aber nun stand er vor einem neuen Problem. Das Tor der Tiefgarage öffnete elektrisch. Der Strom war aber schon seit mehr als einer Woche weg. Ratlos begutachtete er das Tor. Wenn überhaupt, dann ging es nur mit Gewalt. Er machte sich auf die Suche nach Werkzeug.

Sebastian Runge ging vom Gas und hielt an. Eine große Menschenmenge stand vor dem Kanzleramt. Der Weg von Dahlem bis hierher war ein unheimliches Erlebnis gewesen. Verlassene Straßen voller Müll. Leichen auf den Gehwegen, nicht viele, aber immer mal wieder. Totenstille über der Großstadt. Alles Leben schien verloschen oder hatte sich verkrochen. Er war langsam gefahren, jederzeit bereit, das Gaspedal durchzutreten und zu fliehen. Die Atmosphäre dieser ausgebluteten Metropole war beklemmend. Zwei Mal hatte er andere Autos gesehen, von Weitem, und jedes Mal war er auf die Bremse getreten, um abzuwarten, ob Gefahr drohte. Eine undefinierbare Furcht kroch mit Macht ganz langsam in ihm hoch. Aber nichts war geschehen.

Hinter der Menschenmenge standen zwei Schützenpanzer der Bundeswehr. Eine Handvoll Soldaten hatte direkt am Eingang Posten bezogen und versperrte den Menschen den Weg ins Kanzleramt. Sebastian Runge wägte ab, ob er es wagen durfte, dichter heranzufahren. Früher war er häufig hier gewesen. Das Kanzleramt war ihm von innen und außen vertraut. Er sah sich Fenster für Fenster an, und meinte, in einigen Licht zu sehen. Das konnten aber auch Spiegelungen auf dem Glas sein. Er würde es nur herausfinden, wenn er näher heranfuhr. Er löste die Bremse und ließ den schweren Mercedes im Schritttempo rollen.

Er schätzte, dass es knapp zweihundert Menschen waren, die sich dort versammelt hatten. Das waren keine pöbelnden Demonstranten, dazu passte weder die Kleidung der Leute noch ihr Verhalten. Die Menschen standen einzeln oder in kleinen Gruppen herum. Einige diskutierten mit den Soldaten, die den Eingang bewachten. Wie viele davon waren infiziert? Konnte er sich da rein trauen? Er musste herausfinden, was da vor sich ging. Er beugte sich vor und spähte durch die Windschutzscheibe. Wenn er sich nicht völlig täuschte, kamen ihm einige Gesichter bekannt vor. Er fuhr langsam noch näher heran.

Ja, er hatte sich nicht getäuscht. Er erkannte Heiner Schepers, Abgeordneter der CDU aus Altenkirchen, Marianne Fries, Abgeordnete und Staatssekretärin im Umweltministerium. Beate Klinger von den GRÜNEN, Martin Schacht von der SPD, Hilmar Peters, Frank Göttel und andere. Was machten die hier?

Sebastian Runge parkte den Mercedes direkt an der Zufahrt, keine dreißig Meter von den Schützenpanzern entfernt. Er zog sich die Plastikhandschuhe an, die auf dem Beifahrersitz lagen, und setzte eine Atemschutzmaske auf.

Dann stieg er aus. Neben dem Wagen blieb er stehen und beobachtete weiter. Das war kein wütender Protest oder gar Aufruhr. Schließlich entschloss er sich, es zu wagen, und ging los. Vorbei an den Panzern und den ersten kleinen Gruppen. Die Blicke der Leute waren auf das Kanzleramt gerichtet, in den Augen sah er Ungeduld, aber auch Hoffnung.

Er schritt schneller aus. Mittlerweile schnappte er erste Gesprächsfetzen von dem auf, was die Menschen am Eingang mit den Wachsoldaten diskutierten. Das Wort Impfstoff fiel, und Sebastian Runge war wie elektrisiert. Es hatte sich gelohnt, hierherzukommen, sein Gespür für das richtige Timing schien immer noch da zu sein. Er hielt auf Schepers zu, der etwas abseits stand. Den CDU-Mann kannte er seit mehr als zehn Jahren. Sie waren sich oft genug begegnet, im Reichstag, aber auch in den Restaurants und Lokalen von Berlin-Mitte, wo die eigentliche Willensbildung ablief und wo ein Lobbyist wie Sebastian Runge natürlich nicht fehlen durfte.

„Hallo Heiner", rief er und hob zum Gruß die Hand.

„Sebastian! Lebst du noch? Schön, dich zu sehen", wurde er sofort erkannt.

Er blieb trotz der freundlichen Worte mit gehörigem Abstand stehen. Auf keinen Fall wollte er sich jetzt noch infizieren. Immer vorausgesetzt, es war etwas an seiner Vermutung dran, aber das konnte er sofort klarstellen.

„Sag mal, Heiner, was ist denn hier los? Was machen all die Leute hier? Worum geht es?"

„Es gibt einen Impfstoff gegen die Scheiße. Das hat mir Anita aus dem Gesundheitsministerium mittlerweile bestätigt. Die wollen nur nicht damit rausrücken."

„Wer, der Kanzler?"

„Nein, der ist tot. Schmidt ist jetzt Kanzler. Er hockt da drinnen, und wenn die Gerüchte stimmen, soll er schon geimpft worden sein. Wir gehen jedenfalls nicht eher weg, als bis er sich hier blicken lässt."

„Wer sind all diese Leute?"

„Einige Abgeordnete, die hier in Berlin geblieben sind. Mitarbeiter aus den Büros und deren Angehörige. Lobbyisten sind auch noch ein paar hier. Da drüben steht Engelhardt vom Transportverband."

„Und das mit dem Impfstoff ist keine Ente?"

„Ganz sicher nicht. Aber warte es ab. Schmidt wird sich schon noch blicken lassen."

Sebastian Runge wandte sich dem Gebäude zu und schaute auf die Glasfront, hinter der sich immer wieder die Gestalten von Menschen abzeichneten. Nein, er würde ganz bestimmt nicht weggehen.

***

Alex saß gedankenversunken in seinem Büro. Für eine Tafel Schokolade hätte er jetzt alles gegeben. Ein Wunschtraum, es musste auch so gehen. Er stand auf und begann, im Zimmer auf und ab zu gehen. Vier Schritte, dann war er an der Tür, vier wieder zurück und er war am Schreibtisch. Unruhig wanderte er hin und her.

Die Mitteilung des Vizekanzlers, dass eine der Geimpften an den Ebolapocken gestorben war, entsprach der Wahrheit. Er hatte den Leichnam der Frau in Augenschein nehmen können. Man war noch nicht dazu gekommen, ihn abzutransportieren, und er fand die Leiche neben Dutzenden anderen im Untergeschoss des Parkhauses. Die Frau war noch jung gewesen, um die dreißig, kräftig gebaut und nichts deutete darauf hin, dass sie an anderen Krankheiten gelitten hatte. Ihr Tod stürzte ihn daher in ein echtes Dilemma.

War sein Impfstoff wirkungslos? Und wenn ja, was sollte er dann tun? Drei Tage waren seit der Impfung vergangen, als die Frau erkrankte, drei. Das war so ziemlich die unglücklichste Zahl in diesem Zusammenhang, die es geben konnte. Wäre die Frau ein oder zwei Tage nach der Impfung erkrankt, wäre er davon ausgegangen, dass sie sich bereits früher infiziert hatte, und die Impfung deshalb nutzlos gewesen war. Wäre sie erst eine Woche nach der Impfung erkrankt, dann hätte er den Beweis gehabt, dass sein Serum nutzlos war, zumindest in einem Fall. Aber drei Tage konnte beides bedeuten, das war das Problem. Es war durchaus noch im Bereich des Möglichen, dass sich die Frau vor der Impfung infiziert hatte. Wie Alex von seiner Kollegin wusste, betrug die Inkubationszeit, also die Zeit zwischen Ansteckung und Ausbruch der Krankheit, ein bis fünf Tage. Je nachdem, wie gesund das Immunsystem des Infizierten war und wie es um seine sonstige körperliche Konstitution bestellt war.

„Drei Tage", murmelte er und versuchte, sich für einen Weg zu entscheiden. Er konnte jetzt alles abbrechen. Sofort alle weiteren Maßnahmen einstellen und abwarten, ob noch mehr Geimpfte erkrankten. Oder er machte weiter. Dabei musste er aber auch in seine Überlegungen miteinbeziehen, dass er Tine einem erheblichen Risiko aussetzen würde, sollte er falsch liegen. Keinesfalls wollte er sie hier in Berlin alleine zurücklassen. Sie musste mit, und wenn sie mit musste, hieß das, sie würde in Kontakt mit anderen Menschen kommen und in Kontakt mit dem Virus. Wenn er sich falsch entschied, oder die Lage falsch einschätzte, konnte Tine sterben.

Alex hielt an, sah sich um und ging zum Fenster. Der Himmel war grau und trüb, aber der Regen hatte aufgehört. Ein feuchter und kühler Herbsttag. Was, wenn der Regen die Stadt mit radioaktivem Fallout verseucht hatte, schoss ihm durch den Kopf. Er hatte mit Michael über die Mitteilung des Vizekanzlers gesprochen, und Michael wusste, dass das Atomkraftwerk im belgischen Tihange schon lange ein echtes Sicherheitsproblem gewesen war. Eines der ältesten Kernkraftwerke in Westeuropa mit einer nahezu unglaublichen Geschichte an Pannen und Störfällen.

Alex erinnerte sich nicht an Tschernobyl und kannte nur die Folgen. Als dort 1986 der Reaktor explodiert war, war er vier Jahre alt gewesen. Die radioaktive Wolke hatte damals über eine Entfernung von mehr als tausend Kilometer Teile Süddeutschlands getroffen. Tihange jedoch lag dicht hinter der Grenze. Die Auswirkungen wären ganz andere. Das Ausmaß der Verseuchung wäre um viele Größenordnungen schlimmer, sowohl, was die Intensität der Strahlung betraf, als auch die räumliche Ausdehnung. Was konnte er da tun? Sollte er wieder einen Schutzanzug anziehen, wenn er ins Freie ging, und was würden die anderen dazu sagen? Die Sache mit Tihange war ja nicht offiziell, und er hatte Michael zum Stillschweigen verdonnert. Wenn er jetzt solche Sachen machte, würden schnell Fragen aufkommen, und wenn er sich nicht völlig verschätzte, wäre das Ergebnis nur, dass sich wieder einige vom Acker machen würden. Diesmal nicht aus Angst vor der Krankheit, sondern aus Angst vor radioaktiver Strahlung. Nein, das ging nicht. Er konnte nur seinen Aufenthalt im Freien begrenzen, soweit das möglich war, und ansonsten abwarten, was der Vizekanzler in Erfahrung bringen konnte.

Er drehte sich vom Fenster weg und setzte sich wieder in seinen Bürostuhl. Vor ihm lagen die Aufzeichnungen der letzten Kontrollen. Frau Dr. Memel-Sarkowitz überwachte alles, was mit den geimpften Personen zu tun hatte, und ihr letzter Bericht von heute Mittag war ergebnislos. Alles schien in Ordnung, niemand war erkrankt. Die Blutbilder sahen gut aus. Alex sortierte die Blätter, schob sie zu einem Stapel und stand auf. Er blickte auf die Bürotür und ihm wurde immer klarer, dass es nur einen Weg gab. Er musste weitermachen, alles andere führte nur noch schneller in die Katastrophe.

***

Der Vizekanzler sah aus dem Fenster des dritten Stocks auf die Menschen vor dem Kanzleramt hinab. Dort unten waren nicht die üblichen Demonstranten aufgezogen, die sie in den letzten Wochen oft genug vor dem Haus gehabt hatten, sondern Verwaltungsbeamte, Politiker, Journalisten und deren Angehörige. Es lag auf der Hand, was passiert war. Irgendjemand von denen, die Dr. Baldau hier vor einigen Tagen geimpft hatte, hatte nicht die Klappe gehalten. Überraschend war das nicht. Jeder hatte Freunde, und wer kümmerte sich nicht um sie?

Vizekanzler Schmidt selber war auch versucht gewesen, die Information über den Impfstoff weiterzugeben. Er hatte es nicht getan, weil er ahnte, was das Ergebnis wäre, wenn zu viele zu schnell davon erfuhren. Er war schon froh, dass es überhaupt so lange gedauert hatte. Das war allein der Tatsache zu verdanken, dass keine Kommunikationskanäle mehr existierten und sich die Menschen von anderen fernhielten. Zu Zeiten der sozialen Netzwerke hätte es nur Stunden gedauert und halb Berlin wäre hier aufmarschiert.

Er beugte sich weiter vor und legte den Kopf leicht schräg. Dort draußen waren bekannte Gesichter, darunter einige, die er seit vielen Jahren kannte. Deshalb bereitete ihm das, was er dort unten sah, keine großen Sorgen. Wie auch, wenn man weit schlimmere Nachrichten seit Wochen gewohnt war? Er fühlte sich unendlich müde und ausgelaugt. Nie hätte er sich vorstellen können, dass alles so schnell und so gründlich vor die Hunde ging. Er hatte immer darauf vertraut, auf alles vorbereitet zu sein. Aber das hatte niemand auf der Rechnung gehabt. Er wusste, wie die Viren in die Welt gekommen waren, er wusste, wer für den Anschlag verantwortlich war. Die Briten hatten es ihm gesagt. Aber was nützte das? Er konnte und wollte diese Information nicht weitergeben, weil sie sinnlos war. Weder würde man die Verantwortlichen jemals zur Rechenschaft ziehen können, noch änderte das etwas an der jetzigen Situation. Weltweit war alles vor die Hunde gegangen.

Sie hatten noch Kontakt zu einem guten Dutzend anderer Regierungen, oder dem, was davon übrig war. Jedes Land hatte die gleichen Probleme, nur in unterschiedlicher Ausprägung. In vielen Ländern sah es weit schlimmer aus, und in einigen waren die noch bestehenden Regierungen auf den Umkreis von wenigen Kilometern um ihren Sitz herum beschränkt. Handlungsfähig war man so gut wie nirgends. Die Situation in Großbritannien war noch am ehesten mit der deutschen zu vergleichen. Auch in London gab es noch einen Stab, wenn auch die Premierministerin längst tot war. Aber mit eiserner Disziplin arbeitete man dort weiter, und Schmidt hatte den Briten die Ergebnisse von Dr. Baldaus Forschung zugeschickt.

Er hatte gestern auch mit den Amerikanern sprechen können. Auch dort war man am Ende der Möglichkeiten angelangt. Washington war aufgegeben worden, das Weiße Haus leer und verlassen. Nur der Präsident mit seinem Stab in einem geheim gehaltenen Bunker verkörperte das, was von den USA übrig war. Er hatte lange mit einem engen Mitarbeiter des Präsidenten gesprochen, und er hatte einen Fehler gemacht. Zumindest befürchtete er das. Schmidt hatte mitgeteilt, dass sie in Deutschland an der Produktion eines Impfstoffes arbeiteten. Der Amerikaner hatte sofort darauf gedrängt, ihnen einen Teil der Produktion abzutreten. Vehement gedrängt. Er wollte nicht das Wissen, sondern den Impfstoff selber. Das konnte nur bedeuten, dass sie dort nicht mehr in der Lage waren, eigenständig zu produzieren. Schmidt hatte sofort abgewiegelt, aber seine Hinweise, dass man über die Wirksamkeit des Impfstoffes noch gar keine verlässlichen Prognosen machen konnte, war auf taube Ohren gestoßen. Dann war er so unvorsichtig gewesen, dem Amerikaner zu verraten, wo und wie sie produzieren wollten. Er hatte viel zu viele Einzelheiten preisgegeben, und das ärgerte ihn. Denn zu was die Amis in der Lage wären, um dennoch an den Impfstoff zu kommen, daran mochte Schmidt lieber gar nicht denken. Jedenfalls bereitete ihm dieses Problem wesentlich mehr Bauchschmerzen als die Menschen dort unten.

„Herr Vizekanzler, was sollen wir denn nun mit ihnen machen? Die Abgeordneten drängen sehr, dass man sie vorlässt."

Er fuhr herum. Sein Sekretär stand zwei Schritte von der Treppe entfernt und schaute reichlich betreten.

„Lassen Sie sie rein. Alle sollen sich unten im Foyer versammeln. Ich komme gleich."

VI

Alex verließ seine Wohnung für sehr lange Zeit, wenn nicht für immer. Etwas Wehmut machte sich breit. Nicht, dass seine zwei Zimmer etwas Besonderes gewesen wären, ganz im Gegenteil. Aber trotzdem war es sein Zuhause.

„Wollen wir nicht noch mehr Lebensmittel mitnehmen?", fragte Tine wohl schon zum dritten Mal. Sie war nervös und unruhig. Die sichere Wohnung zu verlassen und in eine ungewisse, vielleicht tödliche Zukunft hinauszugehen, machte ihr Angst. Das Ergebnis war eine einzige Quengelei.

Alex atmete tief durch. „Nein. Essen wird kein Problem sein. Wir werden alles, was wir brauchen, gestellt bekommen."

„Aber wenn etwas passiert? Wenn das alles länger dauert als gedacht, was dann?"

„Dann werde ich endlich ein paar Kilo abnehmen. Nun komm!"

Tine kam mit missmutigem Gesicht aus dem Schlafzimmer, auf dem Rücken einen großen Rucksack und in jeder Hand eine prall gefüllte Tasche. Alex musste grinsen, ging auf sie zu und gab ihr einen Kuss auf die Stirn.

„Gib mir eine Tasche."

„Ich kann die selber tragen!"

„Wie du willst." Er griff nach seinem Koffer. Außer Klamotten zum Wechseln und seinem Kulturbeutel war nichts darin. Er ließ alles an Erinnerung zurück. Vielleicht würde sich irgendwann die Gelegenheit ergeben, zurückzukommen. Im Moment war ihm nur wichtig, so schnell wie möglich nach Marburg zu gelangen. Die Zeit drängte.

Bisher hatte es keinen weiteren Fall von Ansteckung unter den Geimpften gegeben, und das trotz der Tatsache, dass immer mehr auf jeden Schutz verzichteten. Die tote Frau aus dem Gesundheitsministerium blieb ein Einzelfall. Zumindest hoffte er das, denn alles andere würde in eine Katastrophe münden. Seine Kollegin, Frau Memel-Sarkowitz, hatte ihn bestärkt. Sie war eine der besten praktischen Ärzte am RKI, und Alex vertraute ihr.

Tine ging vor, und er ließ die Wohnungstür hinter sich ins Schloss fallen. Das Geräusch hatte etwas Endgültiges. Auf dem Weg nach unten sah er auf die Uhr. Halb acht. Sie waren gut in der Zeit. Nachdem er den Entschluss gefasst hatte, wie bisher weiterzumachen, war es ein langer und anstrengender Tag geworden.

Gestern hatte er alle im Besprechungsraum zusammengerufen und mitgeteilt, dass er wie geplant weitermachen würde. Trotz der Zweifel. Wie von ihm erwartet, wollten fast alle mit. Er hatte also genügend

Leute, dreiundzwanzig, um exakt zu sein. Darunter auch einige, die bereits in der Impfstoffproduktion gearbeitet hatten. Zwar kannte niemand das GlaxoSmithKline-Werk in Marburg, aber dennoch war er guter Dinge. Bessere Voraussetzungen würde er jedenfalls nicht mehr finden, und so war der Rest des gestrigen Tages damit draufgegangen, alle Sachen zu packen und die Reise vorzubereiten. Das hatte ihn von seinen Zweifeln und Ängsten abgelenkt. Aber heute früh hatte er dann wieder diese Furcht verspürt. Was wäre, wenn noch weitere Krankheitsfälle bei den Geimpften auftauchten? Was würde er tun, wenn er gleich am Institut ankam und schlechte Nachrichten auf ihn warteten? Er schob den Gedanken beiseite. Er konnte Tines Nervosität gut verstehen.

Alex bog ins Nordufer ein, und dann sah er auch schon die Menschen auf der Straße stehen. Sofort ging er vom Gas.

„Was ist da los?"

Tines Frage war so berechtigt wie die Antwort unbekannt. Alex hatte so eine Befürchtung, aber sicher würde er es erst wissen, wenn er da wäre. Seit Tagen hatte ihm vor dem Moment gegraut, der unweigerlich kommen musste. Irgendwann würde sich die Tatsache, dass es einen Impfstoff gab, verbreiten. Anscheinend war es nun so weit. Jedenfalls standen dort weit mehr Leute, als dass es sich um seine dreiundzwanzig Kollegen und deren Angehörige handeln konnte. Und nun sah er auch die zwei Schützenpanzer. Nein, das war etwas anderes. Alex hielt an.

„Ich denke, die wollen alle geimpft werden", sagte er zu Tine und trommelte unruhig auf das Lenkrad ein.

„Hast du denn so viel?"

„Nein, nicht mal annähernd. Wir haben noch ein paar Dosen, fünf oder sechs vielleicht."

„Und nun?"

„Weiß nicht."

„Dann lass uns mal die Lage erkunden."

Tine zögerte keine Sekunde. Er sah ihr kurz hinterher, dann beeilte sich Alex, aus dem Auto zu kommen. Da warteten sicher über zweihundert Leute. Wo kamen die alle her? Er kannte keines der Gesichter. Männer und Frauen aller Altersstufen, einige Kinder und Jugendliche. Alle wirkten ruhig und gefasst. Was waren das für Leute? Noch bevor er eine Antwort darauf hatte, sah er Michael auf sich zukommen.

„Tach Chef."

„Sehr witzig. Was ist hier los?"

Michael zeigte einmal im Kreis. „Beamte und Politiker."

„Ernsthaft?"

„Ja, und Schlimmeres: Journalisten und Lobbyisten sollen auch darunter sein."

Alex verkniff sich ein Lächeln. Michael konnte einfach nicht aus seiner Haut raus. Schale Witze hielt er für sein Markenzeichen. Motorenlärm wurde langsam lauter. Alex drehte sich um. Drei Limousinen aus dem Fuhrpark des Kanzleramtes. Er erkannte die Autos mittlerweile, schließlich fuhr er selber eines davon.

„Sind Sie Herr Dr. Baldau?"

Alex fuhr herum. Zwei Männer jenseits der fünfzig, sehr gepflegt und im Anzug. So etwas hätte ihn vor zwei Wochen noch eingeschüchtert, aber über den Punkt war er hinaus.

„Der bin ich, und Sie sind?"

„Mein Name ist Sebastian Runge vom VDMA. Das ist Herr Heiner Schepers, Innenpolitischer Sprecher der CDU-Fraktion im Bundestag."

„Was kann ich für Sie tun?"

„Nun, wir haben in Erfahrung gebracht, dass Sie einen Impfstoff entwickelt haben. Wie Sie sich sicherlich denken können, besteht von unserer Seite ein gewisses Interesse daran, davon zu profitieren."

Was für ein Gelaber. Alex musste sich zusammennehmen, nicht aufzustöhnen. *Ein gewisses Interesse daran, davon zu profitieren*, wiederholte er im Kopf. So konnten nur Politiker reden.

„Ich muss Sie leider enttäuschen, Herr Runge. Wir haben keinen Impfstoff mehr."

Im Gesicht seines Gegenübers zeigte sich weder Überraschung noch Enttäuschung. Entweder hatte sich der Mann sehr gut unter Kontrolle, oder er wusste mehr, als Alex gedacht hatte.

„Das ist uns bekannt, Herr Dr. Baldau. Wir wissen aber auch, dass Sie beabsichtigen, nach Marburg aufzubrechen, um dort eine Impfstoffproduktion aufzunehmen. Wie Sie sich sicherlich denken können, wollen wir Sie dahin begleiten."

„Oh, nein. Sie alle haben weder von Biologie noch Medizin eine Ahnung. Sie können ja nicht mal richtig mit anpacken, wenn es darum geht, die erforderliche Infrastruktur aufzubauen. Nein. Sie wären nur im Weg. Bleiben Sie hier in Berlin. Sie bekommen Impfstoff, sobald er verfügbar ist."

Alex' brüske Zurückweisung blieb ohne jede Reaktion. Herr Runge lächelte ihn ungerührt an, und Herr Schepers machte den Eindruck, als wenn er das alles ohnehin nicht sehr ernst nahm, als wenn er Alex nicht sehr ernst nahm.

„Ich denke, Sie unterschätzen uns etwas, wenn Sie pauschal annehmen, dass wir Ihnen nicht unter die Arme greifen können", sagte Runge beschwichtigend, um dann weit bestimmter fortzufahren. „Im Übrigen spielt es auch keine Rolle, Herr Dr. Baldau. Wir werden Sie begleiten, das ist bereits beschlossen."

„Bitte was?", empörte sich Alex. „Wer soll das beschlossen haben?"

„Der Vizekanzler. Da kommt er gerade. Sie können ihn selber fragen."

Mit einer Mischung aus Wut und Unglauben fuhr Alex herum. Tatsächlich, die Limousinen hatten am Straßenrand angehalten. Der Vizekanzler und auch Staatssekretär Brandtner waren auf dem Weg. Alex wurde klar, dass hier einiges lief, von dem er nichts wusste.

„Guten Morgen, Herr Dr. Baldau."

„Morgen Herr Schmidt. Was soll die Scheiße?", raunzte er den Vizekanzler an.

„Ich bitte Sie! Eine kleine Planänderung, damit muss man immer …"

„Klein? Hier stehen über zweihundert Leute rum. Alles nutzlose Sesselfurzer. Was soll ich mit denen? Die werden nur Probleme machen, uns im Weg stehen und uns auf die Nerven gehen. Das kann es doch nicht sein. Wir wollten das schnell und konzentriert durchziehen."

„Nun beruhigen Sie sich, Herr Dr. Baldau. Ich habe angeordnet, dass Ihnen weitere Vorräte mitgegeben werden. Sie bekommen einen zusätzlichen Panzer zum Schutz und weitere Fahrzeuge für den Transport. Herr Schepers und Herr Runge werden sich um alles kümmern. Sie werden Ihnen überhaupt nicht lästig fallen, im

Gegenteil. Es handelt sich um eine notwendige Maßnahme und ich muss leider darauf bestehen."

„Notwendige Maßnahme?"

„Herr Dr. Baldau, was ändert das denn schon, wenn die Herrschaften Sie begleiten?"

„Das wird alles verlangsamen. Vor Ort gibt es keine Quartiere für so viele Menschen, und ich kann auch niemanden entbehren, der sich um ein paar Politiker kümmert. So sieht das auf. Das ergibt doch alles keinen Sinn, Herr Schmidt. Die können hier genauso gut auf ihre Impfung warten wie in Marburg."

„Die Entscheidung ist gefallen, Herr Dr. Baldau, und damit beenden wir das jetzt hier. Machen Sie Ihre Arbeit wie vorgesehen, und Herr Schepers und Herr Runge werden sich um alles Weitere kümmern", sagte Schmidt und ließ auch keinen Zweifel daran, dass er es so meinte. Er ließ Alex einfach stehen und wandte sich an seine Freunde. „Heiner, Sebastian, kommt mal bitte mit."

Ungläubig sah Alex ihnen hinterher. Sollte er sich das gefallen lassen? Er hatte nicht schlecht Lust, dem Vizekanzler zu sagen, dass er seinen Impfstoff selber herstellen konnte.

„Tja, abserviert", kommentierte Michael hämisch.

„Du hältst die Klappe, kapiert? Sonst kannst du dich gleich bei den Idioten einreihen, und ich mach das alles hier alleine."

„Wow, beruhig dich. Er hat doch recht. Was soll es schon für einen Unterschied machen, wenn die hinter uns herfahren?"

„Das, mein lieber Michael, wirst du noch merken. Und jetzt packen wir unser Zeug und fahren los. Und es ist mir scheißegal, ob die dann fertig sind."

„Schon gut. Ich mach ja."

Stinksauer ließ Alex seinen Freund stehen und stapfte auf das Hauptgebäude des RKI zu.

***

Lieutenant General Lloyd Jackson saß zusammengesunken hinter seinem riesigen Schreibtisch und dachte nach. Soeben hatte er ein sehr unangenehmes Gespräch mit dem Präsidenten hinter sich und eine ganze Menge Probleme vor sich. Jackson fühlte sich völlig überfordert und hilflos. Nur ein Zufall hatte dazu geführt, dass er nun der ranghöchste Offizier im Pentagon, dem Hauptsitz des US-amerikanischen Verteidigungsministeriums, war. Eigentlich war er nur Befehlshaber des United States Army Forces Command in Georgia, wo er seit Jahren eine ruhige Kugel schob. Nur weil eine mehrtägige Besprechung im Hauptquartier angesetzt gewesen war, als die Krankheit ausbrach, war Jackson überhaupt in Washington gewesen, und nun war er immer noch hier. Mittlerweile hatte er das Sagen über die gesamten Streitkräfte der Vereinigten Staaten oder dem wenigen, das noch davon übrig war. Das hatte er weder gewollt noch konnte er sich dagegen wehren. Es war einfach so gekommen, weil alle, die im Rang über ihm waren, entweder tot oder verschwunden waren. Wahrscheinlich war er der einzige noch lebende General der Streitkräfte, und deshalb musste er da durch. Aber wie?

Der Präsident hatte soeben Unmögliches von ihm gefordert. In seiner typischen weltvergessenen Art hatte er Jackson angewiesen, eine Operation in Deutschland zu starten. Völlig verrückt unter den jetzigen Umständen. Sicher konnte er den Präsidenten verstehen, und auch er wollte den Impfstoff, aber der Präsident musste auch ihn verstehen, und wie es um die Truppen der Vereinigten Staaten bestellt war. Davon wollte der Mann im Bunker aber nichts wissen. Die Realität leugnen, das war schon immer seine Stärke gewesen.

Lloyd Jackson seufzte und stand auf. Es gab keine Army mehr, jedenfalls keine nennenswerten, zusammenhängenden Einheiten, egal, wo auf der Welt. Selbst im eigenen Land war kaum noch ein Stützpunkt besetzt. Bei der Luftwaffe sah es nicht anders aus. Fast alle Flugzeuge waren am Boden und würden auch wohl für immer dort bleiben. Nur drei Flugbasen waren überhaupt noch besetzt, aber von einsatzbereit konnte keine Rede sein.

Lediglich bei der Navy sah es etwas besser aus. Der Chief of Naval Operations hatte, sobald absehbar war, wie schlimm es werden würde, alle Einheiten auf See befohlen, und denen, die ohnehin draußen waren, untersagt, einen Hafen anzulaufen. Das war eine sehr gute Idee gewesen, denn dadurch hatten sie immer noch mehr als drei Dutzend einsatzfähige Einheiten, darunter drei Flugzeugträger mit ihren Begleitschiffen. Die Flugzeugträger waren nuklearbetrieben und hatten noch Treibstoff für viele Jahre. Das Problem waren Lebensmittel an Bord. Da niemand damit gerechnet hatte, dass die Schiffe über die geplante Einsatzzeit hinaus auf See bleiben mussten, hatte man entsprechend wenig gebunkert. Mit dem Ergebnis, dass ihnen das Essen ausging, schon bald. Dann mussten sie einen Hafen anlaufen, wenn sie nicht verhungern wollten. Das Ergebnis war absehbar. Besser sah es bei den zwölf Atom-U-Booten der Ohio-Klasse aus. Sie waren noch einsatzbereit und hatten Vorräte für viele Monate, auch an Lebensmitteln. Aber was sollten ihm mit Interkontinentalraketen bewaffnete U-Boote jetzt nützen? Schließlich war es nicht seine Aufgabe, ganz Deutschland in Schutt und Asche zu legen, sondern ein Kommandounternehmen durchzuführen.

Wenn ihm noch jemand helfen konnte, dann das United States European Command, das in den Patch Barracks bei Stuttgart seinen Sitz hatte. General Jackson zog die Uniform gerade, prüfte den Sitz seiner Atemschutzmaske und trat in den Flur hinaus. Die Stille auf den Gängen war ungewohnt. Bis vor Kurzem hatten dreiundzwanzigtausend Menschen im Pentagon gearbeitet. Das riesige Gebäude hatte knapp dreihundertfünfzigtausend Quadratmeter Bürofläche. Die Gesamtlänge aller Korridore betrug über achtundzwanzig Kilometer, es gab hundertdreizehn Treppen, und es war kein Problem, sich zu verlaufen. Aber Jackson kannte den Weg. Nur noch einhundert Menschen arbeiteten hier, und sie alle hatten sich in den wenigen, aber entscheidenden Büros und Kommunikationsschnittstellen auf der dritten Etage des Westflügels versammelt.

„Achtung!", rief Major Chuck Murphy, als er die Einsatzzentrale betrat, und alle sprangen auf.

„Lassen Sie das", wiegelte Jackson sofort ab, obwohl ihm insgeheim viel daran lag, militärisch korrekt begrüßt zu werden. Aber das durfte man heutzutage nicht mehr sagen, man musste sich locker geben, so war der Zeitgeist. Jackson sah sich um. „Chuck, Sie kommen bitte mit mir, Peter, Sie auch. Wo ist Captain Smithwater?"

„Er ist heute nicht zum Dienst erschienen, Sir", entgegnete Major Murphy.

Jackson nickte ohne jeden Kommentar. Wieder einer weniger. Es lag auf der Hand, warum Smithwater nicht gekommen war. Er gab Major Murphy und First Lieutenant Boyle einen Wink, dann ging er auf den kleinen Besprechungsraum zu, der an das Lagezentrum angrenzte.

„Wir müssen eine Operation in Übersee in Angriff nehmen, meine Herren", sagte Jackson ohne Umschweife, nachdem die Tür hinter ihnen ins Schloss gefallen war. „Ich habe Order vom Präsidenten persönlich, in Deutschland ein Kommandounternehmen durchzuführen."

„Wie bitte?", platzte es aus Major Murphy hinaus. „Ein Kommandounternehmen? In Deutschland? Jetzt?"

Jackson ärgerte sich über den dummen Einwand seines Untergebenen, ließ sich das aber nicht anmerken. Murphy war nicht ohne Grund mit knapp fünfzig immer noch Major, aber außer ihm und Boyle hatte er niemanden, mit dem er sich beraten konnte.

„Mir ist bewusst, dass es nicht einfach wird, Chuck. Aber die Order kommt von ganz oben. Außerdem geht es um eine Angelegenheit von nationalem Interesse."

„Jetzt bin ich aber gespannt."

Wieder ärgerte sich Jackson über Murphys unbeherrschte Art und wieder blieb er ruhig. „Die Deutschen werden in Kürze eine Impfstoffproduktion aufnehmen. Ein Impfstoff gegen Ebolapocken, meine Herren."

Murphy pfiff durch die Zähne.

„Warum bitten wir die Deutschen nicht, uns ihre Erkenntnisse zur Verfügung zu stellen, Sir?", fragte First Lieutenant Boyle. „Ich meine, sie werden doch sicher bereit sein, uns zu helfen, und dann können wir das selber produzieren."

„Das können wir eben nicht mehr, meine Herren", entgegnete Jackson. „Wir sind schlicht nicht mehr in der Lage dazu. Uns fehlt es insbesondere an Personal. Nach dem Sturm auf das CDC gibt es keine Regierungsorganisation mehr, die das in die Wege leiten könnte."

Die Mienen seiner Untergebenen sprachen Bände. Dass das CDC nicht mehr existierte, war zwar allgemein bekannt, welche Konsequenzen das hatte, war aber ganz offensichtlich noch nicht allen klar geworden.

„Ich hoffe, Sie verstehen jetzt die Bedeutung der Aufgabe", fuhr Jackson nach einer kurzen Pause fort.

„Sicher, Sir, gar keine Frage", antwortete Boyle. „Aber Deutschland ist unser Verbündeter und NATO-Partner. Da können wir doch kein Kommandounternehmen starten."

Jackson warf dem Lieutenant einen kalten Blick zu. Sich in die Politik einzumischen, stand dem Mann nicht zu. Aber das konnte er natürlich nicht sagen und so wählte er einen anderen Weg. „Es geht um die Zukunft unseres Landes, meine Herren. Nichts darf dem entgegenstehen. Der Präsident will diesen Impfstoff, ich will ihn auch, und ich denke, jeder Amerikaner, der dort draußen noch am Leben ist, will ihn. Unsere Aufgabe ist nun, das möglich zu machen. Wie gehen wir das an? Ihre Vorschläge bitte, meine Herren."

VII

Sie waren unterwegs. Endlich. Alex lehnte sich zurück und versuchte, sich etwas zu beruhigen. Die letzten Stunden hatten ihn reichlich Nerven gekostet. Der Aufbruch aus Berlin hatte sich gewaltig verzögert, weil es drei Stunden dauerte, um für alle einen fahrbaren Untersatz aufzutreiben. Jetzt folgte ihnen eine bunte Mischung aus hochpreisigen Karossen, Kleintransportern und Minibussen.

Alex war immer noch wütend darüber, dass der Vizekanzler einfach verfügt hatte, all die Menschen mitzunehmen, aber mittlerweile war ihm klar, warum Schmidt so gehandelt hatte. Er wollte die Leute aus Berlin raus haben, weit weg, damit nicht noch mehr Menschen erfuhren, dass es einen Impfstoff gab. Mit absoluter Sicherheit hätte Schmidt jeden Tag eine Menschenmenge vor dem Kanzleramt gehabt. Eine Menge, deren Hoffnungen er nicht befriedigen konnte und die mit jedem Tag größer und ungeduldiger geworden wäre. Insofern hatte der Vizekanzler den einfachen Weg gewählt und dafür gesorgt, dass nun andere das Problem an der Backe hatten. Leider war er der andere, ärgerte sich Alex und blickte sich um.

Am Steuer des Autos saß Michael, der es genoss, einen Luxusschlitten zu fahren. Auf der Rückbank saßen Tine und Matuschek von der Berliner Polizei. Sie fuhren als zweites

Fahrzeug. Die beiden Schützenpanzer ganz am Anfang und am Ende des Konvois waren zu ihrem Schutz gedacht, auch wenn sich Alex keiner Bedrohung gegenwärtig war. Sie hatten Funkgeräte und Geigerzähler hatten sie auch. Staatssekretär Brandtner hatte Alex vor der Abfahrt zur Seite genommen und mitgeteilt, dass erste Messungen in Berlin zu keinem auffälligen Befund geführt hatten. Eine sehr gute Nachricht, aber noch lange keine Entwarnung. Das hieß nur, dass Berlin bisher nicht betroffen war, sollte in Tihange tatsächlich ein GAU eingetreten sein, mehr nicht.

„Nun mach nicht so ein Gesicht. Ist doch ein schöner Ausflug."

„Haha, sehr witzig. Hast du mal auf die Uhr geguckt, Michael? Es ist zwölf Uhr dreißig und wir sind immer noch nicht raus aus Berlin."

„Aber gleich, es wird schon ländlicher."

„Trotzdem, heute schaffen wir das nie und nimmer."

„Fünfhundert Kilometer, das müsste doch drin sein."

„Vergiss es."

„Ich freue mich jedenfalls auf Marburg."

„Wir fahren nicht nach Marburg, sondern nach Klingenbronn."

„Echt?"

„Ja, Marburg ist zum größten Teil abgebrannt, und deshalb haben die in diesem Klingenbronn alles für unsere Ankunft vorbereitet."

„Auch egal, Hauptsache, raus aus Berlin. Das wurde langsam richtig unheimlich. Wie viele Überlebende gibt es wohl noch?"

„In Berlin? Frau Memel-Sarkowitz hält eine Quote von fünf bis zehn Prozent Überlebende für realistisch."

Michael verstummte und begann, mit den Fingern auf dem Lenkrad herumzurechnen. „Berlin hatte rund drei Millionen Einwohner. Zehn Prozent macht dann … Dreihunderttausend. Wow, das ist 'ne Menge."

„Die zehn Prozent gelten unter optimalen Bedingungen, Michael. Die hast du aber niemals. Viele, die sonst überlebt hätten, werden einfach verdurstet sein, weil sich niemand um sie gekümmert hat, als es ihnen so richtig dreckig ging."

„Das heißt, es leben deiner Meinung nach weniger als dreihunderttausend Menschen in der Stadt?"

„Nein, es gibt auch noch genügend, die sich noch gar nicht infiziert haben, weil sie Glück hatten oder sich versteckt haben. Einige Hunderttausend werden es noch sein."

„Ihr seid zynisch", beschwerte sich Tine vom Rücksitz. „Nur Zahlen, nichts als Zahlen. Typisch Wissenschaftler.

Könnt ihr auch mal an die Schicksale denken, die sich dahinter verbergen? An die Millionen Toten?"

Alex sagte lieber nichts. Er kannte diesen Ton und wusste, wann er die Klappe halten musste. Er stierte lieber aus dem Seitenfenster auf die Landschaft. Felder und Wiesen, hin und wieder etwas Wald. Sie hatten die Stadtgrenze hinter sich.

Michael trat plötzlich auf die Bremse. Der Schützenpanzer vor ihnen hielt an, und Alex stöhnte auf.

„Wie weit sind wir gekommen?"

„Sicher zwanzig Kilometer", antwortete Michael und grinste ihn an.

Ein Soldat kam aus dem Panzer geklettert und rannte auf sie zu. Alex fuhr die Seitenscheibe nach unten.

„Ein Wagen hat einen Platten. Ganz hinten im Konvoi. Sie wechseln den Reifen, dann können wir weiter", rief der Soldat.

Alex gab dem Mann ein Zeichen, dass er verstanden hatte, und drehte sich zu seinem Freund. „Hab ich dir doch gesagt, und warte mal ab, was noch alles kommt. Niemals schaffen wir das an einem Tag."

***

Mechthild Beimer saß vor der Sporthalle. Das Notstromaggregat lärmte vor sich hin, aber das nahm sie kaum noch wahr. Die Halle leerte sich. Es kamen keine Menschen mehr, die Hilfe suchten. Das war vorbei. Noch dreißig Männer, Frauen und Kinder kämpften drinnen einen Kampf, den die allermeisten verlieren würden. Wie viele Menschen waren hier in den letzten drei Wochen gestorben, fragte sie sich. Es mussten Hunderte gewesen sein. Wann war sie dran? Die Tatsache, immer noch gesund zu sein, machte ihr ein schlechtes Gewissen. Das war völlig irrational, sie wusste das, aber das Gefühl hielt sich hartnäckig.

Sie dachte an ihre Töchter. Ramona arbeitete in Frankfurt als Hebamme. Das war immer ihr Traumberuf gewesen. Das letzte Mal hatte sie vor fast vier Wochen von ihr gehört. Die Ungewissheit nagte an Mechthild. Bis Frankfurt waren es nur hundert Kilometer. Sie könnte das locker in einem Tag hin und zurück schaffen. Aber wollte sie Gewissheit? Die Wahrscheinlichkeit, dass Ramona noch lebte, war gering, und wenn sie noch lebte, würde sie früher oder später hier auftauchen. Ramona war Single, hatte seit Jahren keine Beziehung mehr. Insofern sprach die Tatsache, dass sie noch nicht nach Klingenbronn gekommen war, um nach ihren Eltern zu sehen, Bände. Melanie, ihre kleine Tochter, studierte in Hamburg Lehramt und Pädagogik. Bis Hamburg war es schon erheblich weiter, aber auch nicht so weit, dass es ein echtes Problem war. Mechthild Beimer schüttelte den Kopf und drängte die Tränen zurück. Sie würde alles dafür geben, eine ihre Töchter wiederzusehen, aber es gab keinen gnädigen Gott, den sie darum bitten konnte.

Der blaue Iveco kam in Sicht. Sie sah zu, wie der Lkw langsam näher kam und erkannte Markus Hardenberg, der am Steuer saß. Er stellte den Laster mitten auf die Zufahrt. Der Motor erstarb und Markus stieg aus. Er sah schon viel besser aus als noch vor wenigen Tagen. Extrem dünn war er immer noch, aber die wächserne Blässe war verschwunden. Keine Frage, er hatte es überstanden.

„N'Abend, Frau Beimer."

Mechthild setzte ein Lächeln auf. Höflich und korrekt wie immer. „Hallo Herr Hardenberg. Wäre es nicht langsam Zeit, dass wir zum Du übergehen?"

Seinem überraschten Gesichtsausdruck nach hatte er darüber noch nie nachgedacht oder war von der plötzlichen Vertrautheit überrascht. „Doch, sicher können wir das. Ich bin Markus, wie Sie ... du weißt."

„Was gibt es Neues, Markus?"

Er fuhr sich durch die Haare, dann setzte er sich auf die Bank neben Mechthild. „Wir haben das Altenheim soweit fertig, dass man da einziehen kann. Allerdings haben wir heute Morgen erfahren, dass nicht fünfzig, sondern eher zweihundertfünfzig Personen kommen."

„Wie bitte?"

„Ja, wir wissen auch nicht, warum. Frau Dr. Leussink hat heute über Funk Kontakt nach Berlin aufgenommen, und da hat man ihr das gesagt."

„Zweihundertfünfzig passen aber nie und nimmer ins Altenheim."

„Nein, ganz sicher nicht. Aber anscheinend ist das kein Problem. Der Großteil der Leute hat wohl nichts mit der Impfstoffproduktion zu tun und soll sich um sich selber kümmern."

Mechthild zog überrascht die Augenbrauen hoch. „Wieso das denn? Wer sind die Leute?"

„Abgeordnete, Regierungsbeamte und so. Ich weiß auch nichts Genaues."

„Na ja, Platz gibt es in der Stadt genug."

„Ich dachte, wir können die einspannen", schlug Markus vor. „Wenn die ohnehin Häuser brauchen, dann können wir die auch gleich rannehmen."

„Wenn die das mit sich machen lassen, sicher."

Das Gespräch stockte einen Moment und jeder hing seinen Gedanken nach. Mechthild war sich nicht sicher, ob die zusätzlichen Leute eine Hilfe oder eine Belastung darstellten. Sie wog alle Argumente, die dafür und dagegen sprachen, gegeneinander ab, kam aber zu keinem Ergebnis, weil ihr die Informationen fehlten. Letztendlich war es auch nicht so wichtig. Sie war gelassener geworden und würde es so nehmen, wie es kam. Sie schaute in den Himmel. Es begann langsam, dunkel zu werden, die Tage Ende September wurden rasch kürzer. Ihr graute vor den langen einsamen Abenden in einem verlassenen Haus.

„Glauben Sie ... glaubst du an diesen Impfstoff?", fragte Markus.

„Kann man daran glauben? Entweder gibt es ihn oder eben nicht. Was macht das noch groß für einen Unterschied."

„Den Gedanken hatte ich auch schon. Wen soll man noch impfen?"

„Mich zum Beispiel", antwortete Mechthild.

„Ja, klar, entschuldige. Es ist nur so, dass ich mittlerweile das Gefühl habe, da draußen ist nichts und niemand mehr. Ich weiß nicht, wie ich das beschreiben soll. So als wäre es längst zu spät."

„Vielleicht ist es das?"

„Das kann eigentlich nicht sein. Ich wette, alleine hier in der Stadt verstecken sich Hunderte. Immer mal wieder sieht man Menschen, die an der Lahn oder am Ginsterbach Wasser holen."

„Ja, die habe ich auch schon gesehen und auch schon versucht, mit einigen ins Gespräch zu kommen. Keine Chance, die rennen sofort weg. Hast du dich mal gefragt, wie das alles weitergehen soll? Ich meine, wenn diese

Krankheit überwunden ist. Was dann? Schau mal in die Sporthalle. Keine dreißig Leute. Spätestens in einer Woche ist da niemand mehr. Was machen wir dann?"

„Oh, es gibt noch so viel zu tun, erst recht, wenn diese Forscher kommen", wiegelte Markus ab.

„Ja sicher, aber das meinte ich nicht. Auch das wird irgendwann mal vorbei sein, in einigen Wochen oder meinetwegen Monaten. Und dann? Hast du mal darüber nachgedacht, was in einem Jahr ist oder in zehn? Wie soll das Leben weitergehen? Wie sollen wir uns wieder ein Leben aufbauen, und was für eines wird das sein?"

„So weit habe ich noch nicht gedacht, und will ich auch gar nicht. Du solltest das übrigens auch nicht tun, sonst verzweifelst du nur. Das alles wird sich finden, irgendwann. Erst mal müssen wir von einem Tag zum anderen denken. Stück für Stück."

Mechthild lehnte sich zurück und beobachtete, wie die Sonne immer tiefer sank. Es würde bald dunkel sein.

***

Lieutenant Colonel Craig Walsh fühlte sich alles andere als fit, aber welchen Unterschied machte das schon? Er trank etwas von der lauwarmen Cola und schob den Zettel mit seinen Notizen immer wieder von links nach rechts. Ein kleiner Zettel auf dem großen hellen Holz seines Schreibtisches. Die Notizen bereiteten ihm Kopfschmerzen und machten ihn ratlos. Erneut warf er einen Blick darauf, wie, um sich zu vergewissern, dass sie real waren, dass er sie selber bei einem Telefonat vor nicht einmal einer halben Stunde gemacht hatte. Er kam da einfach nicht weiter.

„Sergeant Hasting", rief er, so laut er konnte.

Die Tür zu seinem Büro öffnete sich nur wenige Sekunden später. Das rundliche Gesicht von Hasting blickte ihn an.

„Rufen Sie Lieutenant Kisner, ich muss mit ihm reden."

„Sir, ich habe keine Ahnung, wo sich der Lieutenant aufhält, und wie Sie wissen, funktioniert unsere Kommunikation ..."

„Dann suchen Sie ihn halt!", brüllte Walsh los.

Hasting bekam sofort rote Ohren. „Jawohl, Sir."

Die Tür fiel ins Schloss, und Walsh langte erneut nach seiner Cola. Er mochte das Zeug nicht, aber er musste dringend zunehmen. Die Krankheit hatte ihm dreißig Pfund Gewichtsverlust beschert. Ein kleiner Preis, wenn man noch am Leben war.

Wie viele Leute konnte er entbehren und vor allem wen? In den Patch Barracks lebten noch genau dreihundertsiebenundachtzig Menschen. Einhundertdreiundzwanzig davon waren Soldaten, der Rest deren Angehörige und zivile Mitarbeiter. Dass es überhaupt noch so viele waren, lag schlicht und ergreifend daran, dass sie hier wie auf einer Insel lebten und niemand einen Grund zum Weggehen hatte. Wohin auch? Die USA waren von Stuttgart sechstausend Kilometer weit entfernt.

Von den hundertdreiundzwanzig Soldaten waren die meisten unbrauchbar, so wie Sergeant Hasting. Bürosoldaten, fett und untrainiert, ohne Kondition, Willen und Kampferfahrung. Walsh verachtete diese Waschlappen. Er selber war stellvertretender Kommandant des Special Operations Command Europe, welches alle militärischen US-Spezialeinheiten in Europa führte. Sogenannte Green Berets, die Besten der Besten, und Walsh war immer stolz gewesen, einer davon zu sein. Er hatte schon 2003, gleich nachdem er als junger Lieutenant zu den Special Forces gekommen war, an der Operation Iraqi Freedom teilgenommen. Er war mit dabei gewesen, als im Rahmen der Enduring-Freedom-Mission in Mali und Mauretanien die Special Forces gebraucht wurden, und selbstverständlich war er auch in Afghanistan gewesen und hatte den verdammten Taliban das Leben zur Hölle gemacht. Der Job als stellvertretender Kommandeur der Special Operations Command Europe wäre wohl sein letzter gewesen, bevor er in den Generalsrang aufstieg und nach Washington zurück musste. Wäre. Das alles war jetzt Makulatur. Lieutenant Colonel Craig Walsh war nun Oberbefehlshaber über sämtliche noch in Europa stationierten Streitkräfte, einfach deshalb, weil er den höchsten Dienstgrad hatte. Alle anderen, die über ihm gestanden hatten, waren tot.

Er stand auf und trat ans Fenster, in der Hand noch immer den verdammten Zettel mit den Anweisungen aus Washington. Draußen lag das Kasernengelände verlassen im schönsten Sonnenschein eines Herbsttages. Die bunten Blätter der großen Buchen flimmerten im Licht. Walsh öffnete das Fenster und ließ die milde Luft hinein. Er musste die Befehle umsetzen, er war dazu gezwungen, nur wie? Außer ihm und Lieutenant Kisner war nur noch eine Handvoll gut ausgebildeter Soldaten der 10th Special Forces Group am Leben. Auf die musste er zählen, auch wenn es nur Mannschaften und Unteroffiziere waren. Er selber konnte hier nicht weg. Er war für den Stützpunkt und alle, die noch hier lebten, verantwortlich. Walsh blickte auf seine ausgemergelte Hand. Außerdem war er noch zu schwach.

Er ging zu seinem Schreibtisch zurück, setzte sich und wühlte im Posteingangskasten. Jeden Morgen bekam er eine genaue Aufstellung, wie viele noch lebten, wer neu erkrankt war, wie viele gestorben waren und wer. Er ging die Zahlen durch, obwohl er sie recht gut in Erinnerung hatte. Einen Fehler konnte er sich nicht leisten. So wie sich General Jackson am Telefon ausgedrückt hatte, beobachtete der Präsident persönlich den Fortgang des Unternehmens.

Es klopfte an der Tür und Walsh rief „Herein". Lieutenant Kisner trat ein und salutierte. Walshs Stimmung hellte sich auf. Er mochte den durchtrainierten und cleveren Schwarzen.

„Guten Morgen Lieutenant. Nehmen Sie Platz, ich muss etwas mit Ihnen besprechen."

„Danke, Sir. Sie sehen erholt aus, Sir."

„Na, übertreiben Sie es mal nicht. Ich fühle mich noch verdammt schlapp."

„Angesichts dessen, was Sie hinter sich haben, ist das nur normal."

„Jaja. Sie sind noch gesund?"

„Ich fühle mich gut, Sir."

Walsh musterte seinen Untergebenen. Kisner war jung, vierundzwanzig, groß und durchtrainiert. Von seinem Gesicht war hinter der Gasmaske, die er trug, nicht viel zu erkennen. Walsh kam zur Sache. „Ich habe einen Auftrag für Sie, Lieutenant. Allem Anschein nach ist es den Deutschen gelungen, einen wirksamen Impfstoff zu entwickeln, den sie nun produzieren wollen. Wir haben heute Morgen aus Washington den Befehl bekommen, diese Produktionsstätte unter unsere Kontrolle zu bekommen."

Kurz und knapp. So mochte es Walsh. Er beobachtete Kisners Reaktion.

„Wo liegt diese Produktionsstätte?", fragte sein Lieutenant nach kurzem Nachdenken und bestätigte damit seine hohe Meinung über ihn. Keine offene Verwunderung, keine Fragen, die nicht unmittelbar mit dem Auftrag zu tun hatten. Der Mann wusste, was ein Befehl war, und dass ihn als Lieutenant alle Hintergründe rein gar nichts angingen.

„In Marburg."

„Marburg? Das ist hier in Deutschland? Wo?"

„Mitten in Deutschland, nördlich von Frankfurt."

„Wäre die Ramstein Air Base nicht dichter dran?"

„Etwas dichter, ja, aber Washington will, dass wir das machen und nicht die Luftwaffe. Man will die 10th Special Forces Group."

„Von der nur noch zweiundzwanzig Soldaten einsatzbereit sind. Sie mitgerechnet, Sir."

„Die Zahlen sind mir bekannt, Lieutenant. Ich will, dass Sie die Truppe auf fünfzig Mann aufstocken. Nehmen Sie, wen Sie für brauchbar halten."

„Das wird nicht einfach, Sir."

„Was ist in diesen Zeiten schon einfach? Befehl ist Befehl, Lieutenant, und jetzt machen Sie."

Kisner sprang sofort auf, nahm Haltung an und salutierte. Dann ging er zur Tür.

„Ach Lieutenant", rief ihm Walsh hinterher, und Kisner drehte sich um. „Ich habe auch gute Nachrichten. Sie werden aller Voraussicht nach auf keinen oder sehr geringen Widerstand stoßen."

Kisners Belustigung war unverkennbar. „Etwas anderes hätte mich bei den Deutschen auch sehr überrascht, Sir."

∗∗∗

Die Scheibenwischer fuhren schnell hin und her. Es dämmerte bereits, und Alex schaute verblüfft auf das Gebäude vor ihnen.

„Ein Altenheim? Echt jetzt?"

Michael lachte glucksend. Auf der Rückbank herrschte Schweigen. Sie hatten zwei lange Tage damit verbracht, fünfhundert Kilometer zurückzulegen. Es war zum Haareraufen gewesen. Alle paar Kilometer hatte es einen Grund zum Anhalten gegeben. Mal war die Straße unpassierbar, mal musste jemand austreten, mal gab es einen technischen Defekt, und dann, am Morgen des zweiten Tages, ging den ersten Fahrzeugen der Sprit aus. Die Leute hatten nachts die Motoren laufen lassen, als sie auf einer Autobahnraststätte kampierten, um nicht zu frieren. Das Ergebnis waren leere Tanks. Stunden hatten sie damit zugebracht, Benzin und Diesel aus den unterirdischen Reservoirs der Autobahntankstelle abzupumpen. Alex hatte noch nie so viel Nerven gelassen wie auf diesen fünfhundert Kilometern durch ein verlassenes Land. Er konnte nicht mehr. Und nun standen sie vor einem Altenheim.

„Lass uns mal, oder soll ich dir den Rollator holen?"

Alex ignorierte Michaels schlechten Scherz. Er hatte keine Kraft mehr, um darauf einzugehen. Er schnallte sich ab, öffnete die Tür und trat in den Regen hinaus. Gleich darauf hakte sich Tine bei ihm ein und zog ihn zum Eingang.

Trotz des kurzen Wegs war er gut durchnässt, als sie den Eingang erreichten. Er strich sich das Wasser aus dem Gesicht und öffnete die Tür. Drinnen war es fast dunkel. Eine Lampe stand am Empfang und verbreitete etwas Licht. Zumindest wusste er nun, dass es hier Strom gab. Neben dem Tresen standen fünf Leute. Zwei Frauen und drei Männer und sahen ihn gespannt an. Alex registrierte, dass eine Frau und ein Mann Bundeswehruniformen trugen. Er war hier richtig und gab sich Mühe, ein Lächeln zustande zu bringen.

„Guten Abend. Alexander Baldau vom RKI aus Berlin", stellte er sich vor und ging auf die Leute zu.

„Mechthild Beimer. Ich bin die Bürgermeisterin von Klingenbronn. Willkommen Herr Dr. Baldau. Wir haben Sie bereits gestern erwartet."

Alex schüttelte Mechthilds Hand nicht. Sie trug Handschuhe und Mundschutz, und er wusste, was das hieß. Sie war bisher verschont geblieben. Das konnten nicht viele von sich behaupten.

„Freut mich, Sie kennenzulernen", sagte er und machte eine leichte Verbeugung, was ihm sofort peinlich war. „Wir hatten unterwegs mit mehr Problemen zu kämpfen, als erwartet. Daher die Verspätung. Entschuldigen Sie."

„Kein Problem, Berlin hat uns auf dem Laufenden gehalten. Ich darf Ihnen meine Kollegen vorstellen", sagte Mechthild und zeigte auf den Mann neben ihr. „Das ist Markus Hardenberg vom THW. Er hat uns in den letzten Wochen unschätzbare Dienste geleistet. Neben Herrn Hardenberg steht Matthias. Er hat als Erster die Krankheit überstanden und packt seitdem fleißig mit an." Mechthild wandte sich zur anderen Seite und zeigte auf die Frau in Uniform. „Dr. Leussink vom Bundeswehrkrankenhaus in Koblenz, und daneben Major Richard Malz vom Pionierbataillon aus Gera."

„Panzerpionierbataillon", stellte der Major sofort klar. Auch er trug Schutzkleidung.

Drei Personen, die die Ebolapocken besiegt hatten, zwei, die sich noch nicht infiziert hatten, ging Alex durch den Kopf. Aber alle waren noch engagiert, machten ihren Job und wahrscheinlich weit mehr als das. Er fand das ungewöhnlich, wusste aber nicht, ob er damit recht hatte. Sicher war, dass er in den kommenden Wochen auf die Arbeit der Leute, die nun vor ihm standen, angewiesen war. Er sollte also schnellstens den Major und die Bürgermeisterin impfen. Mittlerweile war er davon überzeugt, dass der Impfstoff wirkte. Auch in den letzten beiden Tagen waren Erkrankungen der Geimpften nicht aufgetreten. Das alles sah gut aus.

„Werden wir hier untergebracht?", erklang eine laute Stimme hinter ihm, die Alex in den letzten zwei Tagen sehr oft gehört hatte.

Sofort kam Wut in ihm auf und er fuhr herum. „Nein, Herr Schepers. Sie wohnen ganz sicher nicht hier!"

Den CDU-Abgeordneten beeindruckte Alex' Entgegnung nicht im Geringsten. Mit einem gewinnenden Politikerlächeln im Gesicht und einigen seiner Kumpels im Schlepptau kam Schepers auf sie zu. Und obwohl er genau wie alle anderen durch den strömenden Regen gelaufen war, sah er in seinem Maßanzug aus, als wenn er nur etwas erfrischende Nässe genossen hätte. Alex ignorierend, eilte Schepers mit ausgestreckter Hand auf die Bürgermeisterin zu.

„Sie müssen Frau Beimer sein. Ich freue mich aufrichtig, Sie endlich kennenzulernen, und ich muss sagen, was Sie hier geleistet haben, ist ganz außerordentlich. Meine Hochachtung!"

Mechthild Beimer musste sich bremsen, nicht unwillkürlich die Hand des Mannes zu schütteln. Schepers tat so, als wenn er seinen Lapsus eben erst bemerkte und zog seine Hand zurück. „Oh, Pardon, alte Gewohnheiten. Sie müssen Frau Dr. Leussink sein, ich habe schon viel von Ihnen gehört, und Sie sind Major Malz, nicht wahr? Eine fantastische Truppe sollen Sie haben, sagte man mir", schleimte er herum, während er wie ein Honigkuchenpferd grinste. „Mein Name ist übrigens Heiner Schepers.

191

Abgeordneter der CDU im Bundestag. Aus Altenkirchen", fügte er noch an.

„Schluss jetzt", ging Alex dazwischen. In den letzten zwei Tagen hatte er Schepers zu oft ertragen müssen, als dass er ihm noch irgendetwas durchgehen ließ. Der Abgeordnete hatte permanent versucht, sich in alles einzumischen, wollte bei jeder Entscheidung nicht nur hinzugezogen werden, sondern die Entscheidung auch noch selber treffen. Heute Morgen erst hatten sie sich richtig gefetzt, als es darum ging, einige Autos stehen zu lassen und die Leute auf die anderen Fahrzeuge des Konvois aufzuteilen. Es hatte Alex Mühe gekostet, aber er hatte sich durchgesetzt.

Jetzt war seine Geduld restlos aufgebraucht. „Sie, Herr Schepers, werden sich mit Ihren Freunden Unterkünfte in der Stadt suchen. Hier werden ausschließlich die Mitarbeiter des RKI und ihre Angehörigen untergebracht."

„Aber Herr Dr. Baldau. Sicher werden wir nicht alle in diesem schönen Heim unterkommen können, keine Frage, und sicher werden wir uns in der Stadt etwas suchen. Aber hier gibt es nach meiner Kenntnis mehr Zimmer, als Sie und Ihre Mitarbeiter brauchen. Da wird bestimmt etwas Platz für uns sein. Wir stellen uns auch gerne hinten an, nicht wahr?" Die letzte Bemerkung war nur rhetorisch gemeint, auch wenn Schepers sich dabei zustimmungsheischend nach seinen Kumpels umsah. Jetzt wandte er sich wieder an die Bürgermeisterin, um Alex gar nicht erst die Gelegenheit zu geben, das Gespräch an sich zu reißen. „Wie viele Zimmer haben Sie denn hier, Frau Beimer?"

„Sechsundvierzig Zimmer haben wir hergerichtet."

„Sehen Sie, Herr Dr. Baldau, so viele brauchen Sie ja gar nicht. Das habe ich mir schon gedacht."

Alex stellte sich zwischen Schepers und die Bürgermeisterin. „Ich habe gesagt, Sie und Ihre Leute werden woanders untergebracht. So war von Anfang an die Abmachung."

„Aber wenn doch Kapazitäten frei sind? Warum denn dann nicht? Sie wollen doch nicht so engstirnig sein und sich aufs Prinzip versteifen, Herr Dr. Baldau. Ich bitte Sie. Wir nehmen niemandem etwas weg."

„Aber Sie werden im Weg sein, das haben Sie in den letzten achtundvierzig Stunden zur Genüge bewiesen. Ich und meine Leute müssen konzentriert und in Ruhe unserer Aufgabe nachgehen. Dabei stören Sie nur."

„Wir werden helfen! Ich sagte das bereits mehrmals."

„Sie können auch behilflich sein, wenn Sie woanders schlafen. Ihnen geht es doch nur darum, von den Annehmlichkeiten hier zu profitieren. Und jetzt Ende mit der Diskussion. Sie gehen in die Stadt: jetzt!"

Mit Schepers freundlicher Art war es mit einem Mal vorbei. „Sie wissen, dass wir in der Stadt weder Strom noch fließend Wasser haben. Ich bin nicht bereit, darauf zu verzichten. Wenn Sie es unbedingt wollen, wird Ihnen der Vizekanzler die Anweisung erteilen."

„Dann soll er das tun. Raus jetzt!" Alex trat einen Schritt auf Schepers zu, und nicht nur der Abgeordnete hatte den Eindruck, dass es gleich gewalttätig werden würde.

Blitzartig schaltete Schepers um. „Nun gut, dann beuge ich mich. Aber da ist das letzte Wort noch nicht gesprochen, Herr Dr. Baldau. Ich habe Sie immer wertgeschätzt und freundlich und zuvorkommend behandelt, aber ich kann auch anders." Mit dieser Drohung drehte sich Schepers um und stapfte zur Tür. Seine Leute folgten ihm, und Alex atmete auf.

„Was war das jetzt?", fragte eine Stimme hinter ihm. Alex drehte sich um. Die Bürgermeisterin sah ihn fragend an.

„Politiker", war alles, was ihm dazu einfiel.

***

Sebastian Runge saß in völliger Finsternis in einem muffig riechenden Sessel und dachte nach. Bisher hatte er Schwein gehabt. Der Zeitpunkt, zu dem er sich entschlossen hatte, seine Villa zu verlassen, hatte sich im Nachhinein als ausgesprochener Glücksfall entpuppt. So etwas geschah nicht zum ersten Mal in seinem Leben. Schon früher war er häufig zur richtigen Zeit am richtigen Ort gewesen, hatte rechtzeitig die richtige Entscheidung getroffen. Auf sein

Gefühl konnte er sich verlassen. Er legte die Füße hoch und dachte nach.

Mit so vielen Menschen zu reisen, war eine Überwindung gewesen nach wochenlanger selbst gewählter Isolation. Hinzukam noch die Angst vor einer Ansteckung. Er konnte kaum etwas tun, um sich zu schützen. Dass der Mundschutz und seine billigen Plastikhandschuhe viel brachten, glaubte er nicht. Aber da musste er durch, denn der Hauptgewinn in Form einer Impfung war zum Greifen nahe. Wie ihm sein Freund Heiner Schepers erzählt hatte, konnte es sich nur noch um Tage handeln. Bis dahin musste er versuchen, am Ball zu bleiben, dicht an den Forschern sein, sich unersetzbar machen, um ja zu den Ersten zu gehören, die geimpft wurden. Alles, was er tun konnte, war, sich gleich morgen früh auf den Weg zu machen. Bis dahin musste er sich irgendwie ablenken, um nicht dauernd darüber nachzudenken, ob er sich schon angesteckt hatte. Gelegenheiten dazu hatte es genug gegeben. Er dachte an die zurückliegenden Tage.

Schepers war ihm auf der zweitägigen Fahrt ganz schön auf die Nerven gegangen. Sie kannten sich seit vielen Jahren, hatten so manche politische Schlacht zusammen geschlagen und viele Abende auf Partys, in Restaurants oder auf Empfängen verbracht. Mit Schepers tagelang in einem Auto zu sitzen und keine Chance zu haben, dessen überbordendem Ego auch nur für kurze Zeit aus dem Weg zu gehen, war aber etwas ganz anderes. Aber das hatte er nun hinter sich. Sebastian Runge hatte darauf geachtet, nicht im gleichen Haus zu landen. Nachdem sie aus dem

Altenheim rausgeflogen waren, hatten sie sich in der Stadt eine Unterkunft gesucht. Ein spindeldürrer Mann vom THW hatte ihnen Häuser gezeigt, die leer standen, und Sebastian Runge hatte sich gleich beim zweiten Haus entschlossen, einfach auszusteigen. Nun war er hier mit drei anderen Männern, die er kaum kannte. Ohne Strom, Wasser oder sonst was. Aber wenigstens hatte er ein eigenes Zimmer und seine Ruhe. Das Haus musste der Einrichtung nach vorher von alten Leuten mit wenig Rente bewohnt worden sein. Anders ließ sich die ebenso verstaubte wie geschmacklose und billige Einrichtung nicht erklären. Aber auch das spielte keine Rolle. Durchhalten, bis es einen Impfstoff gab, das war alles, was zählte.

Sebastian Runge stand auf. In fast völliger Dunkelheit tastete er sich zur Wohnzimmertür, dann die Treppe hinauf und bis zur zweiten Tür auf dem Gang. Etwas Mondlicht, das durch ein großes mit Spitzengardinen verhängtes Fenster fiel, half ihm. Er trat in sein Zimmer, setzte sich aufs Bett und zog die Schuhe aus. Eine Decke hatte er mitgenommen, weil er nicht wusste, was ihn hier erwarten würde. Er legte sich hin und zog sie sich bis zum Kinn. Müde und ausgelaugt, wie er war, warf er einen letzten Blick zum Fenster. Morgen früh musste er sehen, wie er weiterkam. Auf jeden Fall musste er schnell sein. Er schloss die Augen und schlief kurz darauf ein.

VIII

Lieutenant Kisner musterte die Truppe beim Marschieren. Ein Sauhaufen, wenn man von den zwanzig Mann der Special Forces absah. Der Rest war kaum zu gebrauchen. Alte, dicke, unsportliche Säcke, die seit Jahren in Büros saßen und seit ebenso vielen Jahren kein Kampftraining mehr gesehen hatten. Mit richtigen Soldaten hatten sie nur die Uniform gemein. Kisner spuckte aus. Er hatte alle Gebäude der Patch Barracks nach brauchbaren Soldaten durchkämmt und nun hatte er seine fünfzig Mann, wie der Colonel es befohlen hatte, aber glücklich war er damit nicht. Ein kahlköpfiger Soldat stolperte über seine eigenen Füße und brachte damit die Truppe aus dem Tritt. Auf unfassbar dilettantische Art und Weise versuchten sie, die Marschordnung wieder herzustellen. Kisner stöhnte auf.

Vielleicht sollte er nochmals mit dem Colonel reden. Jedenfalls wollte er im Ernstfall nicht auf die Hilfe einer dieser Gestalten angewiesen sein. Mit solchen Männern in einen Einsatz zu gehen, war genauso dumm wie gefährlich. Er drehte sich um und gab dem Drill-Sergeant einen Wink, Schluss zu machen. Mit dem Gebrüll des Ausbilders im Rücken ging er auf das Gebäude des Hauptquartiers zu. Er durfte die Leute nicht noch weiter fordern. Bisher hatten sie eine Runde auf dem Hindernisparcours absolviert, waren beim Schießtraining gewesen und hatten etwas marschiert, nicht viel also, und dennoch war Kisner sich sicher, dass so mancher morgen einen bösen Muskelkater von der ungewohnten Bewegung an der frischen Luft haben würde. Wenn er es übertrieb, waren die ersten bald so fertig, dass sie ins Lazarett mussten, und das durfte er nicht riskieren.

Er betrat das Gebäude, ging die Treppen bis in den dritten Stock und klopfte an die Tür des Vorzimmers. Sergeant Hasting saß an seinem Schreibtisch und sah auf.

„Ist der Colonel zu sprechen?", fragte Kisner.

Der dicke Hasting sprang dienstbeflissen auf und eilte zu seinem Chef. Wahrscheinlich war er heilfroh, dass der Kelch an ihm vorübergegangen war und er weiter seinen Hintern im warmen Büro breitsitzen durfte.

„Der Colonel bittet Sie herein, Sir."

Kisner bedankte sich mit einem lässigen Tippen an die Stirn. Dann atmete er einmal tief durch und gab seinem durchtrainierten Körper die notwendige Spannung, um gleich eine zackige Meldung hinlegen zu können. Er wusste, wie wichtig dem Colonel das war.

„Guten Morgen, Sir. Lieutenant Kisner bittet, sprechen zu dürfen, Sir!", brüllte er, sobald er drei Schritte in den Raum hinein getan und Haltung angenommen hatte.

„Stehen Sie bequem, Lieutenant. Was kann ich für Sie tun?"

Kisner setzte das rechte Bein nach außen und ließ etwas Spannung aus seiner Haltung raus. Lieutenant Colonel Craig Walsh saß aufrecht hinter seinem Schreibtisch und schaute ihn nachdenklich an.

„Es geht um meine Männer, Sir. Ich habe berechtigte Zweifel, ob ich mit dieser Truppe in einen Einsatz gehen kann."

„Sie haben nur diese Truppe, Lieutenant, und eine andere werden Sie auch nicht bekommen."

„Dessen bin ich mir bewusst, Sir. Aber der Zustand der meisten Soldaten ist völlig indiskutabel. Einige sind Überlebende. Diese Männer leiden immer noch unter den Nachwirkungen der Krankheit. Viele von ihnen waren auch vorher schon in keiner guten körperlichen Verfassung. Jetzt ist es katastrophal. Dazukommen noch die ganzen Bürohengste. Völlig untrainiert, seit Jahren! Allen gemeinsam ist nicht nur die fehlende körperliche Fitness, sondern auch die mangelnde oder völlig fehlende Erfahrung in Kampfeinsätzen. Ich habe mir schon die Besten rausgesucht, Sir, aber trotzdem ..."

„Nochmals Lieutenant", unterbrach der Colonel, „Sie müssen mit dem arbeiten, was wir haben. Es geht nicht anders."

„Dann, Sir, bitte ich darum, den Einsatz um einige Tage zu verschieben, um zumindest einige Grundlagen einüben ..."

„Es gibt keine Verschiebung", unterbrach Walsh erneut. Seine Stimme war ruhig, aber bestimmt. „Sie müssen so schnell wie möglich abrücken, Lieutenant. Gleich morgen, spätestens übermorgen. Washington sitzt uns im Nacken, der Präsident persönlich sitzt uns im Nacken."

„Sicherlich Sir, und bitte verstehen Sie mich nicht falsch, aber dann würde ich lieber nur mit meinen Jungs von der Zehnten aufbrechen und diese ganzen Waschlappen hierlassen. Besser wir sind wenige, dafür aber gut trainiert, erfahren und aufeinander eingespielt, als dass wir es mit dieser Katastrophentruppe versuchen."

„So schlimm ist es?"

„Jawohl, Sir!"

Colonel Walsh atmete einmal tief durch, dann stand er auf und trat zum Fenster. Sein Blick ging auf den Vorplatz hinaus, wo Kisners Gruppe eine Pause machte. Ein trauriger Haufen, das sah er von hier oben. Die Einwände seines Lieutenants musste er ernst nehmen. Kisner war ein hervorragend ausgebildeter Mann, der in der Lage war, andere zu führen. Jemand, der wusste, worauf es bei einer Kommandooperation ankam, weil er schon viele mitgemacht hatte. Wenn er ihm sagte, dass es mit diesen Männern da draußen nicht ging, dann, weil er wirklich davon überzeugt war, dass dem auch so war. Walsh wog die Optionen gegeneinander ab.

„Wir dürfen diesen Auftrag nicht versauen", sagte er, den Blick unverändert nach draußen gerichtet. „So viel hängt davon ab, dass wir an diesen Impfstoff kommen. Eigentlich alles. Es muss klappen!" Walsh fuhr plötzlich herum. „Was, wenn wir dort auf überlegene deutsche Truppen treffen? Haben Sie da mal darüber nachgedacht, Lieutenant?"

„Sehr unwahrscheinlich, Sir. Sie wissen nichts von uns und unseren Absichten. Warum um alles in der Welt sollten sie dort einen größeren Verband aufmarschieren lassen? Wenn sie denn so etwas überhaupt noch haben. Und selbst wenn, Sir. Es sind deutsche Soldaten. Ich war in Afghanistan, Sir. Glauben Sie mir, die Deutschen kriegen nicht viel auf die Reihe."

„Sie haben ein gutes KSK, das wissen Sie?"

„In der Tat, die Jungs vom KSK sind ganz brauchbar, aber werden wir wirklich auf Elitesoldaten treffen? Ich halte das für extrem unwahrscheinlich, Sir."

„Aber ausschließen können Sie es auch nicht."

„Sicher nicht, aber wir sollten uns schon an dem orientieren, was wahrscheinlich ist, Sir. Ich halte es sogar für unwahrscheinlich, überhaupt auf Soldaten zu treffen."

„Da wäre ich mir nicht so sicher, Lieutenant. Irgendwie werden die Deutschen diesen Wissenschaftlern einen Schutz gewähren."

„Wenn Sie das noch können, ja. Aber dabei werden die Deutschen eher von zufälligen Bedrohungsszenarien ausgehen. Ich halte es für ausgeschlossen, dass sie sich gegen ein Kommandounternehmen, wie wir es planen, wappnen."

„Ja, da dürften Sie recht haben." Walsh drehte sich wieder zum Fenster. Er ließ sich Zeit, bis er eine Entscheidung traf. „Gut, ich vertraue Ihrem Urteil, Lieutenant. Wenn Sie sagen, dass es mit den Männern da unten nicht geht, dann ist es so. Wir nehmen nur unsere Jungs von der Zehnten, und ich werde mitkommen."

„Sir?"

„Habe Sie was mit den Ohren? Ich komme mit!"

***

Die Hallen und Bürogebäude glänzten nass im frühen Sonnenschein. Alex stand neben seinem Auto und schaute auf das Werk von GlaxoSmithKline. Ein riesiges Areal aus alten und neuen Gebäuden, dazu ein Kraftwerk und jede Menge asphaltierte Außenfläche. Die Fabrik war aus den ehemaligen Behringwerken hervorgegangen, einem pharmazeutischen Unternehmen, das vor über hundert Jahren hier in Marburg seinen Betrieb aufgenommen hatte. Schon damals ging es um Impfstoffe. Emil von Behring trug mit der Werksgründung wesentlich dazu bei, die Diphtherie in Deutschland nahezu auszurotten. Eine Krankheit, die heute kaum noch jemand kannte, der aber vor wenigen Jahrzehnten noch Millionen Kinder erlegen waren. Seitdem war hier viel passiert. Alex versuchte, sich zu orientieren.

„Wow, das ist ja gigantisch groß." Tine schmiegte sich an ihn, und er legte einen Arm um ihre Schulter.

„Ja, eines der größten Werke in Deutschland."

„Und wo müssen wir hin?"

„In den Neubau, soweit ich weiß", antwortete er und setzte sich langsam in Bewegung.

Sie waren spät dran, fast die Letzten. Michael war schon vor Stunden mit den Kollegen hierher aufgebrochen, während Alex sich noch mit der Bürgermeisterin und dem nervigen Schepers auseinandersetzen musste. Der war heute früh gleich wieder im ehemaligen Altenheim aufgetaucht, um sich über die seiner Meinung nach unhaltbaren Zustände in Klingenbronn zu beschweren. Insbesondere die fehlende Wasserversorgung hatte Schepers erbost. Wahrscheinlich hatte er sein Geschäft im Garten verrichten müssen. Jedenfalls forderte er nachdrücklich, dass man sich um die Versorgung der Stadt kümmern musste. Damit hatte er es sich endgültig bei der Bürgermeisterin verscherzt.

„Meinst du, ihr werdet das hinbekommen? Die Produktion, meine ich."

Alex schaute in den grau verhangenen Himmel. Wie oft hatte er sich diese Frage schon gestellt? „Ich denke schon, Tine. Wir haben gute Leute dabei, und wenn diese Frau Bürgermeisterin und die Jungs von der Bundeswehr im Werk genauso gute Vorarbeit geleistet haben wie im Altenheim, dann sollte es klappen."

„Und wenn nicht?"

„Dann eben nicht. Ich tu, was ich kann. Mehr geht nicht. Wer damit nicht zufrieden ist, der kann mich kreuzweise."

„Du hast dich ganz schön verändert die letzten Wochen, Alex. Ist dir das eigentlich klar?"

War das Kritik oder Anerkennung? Tine lächelte ihn an, und Alex drückte ihr einen Kuss auf die Stirn. Wie konnte man sich nicht verändern, angesichts dessen, was geschehen war?

„Da winkt jemand", sagte sie und zeigte mit dem linken Arm die Richtung. Ein ungefähr fünfzig Jahre alter Mann stand am Nebeneingang der weiter links liegenden Halle und schwenkte beide Arme, um auf sich aufmerksam zu machen. Alex hatte ihn die letzten Tage immer im Gefolge von Schepers gesehen. Jetzt erkannte er ihn, Sebastian Runge. Was machte der hier? Alex änderte die Richtung, und sie liefen auf die Halle zu.

„Guten Morgen Herr Dr. Baldau. Hier geht es rein", rief der Mann, als sie auf wenige Meter heran waren. Alex betrachtete die vor ihnen aufragende, sicher zwanzig Meter hohe Halle. Einer der Neubauten, keine zehn Jahre alt.

„Guten Morgen. Was machen Sie hier?"

„Ich habe mich heute früh Ihren Wissenschaftlern angeschlossen, um zu helfen, und packe jetzt mit an, wo es nötig ist."

Runge hielt ihnen dienstbeflissen die Tür auf. Tine löste die Umarmung und sie traten hintereinander ein. Ein schmaler Flur mit Betonboden. Hinter ihnen schlug die Tür zu, und schon tauchte Runge auf und lief voraus und erzählte. „Das ist die Produktion, wie man mir erzählt hat. Ich kenne mich da ja nicht aus, aber es sieht tatsächlich sehr technisch da drinnen aus", erklärte er im Laufen, öffnete dann eine weitere Tür und ließ Alex und Tine erneut den Vortritt.

Alex war nicht zum ersten Mal in einem pharmazeutischen Werk. Insofern verwunderte es ihn nicht, nun in einer großen Halle mit hoch aufragenden Edelstahltanks rauszukommen. Unzählige Leitungen verliefen an der Decke und verbanden auf verwirrende Art die Tanks und Geräte miteinander. Drehregler, Ventile, Thermometer und Displays zu Dutzenden. Das alles war hoch kompliziert und wahnsinnig komplex, ging ihm durch den Kopf, und er bekam Furcht vor der eigenen Courage. Dann entdeckte er Michael zusammen mit einigen anderen am hinteren Ende der Anlage und nahm Kurs. Irgendwie hatte der Anblick von einem halben Dutzend bekannter Gesichter in weißen Kitteln etwas Beruhigendes.

„Kommt ihr voran?", rief er.

„Ah, der große Meister." Michael konnte sich einen dummen Spruch einfach nicht verkneifen, aber Alex ließ das an sich abperlen. Sich aufzuregen hatte keinen Sinn.

„Was ist nun?", fragte er ungeduldig.

„Jaja, beruhig dich. Wir kommen schon zurecht. Allerdings müssen wir erst einmal die Stromversorgung gebacken bekommen. Entweder, wir kriegen das Kraftwerk ans Laufen, oder aber wir brauchen mehrere kräftige Generatoren, weil wir nämlich Starkstrom brauchen."

Alex wiegelte sofort ab. „Klär das mit den Soldaten oder diesem Typ vom THW."

„Dass ich dich nicht fragen muss, war mir schon klar, aber du hast ja wissen wollen, wie es steht."

„Und ansonsten?"

„Sonst alles gut. Wir müssen die Tanks reinigen und unsere Zellkulturen anlegen. Das dauert, ist aber nichts, was Schwierigkeiten machen sollte. Die Bioreaktoren sehen gut aus. Frau Memel-Sarkowitz ist schon oben in den Laboren zugange, allerdings braucht sie genauso Strom wie wir auch. Wann kommen diese Pioniere?"

„Sollten bald da sein. Ich gehe dann mal hoch zu ihr."

„Ja, verpiss dich nur."

Alex verließ die Halle über einen Nebeneingang, fand sich in einem Labortrakt wieder und suchte seine Kollegin. Frau Memel-Sarkowitz fand er mit einem Klemmbrett und einem Stift in der Hand an einem Schreibtisch sitzend vor. Sie sah müde aus.

„Morgen", grüßte er und betrat das Büro. Seine Kollegin schreckte auf, schob dann die Notizen von sich und streckte sich.

„Jetzt haben Sie mich erschreckt."

„Ist was passiert?", fragte er.

„Nein, ich war nur in Gedanken ganz woanders. Außerdem bin ich hundemüde, und das hilft nicht gerade."

„Müde? Wie kommt's?", erkundigte sich Alex und setzte sich auf einen freien Stuhl. Tine ging ans Fenster und sah nach draußen. Erst jetzt registrierte Alex, dass Sebastian Runge ihm ebenfalls gefolgt war. Was wollte der?

„Schlecht geschlafen. Mein Mann, er schnarcht", sagte Frau Memel-Sarkowitz.

Alex lachte laut los, und es tat unendlich gut, sich mal gehenzulassen. Wenn es keine größeren Probleme gab als einen schnarchenden Ehemann, war alles auf dem richtigen Weg.

Frau Memel-Sarkowitz lächelte ihn an. „Lachen Sie nur. Ich denke, ich werde umziehen."

„Sollte kein Problem sein. Tauschen Sie mit jemanden, der ebenfalls einen Schnarcher auf dem Zimmer hat." Alex strich sich über die Haare und wurde wieder ernst. „Hier ist alles so, wie Sie es brauchen?"

„Das sind fantastische Labore, Herr Dr. Baldau. Hier fehlt es an nichts. Die Frage ist nur, ob wir alles nutzen können. Der Strom, wissen Sie?"

„Ja, habe ich schon gehört. Aber da müssen andere ran. Hinsichtlich der Kulturen geht alles klar?"

„Ja, wir werden Vero-Zellen in die Inkubatoren geben, sobald der Strom da ist."

„Wird das funktionieren?"

Frau Memel-Sarkowitz zuckte mit den Schultern. „Wir haben hier Vero 303, Vero 317, Vero C 1008 und Vero/hSLAM, wobei das wohl ausscheidet."

„Was ist dieses Vero?", fragte Tine.

„Zelllinien, die aus Nierenzellen von Grünen Meerkatzen stammen. Das ist eine Affenart. Wir müssen etwas finden, in dem sich unsere Viren gut vermehren. Da hilft nur experimentieren."

„Wir können auch zu NOVARTIS rüber", sagte Frau Memel-Sarkowitz und zeigte aus dem Fenster, als wenn deren Firmengelände gleich dort drüben läge. „Die haben ebenfalls ein Werk hier in der Nähe und arbeiten, wenn ich mich nicht völlig täusche, mit Madin Darby Canine Kidney Cel. Das sind Zelllinien, die aus Hundenierenzellen gewonnen wurden."

„Das sollten wir auf jeden Fall versuchen", antwortete Alex. „Wir haben keine Ahnung, was funktionieren wird."

„Zur Not müssen wir Eier suchen."

Alex verkniff sich ein Lachen und winkte ab. Klassisch funktionierte die Virenvermehrung in der Impfstoffproduktion mit Hühnereiern. Man brauchte dafür Zehntausende oder Hunderttausende Eier. In der jetzigen Lage völlig abwegig. Nein, es musste mit einer der Zelllinien funktionieren, oder sie waren aufgeschmissen.

„Ich werde heute noch einige Kulturen ansetzen und dann sehen wir weiter, Herr Dr. Baldau."

„Gut, machen Sie das. Aber wir werden Zeit brauchen."

„Das ist nicht zu vermeiden."

„Da kommen die Fahrzeuge der Bundeswehr", sagte Tine und zeigte aus dem Fenster.

Alex stand auf und trat neben sie. Die tarnfarbenen Lkw und Geländewagen beschrieben einen großen Bogen auf dem Parkplatz. Offenbar wussten die Soldaten nicht, wohin sie sollten. Er musste wohl runtergehen. Der blaue Lkw des THW kam nun ebenfalls angefahren. Die Bundeswehrlaster hielten, und drei Männer in Uniform stiegen aus. Der THW-Laster hielt auf sie zu. Sobald er sie erreicht hatte, fuhr die Seitenscheibe herunter. Alex erkannte Markus Hardenberg, der am Steuer saß und den Soldaten mit Gesten zu verstehen gab, dass sie ihm folgen sollten. Die Soldaten stiegen wieder in ihre Fahrzeuge, und Alex fiel auf, dass sie alle Schutzanzüge und Gasmasken trugen. Er hatte noch einige Impfdosen.

„Wir werden die Soldaten impfen", sagte er zu Tine. „Die brauchen wir in den nächsten Tagen ganz dringend, und diese Bürgermeisterin auch."

„Ich werde Ihnen auch helfen", rief eine Stimme hinter ihm. Alex drehte sich um. Sebastian Runge sah ihn flehentlich an.

„Ich habe nicht mal genug für sämtliche Soldaten, Herr Runge. Sie werden noch etwas warten müssen."

„Aber ich kann alles tun, was Sie möchten, Herr Dr. Baldau. Ich werde Ihr persönlicher Assistent, wenn Sie wollen. Ich garantiere, dass Sie sich auf mich verlassen können."

„Tut mir leid, aber das geht nicht."

Runges Blick wurde mit einem Mal sehr hart, aber er nickte. Der Mann hatte sich unter Kontrolle, erkannte Alex, aber er hatte auch begriffen, wie sehr Runge eine Impfung wollte. Was letztlich nur zu verständlich war. „Sie werden unter den Ersten sein, die geimpft werden, sobald die Produktion läuft. Das verspreche ich Ihnen."

„Danke, aber bis dahin könnte es zu spät sein."

„Das kann ich nicht ändern."

***

Vizekanzler Schmidt sah nachdenklich auf das graue Wasser der Spree hinab. Am gegenüberliegenden Ufer hatten sich zwei Leichen in der Böschung verfangen. Sie trieben dort schon seit drei Tagen, und jeden Tag erinnerten sie ihn daran, wie es um Deutschland stand. Überall lagen Tote, wenn auch längst nicht so viele, wie man hätte erwarten sollen. Es mussten Hunderttausende sein, die alleine in Berlin ihr Leben gelassen hatten. Wo waren all die Leichen? Es schien so, als wenn sich die Menschen zum Sterben verkrochen hatten. Aber man roch es. Der Gestank war überall.

Er ließ seinen Blick über die Umgebung schweifen. Alles machte einen heruntergekommenen Eindruck, war verlassen und verdreckt. Die Spreeufer und alle Straßen voller Laub und Unrat, das keiner mehr wegräumen würde. Schmidt blickte in den Himmel, dessen Grau nur unwesentlich heller als das Wasser des Flusses war. Der Herbst schritt voran. Wie würde es erst im Winter sein?

Ohne Strom, Wasser und Wärme. Was konnte er tun, um die Lage zu verbessern?

Er drehte sich um und ging zu seinem Schreibtisch. Obenauf lag ein Schreiben, das eigentlich zu Verbesserung seiner Laune hätte beitragen müssen. Aber ihn plagte etwas ganz anderes. Dennoch nahm er das Blatt in die Hand und las es ein weiteres Mal. Eine Nachricht aus dem Landratsamt Euskirchen, wo tatsächlich noch einige wenige die Stellung hielten. Sie hatten gestern die Grenze nach Belgien überquert, um herauszufinden, was mit dem Atomkraftwerk in Tihange war. Sie fanden es unzerstört vor und konnten auch keine erhöhte radioaktive Strahlung messen. Auf dem Rückweg erfuhren sie dann, dass die gewaltige Explosion vor einer Woche nicht von dem Kraftwerk, sondern vom nahe gelegenen Flughafen in Lüttich ausgegangen war. Dort waren die riesigen Tanks mit Flugbenzin hochgegangen, auch wenn niemand wusste, warum. Damit war eine Sorge aus der Welt. Leider nicht Schmidts größte.

Es klopfte. Norbert Brandtner steckte den Kopf durch die Tür und sah den Vizekanzler fragend an. „Sie wollten mich sprechen?"

„Kommen Sie, Herr Staatssekretär, nehmen Sie Platz."

Brandtner trat ein, schloss die Tür und suchte sich einen der Stühle gegenüber von Schmidts Schreibtisch aus.

„Haben Sie das von Tihange schon erfahren?", fragte der Vizekanzler.

„Ja, und ich kann Ihnen gar nicht sagen, wie erleichtert ich bin. Einen atomaren GAU hätten wir wirklich nicht gebraucht."

„Wer braucht das schon? Ich hoffe nur, in Osteuropa ist auch alles sicher. Wenn ich mir anschaue, was da für alte Meiler in Betrieb waren, dann gruselt es mich."

„Wieso hat uns Euskirchen bestätigt, dass in Tihange alles in Ordnung ist, und nicht Aachen?", fragte Brandtner.

„In Aachen haben sie wohl die Flucht ergriffen, als die ersten Gerüchte aufkamen. Vielleicht war es auch nur die Krankheit? Ich weiß es nicht. Wir haben keinen Kontakt mehr zu Aachen. Und das gilt für immer mehr Regionen. Ich schätze, dass mehr als zwei Drittel aller Landkreise und kreisfreien Städte in Deutschland überhaupt keine Verwaltung mehr haben. Wobei eigentlich mehr verwundert, dass es in einem Drittel noch Menschen gibt, die sich kümmern. Aber auch da, wo noch jemand ist, kann man kaum noch was machen. Haben Sie mal darüber nachgedacht, wie wir durch den Winter kommen sollen?"

„Das Gesundheitsministerium schlägt vor, Versorgungszentren einzurichten."

Schmidt lachte auf. „Das Gesundheitsministerium? Von wem kam der Vorschlag? Frau Dr. Becker? Die spinnt doch! Versorgungszentren! Wie denn, womit denn?"

„Ja, ich weiß. Ich wollte es nur erwähnt haben."

„Dann soll sie mal eines machen, gleich hier in Berlin. Ich bin mal gespannt." Schmidt machte eine kurze Pause und kam dann zum eigentlichen Grund des Gespräches. „Was mir auch Sorge bereitet, sind die Amerikaner."

Brandtner zog überrascht die Augenbrauen hoch. „Wieso das?"

„Ich hatte bei unserem letzten Kontakt mitgeteilt, dass wir höchstwahrscheinlich wirksamen Impfstoff haben und wir beabsichtigen, ihn massenhaft herzustellen. Ich habe ebenfalls angeboten, unsere Forschungsergebnisse zu teilen."

„Und? Wollen sie etwa nicht?"

„Wollen schon, aber ich glaube, sie können damit nichts anfangen, weil sie keine Möglichkeit mehr haben, den Impfstoff selber herzustellen."

„Oh! Ich verstehe, aber glauben Sie denn ..." Brandtner ließ den Rest unausgesprochen. Er hatte sehr schnell begriffen, worauf der Vizekanzler hinauswollte, hatte aber noch nicht alle möglichen Konsequenzen durchdacht.

„Ich weiß es nicht. Früher hätte ich gesagt: niemals! Aber bei der derzeitigen Administration, beim jetzigen Präsidenten? In dieser Lage? Ich traue denen alles zu", sagte Schmidt.

„Aber haben die denn überhaupt die Möglichkeiten, hier einzugreifen? Wissen die denn, dass wir das in Marburg machen wollen?"

„Leider ja. Tut mir leid. Ich habe nicht schnell genug geschaltet, als man mich danach fragte. Und die Möglichkeiten hätten sie meiner Meinung nach auch. Allein in Deutschland gibt es zwanzig Militärbasen der Amerikaner mit rund fünfunddreißigtausend Mann Besatzung."

„Davon werden die meisten längst tot sein."

„Sicher, die meisten, aber nicht alle. Es bleiben genug übrig, wenn man von fünf Prozent Überlebensrate ausgeht, um uns gewaltig Ärger zu machen."

„Ich weiß nicht. Bekommen die das überhaupt organisiert? Ich meine, die haben doch mindestens genauso große Probleme wie wir."

„Aber das sind Militärs, Herr Brandtner. Ich habe jedenfalls kein gutes Gefühl bei der Sache."

Der Staatssekretär stand auf und begann, auf und ab zu laufen. „Ich halte die Idee, die Amis könnten versuchen, die Produktion in ihre Hände zu bekommen, für abwegig. Überlegen Sie doch mal. Wie wollen die denn den Impfstoff in die USA transportieren, wie die Verteilung vor Ort organisieren, wenn die wirklich so am Arsch sind? Pardon, Herr Vizekanzler, aber ich halte Ihre Sorge zwar für berechtigt, aber doch für übertrieben."

„Vergessen Sie nicht, dass die USA die mit Abstand am besten ausgerüstete Luftwaffe der Welt haben. Es sollte mich nicht wundern, wenn die noch Flugzeugträger auf See haben. Die Engländer hatten das mal angedeutet. Ich denke daher, den Transport werden die schon irgendwie auf die Reihe bekommen, und wenn es ein Schiff oder U-Boot ist, das das Zeug rüberbringt. Und dass die amerikanische Regierung den Impfstoff in erster Linie für die eigene Bevölkerung will, ist doch wohl Wunschdenken. Der Präsident und seine Leute sitzen seit Wochen sicher in einem Bunker irgendwo in den Appalachen. Dort kann ihnen das Virus nichts anhaben, aber irgendwann müssen sie da raus. Ob in Wochen, Monaten oder Jahren. Irgendwann ist es so weit. Und raus können sie nur, wenn sie geschützt sind. Die wollen den Impfstoff für sich. Der Präsident will ihn für sich, dem geht es immer nur um die eigene Person, vergessen Sie das nicht.“

Brandtner unterbrach seinen Gang und schaute nachdenklich zum Fenster hinaus. „Ja, dem Kerl ist alles zuzutrauen, wenn es ihm an den Kragen geht.“

„Eben, und das ist es, was mir Sorge bereitet.“

Brandtner atmete einmal tief durch, drehte sich dann um und sah den Vizekanzler an. „Welche Möglichkeiten haben wir?“

„Wenige, das ist es ja. Und es muss schnell gehen. Nehmen Sie die restlichen Soldaten und Schützenpanzer mit nach Marburg, Herr Brandtner. Heute noch!“

„Ich?"

„Ja, Sie. Sie sind der ranghöchste Mitarbeiter des Innenministeriums, und dies ist ein Einsatz der Bundeswehr im Inneren. Nach Art. 35 oder 87 Grundgesetz, suchen Sie es sich aus. Jedenfalls ist Ihre Behörde zuständig. Im Zweifelsfall statte ich Sie mit allen nötigen Vollmachten aus. Sie bekommen die volle Befehlsgewalt."

„Ist das Ihr Ernst?"

„Sicher. Wenn wir eine funktionierende Regierung aufrechterhalten wollen, müssen wir uns an die Verfassung halten. Außerdem habe ich sonst niemanden, den ich schicken könnte!"

Brandtner stutzte nach der letzten Bemerkung, dann überwand er seine Skepsis. In der Tat war es eigentlich egal, wer den Einsatz führte, also warum nicht er? „Gut, ich mache es."

„Danke."

„Wollen wir unseren Leuten in Marburg unsere Befürchtungen mitteilen."

Jetzt stand Schmidt ebenfalls auf. Er strich sich durch die Haare, während er nachdenklich auf die gegenüberliegende Wand blickte. „Nein, Herr Brandtner. Wahrscheinlich machen wir uns unnötig Sorgen. Ich will niemanden verrückt machen. Dr. Baldau hat genug damit zu tun, die Produktion in Gang zu setzen, und dabei sollten wir ihn auch nicht stören. Und selbst wenn wir es ihm mitteilen würden, ändern könnte er ohnehin nichts. Nein, lassen wir es so, wie es ist. Wir geben lediglich durch, dass weitere Hilfskräfte unterwegs sind. Das wird Baldau freuen, und über unsere wahren Sorgen muss er nichts erfahren."

„Ja, das ist besser so. Wahrscheinlich machen wir uns ganz umsonst verrückt."

***

Lieutenant Colonel Craig Walsh war völlig erledigt. Die überwundene Krankheit steckte ihm noch in den Knochen. Schon geringe körperliche Anstrengung erschöpfte ihn über alle Maßen. In der ganzen Truppe war er das schwächste Glied, was ihn ärgerte. Es wäre wohl tatsächlich besser gewesen, in seinem Büro in den Patch Barracks auszuharren. Aber jetzt war er hier bei seinen Männern und musste durchhalten, irgendwie. Aufgeben war keine Option. Er hatte sich entschlossen, an dem Kommandounternehmen nicht nur teilzunehmen, sondern es zu leiten. Aber dazu war er kaum in der Lage. Die Erschöpfung bremste ihn nicht nur bei allen körperlichen Aktivitäten, sondern machte auch das Denken schwer. Immer wieder brauchte er Pausen, und immer wieder schlief er ein. Walsh hoffte, keinen Fehler gemacht zu haben. Er hatte Lieutenant Kisner deutlich angemerkt, dass er lieber ohne ihn aufgebrochen wäre. Gesagt hatte Kisner nichts, dazu war er zu diszipliniert, und dennoch bereitete

Walsh dessen Blicke und gelegentliche Kommentare ein schlechtes Gewissen und auch Wut. Er war der ranghöchste Offizier. Er hatte das Sagen, und wenn jemand ein Problem damit hatte, würde Walsh schon zeigen, wer er wirklich war.

Er trank einen Schluck Cola, rülpste und sah in den immer dunkler werdenden wolkenverhangenen Himmel. Sie hatten Rast für die Nacht gemacht. In einem kleinen, völlig verlassenen Ort namens Bellnhausen, in unmittelbarer Nähe zur Auffahrt der vierspurig ausgebauten Bundesstraße 3. Die Fahrt hierher hatte länger gedauert und war anstrengender gewesen als gedacht. Rund um Stuttgart hatten Unfälle die Autobahn 81 Richtung Norden blockiert und sie mussten auf Landstraßen ausweichen, was auch nicht problemlos funktionierte. Bei Frankfurt war ein Tanklaster auf der Standspur abgefackelt und hatte alles um sich herum in Brand gesetzt, sodass sie erneut gezwungen waren, eine Ausweichroute zu suchen. Aber nun war das Tagesziel erreicht, die Nacht noch nicht hereingebrochen und Kisners Männer dabei, Quartiere in den umliegenden Häusern zu beziehen.

Walsh stand auf und sah sich um. Die zwei Lkw mit ihrer Ausrüstung parkten vor einem der am Ortsrand gelegenen Häuser. Die Oshkosh M-ATVs mit Drehringlafette waren zu einem Halbkreis angeordnet. Zwei Richtschützen standen an den schweren Maschinengewehren, die auf den Dächern der elf Tonnen wiegenden Geländewagen montiert waren und sicherten die Umgebung. Walsh musste abschätzig schmunzeln. Als wenn es hier eine Bedrohung gäbe. Die

Fahrt durch ein verlassenes und schon merklich heruntergekommenes Land hatte ihn mehr beeindruckt, als er gedacht hatte. Alles ging mit einer rasenden Geschwindigkeit vor die Hunde.

Lieutenant Kisner kam auf ihn zu. Wie die meisten ihres Kommandos trug er eine Schutzausrüstung inklusive einer Gasmaske. Sicher sehr unbequem und auch anstrengend nach so vielen Stunden, aber was sollten sie machen? Der beste Schutz war gerade gut genug, wenn es darum ging, am Leben zu bleiben. Walsh drückte den Rücken durch und ging ihm entgegen.

„Wir haben ein Zimmer für Sie vorbereitet, Sir!" Auch nach der anstrengenden Fahrt vergaß Kisner nicht, zackig Meldung zu machen.

Walsh erwiderte den Gruß. „Gleich da vorne?", fragte er und zeigte auf einen weißen modernen Bungalow.

„Jawohl, Sir. Ich begleite Sie."

Wieder so eine Anspielung auf seinen Zustand, ärgerte sich Walsh, sagte aber nichts, sondern folgte dem Lieutenant. Kisner machte das sicher nicht mit Absicht, und vielleicht war er selber auch zu empfindlich, weil ihn das Thema so nervte.

„Wie steht es mit Nightingale?", fragte Walsh.

„Unverändert, Sir. Er ist gesondert untergebracht worden."

Sergeant Nightingale war erkrankt. Sie hatten es bei der Mittagspause bemerkt. Er selber hatte nichts gesagt, entweder, weil er das Unternehmen nicht aufhalten wollte oder weil er es sich selber nicht eingestehen wollte. Das kam öfter vor. Die Menschen ignorierten die ersten Anzeichen, das Fieber, die Benommenheit, die unerträgliche Schwäche, die einen innerhalb von wenigen Stunden erfasste. Sich einzugestehen, erkrankt zu sein, hieß, mit ziemlicher Sicherheit bald zu sterben. Das war eine Einsicht, die man gerne vermied.

„Wir werden ihn morgen auf dem Truck befördern. Ich will nicht, dass sich noch jemand infiziert", sagte Walsh, der tatsächlich erwogen hatte, Sergeant Nightingale einfach hier zurückzulassen. Er wäre nur eine Last bei dem, was ihnen bevorstand. Aber das wäre bei den Männern schlecht aufgenommen worden. Man stand füreinander ein, gerade wenn einer der ihren krank oder verletzt war, auch wenn es keinen Sinn machte.

„Sollte er morgen früh noch leben, werden wir ihm auf der Ladefläche ein provisorisches Bett bauen, Sir."

Sie erreichten das Haus. Lieutenant Kisner ließ seinem Vorgesetzten den Vortritt. Walsh trat in einen kurzen, weiß gefliesten Flur. Drei Türen gingen davon ab, eine Treppe führte in den ersten Stock. Die Tür zu seiner Rechten stand offen und dahinter waren Stimmen zu hören. Er ging darauf zu und kam in der Küche des Hauses heraus. Drei Soldaten sprangen auf und machten Meldung. Walsh winkte ab, gab ihnen mit einer Handbewegung zu verstehen, sich wieder hinzusetzen, und nahm auch selber am Küchentisch Platz.

„Möchten Sie etwas essen oder trinken, Sir?", fragte Kisner.

„Ja, gerne, aber keine Cola, alles andere ist mir recht."

Die Soldaten schwiegen, und Walsh bemerkte wohl, dass das an seiner Anwesenheit lag. Er war damit nicht unzufrieden. Mannschaften und Offiziere, die sich auf Augenhöhe begegneten, konnten auch in einer modernen Armee zu nichts Gutem führen. Hierarchie, Gehorsam und Respekt vor dem Vorgesetzten waren etwas, ohne dass keine Truppe der Welt auskommen konnte.

„Ob es daheim genauso aussieht wie hier, Sir? Haben Sie etwas aus Washington gehört? Wissen Sie zufällig, wie es an der Ostküste aussieht, in Baltimore, Sir?"

Walsh schaute unangenehm überrascht auf. Ein junger Corporal hatte die Frage gestellt. Er blickte auf das Namensschild. „Sie sind aus Baltimore, Corporal Singer?"

„Jawohl, Sir, aus Hamden."

Walsh überlegte, was er antworten sollte. Die Wahrheit war sicher nichts, mit dem ein besorgter Unteroffizier etwas anfangen konnte, aber lügen wollte er auch nicht. „Es sieht daheim nicht viel anders aus als hier. Es sieht wahrscheinlich überall auf der Welt aus wie hier. Ich will

Ihnen da nichts vormachen. Aber es gibt Hoffnung, Corporal Singer. Und deshalb sind wir hier. Vergessen Sie das nicht."

„Ist es nicht längst zu spät, Sir?"

„Es ist niemals zu spät, das Richtige zu tun. Wir sind direkt vom Präsidenten beauftragt, möglichst vielen unserer Landsleute das Leben zu retten. Ob nun Tausende, Hunderttausende oder Millionen spielt dabei keine Rolle. Wir tun unseren Job, und weil wir ihn machen, werden Menschen überleben, die sonst gestorben wären. Merken Sie sich das!"

„Jawohl, Sir!"

„Gut", sagte Walsh und wünschte sich in eine andere Gesellschaft. Es war kein Problem, Leute wie Corporal Singer einzuschüchtern und auf Linie zu bringen. Aber es würde nicht lange dauern, dann kam der Nächste mit einer Frage.

„Ihr Essen, Sir."

Privat first class Mattis stand mit einem dampfenden Tablett in der Türöffnung und schaute drein, als ob er glaubte, gerade ein Fünf-Gänge-Menü gekocht zu haben.

„Stellen Sie es hierher", antwortete Walsh und zeigte auf den Tisch vor sich. Lieutenant Kisner kam ebenfalls zur Tür hinein, sein eigenes Tablett in der Hand. Er setzte sich neben Walsh.

„Soweit alles klar für die Nacht, Sir", meldete er. „Ich habe die Wachen in Zweiergruppen eingeteilt."

Walsh schaute auf den Teller mit dem dampfenden Irgendwas und zog angewidert die Oberlippe hoch. Egal, er musste zu Kräften kommen. „Warum Zweiergruppen, Lieutenant? Wir dürften hier nichts zu befürchten haben. Wäre es nicht besser, wir geben möglichst vielen die Chance auszuschlafen? Morgen wird es ernst."

„Einzelwachen sind immer kritisch, Sir. Ich gebe Ihnen zwar recht, dass ein Überfall sehr unwahrscheinlich ist, gänzlich ausgeschlossen ist er aber nicht. Wir verteilen uns auf zwei Häuser, dazu die Fahrzeuge. Das ist sehr viel und sehr unübersichtlich für einen einzelnen Mann."

Walsh langte zum Besteck und begann zu essen. Es schmeckte, wie es aussah, und er zwang sich, die Pampe herunterzuschlucken. „Gut, wenn Sie meinen, Lieutenant. Ich überlasse das Ihnen. Aber morgen fünf Uhr geht es los."

„Dann ist es noch dunkel, Sir."

„Haben Sie Angst im Dunkeln?"

„Selbstverständlich nicht, aber wir haben nur noch fünfzehn Meilen bis zum Ziel. Das schaffen wir in wenigen Minuten. Wozu die Eile?"

„Ich will dort sein, bevor die aufwachen. Ich will sie überraschen. Deshalb."

IX

Mechthild Beimer stellte den Topf ab, schürte das Feuer, gab noch ein Scheit hinein, schloss die Ofentür und sah zu, wie sich die Flammen in das frische Holz fraßen. Sie war zu Hause etwas zur Ruhe gekommen, hatte nachgedacht und kam langsam, aber sicher zu der Erkenntnis, dass das Schlimmste hinter ihr lag. Der Gedanke war noch ganz frisch, und sie traute ihm nicht so recht.

Sie war nun geimpft. Zwar hatte Dr. Baldau ihr gesagt, dass es einige Tage dauerte, bis die Impfung wirkte und immer noch ein Restrisiko bestand, aber verglichen mit dem, was vorher war, schien ihr das mehr als akzeptabel. Warum hatte sie die Chance bekommen, diese schreckliche Epidemie zu überleben, und so viele andere nicht? Allen voran ihr Mann, und wahrscheinlich auch ihre Töchter. Immer wieder kamen diese Gedanken auf.

Sie drehte sich um, ging zum Sofa und streckte sich darauf aus und dachte nach. Die Sporthalle war so gut wie leer. Sechzehn Kranke noch, kein Vergleich zu dem, was vor Kurzem noch los war. Sie wurde dort nicht mehr gebraucht, und auch die Leichen hatte Markus alle weggebracht. Bald schon würde sie Zeit haben, und dann, das hatte Mechthild sich fest vorgenommen, würde sie sich auf die Suche nach ihren Töchtern machen. Klingenbronn hatte alles von ihr bekommen, was zu geben sie in der Lage war. Jetzt drängten sie andere Dinge.

In der nur durch das Knistern des Feuers unterbrochenen Stille ihres leeren Hauses hörte sie den Motor eines Lkw. Verwundert setzte sie sich auf und spähte zum Fenster hinaus in die Dunkelheit. Zwei Lichter kamen näher, verlangsamten und bogen auf die Einfahrt ein. Mechthild stand auf und ging zur Haustür. Von draußen wehte es kalt herein. Sie zog die Weste enger. Der Diesel verstummte, die Scheinwerfer gingen aus und sie sah, wie sich die Fahrertür öffnete. Markus Hardenberg kletterte aus dem IVECO und kam auf sie zu.

„N'Abend", rief er und kam näher. „Störe ich?"

Mechthild war zwar verwundert, dass er sie aufsuchte, aber nicht beunruhigt. Sie trat einen Schritt zur Seite. „Nein, komm herein. Es ist kalt."

Markus ging an ihr vorbei und stand dann unentschlossen im Flur herum, als wenn ihm sein Eindringen in ihr Haus peinlich wäre. Er sah müde aus.

„Möchtest du einen Tee?", fragte sie und ging ins Wohnzimmer voran.

„Da sage ich nicht Nein."

Sie ging zum Ofen, hob den Deckel vom Topf und sah, dass das Wasser zu sieden begonnen hatte. Mit einem Handschuh als Schutz packte sie den heißen Stiel und trug den Topf in die dunkle Küche. Sie nahm einen zweiten Becher aus dem Hängeschrank und stellte ihn neben ihren. Dann goss sie das Wasser ein, fügte jeweils einen Teebeutel hinzu und ging mit den dampfenden Bechern in das Wohnzimmer. Markus stand am Fenster, unweit des Ofens und blickte in die Nacht.

„Hier ist dein Tee. Ich stelle ihn auf den Tisch."

Markus fuhr herum. „Danke."

Sie setzte sich aufs Sofa. „Was führt dich her?"

Markus ließ sich im Sessel gegenüber nieder, dort, wo Gerd immer gesessen hatte. Mechthild schüttelte sich.

„Ich wollte mich für morgen abmelden, vielleicht auch für übermorgen."

„Ich bin doch nicht deine Chefin."

„Nein, das nicht. Aber ich wollte auch nicht aufbrechen, ohne jemandem Bescheid zu geben."

„Wo geht's hin?"

„Nach Hause. Ich will meine Frau beerdigen."

Mechthild lief es eiskalt den Rücken hinab. Die Erinnerungen, wie sie Gerd ein Grab im Garten geschaufelt hatte, kamen mit einem Mal wieder hoch. Unwillkürlich ging ihr Blick zum Fenster auf der Ostseite, dorthin, wo im

Garten immer noch ein Loch wartete, das sie für sich gedacht hatte. Was waren das für Zeiten?

„Ich werde noch diese Nacht fahren, wann ich zurückkomme, weiß ich noch nicht", ergänzte Markus. „Die Pioniere kommen ganz gut ohne mich aus, außerdem haben wir das mit dem Strom soweit voreinander, da fällt es nicht auf, wenn ich mal fehle."

„Du brauchst dich nicht zu rechtfertigen, Markus. Du ganz bestimmt nicht."

Er nickte ihr zu, und sie erkannte die Dankbarkeit in seinem Blick. Lob bekam hier niemand, egal, wie sehr er sich einsetzte. Das galt auch für sie.

„Ich werde auch bald aufbrechen", sagte sie, beugte sich vor und sah nach dem Tee. Im flackernden Schein des Feuers war nur wenig zu erkennen, aber sie hatte die Zeit im Gefühl, nahm die Teebeutel heraus und legte sie in den unbenutzten Aschenbecher, der seit Jahren nur noch als Dekoration diente.

„Wo willst du hin?"

„Nach meinen Töchtern sehen."

Markus senkte sofort den Blick, und Mechthild musste nicht nachdenken, um zu erkennen, was ihm durch den Kopf geschossen war. Natürlich waren die Chancen verschwindend gering, ihre Töchter lebend wiederzusehen, aber dennoch.

„Ich wünsche dir viel Glück. Wirst du lange weg sein?", fragte er.

„Das kommt drauf an, aber schon mehr als nur einige Tage. Ich muss rauf bis Hamburg."

„Oh … das ist weit. Ist das nicht etwas gefährlich?"

„Warum? Was sollte jetzt noch kommen? Ich kann mir nicht vorstellen, dass es da draußen irgendetwas gibt, das mich noch erschrecken kann."

„Sei vorsichtig. Man weiß nie."

„Ja, sicher doch."

Markus griff nach seinem Tee, das Gespräch verstummte und beide hingen ihren Gedanken nach. Alle Themen schienen heikel, zu schnell wurde man an das erinnert, was geschehen war.

„Sind die Forscher so weit, dass sie loslegen können?", fragte Mechthild, um auf sicheres Terrain zu kommen.

„Prinzipiell schon. So wie ich das verstanden habe, werden sie nun beginnen, irgendwelche Kulturen anzulegen. Bis die eigentliche Produktion losgeht, wird es aber noch dauern."

„Immerhin."

„Ja, immerhin. Aber was nützt das noch?"

„Das ist die Frage."

„Da draußen ist doch nichts mehr, und wie soll es denn weitergehen?" Den Rest ließ er unausgesprochen und trank aus seinem Becher.

Mechthild tat es ihm nach. Auch dieses Thema wollte sie nicht vertiefen. Wofür das alles, war eine Frage, die wohl nicht nur ihr immer wieder durch den Kopf ging. Jetzt, wo der Stress nachließ, kroch die Sinnlosigkeit des Ganzen aus jeder Ritze. Es war nicht gut, darüber zu reden.

„Wir werden weitermachen, Markus. Es wird sich schon etwas ergeben."

Er nickte. „Sicher doch."

Sie schwiegen erneut, unfähig, unbefangen zu reden. Schließlich stand Markus auf. „Ich fahr dann los."

***

Diesmal war er rechtzeitig genug, um gemeinsam mit den anderen aufzubrechen. Alex saß auf dem Beifahrersitz, Michael fuhr. Vor ihnen die Laster der Bundeswehr, hinter ihnen die anderen Wissenschaftler in irgendwelchen Autos. Ein weiterer grauer und regnerischer Herbsttag lag vor ihnen, und Alex ging durch, was er heute alles erledigen wollte. Sie kamen viel schneller voran als gedacht. Die Pioniere hatten sich als fähige Leute erwiesen, die wussten, was sie taten, die anpacken und improvisieren konnten. In nur einem Tag hatten sie die Stromversorgung mit Notstromaggregaten so weit hinbekommen, dass sie die Inkubatoren in Betrieb nehmen konnten. Das sagte zwar nichts darüber aus, ob ihnen das auch in der Produktion gelingen würde, aber Alex war guter Dinge.

Insofern würden er und alle anderen vom RKI heute mit nichts anderem beschäftigt sein, als Kulturen zu züchten. Und auch wenn er eine ganze Reihe unterschiedlicher Ansätze verfolgen wollte, mussten sie eigentlich bis zum Abend damit durch sein. Danach hieß es warten, tagelang. In der Zeit würden die Pioniere hoffentlich auch die Produktionsanlagen ans Laufen bringen, zumal nun auch noch weitere Hilfe aus Berlin angekündigt worden war. Alex verstand zwar nicht, was das sollte, aber selbstverständlich konnte es nicht schaden. Je mehr Leute, desto besser.

Die Hallen tauchten links im grauen Morgen auf, feucht vom Regen der Nacht. Die Bundeswehr-Lkw bogen zuerst ab, passierten das Torwärterhäuschen an der Zufahrt des Betriebsgeländes und fuhren im langsamen Tempo weiter. Alex achtete nicht darauf und war innerlich schon damit beschäftigt, die Leute für einzelne Aufgaben einzuteilen, als Michael laut fluchend auf die Bremse trat.

„Ja, spinnen die?"

Alex wurde unsanft in den Gurt gepresst und schaute erschrocken auf. Die Laster vor ihnen hatten angehalten. Dröhnender Motorenlärm war zu hören, und mit einem Mal kam an der Beifahrerseite ein Fahrzeug in Sicht, wie er es noch nie gesehen hatte. Ein riesiger Geländewagen, fast ein kleiner Panzer, mit einem Maschinengewehr auf dem Dach, hinter dem ein Mann in Uniform stand. Das Ungetüm hielt zwanzig Meter neben ihnen an, das Maschinengewehr schwenkte genau auf ihren Audi ein, und Alex blickte in die Mündung.

„Das sind Amerikaner", rief Michael. Alex schaute zu ihm rüber. Auf der Fahrerseite war ebenfalls eines der Fahrzeuge aufgetaucht und hatte ihren Konvoi ins Visier genommen. An der Front des Wagens war die amerikanische Flagge nicht zu übersehen.

„Was zur Hölle …"

„Steigen Sie aus. Machen Sie keine unbedachte Bewegung", schallte eine lautsprecherverstärkte Stimme über das Gelände.

Alex schwankte zwischen Furcht und Unglauben. Die Ereignisse der letzten halben Minute zu verarbeiten, überforderte ihn völlig. Was sollte das? Was passierte hier?

„Steigen Sie aus. Machen Sie keine unbedachte Bewegung. Wir werden schießen, wenn Sie nicht tun, was wir sagen!", erklang es erneut.

An den Lkw vor ihnen wurden die Türen geöffnet und die Bundeswehrsoldaten stiegen langsam aus den Fahrzeugen aus.

„Ich fass es nicht. Wer sind die?", fragte Alex.

„Keine Ahnung, aber wir sollten machen, was die wollen", antwortete der sichtlich eingeschüchterte Michael und öffnete die Fahrertür.

Alex schaute ihm irritiert zu, immer noch nicht in der Lage, klar zu denken.

„Letzte Aufforderung! Kommen Sie aus den Fahrzeugen. Jetzt!"

Die Stimme hatte einen deutlichen Akzent, fiel Alex auf, dann stieg auch er aus. Sobald er im Freien war, sah er einen weiteren der amerikanischen Geländewagen und auch drei Soldaten, die hinter dem vordersten Fahrzeug Position bezogen hatten. Zwei der Männer hatten Sturmgewehre auf sie gerichtet, der dritte hielt ein Megafon in der Hand, das er gerade anhob. Dieser Soldat trug keinen Schutzanzug. Ein hagerer Mann mit viel zu weiter Uniform.

„Kommen Sie mit erhobenen Händen nach vorne. Machen Sie keine plötzlichen Bewegungen. Ich warne Sie ausdrücklich."

Der Gesichtsausdruck des Mannes ließ keinen Zweifel daran, dass er es ernst meinte. Trotzdem kam es Alex ungeheuerlich vor, als er die Arme hob und langsam loslief. Noch immer kapierte er nicht, was vor sich ging. Er sah sich um. Die Bundeswehrsoldaten gingen voran, dann kamen seine Kollegen, die ebenso ungläubig dreinschauten, wie er sich fühlte. Hinter ihnen liefen drei amerikanische Soldaten mit Sturmgewehren, die nach hinten alles absicherten. So langsam begriff er, dass das keine verkleideten Plünderer waren, sondern, dass sie tatsächlich von der US-Army überfallen wurden. Nachdem diese Erkenntnis durchgesickert war, brauchte Alex' Gehirn nicht lange, um sich den Rest zusammenzureimen.

„Gehen Sie in einer Reihe auf das Bürogebäude zu. Reden Sie nicht und befolgen Sie alle unsere Anweisungen. Wer aufbegehrt oder zu fliehen versucht, wird ohne Warnung erschossen!"

Schweigend stapften sie hintereinander auf das gegenüberliegende Verwaltungsgebäude zu. Zwei der Geländewagen beschleunigten und postierten sich zwanzig Meter links und rechts des Eingangs, die Maschinengewehre auf ihren Dächern drohend auf die ohnehin schon Verängstigten gerichtet. Vier amerikanische Soldaten rannten an ihnen vorbei und stellten sich neben dem Eingang auf. Als der erste Bundeswehrsoldat dort ankam, gab es einen kurzen Wortwechsel, von dem Alex nichts verstand. Dann begannen die Durchsuchungen.

„Sind die irre?"

Alex schaute nach links. Michael sah ihn fragend an. Konnte er riskieren, zu antworten? Einen Versuch wollte er wagen. „Die haben es auf den Impfstoff abgesehen."

„Das habe ich mir auch schon gedacht, aber warum. Ich meine, die könnten ..."

„Shut up!", schrie einer ihrer Bewacher und richtete sein Gewehr auf Michael. Der wurde sofort kreidebleich und beeilte sich, die Arme besonders hoch zu heben. Alex blickte zu Boden. Ja, warum? Er hatte auch keine Erklärung, war sich aber sicher, dass er die bald bekommen würde.

***

Markus Hardenberg hatte kaum die Kraft, ein Grab auszuheben. Sein Körper würde noch lange brauchen, um wieder der Alte zu sein. Trotz der Kühle des Morgens schweißgebadet, stellte er den Spaten an die Schuppenwand und rieb sich die dreckigen Hände an der Hose ab. Mit schweren Schritten ging er über die Terrasse ins Haus, setzte sich an den Küchentisch und griff nach der Wasserflasche. Er war daheim, aber nicht zu Hause. Er fühlte sich unwohl. Die vertrauten Räume weckten Erinnerungen, die nicht nur angenehm waren. Er hatte das Reihenendhaus 2008 gleich nach der Heirat gekauft. Ein alter Bau aus den Sechzigern, dem man jedwede Renovierung verweigert hatte. Deshalb war es auch günstig gewesen, und daher hatte Markus gekauft. Finanziell war einfach nicht mehr drin gewesen, und die Sanierungen wollte er selber machen, nach und nach. Das war der Plan gewesen, den er und Monika gemeinsam gefasst hatten. Ein eigenes Haus im Grünen, ein Haus für sich und die Kinder. Der Traum von der kleinen und heilen Familie, der sich nach und nach zu einem Albtraum gewandelt hatte.

Als Monika nach vielen Monaten immer noch nicht schwanger war, ging sie zum Arzt. Der vertröstete sie, sagte, sie müsse Geduld haben und es werde schon werden. Wurde es aber nicht. Dann begann die Odyssee durch Arztpraxen, Kliniken und Selbsthilfegruppen. Jahrelang und ihre Ehe zerbrach daran. Die Frau, die er so geliebt hatte, wurde eine völlig andere. Konsequenzen daraus hatte er keine gezogen. Sie ebenso wenig. Sein verdammtes Pflichtgefühl hatte ihn hier festgehalten, genauso wie es ihn nun zwang, Monika ordentlich zu beerdigen. Markus verstand das mehr und mehr.

Er trank noch einen Schluck, dann ging er ins Wohnzimmer. Die Bilder auf der Vitrine. Sie beide in glücklichen Tagen. Er konnte es nicht mehr sehen, er konnte das ganze Haus, diesen verlogenen Traum nicht mehr ertragen. Die Leiche seiner Frau hatte er in ein Bettlaken eingeschlagen und auf dem Sofa abgelegt. Ohne etwas Besonderes dabei zu empfinden, legte er sie in die bereitstehende Schubkarre. Er fasste die Griffe, hob an und schob seine Last zur Tür hinaus.

Eine halbe Stunde später saß er wieder in der Küche. Körperlich erschöpft, aber innerlich erleichtert. Was sollte er nun tun? Zurück nach Klingenbronn? Dann würde er wieder nur seinem Pflichtgefühl gehorchen. Hierzubleiben, war aber auch keine Option. Wohin hatte er immer gewollt und was würde ihm jetzt helfen? Er wusste es nicht.

Markus stand auf und ging in den ersten Stock. Er nahm seine Reisetasche aus dem Schrank und packte warme Klamotten ein. Der IVECO hatte noch Diesel für mehrere Hundert Kilometer. Irgendwo würde er schon ankommen, auch wenn er noch nicht wusste, wo. Er gehörte zu den wenigen, die überlebt hatten. Aus irgendwelchen Gründen, die er nicht begreifen konnte, hatte er ein zweites Leben geschenkt bekommen. Das wollte er nicht wieder gegen die Wand fahren. Wie auch immer seine Zukunft aussehen würde, diesmal würde er seine Chance nutzen, ein Leben zu leben, wie er es wollte.

Er schulterte die Tasche mit seinen Habseligkeiten, ging nach unten und verließ das Haus durch den Vordereingang. Der Lkw stand in der Einfahrt. Er öffnete die Fahrertür, stieg ein und legte sein Zeug neben sich ab. Ein letztes Mal blickte er auf das Haus, auf seine Vergangenheit, dann drehte er den Zündschlüssel und brach in eine ungewisse Zukunft auf.

***

Sebastian Runge starrte wütend und verzweifelt auf die graue Betonwand gegenüber. Die Amis hatten ihn und fünf weitere in einen nackten Kellerraum gesperrt. Jetzt saßen sie nebeneinander mit dem Rücken an der Wand. Jeder hing seinen Gedanken nach, und Sebastian Runge am intensivsten.

Das Auftauchen der Amerikaner hatte ihn völlig überrascht. Niemals hatte er so etwas für möglich gehalten und entsprechend schockiert und handlungsunfähig war er gewesen. Mittlerweile hatte das Denken wieder eingesetzt, und wenn er die Situation nicht völlig missverstand, dann sah es schlecht für ihn aus. Was die Amis wollten, lag auf der Hand. Den Impfstoff oder das Wissen darüber. Daran konnte es keinen Zweifel geben.

Sebastian Runge ahnte aber auch schon die Konsequenzen, die sich daraus ergaben, und die waren für ihn besonders unangenehm. Sollten es die Amis auf das Wissen um den Impfstoff abgesehen haben, würden sie alle Wissenschaftler in die USA schaffen. Aber nur die Wissenschaftler. Da war kein Platz für ihn, und damit hatte er in diesem Szenario keine Chance, an eine Impfung zu kommen. Sollten die Amis es auf den fertig produzierten Impfstoff abgesehen haben, sah es für ihn nicht viel besser aus. Denn den Impfstoff würden sie ebenfalls mit an Sicherheit grenzender Wahrscheinlichkeit in ihre Heimat verbringen. Für nutzlose deutsche Lobbyisten blieb da nichts übrig. Wie es auch kommen würde, es sah schlecht für ihn aus. Im zweiten Szenario vielleicht etwas besser.

Jetzt war er so weit gekommen und so dicht dran, und mit einem Mal rückte jede Rettung in weite Ferne. Er hätte heulen können. Er musste sich was einfallen lassen. Nie wieder würde er eine Chance bekommen, wenn er dies vermasselte. Ohne Impfung, da machte er sich nichts vor, waren seine Tage gezählt. Vielleicht waren sie das schon, aber so leicht wollte er nicht aufgeben. Sterben war keine

Option. Vor nichts hatte er mehr Angst. Er musste es schaffen, einen Weg zu finden, um jeden Preis.

***

Staatssekretär Norbert Brandtner fühlte sich nicht besonders wohl in seiner Haut. Er, der nie gedient hatte, führte nun eine Truppe von dreiunddreißig Soldaten an. Zumindest hatte er die Befehlsgewalt. Vizekanzler Schmidt hatte bei ihrem Aufbruch ausdrücklich darauf hingewiesen.

Ihre Truppe war alles, was sie auf die Schnelle zusammenkratzen konnten. Männer aus drei unterschiedlichen Einheiten. Die Befehle gab Hauptmann Jakobs, ein bulliger Kerl mit ständig schlechter Laune. Sein Stellvertreter war ein Feldwebel namens Wöhrner. Zu ihrer Ausrüstung gehörten zwei Lkw, drei Geländewagen, zwei zivile Kleinbusse und vier Schützenpanzer vom Typ PUMA. Für Brandtner schienen sie das Einzige zu sein, was wenigstens etwas militärischen Wert besaß, denn ansonsten hatten sie nur Sturmgewehre und Pistolen.

Jetzt machten sie Rast auf der A7, kurz vor der Abfahrt Northeim-West. Es war halb zwei und alle waren hungrig und müde. Entgegen Vizekanzler Schmidts Absicht waren sie erst heute Morgen aufgebrochen und nicht schon am Vorabend. Es hatte einfach zu lange gebraucht, alle Fahrzeuge zu betanken, alles Zeug zu organisieren und zu verladen. Um halb acht am Abend waren sie fertig gewesen. Da war es bereits dunkel. Die Nacht über wollte Brandtner nicht fahren. Wozu auch? So eilig konnte es kaum sein, und die letzten Nachrichten aus Marburg hatten optimistisch geklungen.

Er hielt es immer noch für unwahrscheinlich, dass die Amerikaner militärisch gegen einen Verbündeten und langjährigen guten Partner vorgehen würden. Es gab ja von ihrer Seite aus keine Notwendigkeit, da die Deutschen bereit waren, alle Erkenntnisse zu teilen. Schmidts Argument, dass die Amis nicht mehr in der Lage wären, eine eigene Impfstoffproduktion aufzuziehen, hielt Brandtner für unwahrscheinlich. In keinem Land der Welt gab es dafür mehr Ressourcen als in den USA.

Nein, mit einem Kampf rechnete er nicht, aber mit jeder Menge anderer Schwierigkeiten. Brandtner hatte stundenlang darüber nachgedacht, wie sie vorgehen sollten, wenn ihnen erst einmal Impfstoff in nennenswertem Umfang zur Verfügung stand. Wie sollten sie die Menschen erreichen, wie die Verteilung organisieren, wer sollte die medizinische Verabreichung machen? Alles ungeklärte Fragen, auf die er nur rudimentäre Antworten hatte. Ihre einzige Möglichkeit der Kommunikation waren der Funk und das Radio. Sicher konnte man die letzten verbliebenen Verwaltungen erreichen, aber wie sollten die dann vor Ort etwas auf die Beine stellen? Die waren ebenso am Ende wie sie in Berlin, da machte er sich nichts vor.

Und die Bevölkerung direkt über das Radio zu erreichen, war auch leichter gesagt als getan. Der Strom war im gesamten Land ausgefallen. Wer hatte denn ein batteriebetriebenes Radio und selbst wenn, wer wusste denn, auf welcher Frequenz die Regierung im Notfall senden würde? Und was wollte man denn senden? Die Tatsache, dass es einen Impfstoff gab, das musste man mitteilen, aber was war mit den Konsequenzen, die sich daraus ergaben? Man musste den Menschen eine Möglichkeit mitteilen, wie sie nun daran kamen, wohin sie sich wenden konnten, und wer ihnen helfen würde. Selbst wenn sie ein oder zwei Notfallzentren ans Laufen bekamen, wie seine Kollegin aus dem Umweltministerium vorgeschlagen hatte, konnte man doch unmöglich alle noch lebenden Deutschen dorthin beordern. Das war logistisch nicht mal annähernd drin. Hunderttausende würden sich auf den Weg machen. Die musste man unterbringen, die musste man mit Lebensmitteln und Wasser versorgen. Das war illusionär.

Hauptmann Jakobs stapfte auf ihn zu. So mürrisch, wie er aussah, musste irgendetwas passiert sein. Norbert Brandtner wappnete sich. In vielen Jahren in der Politik hatte er einen siebten Sinn dafür entwickelt, wann es Ärger gab.

„Herr Staatssekretär, Berlin teilt uns mit, dass Marburg nicht mehr zu erreichen ist."

„Wie? Ist das Funkgerät kaputt, oder was?"

„Unbekannt. Jedenfalls meldet sich niemand auf ihre Versuche der Kontaktaufnahme."

Brandtner blies die Backen auf und schaute genervt. Warum meldete man sich nicht? Dahinter konnte sich alles und gar nichts verbergen. Vielleicht hatten die Pioniere die Stromversorgung vermasselt, vielleicht war man auch nur zu beschäftigt, und ganz vielleicht, gestand er sich ein, gab es auch ein echtes Problem. Es nützte nichts, sie mussten hin, um das herauszufinden.

„Wann sind wir da?"

„Wenn wir wie vorgesehen um zwei Uhr aufbrechen und alles glatt läuft, werden wir gegen achtzehn Uhr vor Ort sein."

„Ich will, dass wir unterwegs nochmals mit Berlin Rücksprache halten. Sie sollen weiterhin versuchen, unsere Leute in Marburg zu erreichen. Wir werden fünfzig Kilometer vor unserem Ziel anhalten und beratschlagen."

„Darf ich fragen, warum wir noch einen Stopp einlegen wollen, Herr Staatssekretär? Wenn etwas passiert ist, sollten wir besser durchfahren und versuchen, so schnell wie möglich dort anzukommen."

Jakobs wusste nichts von irgendwelchen Bedrohungen und erst recht nichts von den Amerikanern. Das hatten er und der Vizekanzler bewusst zurückgehalten, aber jetzt musste er wohl damit herausrücken.

„Es könnte sein, dass uns vor Ort Ärger erwartet, Herr Hauptmann." Brandtner seufzte. „Ich erkläre es Ihnen."

***

Alex saß Lieutenant Colonel Craig Walsh gegenüber und hatte Angst. Man hatte ihn durchsucht, dann mit allen anderen in die Kantine getrieben und schließlich ihn als Verantwortlichen herausgepickt und zum Colonel geschleppt. Dabei gingen die amerikanischen Soldaten professionell und hart vor. Wer nicht gleich tat, was sie wollten, bekam einen Schlag mit dem Gewehrkolben oder der Faust. Ängstlich wie er war, hatte Alex kein Problem gehabt, ungeschoren zu bleiben, aber jetzt saß er dem kommandierenden Offizier gegenüber, der extrem wortkarg war. Außer einer Aufforderung, sich zu setzen, hatte der Mann noch kein Wort von sich gegeben. In seinen Augen lag Verachtung.

„Sie werden mit uns kooperieren, Dr. Baldau, oder es wird für Sie sehr unangenehm werden", sagte der Colonel und lehnte sich vor.

Sie waren in einem Büro auf der ersten Etage. Walsh saß hinter dem Schreibtisch, Alex davor. An der Tür stand ein Soldat.

„Ich verstehe nicht, was Sie damit bezwecken wollen, Colonel. Sie können alles an Unterlagen und Ergebnissen haben. Wir hatten das bereits Ihrer Regierung angeboten. Selbstverständlich kooperieren wir. Warum dieser Überfall?"

„Ich habe meine Befehle."

„Sie können sich doch nicht hinter irgendwelchen Befehlen verstecken. Wer hat das denn angeordnet? Man muss das aufklären, Colonel. Rufen Sie Ihren Vorgesetzten an. Das alles ist mit Sicherheit ein Missverständnis."

„Mit Sicherheit nicht, und sagen Sie mir nicht, was ich zu tun habe, kapiert?"

Das letzte Wort hatte Walsh geschrien, und Alex zuckte erschrocken zusammen. Der Mann sah müde und fertig aus, war aber anscheinend noch fit genug, um richtig Ärger zu machen. Er ruderte sofort zurück. „Ich will nur helfen, die Situation aufzuklären. Keinesfalls wollte ich Sie persönlich angreifen."

„Das ist auch besser so, glauben Sie mir." Walsh ließ sich nach hinten in den Stuhl fallen und musterte ihn eine Zeit lang. „Wann können Sie die Impfstoffproduktion aufnehmen, Dr. Baldau?"

„Die Produktion? Geht es Ihnen darum? Wir sollen den Impfstoff produzieren und …"

„Wann?", donnerte Walsh und beugte sich wieder vor. „Ich warne Sie. Ich bin kein toleranter Mensch, ich bin Soldat. Wenn ich eine Frage stelle, will ich eine Antwort und keine Gegenfrage. Verstanden?"

Alex nickte beklommen.

„Also, wann?"

„In einer oder zwei Wochen können wir beginnen, frühestens."

„Das muss schneller gehen."

„Ausgeschlossen. Sie können die Biologie nicht beschleunigen. Wir müssen Zellkulturen anlegen, die brauchen Zeit zum Wachsen. Fragen Sie Ihre Spezialisten daheim, die werden Ihnen das bestätigen."

Walsh schaute misstrauisch. Es war offensichtlich, dass er keine Fachkenntnisse hatte, aber das würde ihn nicht aufhalten. „Und Ihr Impfstoff ist wirksam?"

„Ich gehe davon aus."

„Wie sicher sind Sie?"

Alex wiegte den Kopf langsam hin und her. Machte es Sinn, eine schlechte Prognose abzugeben? Würde Walsh von seinem Vorhaben ablassen, wenn er ihn glauben machte, dass der Impfstoff mangelhaft war. Konnte er das überhaupt? Er sollte den Colonel besser nicht unterschätzen, gestand er sich ein und blieb bei der

Wahrheit. „Ich gehe mit annähernd hundert Prozent davon aus, dass der Impfstoff wirkt."

„Ich werde mir jeden Ihrer Kollegen vornehmen, Herr Dr. Baldau. Und wenn mir auch nur einer etwas anderes erzählt, sind Sie dran."

„Bitte, tun Sie das. Was ich sagte, ist die Wahrheit, ich habe nichts zu verbergen."

Walsh schwieg erneut und starrte ihn an. „Kommen noch weitere Menschen im Laufe des Tages hierher?", fragte der Colonel schließlich.

„Nein, zumindest wüsste ich nicht, wer. Aber ausschließen kann ich das natürlich nicht."

„Wann wird man nach Ihnen schauen?"

„Das weiß ich nicht … gegen Abend, wenn wir nicht zurückkommen, vermute ich."

„Gibt es verabredete Kommunikationszeitpunkte?"

„Mit unseren Leuten in der Stadt? Nein."

„Mit anderen?", fragte Walsh drohend.

„Wir halten regelmäßig Kontakt mit der Regierung in Berlin."

„Wusste ich es doch. Wann ist der nächste vereinbarte Zeitpunkt zur Kontaktaufnahme?"

Alex schaute auf seine Armbanduhr. Halb zehn. „Vor einer Stunde hätten wir uns melden sollen. Kurz, nachdem wir hier eingetroffen sind."

Das gab dem Colonel zu denken. Er blickte zum Fenster. Schließlich wandte er sich wieder Alex zu. „Was ist verabredet, wenn ein Kommunikationszeitpunkt nicht eingehalten wird?"

„Der nächste wird dann um sechs Stunden vorverlegt."

„Das wäre dann wann?"

„Heute Mittag um zwölf."

Walsh schaute misstrauisch, und Alex beeilte sich, seine Ehrlichkeit unter Beweis zu stellen. „Ich lüge nicht, fragen Sie Major Malz von der Bundeswehr."

„Das werde ich, verlassen Sie sich darauf", antwortete Walsh und wandte sich dann an den Soldaten an der Tür. „Harroit, bringen Sie den Mann hier weg, und dann rufen Sie mir Lieutenant Kisner. Er soll das Satellitentelefon mitbringen. Sagen Sie ihm das."

„Jawohl, Sir", brüllte der Mann und kam auf Alex zu.

„Aber Colonel", stotterte der. „Nun hören Sie doch mal zu. Wir können doch gemeinsam …"

„Raus", brüllte Walsh, und schon wurde Alex am Arm gepackt und unsanft nach oben gerissen.

Sobald die Tür ins Schloss gefallen war, griff Walsh nach dem Kragen seines Hemds, öffnete den obersten Knopf und nahm seine Mütze ab. Er hatte höllische Kopfschmerzen und extrem schlechte Laune. Irgendwo musste er eine Schmerztablette herbekommen, und zwar zügig. Lange hielt er das nicht mehr aus.

Es klopfte und er rief „Herein". Lieutenant Kisner trat ein und machte zackig Meldung. Walsh winkte ab.

„Irgendwelche Probleme, Lieutenant?"

„Nein Sir. Die Operation ist mustergültig abgelaufen. Keine Zwischenfälle, keine Verletzten, keine Toten. Auch nicht bei den Eierköppen", fügte er mit einem breiten Grinsen hinzu.

Unwillkürlich musste Walsh schmunzeln. Von Wissenschaftlern hatten die Militärs noch nie eine hohe Meinung gehabt. Das waren bestenfalls nützliche Idioten. „Sie haben das hervorragend gelöst, Lieutenant. Ich werde das in meinem Bericht erwähnen."

„Danke Sir."

„Keine Ursache. Wie ist die Lage?"

„Wir haben das Gelände komplett gesichert. Alle Wissenschaftler und die Bundeswehrsoldaten sind im Keller untergebracht worden. Die Situation ist voll unter unserer Kontrolle."

Walsh nickte nachdenklich. Er hatte von Anfang an damit gerechnet, dass es nicht allzu schwierig werden konnte, dieses Werk unter ihre Kontrolle zu bekommen. Die Frage war nur, konnte das auch so bleiben? „Was ist mit der Stadt, Lieutenant?"

„Wir haben einen M-ATV an der Zufahrtsstraße postiert. Bisher gab es nichts."

„Das wird nicht so bleiben. Früher oder später wird man die ganzen Eierköppe vermissen, und jemand wird sich auf die Suche machen."

„Darüber bin ich mir im Klaren, Colonel. Ich habe angewiesen, die Leute sofort zurückzuschicken. Keine Auskünfte."

Walsh rieb sich die Schläfen. Der Kopfschmerz wurde nicht weniger. „Zurückschicken wird nur dazu führen, dass sich unsere Anwesenheit blitzschnell herumspricht. Die haben Kontakt zur Regierung."

„Wir haben aber nicht die militärischen Mittel, die Stadt einzunehmen, Sir. Früher oder später muss es sich herumsprechen, dass wir hier sind. Selbst wenn wir jetzt die Ersten, die nachsehen kommen, gefangen nehmen und einsperren, werden andere kommen. Irgendwann wird uns jemand durch die Lappen gehen, oder aber wir kommen hier an die Kapazitätsgrenzen. Vergessen Sie nicht, wir müssen uns um die Gefangenen kümmern, wir müssen das Gelände sichern und die Arbeit der Wissenschaftler überwachen. Das alles rund um die Uhr, wir sind nur zwanzig Mann. Auch so wird es schon schwierig werden, die Bewachung vierundzwanzig Stunden am Tag aufrecht zu erhalten. Ich würde daher nur äußerst ungern weitere Gefangene machen."

Walsh musterte seinen Untergebenen. Kisner stand aufrecht in leicht gespannter Haltung. In seiner Rechten hielt er das Satellitentelefon. Er war ein guter Soldat und schnell im Kopf. Wenn das hier vorbei war und die Army irgendwie weiter existierte, würde Kisner binnen weniger Jahre vom Lieutenant zum General werden.

„Wir werden unter Umständen deutlich länger bleiben müssen, als wir uns das gedacht haben, Lieutenant."

„Länger Sir? Wie lange?"

„Ich habe eben mit dem Chefwissenschaftler, diesem Dr. Baldau, gesprochen, und er sagte mir, dass sie frühestens in einer Woche mit der Impfstoffproduktion beginnen können. Beginnen, Lieutenant. Dann muss das noch anlaufen, und bis wir dann ausreichend von dem Zeug haben ..." Walsh überließ den Rest der Fantasie seines Lieutenants.

„Aber das funktioniert niemals, Sir", empörte sich Kisner. „So lahmarschig und unfähig, wie die Deutschen auch sind, aber wochenlang werden sie uns nie und nimmer in Ruhe lassen. Sofern sie auch nur noch über wenige Truppen verfügen, werden sie dennoch alles, was laufen kann, hierher schicken. Dem halten wir nicht Stand, Sir. Wir müssen hier schleunigst wieder weg oder brauchen dringend Verstärkung."

„Sie sehen das ganz richtig. Geben Sie mir das Satellitentelefon, ich muss mit Washington sprechen."

Kisner trat zwei Schritte vor und legte das Telefon auf dem Schreibtisch ab.

„Das wäre es fürs Erste, Lieutenant, Sie können gehen", sagte Walsh und griff nach dem Apparat. Dann sah er seinem Untergebenen hinterher, der schon an der Tür war. „Ach, und Lieutenant, bitte besorgen Sie mir eine Kopfschmerztablette."

X

Tine half in der Sporthalle mit, die Betten abzubauen und an der Wand zu stapeln. Sie hatte nicht vorgehabt zu helfen, aber das schlechte Gewissen hatte sie hierher getrieben. Erst auf der Fahrt nach Klingenbronn und dann die letzten zwei Nächte im Altenheim war ihr aufgegangen, wie egoistisch und feige sie sich in den letzten Wochen verhalten hatte. Hier erst hatte sie gesehen, dass es immer noch Menschen gab, die halfen, mit anpackten und trotz aller Gefahr einfach weitermachten. Das nötigte ihr nicht nur Respekt ab, sondern sorgte auch für ein schlechtes Gewissen. Nicht alle hatten nur an sich gedacht und sich verkrochen, so wie sie selber. Tine hatte sich Vorwürfe gemacht, war sich aber sicher, dass sie wieder so handeln würde. Aber jetzt, wo sie geimpft war, gab es keine Ausrede mehr. Sie musste helfen, wenn sie sich im Spiegel noch in die Augen sehen wollte.

Viel gab es allerdings nicht mehr zu tun, zumindest nicht für sie. Die Halle war fast leer, und Frau Nottusch kümmerte sich rührend um die letzten Kranken. Tine blieb nur, Wasser und Essen zu besorgen, zumindest vom Letzteren gab es reichlich. Und sie hatte begonnen, aufzuräumen, nicht, weil es Sinn machte, sondern, damit sie beschäftigt war. Diese Sporthalle hatte ihre Aufgabe erfüllt. Eigentlich konnte man in zwei bis drei Tagen die Tür abschließen und diesen Ort, der so viel Leid und Elend gesehen hatte, einfach vergessen.

„Entschuldigen Sie", wurde Tine plötzlich angesprochen. „Sie sind doch die Frau von Dr. Baldau, nicht wahr?"

Tine drehte sich amüsiert um. Als Frau von Alex hatte sie noch niemand bezeichnet, aber früher oder später musste das ja mal passieren. „Ja, ich bin seine Freundin. Was kann ich für Sie tun, Frau Bürgermeisterin?"

Mechthild Beimer kam einen Schritt näher. „Nett, dass Sie helfen. Ich suche Herrn Dr. Baldau, um mich zu verabschieden. Ich werde einige Tage fort sein und wollte nur Tschüss sagen."

„Alex ist im Werk", entgegnete Tine und drückte den Rücken durch. Das Bettenstapeln war schwerer, als es aussah.

„Ich habe es mir fast gedacht. Dann brauche ich es im Altenheim gar nicht erst probieren. Wissen Sie zufällig, ob Herr Hardenberg auch dort ist?"

„Herr Hardenberg ist der vom THW?", fragte Tine und sah Mechthild bestätigend nicken. „Nein, der war heute noch nicht hier. Vielleicht ist er auch rüber und hilft bei der Stromversorgung oder so."

„Ja, gut möglich." Mechthild schaute kurz zu Boden, dann gab sie sich einen Ruck. „Also, bis in ein paar Tagen

dann", verabschiedete sie sich von Tine und verließ die
Halle.

Draußen war es regnerisch und kühl. Mechthild wandte sich
nach rechts und ging auf das lärmende Notstromaggregat
zu, das die Halle mit Strom versorgte. Gleich daneben waren
Dutzende große olivfarbene Reservekanister abgestellt. Sie
brauchte nur kurz, um die vollen von den leeren zu
unterscheiden, die man etwas abseits gestellt hatte. Acht
volle Kanister gab es noch. Zwei davon nahm sie hoch, um
sie gleich wieder abzusetzen. Über vierzig Kilo waren
eindeutig zu viel für sie. Sie nahm einen Kanister mit beiden
Händen und mühte sich zu ihrem Golf. Sich an den
Dieselreserven zu bedienen, bereitete ihr keine
Kopfschmerzen. Zum einen brauchte die Sporthalle schon
bald keinen Strom mehr, zum anderen gab es noch genug
Nachschub in den unterirdischen Tanks der ARAL-
Tankstelle. Für Männer wie Markus war es kein Problem, da
ranzukommen. Wenn er denn noch hier war, ging es
Mechthild durch den Kopf, während sie den zweiten
Kanister schleppte. Bei seinem Besuch gestern Abend hatte
er so geklungen, als wenn er die Stadt nicht nur verließ, um
seine Frau zu beerdigen.

Kurz darauf saß sie am Steuer und fuhr Richtung Osten.
Ihre Hände stanken nach Diesel, und aus dem Kofferraum
waberte es ins Wageninnere. Sie musste wohl damit leben.
Wenn sie bis Hamburg wollte, gab es keine Alternative,
denn dass sie unterwegs an Sprit kam, war

unwahrscheinlich. Der Abschied von Klingenbronn fiel ihr schwer, auch wenn es kein Abschied für immer sein sollte. So viel hatte sie für diese Stadt getan, gerade in den letzten Wochen. Die halbe Nacht hatte sie wach gelegen und gegen den Gedanken angekämpft, sie wäre hier unersetzlich. Das war sie nicht, auch wenn ihre Gefühle ihr das gerne einreden würden. Gewiss hatte sie wesentlich dazu beigetragen, dass in Klingenbronn überhaupt noch etwas funktionierte, aber ganz allein ihr Verdienst war das sicherlich nicht. Viele andere hatten ebenfalls angepackt, und viele davon waren nun tot.

Sie hatte ein schlechtes Gewissen, weil sie noch lebte. Das war irrational, dessen war sie sich bewusst, aber dennoch war dieses Gefühl da. Etwas bekommen zu haben, das einem nicht zustand. So fühlte sich das an. Und alleine das zeigte, wie dringend sie hier raus musste. Sie musste Abstand gewinnen und nach ihren Töchtern suchen, um Gewissheit zu haben oder wenigstens sagen zu können, sie hätte alles getan. Die Entscheidung hatte sie erst beim Frühstück getroffen, aber jetzt war sie unumstößlich. Einen Moment noch überlegte sie, zum Werk von GlaxoSmithKline zu fahren, um sich zu verabschieden, dann verwarf sie den Gedanken. Man würde dort ganz gut ohne sie auskommen.

Ihr erstes Ziel war Frankfurt, und dort fuhr sie nun hin.

***

General Lloyd Jackson stand am Fenster des Büros und schaute nachdenklich auf das tote Washington. Er hatte vor fünf Minuten das Gespräch mit Colonel Walsh beendet und war sich immer noch unsicher, wie er weiter vorgehen sollte. Eigentlich waren es gute Nachrichten aus Deutschland gewesen, die der Colonel über das Satellitentelefon mitgeteilt hatte. Eigentlich. Denn genau wie Jackson erwartet hatte, gingen die Probleme jetzt erst richtig los.

Er musste Kontakt zum Präsidenten aufnehmen und das weitere Vorgehen mit ihm abstimmen. Seit mehreren Minuten überlegte Jackson, ob sich das nicht irgendwie vermeiden ließe, aber danach sah es nicht aus. Zwar hatte er als oberster Kommandant über die Streitkräfte alle Befugnisse, die sich ein Offizier wünschen konnte, aber das hier hatte eindeutig eine politische Dimension, für die er nicht den Kopf hinhalten wollte. Die US-Army hatte auf dem Staatsgebiet eines Verbündeten und NATO-Mitglieds eine feindliche militärische Kommandooperation durchgeführt. Angeordnet vom Präsidenten persönlich. Alleine deshalb schon musste er Rücksprache halten.

General Jackson drehte sich um und ging zu seinem Schreibtisch. So schlimm würde das Gespräch schon nicht werden, tröstete er sich. Der Präsident mochte ihn, warum auch immer. Er jedenfalls mochte den Präsidenten nicht, auch wenn er sich das nie anmerken lassen würde. Er langte nach dem Hörer und wies Private Kalashin an, eine

Verbindung zum Bunker herzustellen, während er darüber nachdachte, wie er das Gespräch am geschicktesten lenken konnte.

„Ja?", dröhnte es unvermittelt aus dem Hörer.

Der General schrak zusammen. „Mr. President, ich freue mich, Ihre Stimme zu hören", begann Jackson, wie er es sich vorher zurechtgelegt hatte. Zuerst etwas rumschleimen und dann gleich die Meldung von Walsh als tollen Erfolg verkaufen. „Ich bringe gute Nachrichten, Sir. Das Kommandounternehmen in Deutschland ist erfolgreich zu einem Abschluss gebracht worden."

„Prächtig, Lloyd, alter Freund. Ganz hervorragend", kam sofort die erwartete Reaktion, und der General hoffte, damit die halbe Miete eingefahren zu haben. Jetzt konnte er zum problematischen Teil kommen.

„Wir können allerdings unsere Position dort nicht lange halten, Sir. Entweder wir verstärken die Truppen von Colonel Walsh, oder wir rufen sie zurück."

„Wieso können wir das nicht? Wo liegt denn das Problem? Haben die denn schon den Impfstoff? Übrigens, wer hat eigentlich angeordnet, das Weiße Haus zu räumen? Wissen Sie etwas darüber?"

Der General schüttelte verwirrt mit dem Kopf. Die sprunghaften Themenwechsel des Präsidenten waren etwas, das er hasste. „Soweit mir bekannt ist, soll Mr.

Foggerty die Räumung angeordnet haben. Kurz bevor er verstarb und …"

„Das ist die Version, die Madison zum Besten gegeben hat. Ich habe gehört, dass es Madison selber war, der das angeordnet hat. Und was den angeblichen Tod von Mr. Foggerty angeht: Es gibt Gerüchte, dass er noch lebt."

Lloyd Jackson rieb sich die Stirn. Was für ein Schwachsinn war das und wie brachte er das Gespräch zurück in die richtigen Bahnen? „Ich höre davon zum ersten Mal, Sir. Ich kann mir nicht vorstellen …"

„Oh! Foggerty ist ein ganz gerissener Hund. Und Madison und der CIA habe ich noch nie über den Weg getraut. Diese ganze Behörde ist eine Schlangengrube, und Madison ist der Schlimmste. Seit Jahren arbeiten sie bei der CIA daran, mich fertigzumachen. So ist das, Lloyd, also hüten Sie sich, die Bande in Schutz zu nehmen."

„Ich nehme niemanden in Schutz, Sir", rief Jackson empört. „Ich sagte lediglich, dass ich soeben von Ihnen zum ersten Mal davon gehört habe, dass Mr. Foggerty noch am Leben sein soll."

„Und Sie glauben das nicht, richtig? Ich will Ihnen mal etwas sagen, Lloyd. Seien Sie nicht naiv! Ich war es nie, und nur deshalb bin ich da, wo ich nun bin. Wenn Sie meinen, dass an dem Gerücht nichts dran ist, warum überprüfen Sie es nicht? Sie sind nur drei Meilen vom Weißen Haus entfernt! Ist Ihnen jemals die Idee gekommen, nachzusehen, ob es wirklich verlassen ist, ob nicht doch noch Foggerty oder Madison dort sitzen und all meine Bemühungen untergraben?"

„Nein, Sir", stammelte Jackson, der von dem Unfug, den der Präsident absonderte, völlig überfahren war. „Ich bin davon ausgegangen, dass schon alles seine Richtigkeit haben würde", sagte er möglichst nebulös und machte damit genau das Falsche.

„Niemals sollten Sie so leichtgläubig sein! Ich frage noch mal: Warum sind Sie nicht hingefahren und haben selber nachgesehen? Sind Sie so naiv, oder stecken Sie mit denen unter einer Decke, Lloyd?"

„Sir, das verbitte ich mir. Ich stecke mit niemand unter einer Decke. Meinem Wissen nach ist Mr. Foggerty verstorben, und was aus dem Direktor der CIA geworden ist, weiß ich nicht. Ich hatte seit Monaten nicht mehr mit ihm zu tun."

„Also kennen Sie sich?"

Jackson stand auf, kurz davor, die Fassung zu verlieren. „Ja, aber doch nur beruflich. Herrgott noch mal!"

Am anderen Ende der Leitung herrschte Schweigen, und General Jackson fragte sich, wie der Mann es fertigbrachte, ein dienstliches Gespräch in wenigen Minuten in ein solches Chaos zu verwandeln. Wie kam er nun zurück zum eigentlichen Anliegen?

„Ich möchte, dass Sie dort mal nach dem Rechten sehen, Lloyd."

„Wo?"

„Im Weißen Haus, wovon reden wir sonst? Fahren Sie hin und schauen Sie nach. Erstatten Sie mir danach Bericht. Machen Sie auch Filmaufnahmen oder so …"

„Filmaufnahmen?", fragte Jackson fassungslos.

„Ja, warum denn nicht? Manchmal sagen Bilder mehr als Worte. Ich will sehen, wie es dort aussieht."

Jackson fuhr sich mit der freien Hand durch die Haare. Er musste diesen Schwachsinn so schnell wie möglich beenden, sonst würde er platzen. Die Welt ging vor die Hunde, es gab wichtige Entscheidungen zu treffen, und der Idiot in seinem Bunker dachte wieder nur an sich und eventuelle Verschwörungen, die gegen ihn im Gange sein konnten. Der Mann war so dumm wie schizophren.

„Ich werde einige Leute zum Weißen Haus schicken", lenkte Jackson ein, um das Thema endlich vom Tisch zu bekommen. „Aber wir müssen uns auch noch über die Lage in Deutschland unterhalten, Sir."

„Ach, kommen Sie, Lloyd. Seien Sie nicht eingeschnappt. Wissen Sie, es ist nicht leicht, in einem Bunker eingesperrt zu sein. Ich komme mir manchmal vor wie ein Gefangener."

„Sicher Sir, das verstehe ich", heuchelte Jackson Mitleid. Er musste jetzt endlich loswerden, weshalb er angerufen hatte, oder dieses Gespräch würde als völliges Desaster enden. „Was soll ich Colonel Walsh denn nun mitteilen, wie wollen wir weiter verfahren, Mr. President? Ich habe in Europa kaum einsatzfähige Truppen, sodass ich mir sehr schwertun würde, dem Colonel Verstärkung zukommen zu lassen. Wir werden kaum in der Lage sein, das pharmazeutische Werk wochen- oder monatelang zu halten, denn wir wissen nicht, wie die Deutschen reagieren werden. Haben Sie schon offizielle Anfragen oder Proteste von dort? Ich könnte auch versuchen, die Wissenschaftler in die USA zu bringen, mit allem, was sie bei sich haben. Dazu müssten Sie mir aber sagen, ob das eine Option ist. Können wir die Produktion des Impfstoffes hier machen, Sir?"

Jackson beließ es dabei, die Probleme nur grob anzureißen und die Alternativen nicht gegeneinander abzuwägen. Er wusste, dass der Präsident bei zu vielen oder zu verwirrenden Informationen einfach abschaltete. Daher beschränkte er sich auf das Wesentliche.

„Wissen Sie, Lloyd. Ich möchte nicht, dass Sie irgendwelche Leute schicken. Gehen Sie selber. Ihnen vertraue ich."

„Ich? Nach Deutschland?", rief General Jackson entsetzt.

„Wieso Deutschland? Ich rede vom Weißen Haus. Sie wollten doch jemanden dorthin schicken, um nachzusehen, sagten Sie."

„Ja, aber …"

„Wenn Foggerty noch am Leben ist, oder wenn Madison und seine Männer vom CIA dort noch hocken, dann werden sie jeden, der nachschauen kommt, einfach abfertigen. Sie werden Lügengeschichten auftischen oder Ihre Leute gar nicht reinlassen, Lloyd. Nein, das kann nicht funktionieren. Gehen Sie selber. Einen General, und erst recht dem kommandierenden der US-Streitkräfte, werden sie nicht so einfach vorführen können. Sie haben den Rang und die Fähigkeit, sich durchzusetzen, Lloyd."

Jackson war kurz davor, den Kopf auf die Tischplatte zu schlagen. Das alles hatte keinen Sinn, zumindest jetzt nicht. Vielleicht würde er in einigen Stunden eine vernünftige Antwort bekommen. „Ich gehe selbstverständlich selber, wenn Sie das wünschen, Sir."

„Gut, sehr gut, Lloyd. Rufen Sie mich an, wenn Sie wieder zurück sind … ach, und wie sie das in Deutschland lösen, das überlasse ich Ihnen. Hauptsache, wir kommen bald an diesen Impfstoff, damit ich hier endlich raus kann. In so einem Bunker festzusitzen, ist wirklich kein Spaß."

***

Staatssekretär Norbert Brandtner beobachtete die Stadt durch das Fernglas. Er stand am Waldrand, durch einen Stapel Brennholz vor Blicken geschützt. Nachdem er Hauptmann Jakobs eingeweiht hatte, waren sie sofort aufgebrochen und hatten Tempo gemacht. Ohne weitere Verzögerung oder Pause kamen sie bereits vor fünf Klingenbronn so nahe, dass Jakobs ihren Konvoi anhalten ließ. Mit zwei Soldaten zum Schutz waren sie in einem Mercedes-Geländewagen aufgebrochen, um die Lage auszukundschaften. Mittlerweile hatten sie die Stadt aus drei unterschiedlichen Richtungen in Augenschein genommen, ohne etwas Verdächtiges festzustellen.

„Ruhig", sagte Hauptmann Jakobs und nahm sein Fernglas herunter.

„Tote Hose trifft es wohl besser."

„Das kann auch täuschen, Herr Staatssekretär. Sollten tatsächlich amerikanische Einheiten in der Stadt sein, werden sie sich verschanzt haben. Ich wüsste jedenfalls keinen Grund, warum die aufgeregt herumlaufen sollten, damit man sie auch ja entdeckt."

„Und nun? So kommen wir doch nicht weiter. Wir müssen da rein."

„Das könnte gewaltig schiefgehen."

„Ewig hier auf der Lauer zu liegen, bringt uns aber auch nicht weiter, Herr Hauptmann. Wie ist Ihr Vorschlag?"

„Wir beobachten aus verschiedenen Positionen heraus. Ich werde fünf Teams einteilen, die jeweils eine der wichtigen Straßen sowie von dem Hügel dort hinten das Stadtzentrum ins Visier nehmen. Wenn sich bis morgen früh nichts getan hat, geht noch vor Tagesanbruch ein Stoßtrupp rein."

„Bis morgen früh?", fragte Brandtner ungläubig. „Erst fahren wir wie die Henker, um möglichst schnell hier zu sein, und dann tun wir nichts weiter als beobachten und warten? Das kann es doch nicht sein. Nein, auf keinen Fall. Ich fahre da jetzt runter, wenn es sein muss, alleine."

„Das ist viel zu gefährlich."

„Ach hören Sie doch auf! Wer soll schon grundlos auf einen Zivilisten schießen."

„Die könnten Sie für einen Spion halten."

Verblüfft legte Brandtner sein Fernglas ab und schaute Hauptmann Jakobs ungläubig an. „Ist das Ihr Ernst? Werden Sie jetzt paranoid?"

„Das verbitte ich mir!"

Brandtner winkte ab. Er hatte längst gemerkt, dass mit Jakobs nicht viel anzufangen war. Er nahm das Fernglas wieder hoch und spähte nochmals auf Klingenbronn. Wie erwartet, brachte ihn das kein bisschen weiter. „Ich gehe da jetzt runter. Wollen Sie mit oder soll ich alleine fahren?"

„Ich rate nach wie vor davon ab, Herr Staatssekretär."

„Gut, dann mach ich das alleine. Geben Sie mir die Fahrzeugschlüssel."

„Sie wollen mit dem Mercedes fahren?“

„Warum nicht, das Auto ist blau, völlig unauffällig.“

„Aber es hat BW-Kennzeichen.“

Brandtner atmete einmal tief durch. Die Bundeswehr hatte ganz offensichtlich nicht ohne Grund den Ruf, den sie hatte. „Dann montieren wir die Kennzeichen eben ab!“, sagte er so neutral, wie er konnte, drehte sich um und ging kopfschüttelnd davon.

Eine Stunde später sah Norbert Brandtner zu, wie der Konvoi mit den Schützenpanzern an der Spitze in Klingenbronn einfuhr. Er war mit dem Mercedes über die Bundesstraße kommend in den Ort gefahren, ohne dass sich etwas getan hatte. Nachdem er am Rathaus einen Hinweiszettel gefunden hatte, fuhr er zu einer zum Notfalllager umgebauten Sporthalle, wo man ihn weiterschickte, bis er an einem Altenheim ankam. Dort traf er nicht nur auf einige zivile Helfer, die ihm sagten, dass in der Stadt alles in Ordnung sei, sondern auch auf den CDU-Bundestagsabgeordneten Schepers, der ihn sofort mit Beschlag belegte. Manchmal war das Leben ein Arsch. Brandtner hatte sich bedeckt gehalten, und dann über Funk Hauptmann Jakobs informiert, dass die Luft rein war. Nun sah er zu, wie der erste Panzer vor dem Altenheim haltmachte. Jakobs stieg aus und kam auf ihn zu.

„Wie ich es erwartet habe, ist hier niemand", rief Brandtner ihm entgegen.

„Das hat man nicht wissen können, Herr Staatssekretär. Es wäre genauso gut möglich gewesen, dass man Sie gefangen nimmt."

Brandtner schüttelte mit dem Kopf. Bei Hauptmann Jakobs war Hopfen und Malz verloren. „Die Wissenschaftler und ihre Kollegen-Pioniere sind alle im Werk von GlaxoSmithKline", antwortete er sachlich, statt sich aufzuregen. „Da fahren wir als Nächstes hin."

„Ich nehme an, dass ich Sie nicht davon abhalten kann."

„Das nehmen Sie ganz sicher an, Herr Hauptmann. Die Frage ist nur, wollen Sie mit?"

Jakobs setzte bereits zu einer Antwort an, als er abbrach und sich umsah. „Gut, ich komme mit", sagte er schließlich und zeigte dann auf den ersten Schützenpanzer. „Aber wir fahren mit dem da."

Norbert Brandtner war einen Augenblick versucht, das Angebot zurückzuweisen, lenkte dann aber um des lieben Friedens willen ein. Er wollte hier in aller Öffentlichkeit keine Diskussion wegen Kleinigkeiten anfangen. Ob sie mit dem Auto oder dem Panzer fuhren, machte letztlich keinen Unterschied.

Er folgte dem Hauptmann, der seinen Männern ein Zeichen gab, die hintere Tür zum Kampfraum zu öffnen.

Norbert Brandtner hatte sich unterwegs bei einer Pause bereits darin umgesehen und war alles andere als begeistert. Der Schützenpanzer PUMA war in erster Linie laut und eng. Ein Kriegsgerät, dem jede Bequemlichkeit abging. Der Panzer hatte drei Mann Besatzung, den Fahrer, den Kommandanten und den Richtschützen, der die 30-mm-Bordmaschinenkanone bediente. Im hinteren Teil, dem sogenannten Kampfraum, konnten sechs Soldaten auf gegenüberliegenden schmalen Stoffsitzen untergebracht werden. Brandtner zog den Kopf ein, bückte sich und krabbelte in den Sitz ganz links hinten, direkt an der Hecktür, Jakobs setzte sich daneben. Dann kam ein Soldat, schloss die Tür und nahm gegenüber Platz.

Hauptmann Jakobs rief dem Kommandanten zu, es könne losgehen, dann brüllte auch schon der Motor auf. Mit einem heftigen Ruck nahmen die Ketten Fahrt auf. Brandtner griff nach dem Gehörschutz, die der Soldat ihm reichte.

„Sind Sie schon mal in so etwas mitgefahren?", rief Jakobs.

„Nein, und ich will es auch kein zweites Mal. Der Mercedes wäre um einiges angenehmer."

„Aber auch gefährlicher."

„Ach kommen Sie, Herr Hauptmann. Hier sind keine Amis. Ich glaube auch nicht, dass die noch auftauchen. Der Vizekanzler macht sich meiner Meinung nach unbegründet Sorgen. Ich kann mir jedenfalls nicht vorstellen, wie die

Amerikaner angesichts der derzeitigen Lage es hinbekommen sollten, ein Kommandounternehmen zu starten. Und hinter allem steht dann noch die Frage nach dem Warum."

„Na ja, wir sind ja auch hier."

„Wir wollen ja auch nicht unsere Verbündeten überfallen."

„Wahrscheinlich haben Sie recht, Herr Staatssekretär."

„Oh, ich bin mir mittlerweile ziemlich sicher, dass ich recht habe. Hier ist keiner."

Danach schwiegen beide. Gegen den Lärm anzuschreien, war nichts, was man auf Dauer machte. Norbert Brandtner lehnte sich zurück und dachte nach. Sobald sie die Wissenschaftler unversehrt aufgefunden hatten, war er hier überflüssig. Bestimmt würden Jakobs und seine Männer noch hierbleiben, um die Lage zu sichern, aber was sollte er selber tun? Zurück nach Berlin war das Naheliegende, was ihm einfiel. Oder er blieb und sah, was er vor Ort auf die Beine stellen konnte. Die kurzen, aber eindrücklichen Bilder von Klingenbronn hatten ihm gezeigt, dass man hier den völligen Zusammenbruch abgewendet hatte. Vielleicht konnte er hier eines der Lager errichten, um Massenimpfungen durchzuführen. Die vorhandene Infrastruktur, die Nähe zum Werk von GlaxoSmithKline und die bereits vor Ort befindlichen Soldaten legten das nahe. Er wollte sich später, wenn er ein besseres Bild von der Lage hatte, mit dem Vizekanzler darüber beraten. Aber die Idee faszinierte ihn.

Norbert Brandtner war tief in seinen Gedanken versunken, machte bereits Pläne und bekam daher gar nicht mit, dass der Kommandant des Schützenpanzers etwas rief. Auch die kurzen, harten Einschläge von Geschossen auf der Panzerung ihres PUMAs drangen nicht zu ihm durch. Erst als die 30-mm-Bordmaschinenkanone begann, zweihundert Schuss panzerbrechende Munition in der Minute mit ungeheurem Lärm zu verschießen, war er mit einem Mal wieder in der Realität.

***

Colonel Craig Walsh rannte die Treppe hoch, so schnell er konnte. Rufe hallten durch das Gebäude und er sah Corporal Singer mit zwei Männern den Flur entlangsprinten.

Walsh hatte im Erdgeschoss auf einer Couch gelegen und versucht, sich etwas zu erholen, als die Schießerei losgegangen war. Mit all seiner Kampferfahrung hatte er sofort erkannt, dass die eine Waffe, die da schoss, eine Browning M2 war. Das überschwere Maschinengewehr wurde von vielen Streitkräften der US-Army verwendet, und sie hatten davon je eines auf jedem ihrer vier M-ATVs. Da die Schüsse eindeutig nicht vom Hof kamen, konnte es sich nur um das Fahrzeug handeln, das die Straße bewachte. Das alles hatte Walshs Gehirn in wenigen Sekunden daraus gefolgert, noch bevor er richtig aufgestanden war. Was ihm aber am meisten sorgte, waren die Geräusche der anderen Waffe. So durchschlagkräftig und kampfstark wie das Browning auch war, wenn ihn nicht alles täuschte, legte es sich mit einem Gegner an, der ihm deutlich überlegen war.

„Sir, das M-ATV von Sergeant Joshua wird angegriffen", rief jemand von unten.

Der Colonel schaute hinter sich. Lieutenant Kisner kam mit gewaltigen Sprüngen die Treppe hinauf. Walsh hatte nicht genug Luft, um antworten zu können, und sehnte den letzten Treppenabsatz herbei. Er gab alles, was sein ausgelaugter Körper noch hergab, und erreichte dennoch nur knapp vor seinem Lieutenant das oberste Stockwerk. Walsh rannte den Gang Richtung Südwesten. Kisner war so taktvoll, einfach zu überholen und ihm nicht unter die Arme zu greifen.

Am Ende des Ganges angelangt, stützte sich Walsh völlig erschöpft mit beiden Händen am Fensterbrett ab und schaute nach draußen. Über den Hof rannten drei Soldaten, Private Mattis mit einer Panzerabwehrwaffe vom Typ M47 Dragon voran. Anscheinend hatten mehrere den gleichen Gedanken wie er gehabt. Walsh schaute zum gegenüberliegenden Wald. Die Schießerei schien vorüber.

„Das war eine 30 mm, Sir. Mindestens", sagte Kisner, der daran gedacht hatte, ein Fernglas mitzunehmen. Er spähte die Straße hinab. „Da brennt etwas, ich kann aber nicht erkennen, was."

Hinter ihnen waren schnelle Schritte zu hören. Private Burns kam mit hochrotem Kopf angerannt. Er gehörte ebenfalls zu den wenigen, die die Krankheit überstanden hatten, und er war nicht viel fitter als der Colonel.

„Das war ein PUMA Schützenpanzer", rief der Private schon von Weitem.

Walsh sah Lieutenant Kisner ungläubig an. „Kann das sein?"

„Das würde die 30 mm erklären, Sir."

„Wie um alles in der Welt können die Deutschen derart schnell Panzer hierher verlegt haben? Das gibt es doch gar nicht! Die können doch nicht mal sicher wissen, dass wir hier sind."

Kisner nickte nachdenklich und drehte sich wieder zum Fenster. Draußen blieb alles ruhig. Anscheinend war der Panzer weg oder abgeschossen. Aber wo einer war, konnten auch schnell mehrere auftauchen. Oder war alles vorbei? Das war mit Sicherheit kein geplanter Angriff gewesen, ging es ihm durch den Kopf. Denn wenn es so gewesen wäre, dann müsste da unten nun die Hölle los sein. „Das alles kann ein Zufall sein, Sir."

„Kann, kann aber auch nicht. Jedenfalls haben wir mindestens einen Panzer da draußen. Was haben wir an Panzerabwehrwaffen?"

„Die M47, Sir. Drei Stück."

„Nur drei?"

„Wir haben nicht damit gerechnet, auf Panzer zu treffen, Sir."

„Scheiße."

„Da kommt Corporal Powel", sagte Kisner und zeigte nach unten. Der Corporal kam die Straße hinauf und rannte, was das Zeug hielt, auf das Gebäude zu. Walsh warf einen letzten Blick nach draußen. „Kommen Sie, gehen wir ihm entgegen."

Colonel Walsh sah sich das ausgebrannte und völlig durchlöcherte Skelett des Oshkosh M-ATVs genau an. Wie er vermutet hatte, hatte die Verbundpanzerung der Bordkanone des PUMAs nicht standhalten können. Die zwei Mann Besatzung hatten keine Chance gehabt. Aber warum war der Panzer danach umgekehrt? Mittlerweile neigte er zu Kisners Meinung, dass das alles nur ein Zufall gewesen war. Wer immer auch im Panzer gesessen hatte, wusste nicht, dass hier ein Feind auf ihn lauerte, und hatte nach der Schießerei mit dem M-ATV abgedreht, weil er die Situation nicht sicher einschätzen konnte.

Dass es ein Panzer gewesen war, hatten sie anhand der Spuren, die die Ketten hinterlassen hatten, sicher feststellen können. Nun lagen alle drei M47-Schützen in einem Halbkreis entlang der Straße in Deckung. Ihre verbleibenden M-ATVs sicherten den Hof nach allen Richtungen und jeder Mann, der nicht unbedingt zur Bewachung und Versorgung der Gefangenen gebraucht wurde, hatte seinen Posten bezogen. Dennoch war das ein schwacher Schutz, wenn ein Dutzend oder gar mehr Schützenpanzer auftauchen sollten. Sie waren möglicherweise in höchster Gefahr. Das Einzige, was helfen konnte, war die nahe Dämmerung.

„Wir müssen hier weg, Lieutenant", sagte Walsh.

„Völlig richtig, Sir. Nur ... was machen wir mit den Gefangenen?"

„Die nehmen wir mit, was denn sonst? Wir brauchen auch alles Zeug, was zur Impfstoffproduktion benötigt wird, diese Kulturen oder wie das heißt."

„Sir, wir haben dreiundvierzig Gefangene. Das sind mehr als doppelt so viele, wie wir es sind. Eine so große Anzahl in einem Gebäude gefangen zu halten, mag noch gehen. Wenn wir aber unterwegs sind, vielleicht noch verfolgt werden und kämpfen müssen, dann funktioniert das nie und nimmer."

„Dann lassen Sie die gefangenen Bundeswehrsoldaten hier."

„Das wird nicht viel helfen, Sir. Es bleiben immer noch zu viele übrig."

„Verdammt Lieutenant! Unsere Mission ist, für unser Land den Impfstoff zu besorgen. Davon hängen Hunderttausende oder Millionen Leben ab. Wir müssen das schaffen. Wir müssen diese Leute hier wegbringen, um jeden Preis."

„Brauchen wir denn alle Wissenschaftler, Sir? Reicht es nicht, wenn wir ein halbes Dutzend mitnehmen, dazu diese Kulturen und was es sonst noch alles braucht?"

„Möglich."

„Brauchen wir überhaupt diese Wissenschaftler? Ich meine, wir haben in den USA doch sicherlich genügend eigene Spezialisten. Es würde uns erheblich entlasten, wenn wir keine Gefangenen mit uns schleppen."

Walsh warf die Hände in die Luft und stöhnte auf. Woher sollte er das wissen? Er war Soldat und kein verdammter Virologe oder Arzt. Wenn sich wenigstens General Jackson zurückgemeldet hätte, dann hätte er das vielleicht schon alles klären können, denn die Idee, nur mit einem kleinen Teil der Leute in die USA zurückzukehren, hatte er schon lange gehabt. Aber aus Washington kam keine Antwort, warum auch immer. Er konnte jedoch nicht länger warten. Er musste jetzt eine Entscheidung treffen, und wenn er die falsche traf, dann konnte man es hinterher nicht mehr korrigieren.

„Wir reden mit diesem Dr. Baldau. Jetzt. Ich will, dass Sie dabei sind, Lieutenant."

XI

Alex hörte die Schritte auf dem Gang. Schwere Kampfstiefel erkannte er mittlerweile am Geräusch, und die, die er nun hörte, hatten es eilig. Seit dem Mittag, seit seinem Gespräch mit Colonel Walsh, saß er alleine in einem Kellerraum. Man hatte ihn von allen anderen isoliert, vermutlich, um seine Angaben überprüfen zu können. Seit dem Vormittag hatte er nur einmal etwas Wasser und Essen bekommen, aber die Stiefel auf dem Gang dort draußen hatte er viel öfter gehört. Wahrscheinlich saßen alle anderen ebenfalls hier unten hinter verschlossenen Türen im Kellergeschoss.

Er hatte viel nachgedacht und schwankte zwischen Wut und Verzweiflung. Alex hatte nie eine hohe Meinung von seinen Mitmenschen gehabt, denn wie dumm, selbstsüchtig und skrupellos es zugehen konnte, hatte er oft genug erlebt, aber das hier war die Krönung. Wenn er nicht Tine hätte, würde er die Zusammenarbeit mit den Amerikanern verweigern, so sehr regte ihn die Sache auf. Die Konsequenzen wären ihm egal, einfach erschießen würde man ihn wohl kaum. Aber er hatte nun mal Verantwortung auf seine Schultern geladen, Tine gegenüber, aber auch der Sache. Alex hatte daher schon beschlossen, alles zu tun, um die Produktion des Impfstoffes ans Laufen zu bekommen. Auch wenn die ersten Lieferungen mit Sicherheit in die USA gingen, würde sich über kurz oder lang bestimmt eine

Möglichkeit ergeben, etwas abzuzweigen oder einen Deal zu machen. Letztlich gab es hier in Marburg genug Kapazität, um sowohl die Amerikaner zu beliefern als auch Deutschland zu versorgen. Er wollte deshalb kooperieren.

Vor wenigen Minuten hatte er ganz dumpf durch die Kellerlage seines Gefängnisses gut gedämpft Schüsse gehört. Alex wusste nicht, was genau das zu bedeuten hatte, aber er sorgte sich, dass einer seiner Kollegen verletzt oder gar erschossen worden sein könnte. Aber wie es aussah, würde er es gleich erfahren, die Schritte hatten ihn beinahe erreicht. Der Schlüssel wurde ins Schloss gesteckt, und die Kellertür flog auf. Im Türrahmen stand der riesige schwarze Lieutenant, der mit seiner Uniform und der Gasmaske einfach nur zum Fürchten aussah.

„Mitkommen", befahl der Mann knapp und unterstrich seine Aufforderung mit einer Geste. Alex kam langsam hoch, wollte sich strecken und wurde prompt gegriffen. Unsanft packte ihn Kisner am Oberarm und zog ihn aus seinem Kellerloch. „Mitkommen, hab ich gesagt. Dann will ich keine Faxen sehen, kapiert?"

„Ich mach ja schon."

Statt einer Antwort bekam Alex einen Stoß in den Rücken und taumelte zur Tür hinaus in den Flur. Er fing sich an der Wand ab und beeilte sich, dass Kisner ihn nicht erneut in die Mangel nahm. Am Ende des Ganges wartete eine offene Tür. Im Treppenhaus sah sich Alex um. Der

Lieutenant war direkt hinter ihm, und er schien richtig schlechte Laune zu haben.

„Wohin?", fragte Alex schnell.

„Nach oben, oder siehst du eine andere Möglichkeit, du Trottel."

Im zweiten Stock befahl Kisner, nach links zu gehen, und deutete dann auf die dritte Tür. Alex öffnete, ohne zu klopfen, und trat ein. Colonel Craig Walsh stand am Fenster und schaute in die zunehmende Dämmerung.

„Guten Abend Herr Dr. Baldau", sagte Walsh erstaunlich höflich und drehte sich um. Alex erkannte als Arzt sehr gut, wie schlecht es dem Colonel ging. Seine Haut war grau, die Augen tief in ihren Höhlen von schwarzen Rändern umgeben. Ihm war klar, dass der Mann erst vor Kurzem von den Ebolapocken genesen war. Walsh hätte sich mindestens noch eine oder zwei Wochen erholen müssen, bevor er seinem Körper abverlangte, was er jetzt tat. Das konnte nicht ohne Folgen bleiben, erst recht nicht in seinem Alter.

„Guten Abend, Colonel", antwortete Alex ebenso höflich, „darf ich fragen, was vorgefallen ist? Ich habe Schüsse gehört."

„Eine Auseinandersetzung, die aber nicht allzu ernst verlaufen ist, was Sie schon daran erkennen können, dass es jetzt wieder ruhig ist." Der Colonel ging zu einem Stuhl und setzte sich. Lieutenant Kisner nahm seinen Platz am Fenster ein und beobachtete. Anscheinend war dort draußen etwas, das ihnen Sorgen bereitete, schlussfolgerte Alex. Hatte das mit den Schüssen zu tun? Wenn ja, konnte er sich auch denken, warum er hier war. Was ergaben sich daraus für Möglichkeiten?

„Wir müssen etwas umdisponieren, Herr Dr. Baldau", sagte Walsh und rieb sich die Schläfen. „Ich will Ihnen nichts vormachen, aber es ist uns nicht möglich, hier zu bleiben."

In Alex' Kopf begann es, fieberhaft zu arbeiten. Blitzschnell fügte er die wenigen Puzzleteile zusammen, und das Bild, das sich daraus ergab, gefiel ihm überhaupt nicht. Dennoch blieb er ruhig und sagte nichts. Er wollte so viel Zeit zum Nachdenken, wie er nur bekommen konnte.

„Wir werden noch vor Tagesanbruch aufbrechen", fuhr Walsh fort. „Nicht alle Ihre Kollegen werden uns begleiten können. Ich will daher, dass Sie eine Auswahl treffen, wen Sie unbedingt brauchen, um die Produktion an einem anderen Ort fortführen zu können."

„Wo soll dieser andere Ort sein?"

„Das weiß ich noch nicht."

„Nicht hier in Deutschland. Sehe ich das richtig?"

Walsh ließ sich mit seiner Antwort Zeit. Alex hatte längst begriffen, worauf das hinauslaufen musste. Der Colonel hatte vor, ihn und einige andere in die USA zu bringen. Mit Panik hatte er an Tine gedacht, dann war ihm eingefallen, dass er auch die Verantwortung für alles andere trug, und nun überlegte er, wie er das Maximale aus der Sache herausholen konnte, denn dass er Walsh nicht von seinen Plänen würde abbringen können, hatte Alex längst begriffen.

„Ich will ehrlich zu Ihnen sein", sagte der Colonel nach einer langen Pause. „Es ist durchaus wahrscheinlich, dass wir Sie in die USA bringen. Sicher ist das aber nicht. Andere werden diese Entscheidung treffen, und weder Sie noch ich haben Einfluss darauf." Er erhob sich und kam auf Alex zu. „Ich sage Ihnen aber auch, dass ich den Befehl habe, den Impfstoff für mein Land zu sichern. Unter allen Umständen! Und ich garantiere Ihnen, dass ich meine Befehle immer ausführe. Sie, Herr Dr. Baldau, können mich darin unterstützen oder eben nicht. Keinesfalls lasse ich mir von Ihnen auf der Nase herumtanzen. Wenn Sie es nicht machen, dann macht es ein anderer. Ich denke, das ist auch Ihnen klar. Ich gebe Ihnen also eine Chance, sehen Sie es mal so." Der Colonel stand auf und kam auf ihn zu.

Alex lachte höhnisch auf. „Tolle Chance."

Walsh hatte sich genau vor ihm aufgebaut, und so elend er auch aussah, war sein unbedingter Wille nicht zu übersehen. „Ich habe wenig Respekt vor Männern wie Ihnen, und ich habe wenig Skrupel, Typen wie Ihnen …"

„Sie könnten aus der Situation durchaus Profit schlagen", unterbrach Lieutenant Kisner seinen Vorgesetzten. Sowohl Alex als auch Walsh fuhren überrascht herum.

Kisner hatte sich umgedreht, kehrte dem Fenster nun den Rücken zu und sah Alex an. War das ein vorher abgesprochenes Spiel zwischen Kisner und Walsh, oder hatte sich der Lieutenant gerade einfach über Walsh hinweggesetzt, indem er ein Angebot machte? Ein Angebot, von dem Alex noch nicht wusste, wie es aussehen sollte. „Wie stellen Sie sich das vor?", erkundigte er sich vorsichtig.

„Wir haben nichts dagegen einzuwenden, wenn Ihre Kollegen hier, wie ursprünglich von Ihnen geplant, Impfstoff herstellen. Das alles natürlich nur, wenn das möglich ist, wenn also ausreichend von diesen Kulturen zur Verfügung stehen."

„Das ist kein Problem", antwortete Alex. Er bekam seine Mitarbeit also dadurch schmackhaft gemacht, dass man hier weitermachen konnte. Gleichzeitig wäre der Großteil seiner Kollegen raus aus der Sache und konnte hierbleiben. Nur er und einige wenige mussten mit. Konnte er damit leben? Er würde Tine sehr lange Zeit nicht wiedersehen, wenn überhaupt. Der Gedanke verursachte ihm Übelkeit. Aber wenn er sich verweigerte und den Deal ausschlug, würde der Colonel wahrscheinlich alles an Zellkulturen mitnehmen, alleine schon, um ihm eins auszuwischen. Damit ständen sie hier wieder genauso da wie vor Wochen. Er oder jemand anderer musste zurück ins RKI und ganz von vorne beginnen. Die Zeit hatten sie nicht, und irgendwie hatte Lieutenant Kisner das begriffen. Alex sah Colonel Walsh an, dessen Gesichtsausdruck nicht zu deuten war. „Stehen Sie hinter dem Vorschlag Ihres Untergebenen?"

Der Colonel sah erst Alex an, dann seinen Lieutenant. „Gut, wenn das so möglich ist, habe ich nichts dagegen. Die Frage, die sich mir stellt, ist, wie wir sichergehen, dass Sie uns nicht bescheißen und wir nachher nur wertlose oder nicht ausreichende Kulturen mitnehmen." Walsh wandte sich an Kisner und seine Stimme wurde schneidend scharf. „Haben Sie sich dazu etwas überlegt, Lieutenant?"

Jetzt war sich Alex sicher, dass ihm Walsh und Kisner nichts vorspielten. Die Reaktion des Colonels war eindeutig. Kisner nahm sofort Haltung an. „Selbstverständlich, Sir! Wir werden die Auswahl der Proben von zwei von Dr. Baldaus Kollegen unabhängig bestätigen lassen. Sollten Unstimmigkeiten auftreten, ist der Deal geplatzt, und wir nehmen einfach alles mit."

„Das sollten wir ohnehin tun", sagte Walsh.

„Sir, ich denke, Dr. Baldau und auch seine Kollegen werden unter den von mir vorgeschlagenen Bedingungen besser und nachhaltiger kooperieren."

Walsh ließ sich die letzten Worte gründlich durch den Kopf gehen, dann wandte er sich wieder Alex zu. „Also, Sie haben Lieutenant Kisners Vorschlag gehört. Ich schließe mich ihm an. Ihnen bietet sich die Möglichkeit, für alle Ihrer noch lebenden Landsleute Impfstoff herzustellen, wie Sie das ursprünglich vorhatten. Lediglich Sie und einige andere werden uns in die USA begleiten müssen. Und auch dort könnten Sie Menschenleben retten, Herr Dr. Baldau. Überlegen Sie es sich gut. Wenn Sie einwilligen, will ich, dass Sie kooperieren." Walsh legte die rechte Hand mit einer auffälligen Geste auf dem Holster seiner Pistole ab. „Und wenn Sie versuchen, mich zu verarschen, werde ich keine Sekunde zögern, Ihnen persönlich eine Kugel in den Kopf zu jagen. Entscheiden Sie sich jetzt."

***

Norbert Brandtner war so langsam am Ende seiner Geduld. Drei Soldaten schauten ihn erwartungsvoll an und er war drauf und dran, ihre Erwartungen gründlich zu enttäuschen. Nach dem überraschenden Schusswechsel mit den Amerikanern hatte Hauptmann Jakobs sofort den Befehl zum Rückzug gegeben, und Brandtner hatte nicht widersprechen können. Er war viel zu geschockt, in ein richtiges Gefecht hineingeraten zu sein, auch wenn er von dem, was sich draußen abspielte, nur wenig mitbekam. Vielmehr war er damit beschäftigt, sich zu fürchten und sich dafür zu verfluchen, dass er die Amis unterschätzt hatte.

Sobald sie wieder heil in Klingenbronn eingetroffen waren, hatte der Hauptmann seine Männer in Alarmbereitschaft versetzt und überall Wachen postiert. Gleich danach setzten sie sich zusammen und berieten über das weitere Vorgehen, und da gingen die Meinungen weit auseinander.

„Wir werden keine Verstärkung bekommen, Herr Hauptmann", sagte Brandtner und schüttelte entschieden mit dem Kopf. „Nicht in Kürze und wahrscheinlich nie. Das wissen Sie doch. Wir sind auf uns alleine gestellt, und wir müssen handeln. Jetzt!"

„Herr Staatssekretär! Von militärischen Unternehmungen haben Sie keine Ahnung. Wenn ich Ihnen sage, dass wir uns erst ein Bild davon machen müssen, mit wie vielen Gegnern wir es zu tun haben und wie diese bewaffnet sind, dann entspricht das dem normalen und besonnenen militärischen Sachverstand."

Brandtner konnte dem nicht widersprechen, weil er in der Tat keine Ahnung von militärischen Dingen hatte, aber dennoch wurde er den Eindruck nicht los, dass Jakobs Angst hatte. Das war nur zu verständlich, und trotzdem fehl am Platz, wenn man sich ein Leben als Berufssoldat ausgesucht hatte.

„Wir haben das amerikanische Fahrzeug in Stücke geschossen. Wir sind nicht verfolgt worden, und bis jetzt ist kein Einziger von denen hier aufgetaucht. Was sagt uns das? Die sind schwächer als wir, oder haben mindestens genauso viel Schiss wie wir", sagte Brandtner.

„Es gibt noch eine dritte Möglichkeit", meldete sich Feldwebel Wöhrner, ein durch die überstandene Krankheit hagerer Mann mit ernstem Gesichtsausdruck. „Es kann gut sein, dass die Amis sich davonmachen wollen, um einen Kampf aus dem Weg zu gehen, und deshalb nicht hier auftauchen."

„Die werden sich schon deshalb nicht davonmachen", entgegnete Brandtner scharf, „weil die nämlich dort, wo sie jetzt sind, den Impfstoff produzieren wollen. Nochmals, meine Herren, lassen Sie uns alles daran setzen, sobald wie möglich anzugreifen. Wir dürfen denen keine Zeit lassen, sich auf einen Angriff vorzubereiten."

„Sie haben wirklich keine Ahnung", entgegnete der Feldwebel. „Was meinen Sie denn, wie lange die brauchen, um sich vorzubereiten? Tage? Ganz sicher nicht. Die sitzen jetzt schon in ihren gut gesicherten Stellungen, da können Sie einen drauf lassen, und Panzerabwehrwaffen haben die mittlerweile auch in Stellung gebracht, das sag ich Ihnen. Wenn wir da noch mal auftauchen, macht es Bum, und unsere schönen PUMAs gehen in die Luft."

Brandtner seufzte auf und ließ sich nach hinten fallen, bis sein Rücken an die Stuhllehne stieß. Er war umgeben von Bedenkenträgern, die nur alles zurückweisen konnten, ohne eigene konstruktive Vorschläge einzubringen.

„Und noch etwas", schlug Jakobs in die gleiche Kerbe. „Die haben Geiseln. Die haben die Wissenschaftler und unsere Kameraden von den Pionieren. Davon müssen wir ausgehen."

„Die werden die Wissenschaftler aber nicht erschießen oder als menschliche Schutzschilde benutzen!", antwortete Brandtner entnervt. „Die brauchen die Leute, da bringt man sie nicht um."

„Wenn man verzweifelt genug ist oder nicht will, dass sie dem Gegner in die Hände fallen …"

Feldwebel Wöhrner ließ den Rest unausgesprochen, und Norbert Brandtner war ihm dankbar dafür. Er hielt alle bisher vorgebrachten Argumente nur für Ausreden, um nicht kämpfen zu müssen. Wenn es nach Jakobs und Wöhrner ging, würden sie noch tagelang in Klingenbronn herumhängen und hoffen, dass sich die Sache von alleine erledigte. Nein, er musste jetzt handeln, und er hatte alle Vollmachten dafür.

„Meine Herren, ich kann Ihnen nicht folgen. Es kann nicht unsere Aufgabe sein, nichts zu tun. Sie alle wissen um die Wichtigkeit dieser Mission, und dass die Zeit drängt, wenn wir mit einem Impfstoff noch irgendjemandem helfen wollen. Wenn Sie anführen, dass meine Vorschläge nichts wert sind, weil ich von militärischen Operationen keine Ahnung habe, dann erwarte ich von Ihnen nicht nur, dass Sie mir das sagen, sondern auch, dass Sie mir Alternativen unterbreiten. Alternativen, die Handlungen beinhalten!"

„Es kann jedenfalls keine Alternative sein, alles in die Panzer zu laden und kopflos anzugreifen." Patziger konnte man kaum aus der Wäsche schauen, dachte Brandtner, als er Jakobs Gesichtsausdruck sah, und überlegte, wie er wieder eine echte Diskussion in Gang bringen konnte. Er war mittlerweile müde und gereizt, was keine guten Voraussetzungen waren, aber er hatte hier die Befehlsgewalt, und die musste er so nutzen, dass am Ende etwas dabei herumkam, das der Sache diente.

„Wie können wir schnellstmöglich auf unseren Gegner Druck ausüben?"

„Wozu soll das gut sein, Herr Staatssekretär? Es ist dunkel und jeder Versuch, sich jetzt dem feindlichen Lager zu nähern, ist ein enormes Risiko. Warten wir bis zum Tagesanbruch und sehen dann weiter."

Norbert Brandtner fuhr sich mit beiden Händen durch die Haare. Abwarten und beobachten waren anscheinend Hauptmann Jakobs' Lieblingsbeschäftigungen. Lernte man so etwas als Soldat, oder war das mehr der Persönlichkeit des Hauptmanns geschuldet? Auf jeden Fall bremste er, wo er konnte. Das wollte ihm Brandtner nicht durchgehen lassen. Wie er es in vielen Jahren in der Politik gelernt hatte, musste ein Kompromiss her. Zu mehr würde es nicht reichen.

„Wir werden nicht bis morgen warten. Sie werden bereits jetzt zwei oder drei Spähtrupps losschicken, um die Lage auszukundschaften, und halten Sie alle Männer in Bereitschaft, damit wir jederzeit losschlagen können."

„Das ist doch Blödsinn", mischte sich Feldwebel Wöhrner erneut ein. „Die Männer werden die ganze Nacht wach liegen und morgen vor Müdigkeit nicht aus den Augen schauen können."

Vielleicht war da etwas dran, dachte sich Brandtner. Aber er war fest entschlossen, sich von den beiden Soldaten nicht mehr länger heruntermachen zu lassen. Er traf die Entscheidungen, und wenn er das nicht ein für alle Mal klarstellte, würde er hier nie wieder einen Fuß auf den Boden bekommen.

„Wir machen es so, wie ich sagte, und ich werde mich ebenfalls beteiligen, damit jeder sieht, dass ich nicht nur reden, sondern auch handeln kann. Sie und ich, Herr Feldwebel, werden einen Spähtrupp bilden. Sagen Sie mir, was ich an Ausrüstung dafür brauche und dann los."

Fest entschlossen, das auch durchzuziehen, stand Brandtner auf.

***

Sebastian Runge war verzweifelt. Stundenlang mit anderen im Keller eingeschlossen zu sein, hatte seinem Nervenkostüm nicht gutgetan. Er hatte pausenlos nachgedacht, versucht, die Situation einzuschätzen und sich darüber klar zu werden, was das alles für ihn bedeuten mochte. Und wie er es auch drehte und wendete, das Ergebnis war in jedem Fall verheerend. Es war mitten in der Nacht, und er fand keinen Schlaf.

An seiner Meinung von den zwei mögliche Szenarien hielt er weiter fest. Allerdings hatte sich die Gewichtung, welches er für wahrscheinlicher hielt, zu seinen Ungunsten verschoben. Das erste Szenario, und in seinen Augen das unwahrscheinlichere, war, dass die Amerikaner hier im

Werk von GlaxoSmithKline Impfstoff für die USA produzieren würde. Sebastian Runge glaubte nicht mehr daran, denn wenn er richtig gezählt hatte, dann waren hier keine zwanzig amerikanische Soldaten.

Die zweite Möglichkeit, dass die Amerikaner es auf die von Baldaus Mitarbeitern entwickelten Kulturen und damit auf das Wissen um die Herstellung des Impfstoffes aus waren, schien ihm deutlich wahrscheinlicher. Für diese These sprach auch die geringe Anzahl an Soldaten, ihr schnelles und entschlossenes Vorgehen, das zu keiner Zeit auf Kooperation oder gar Verhandlungen ausgelegt gewesen war. Zumindest hatte er davon hier im Keller nichts mitbekommen. Nein, die Amerikaner würden schnell wieder abziehen und jede Aussicht auf eine Impfung mit ihnen. Sebastian Runge sah das ganz deutlich. Sein Ziel, an eine Impfung zu kommen, war in weite Ferne gerückt und damit seine Chancen auf ein dauerhaftes Überleben äußerst gering. Er würde in wenigen Tagen oder Wochen tot sein. Seine Angst vor der Krankheit und insbesondere vor dem Tod war übermächtig geworden und wurde mit jeder Minute schlimmer. Er musste handeln, irgendwie.

Jemand erleichterte sich in dem Eimer, der in diesem Kellerloch als Toilette diente. Es roch mit jeder Stunde schlimmer. Er schlug sich verzweifelt die Hände auf den Kopf. Er war so nah dran gewesen, und nun das. Bekam er noch eine Chance? Bisher hatte es in seinem Leben immer dafür gereicht. Eine Möglichkeit in letzter Minute. Er würde sie erkennen und nutzen, denn die Alternative war unaussprechlich.

Das Aufschließen der Kellertür schreckte Sebastian Runge aus dem Schlaf. Licht fiel vom Gang aus auf einen Mann in Uniform, der im Türrahmen stand und in breitem Ostküstenenglisch befahl, aufzustehen und mitzukommen. Nur langsam setzten sich die Gefangenen in Bewegung und schlurften nach draußen. Die meisten hatten auf dem harten Boden geschlafen, und da half es auch nicht, dass der Soldat mit seinem Sturmgewehr herumfuchtelte. Runge war der Erste, der in den hellen Gang hinaustraten. Wie spät war es? Erstaunt sah er auf seine Armbanduhr. Was mochte es bedeuten, wenn sie kurz vor Mitternacht geweckt wurden? Das konnte doch nur sein, wenn etwas Unerwartetes geschehen war, etwas, das Eile erforderte, oder nicht? Mit einem Mal war er hellwach und schaute sich aufgeregt um. Kam jetzt seine Chance, konnte er die Situation nutzen?

Der Soldat brüllte im Inneren des Kellerraums auf die letzten Schläfer ein. Er war ganz offensichtlich alleine. Ein Mann, der fünf andere bewachen und abführen musste. Das war nicht ohne Risiko und deutete darauf hin, dass die Amis keinen zweiten Mann hatten, wahrscheinlich, weil man alle anderen anderswo brauchte.

Der letzte der Wissenschaftler schlurfte auf den Gang und der Soldat drängelte sich an allen vorbei. Der Amerikaner war hager, richtig schmächtig. Sebastian Runge hatte andere Überlebende gesehen, und mit einem Mal erkannte er eine Möglichkeit, die ganz spontan in seinem

Kopf aufflammte. Ohne nachzudenken und ohne zu zögern, schmiss er sich auf den Mann, kaum dass der ihn passiert hatte. Er erwischte ihn voll und setzte sein ganzes Gewicht ein. Der Soldat schrie auf, stolperte und ging zu Boden, wo er seine Waffe unter sich begrub. Sebastian Runge hockte auf seinem Rücken und prügelte wie von Sinnen mit beiden Fäusten auf den Kopf des Mannes ein, der versuchte, sich umzudrehen, aber keine Chance hatte. Jemand kam dazu und griff nach dem Gewehr des Soldaten, drückte es erst zu Boden und wand es dann aus dessen Händen, während Runge immer weiter auf den Kopf eindrosch, bis der Mann das Bewusstsein verlor.

Schwer atmend mit schmerzenden Händen stand er auf.

„Sind Sie wahnsinnig?", fragte jemand. Runge blickte auf. Einer der Wissenschaftler, der, der dem Amerikaner das Gewehr entrissen hatte.

„Das ist unsere Chance, hier rauszukommen", sagte Runge. „Wir sollten sie nutzen."

„Bist du bekloppt? Da draußen sind noch mehr von den Typen, und jeder von denen hat ein Gewehr. Meinst du, ich will mich abknallen lassen? Die hätten uns doch nichts getan, Mann. Was für eine Scheiße."

Runge griff nach dem Gewehr und bekam es widerstandslos ausgehändigt. In der Tat, was sollte er nun tun? Der Angriff auf den Soldaten war nicht geplant gewesen, sondern ganz spontan entstanden. Ohne nachzudenken und ohne Zielsetzung, was dann kommen sollte. Hatte er einen Fehler gemacht? Er sah sich um. Im hell beleuchteten Gang standen alle wie vom Donner gerührt herum und starrten ängstlich und fassungslos auf den bewusstlosen Soldaten. Mit diesen Kerlen würde er nicht viel anfangen können, aber alleine mochte er eine Chance haben. Es musste ihm nur gelingen, den Anführer der Amerikaner in seine Gewalt zu bekommen, um für ihn günstige Bedingungen auszuhandeln. Alles andere würde sich dann schon ergeben. War das realistisch, und wenn nein, was sollte er stattdessen tun? Er hatte sich unüberlegt in eine schwierige Situation gebracht, und jetzt gab es nur zwei Möglichkeiten. Aufgeben oder es versuchen. Wenn er aufgab, war er wieder da, wo er vorher gewesen war, und damit keinen Schritt weiter. Im Gegenteil, wenn er sich gefangen nehmen ließ, musste er mit Konsequenzen für seinen Angriff rechnen. Wenn er aber versuchte, den befehlshabenden Offizier als Geisel zu nehmen, dann standen die Chancen nicht schlecht, dabei erschossen zu werden, was immer noch besser war, als langsam und qualvoll an den Ebolapocken zu verrecken.

Der Gedanke gab schließlich den Ausschlag. Anscheinend war das hier die Gelegenheit, die ihm das Schicksal gewährt hatte, und eine zweite würde nicht kommen. Er musste alles auf eine Karte setzen. Sebastian Runge entsicherte das Sturmgewehr, brachte es in Anschlag und ging zum Ausgang.

***

Im Schein der Taschenlampe zu arbeiten, war gar nicht so einfach, aber Lieutenant Kisner hatte strikt untersagt, die Notstromaggregate in Gang zu setzen. Es gab da draußen etwas, das er fürchtete, anders konnte es gar nicht sein. Alex ging mit Frau Memel-Sarkowitz die Proben durch und überlegte, ob er herausbekommen konnte, was dem Lieutenant Angst machte.

Gleich nachdem er dem Deal mit Colonel Walsh zugestimmt hatte, war der Lieutenant mit ihm losgezogen, drei Kollegen auszuwählen. Es ging in den Keller, dann über den dunklen Hof in die Produktionshallen, wo sie sofort damit begannen, die aus Berlin mitgebrachten Kulturen zu begutachten und die Proben auszuwählen, die am vielversprechendsten erschienen. Das dauerte einige Zeit, aber nun waren sie fast durch.

„Hat es viele Tote bei der Schießerei vorhin gegeben?", fragte Alex scheinbar wie nebenbei, während er mit der Taschenlampe die Beschriftungen der Schalen in Augenschein nahm.

„Wie kommen Sie darauf, dass es Tote gegeben hat?", fragte Kisner unwirsch zurück.

„Das soll bei Schießereien durchaus mal der Fall sein, habe ich gehört."

„Hören Sie, Herr Doktor. Wenn Sie etwas wissen wollen, dann fragen Sie direkt heraus. Hören Sie auf, mich für dumm zu halten. Das bin ich nicht."

„Gar keine Frage", wiegelte Alex sofort ab. „Sie haben vorhin sehr gut unter Beweis gestellt, was Sie draufhaben. Besten Dank nochmals. Durch Ihre Intervention können meine Kollegen hier weitermachen, und es werden mehr Menschenleben gerettet, als Sie sich vorstellen können."

„Ich kann mir eine Menge vorstellen. Wissen Sie, ich habe in den letzten Wochen viel zu viele an dieser Scheiße krepieren sehen. Das muss aufhören. Wenn ich etwas dazu beitragen kann, dann mache ich es. Sie und ich haben im Prinzip dieselbe Absicht, und deshalb macht es keinen Sinn, auf Konfrontation zu setzen, wenn Kooperation möglich ist und für beide Seiten Vorteile bietet."

„Ja, das haben Sie richtig erkannt. Besten Dank, kann ich mich irgendwie erkenntlich zeigen?"

Kisner schwieg dazu. Anscheinend half auch Schmeicheln nicht weiter. Aber irgendwie musste er den Lieutenant für sich gewinnen. „Wenn Sie das erkannt haben, warum wissen dann Ihre Vorgesetzten nichts davon? Wir haben Ihrer Regierung doch angeboten zu kooperieren. Wieso dann dieses Kommandounternehmen?"

„Ich werde keine politischen Entscheidungen kommentieren."

„Weil Sie Soldat sind."

„Ganz richtig."

„Soldat zu sein, heißt ja nicht, keine Meinung zu haben."

„Aber es bedeutet, die eigene Meinung für sich zu behalten."

„Sie verstecken sich also hinter irgendeinem Kodex?"

Alex hörte Kisner abfällig schnauben. Nein, so billig war der Lieutenant nicht zu provozieren. Alex nahm die Probenbehälter und begann, die ausgewählten Kulturen zu stapeln, um sie in eine der mitgebrachten Transportkisten zu verstauen. „Wie geht es jetzt weiter?", fragte er.

„Meine Kameraden sind dabei, alle Wissenschaftler zu wecken und in die Kantine zu bringen. Dort werden wir dann gemeinsam entscheiden, wer uns begleitet und wer hierbleiben kann."

„Gemeinsam?"

„Wenn Sie sich untereinander nicht einigen, werden wir Ihnen bei der Entscheidungsfindung behilflich sein."

Alex lachte auf. Der Mann hatte Humor. Eigentlich war die Sache alles andere als lustig, aber er konnte nicht anders. Nur war er bei der Frage, die ihn am meisten interessierte, immer noch nicht weitergekommen. Vielleicht half die direkte Tour, schließlich hatte Kisner das gefordert. „Wer hat Sie vorhin angegriffen?", fragte er.

Kisner zögerte einen Moment mit seiner Antwort. „Wir wissen es nicht sicher."

„Soldaten? Bundeswehr?"

„Vermutlich."

„Und wohin sind die nun verschwunden, oder haben Sie alle erschossen?"

„Wir haben, soweit wir wissen, niemanden getötet."

„Dann sind also ausschließlich Amerikaner gestorben."

„Herr Dr. Baldau, ich sagte vorhin doch: Lassen Sie es. Sie können mich mit Fangfragen nicht überrumpeln."

„Das wollte ich auch nicht", tat Alex unschuldig, nur um gleich nachzusetzen. „Aber ich will verständlicherweise gerne wissen, was vorgefallen ist."

„Wir sind angegriffen worden, konnten die Angreifer aber zurückschlagen. Und weil wir keine weiteren kriegerischen Handlungen in Kauf nehmen wollen, ziehen wir uns jetzt zurück. Reicht Ihnen das."

„Das reicht mir, danke."

„Keine Ursache."

Plötzlich waren Schüsse zu hören. In der völligen Stille der Nacht waren sie nicht zu verkennen. Der Lieutenant riss sofort sein Sturmgewehr hoch und rannte zum Fenster, das in den Hof hinausging.

„Alle runter und die Taschenlampen aus", schrie Kisner, der mit wenigen schnellen Schritten am Fenster angelangt war und sich an die Wand drückte, von wo aus er nach draußen spähte.

Alex ging sofort in Deckung. Erneut waren Schüsse zu hören, und er hatte den Eindruck, sie kamen aus dem Verwaltungsgebäude gegenüber. Jedenfalls wurde nicht unten im Hof geschossen, dazu klangen die Schüsse zu dumpf und zu weit entfernt. Was hatte das zu bedeuten? Er sah zu dem Lieutenant.

Kisner war allem Anschein nach unsicher, was er tun sollte. Sicherlich wollte er herausfinden, was dort los war und seinen Kameraden helfen, aber die vier Wissenschaftler alleine hier zurückzulassen, kam nicht infrage. Wieder fielen Schüsse, und der Lieutenant fluchte laut vor sich hin.

XII

Staatssekretär Norbert Brandtner war müde und aufgeregt zugleich. Eine seltsame Gefühlsmischung, die er so noch nicht kannte. Aber die Situation war auch mehr als ungewöhnlich. Er lag neben Feldwebel Wöhrner in der Böschung eines Grabens, der Gott sei Dank kein Wasser führte, und drückte sich fest gegen den harten Boden, immer darauf bedacht, keinesfalls den Kopf über den Rand der Böschung zu heben. Seine Entscheidung, zusammen mit dem Feldwebel auf Erkundung zu gehen, hatte er schon mehrfach bereut. Man hatte ihm einen Kampfanzug verpasst, einen Helm aufgesetzt und das Gesicht geschwärzt. Dann bekam er ein Nachtsichtgerät und eine sehr unfreundliche Unterweisung. Feldwebel Wöhrner war alles andere als begeistert, mit einem Zivilisten zusammenarbeiten zu müssen. Eine Waffe gab man ihm nicht. Anschließend waren sie zu Fuß aufgebrochen. Anfangs noch im schnellen Gang, aber je näher sie dem Werk von GlaxoSmithKline kamen, desto langsamer und vorsichtiger wurden sie, bis sie schließlich auf allen vieren durch einen Wald robbten und dabei dauernd Pausen einlegten, um zu horchen und zu spähen. Schließlich kamen sie an der Straße raus, keinen Kilometer vom Werk entfernt. Unter allergrößter Vorsicht hatte Wöhrner einen geschützten Abstieg in den Graben gefunden und nun arbeiteten sie sich im Schneckentempo weiter auf die Gebäude zu, die als dunkle Umrisse vor dem nächtlichen Sternenhimmel gerade so eben zu erkennen waren. Alle paar Meter lugte der Feldwebel mit dem Nachtsichtgerät über die Böschung. Anscheinend, ohne etwas zu entdecken, denn gesagt hatte er nichts.

Plötzlich waren stark gedämpft, aber unverkennbar Schüsse zu hören. Norbert Brandtner glaubte einen Augenblick daran, dass man sie entdeckt hatte, und machte schon Anstalten, aufzustehen, wurde aber schnell eines Besseren belehrt.

„Unten bleiben", zischte Wöhrner und begann, die Böschung hochzukrabbeln.

„Was ist da los?"

„Schnauze!"

Es vergingen einige stille Sekunden, in denen Brandtner versuchte, sich einen Reim aus dem Gehörten zu machen, bis wieder Schüsse fielen. Der Feldwebel lag lang ausgestreckt völlig bewegungslos am oberen Grabenrand und spähte in die Nacht. Dann zog er den Kopf ein und rollte seitlich die Böschung hinab, bis er neben Brandtner zu liegen kam.

„Das war auf dem Werksgelände, in einem der Gebäude. Dort ist Licht. Ich habe aber auch gesehen, wie zwei Wachposten, die nur zweihundert Meter weiter die Straße hinunter Stellung bezogen hatten, abgezogen sind und im

Laufschritt zum Werk rannten. Die hätten uns sicher entdeckt, wenn wir weiter erkundet hätten."

„Was glauben Sie, ist da los?"

„Ein Kampf innerhalb des Gebäudes kann nur bedeuten, dass sich unsere Leute wehren. Wahrscheinlich sind das die Pioniere, die irgendwie an Waffen gelangt sind."

„Vielleicht waren die nie gefangen? Vielleicht kämpfen die schon seit Stunden?"

„Nein, das hätten wir gehört. Außerdem passt das nicht zu der plötzlichen Absetzbewegung der Wachposten. Die sind eilig zu Hilfe gerufen worden."

„Über Funk?"

„Wie sonst."

„Was hat das alles zu bedeuten? Erschießen die unsere Leute?"

„Das wäre wohl kaum in deren Sinne, oder?"

Brandtner schwieg. Die Annahme war tatsächlich dumm. Ganz sicher würden die Amerikaner nicht die erschießen, wegen denen sie hergekommen waren. Er war viel zu aufgeregt, um klar zu denken, und versuchte, sich zu beruhigen. Was war da los? Wenn man die Sache durchdachte, war nur eines sicher. Man kämpfte dort, und das konnten nur ihre Leute sein, ob nun die Pioniere oder die Wissenschaftler. In jedem Fall brauchten die Leute Hilfe, anders konnte es gar nicht sein. Jetzt, wo sich die Wachposten der Amis zurückgezogen hatten, schien der Weg frei zu sein. Sie mussten schnell handeln.

„Rufen Sie Hauptmann Jakobs", befahl Brandtner. „Wir müssen die Gelegenheit auf der Stelle nutzen."

„Wir wissen doch gar nicht, was dort vor sich geht, Herr Staatssekretär. Hören Sie, es ist alles wieder ruhig."

„Das kann jeden Augenblick wieder losgehen." Wie zur Bestätigung war ein kurzer Feuerstoß aus einer automatischen Waffe zu hören. „Wer immer dort kämpft, er braucht unsere Hilfe."

„Das kann schon sein, aber können wir helfen?"

Plötzlich war ein Automotor zu hören, das Geräusch entfernte sich schnell. Wahrscheinlich einer der schweren Geländewagen, von denen Hauptmann Jakobs erzählt hatte, ging ihm durch den Kopf. Das Geräusch des sich entfernenden Motors weckte schlagartig eine Befürchtung in ihm.

„Was ist, wenn die jetzt abhauen?", fragte Brandtner.

„Warum sollten sie? Ich dachte, die wollten dort produzieren?"

„Überlegen Sie doch mal, Wöhrner! Die Amis wissen von uns, von unseren Panzern. Vielleicht haben sie gar nicht die Möglichkeit, sich dort lange zu halten. Erst recht jetzt, wo dort gekämpft wird. Die hauen ab und nehmen alles mit!"

„Das ist doch alles Spekulation.“

„Verdammt noch mal, warum sind Sie Soldat geworden, wenn Sie nicht kämpfen wollen? Rufen Sie Hauptmann Jakobs! Jetzt!“

***

Jemand brüllte etwas im Hof, das Alex nicht verstand, aber es musste eine Entwarnung gewesen sein, denn Lieutenant Kisner entspannte sich sofort und wandte sich vom Fenster ab.

„Weitermachen!“, befahl er barsch. „Beeilen Sie sich verdammt noch mal mit Ihrem Zeug.“

Alex kam langsam hoch und suchte nach der Taschenlampe. Er fand sie auf dem Boden, neben dem Tisch, an dem er gearbeitet hatte, bevor er in Deckung gegangen war. „Was war da los?“, fragte er, während er erleichtert feststellte, dass alle Probenbehälter unversehrt auf dem Tisch standen.

„Woher soll ich das wissen?“, antwortete Kisner schroff. „Jedenfalls nichts Gutes, deshalb beeilen Sie sich bitte.“

Frau Memel-Sarkowitz reichte Alex eine weitere Probe, die er zu den anderen stellte. Er überlegte, ob sie nicht schon genug hatten, als eilige Schritte zu hören waren. Er fuhr herum. Ein Soldat kam in den Raum gestürmt und hielt auf Kisner zu, der dem Ankömmling sofort entgegenging und ihn zur Seite zog. Alex hörte die beiden aufgeregt tuscheln, verstand aber kein Wort. Kisner fluchte, dann drehte er sich um und schaute, was die Wissenschaftler trieben.

„Schneller", rief er Alex zu. „Wann sind Sie endlich fertig?"

Alex hatte mehr Proben hiergelassen, als zum Einpacken aussortiert, weil er unbedingt wollte, dass seine Kollegen, die hierblieben, sofort weiterarbeiten konnten. Dennoch musste er sichergehen, dass auch er weitermachen konnte, egal, wohin ihn die Amerikaner bringen würden. Er ging im Kopf ein letztes Mal alles durch. Eigentlich sollte es reichen. Alex sah seine Kollegen fragend an. Frau Memel-Sarkowitz begutachtete die Probenbehälter, dann blickte sie ihm in die Augen und zuckte mit den Schultern.

„Ich denke, wir können los", sagte Alex und hievte die Transportkiste auf den Tisch. Seine Kollegin begann auf der Stelle mit dem Verpacken. Kisner kam zu ihm und baute sich drohend vor ihm auf.

„Sind Sie sicher, dass wir alles haben?"

Alex hob beschwichtigend beide Hände. „Sie können das gerne von einigen meiner Kollegen durchchecken lassen, wie Sie es vorhatten."

„Dafür haben wir keine Zeit. Ich muss mich auf Sie verlassen!"

„Kein Problem."

„Wenn Sie mich reinlegen, knall ich Sie ab."

„Verdammt, ich dachte, wir haben einen Deal, Lieutenant. Ich kooperiere."

Von seinem Gesicht war hinter der Gasmaske nichts zu erkennen, aber Kisner entspannte sich ein wenig. „Den haben wir. Ich musste Sie nur daran erinnern. Jetzt machen Sie schon, es eilt."

Alex begann, seiner Kollegin zu helfen. Alle Proben waren potenziell tödlich und die Behälter mussten mit größter Vorsicht bruchsicher in die mit Schaumstoff verkleidete Box gelegt werden. Es war ein spezieller Transportbehälter, der auf der einen Seite eine hohe Sicherheit bot, auf der anderen Seite aber auch optimale Temperaturen gewährleistete, damit die Zellkulturen nicht verdarben und sich die Viren darin weiter vermehren konnten. Alex legte den letzten Behälter hinein und fragte sich, was der Grund für die Eile war.

„Sind wir angegriffen worden?", fragte er.

„Nein, und nun kommen Sie!"

Die Box war nicht sonderlich schwer, aber sperrig. Zu zweit hoben Alex und Frau Memel-Sarkowitz das Ding an. Kisner warf einen letzten Blick in die Runde, dann bedeutete er ihnen mit einer Geste, voranzugehen, und leuchtete mit der Taschenlampe den Weg aus. Dennoch machte Alex auf der Treppe langsam. Stolpern wäre jetzt fatal, und das Licht reichte kaum, die Schatten der Nacht auszuleuchten. Sobald sie in den Hof traten, sah er, dass der vierte Stock des gegenüberliegenden Verwaltungsgebäudes beleuchtet war. Einige Soldaten rannten auf dem Hof herum und beluden die Lkw. Kisner trieb sie mit einigen Rufen an.

„Die Kiste auf den Laster", befahl er und zeigte auf das nächstgelegene Fahrzeug. Alex nickte, obwohl man das in der Dunkelheit bestimmt nicht sah, und nahm Kurs. An der Ladefläche stand ein Soldat und wartete. Als sie fast heran waren, sprang der Mann auf die Pritsche und nahm die Transportbox in Empfang.

„Das Ding ganz nach vorne und sehr gut sichern", befahl Kisner ihm.

„Fahren wir sofort los?", wunderte sich Alex.

„Gleich, wir müssen erst noch nach oben." Kisner griff nach seinem Arm und zog ihn mit sich.

Was auch immer passiert war, der Lieutenant schien zutiefst besorgt. Die Eile, die er an den Tag legte, war nur damit zu erklären, dass etwas Gravierendes vorgefallen sein musste, etwas, das noch nicht vorbei war. Konnte er daraus irgendeinen Vorteil ziehen? Machte es Sinn, alles zu verschleppen, um Zeit zu gewinnen, oder sollte er selber schnell machen, um den Deal und damit das Leben seiner Kollegen und wahrscheinlich das Tausender andere nicht zu gefährden? Alex konnte das nicht sicher einschätzen. Er brauchte mehr Informationen.

„Warum haben Sie es so verdammt eilig?", beschwerte er sich und stolperte los. „Es ist doch alles wieder ruhig."

„Die Schüsse sind bestimmt nicht unbemerkt geblieben", antwortete Kisner.

Im Treppenhaus des Verwaltungsgebäudes kamen ihnen zwei Soldaten entgegen, die einen Verwundeten trugen. Es gab Einschusslöcher in den Wänden, und auf dem Treppenabsatz zum vierten Stock war eine große Blutlache. Was immer hier auch passiert war, es war nicht ohne Opfer abgelaufen, dachte Alex und hoffte, dass keiner seiner Kollegen unter ihnen war. Er eilte hinter Kisner her, der mit großen Schritten auf den Seminarraum am Nordende des Gebäudes zuhielt. Dessen Tür war verschlossen und wurde bewacht. Der Lieutenant blieb neben dem Wachmann stehen und wechselte einige Worte mit ihm, dann deutete er auf Alex' Kollegen. „Sie gehen da rein", sagte er barsch und zeigte dann mit dem Zeigefinger auf Alex. „Und Sie kommen mit mir."

Kisner drehte sich sofort um, und Alex folgte ihm. Es ging nur drei Türen weiter. Der Lieutenant betrat einen Besprechungsraum, in dem ein Notstromaggregat lärmte, das zwei LED-Strahler versorgte, die den Raum in ein grelles kaltes Licht tauchten. Alex trat ein, blinzelte wegen der Helligkeit, und dann sah er die Leichen. Erschrocken zog er tief Luft ein.

„Mein Gott, was ist passiert?"

„Kennen Sie den Mann?", fragte Kisner barsch.

Auf mehreren zusammengeschobenen Tischen lagen vier Leichen. Drei davon trugen Uniformen, und einer davon war unverkennbar Colonel Craig Walsh. Direkt neben ihm lag ein Zivilist und auf diesen Mann zeigte Kisner. Alex trat näher. Den Colonel hatten mehrere Schüsse getroffen. In die Brust und auch in den Unterleib. Seine Uniform war mit Blut durchtränkt. Dem Zivilisten fehlte der halbe Schädel, und auch wenn Alex Arzt war und so manche Wunde gesehen hatte, musste er zwei Mal schlucken. Er brauchte, bis er den Mann erkannte.

„Der gehört nicht zu uns. Das ist einer von denen, die mit uns gekommen sind. Er war Lobbyist, wenn ich mich recht erinnere. Sebastian Runge."

„Was hat der hier gemacht?"

„Er wollte helfen." Alex drehte sich von der Leiche weg. „Und er wollte geimpft werden. Um jeden Preis."

„Der Kerl hat drei von unseren Männern erschossen, darunter den Colonel. Drei weitere sind verwundet, einer davon schwer. Können Sie mir das irgendwie erklären, Herr Dr. Baldau?"

„Ich habe nichts damit zu tun! Das wissen Sie aber auch selber. Wollen Sie mich ernsthaft dafür verantwortlich machen, wenn einer durchdreht? Und vergessen Sie nicht, wer mit dem Ganzen angefangen hat. Sie haben uns überfallen, und nicht umgekehrt. Sie sind hier eingedrungen und haben alle mit Waffengewalt gezwungen, zu machen, was Sie wollten. Wer Gewalt sät, wird Gewalt ernten!"

Lieutenant Kisner starrte ihn einige Sekunden wortlos an. „Gibt es noch mehr wie ihn unter ihren Leuten?", fragte er.

„Ich glaube nicht ... nein. Wieso?"

„Weil wir jetzt auswählen werden, wer Sie begleitet. Ich will nicht, dass Sie irgendwen mitnehmen, der nicht qualifiziert ist, der nicht Wissenschaftler ist. Kapiert?"

„Ja, keine Sorge, ich halte mich an unsere Abmachung."

„Dann kommen Sie."

Der große Seminarraum wurde ebenfalls von LED-Strahlern erhellt. Wie verängstigte Kinder hatten sich alle Mitarbeiter des RKI in die hinterste Ecke gedrückt. Nur zwei amerikanische Soldaten bewachten die Leute. Alex sah seine Kollegen einen nach dem anderen an. Sie waren übernächtigt, aber unversehrt. Er musste nun vier von ihnen auswählen, was keine leichte Aufgabe war. Denn alle anderen konnten hierbleiben, während die Ausgewählten in eine ungewisse Zukunft gingen. Er hatte sich bereits überlegt, wie er diese Aufgabe am besten bewältigen konnte, und er setzte auf Freiwilligkeit. Fachlich waren alle fit genug.

Alex räusperte sich. „Ich entschuldige mich für das, was ich Ihnen jetzt mitteilen muss. Wie Sie sich sicher denken können, wollen die Amerikaner den Impfstoff. Wir hatten schon im Vorfeld angeboten, unser Wissen zu teilen und zu helfen, weshalb ich auch nicht verstehe, warum es zu diesem Überfall kommen musste, aber anscheinend hat man an höherer Stelle in Washington beschlossen, dass es so ablaufen soll, und es gibt nichts, was wir dagegen tun können. Ich habe daher versprochen, zu kooperieren, und ich möchte Sie alle ebenfalls bitten, dies zu tun. Es hat bereits Tote und Verletzte gegeben, und davon brauchen wir ganz sicher nicht mehr. Es macht auch Sinn zu kooperieren. Wir haben einen Deal mit den Amerikanern, mit Lieutenant Kisner, um genau zu sein, der neben mir steht. Wir werden den Amis helfen, selber eine Impfstoffproduktion aufzubauen, dafür lassen sie uns mit unserer Arbeit hier weitermachen. Konkret bedeutet das, dass ein Großteil von Ihnen wie geplant seine Arbeit fortsetzen kann. Allerdings werden fünf von uns noch heute Nacht mit den Amerikanern aufbrechen. Frau Memel-Sarkowitz und ich haben die Kulturen vorhin aufgeteilt, sodass sowohl die, die hierbleiben, als auch die, die gehen werden, jeweils ausreichend Material haben, um erfolgreich einen Impfstoff herstellen zu können. Wo, wann und wie diejenigen das tun werden, die mit mir gehen, kann ich noch nicht beantworten. Sicher ist aber, dass wir ebenfalls Menschenleben retten werden. Ich bitte daher darum, dass sich vier Leute freiwillig melden. Vier, die mich begleiten. Vielleicht in erster Linie die, die hier keine Familie oder nahe Angehörige zurücklassen."

Alex schaute zu Boden. Er hatte gesagt, was er sagen musste, auch wenn es ihm überhaupt nicht behagte. Das, was die Amerikaner hier veranstalteten, war indiskutabel, und unter anderen Umständen hätte er sich verweigert oder sich gewehrt. Unter den jetzigen Gegebenheiten tat er aber das einzig Mögliche. Zumindest wollte er das glauben.

„Werden wir in die USA gebracht?", fragte ein Kollege. Alex zuckte mit den Schultern und sah Lieutenant Kisner an. Der fuhr sich mit der Hand durch die Haare, ehe er antwortete. „Das kann gut möglich sein. Ich weiß es nicht, und ich bin auch nicht der, der darüber entscheidet. Sie sollten sich also darauf einstellen, dass es überall hingehen kann, auch in die USA."

„Werden wir zurückkommen, wenn es so sein sollte?"

„Da ich nicht weiß, wohin es gehen wird, weiß ich selbstverständlich noch weniger, wie es danach weitergehen wird. Was ich Ihnen aber versichern kann, ist, dass ich und meine Männer Sie gut behandeln werden und es überhaupt keinen Grund dafür gibt, anzunehmen, dass Ihnen Schlimmes droht. Im Gegenteil. Man will Ihr Wissen und Ihr Können."

Danach trat Stille ein. Niemand rührte sich, niemand sagte etwas, als wenn jeder Laut oder jede Bewegung die Aufmerksamkeit auf einen ziehen konnte. Jeder und jede wollte hierbleiben, und Alex befürchtete schon, einige unangenehme Entscheidungen treffen zu müssen. Einen letzten Versuch wollte er machen.

„Ich möchte nochmals an euch appellieren, sich freiwillig zu melden. Ihr habt nichts zu befürchten, und ihr könnt denen helfen, die hier Angehörige haben. Wenn sich niemand meldet, wird der Lieutenant willkürlich vier von euch herausgreifen", sagte er. Das stimmte zwar nicht, aber dieser Bluff schien ihm legitim.

„Ich komme mit", sagte Herr Dr. Fachin und trat einen Schritt vor. Alex kannte ihn kaum. Er war schon über sechzig, einer der Ältesten und Erfahrensten am Institut. Ob Fachin Familie hatte, wusste er nicht.

„Ich gehe ebenfalls", meldete sich Frau Dr. Brookmann, die Alex nur zu gut bekannt war. Sie war eine der Jüngeren, zwar verheiratet, aber ohne Kinder. Lebte Brookmanns Mann noch? Alex wusste es nicht, nahm aber an, dass dem nicht so war, warum sonst hätte sie sich melden sollen?

„Dann bin ich der Nächste", sagte der Kollege, der vorhin gefragt hatte, ob es in die USA gehen würde. Alex nickte ihm dankbar zu.

Einer fehlte noch. Die Stille zog sich hin, bis Kisner genug hatte. „Wir haben nicht ewig Zeit. Entscheiden Sie sich jetzt, oder ich mache das."

Die meisten schauten betreten zu Boden. Frau Memel-Sarkowitz trat vor. „Gut, dann komme ich mit."

Alex riss verblüfft die Augen auf, dann ging er dazwischen. „Auf keinen Fall. Sie haben Ihren Mann und Ihre Tochter in Klingenbronn. Sie bleiben hier."

Kisner fuhr herum. „Dann wählen Sie jetzt jemanden aus, Herr Dr. Baldau, und zwar auf der Stelle!"

Alex wurde nervös. Also musste er doch jemanden gegen seinen Willen mitnehmen. Das hatte er vermeiden wollen, aber dass Frau Memel-Sarkowitz mitkam, ging auf keinen Fall. Und er hatte auch schon eine Idee, wen es an ihrer Stelle treffen würde. Seine Augen wanderten schnell über die Gesichter seiner Kollegen und Kolleginnen, die seinem Blick auswichen. Er schaute einmal von links nach rechts, aber ein Gesicht fehlte.

„Wo ist Michael?", fragte Alex laut.

Zwei Kollegen traten ein Stück zur Seite. Michael saß ganz hinten auf dem Boden und hatte sich versteckt. Alex wurde sauer. „Du kommst mit", sagte er drohend.

Michael sprang auf und kam auf ihn zu. „Warum ich, warum nicht …"

Plötzlich waren wieder Schüsse zu hören. Weiter weg und durch die Mauern und Fenster des Gebäudes gedämpft, aber unverkennbar Schüsse aus schweren Waffen.

Lieutenant Kisner reagierte sofort.

***

Staatssekretär Norbert Brandtner hörte die PUMA-Panzer, lange bevor er etwas von ihnen sah. Er hatte Hauptmann Jakobs nicht überzeugen können, dass es sinnvoll war, einzugreifen, sondern hatte sich auf seine Befehlsgewalt berufen müssen, und hoffte nun, dass er keinen Fehler gemacht hatte. Für ein Zurück war es nun zu spät. Jakobs kam mit allen Panzern und sämtlichen Soldaten.

Feldwebel Wöhrner gab ihm mit einem Stoß in die Seite zu verstehen, schneller zu machen. Sie mussten aus dem Graben raus und in den Wald, um nicht zwischen die Fronten zu geraten. Brandtner war unbewaffnet, und der Feldwebel hatte lediglich eine Pistole dabei, weil sie alles zurückgelassen hatten, was sie beim Ausspähen behindern konnte. So schnell er konnte, krabbelte Brandtner die Böschung hinauf, rollte sich oben angekommen auf die Seite und versuchte, den Feldwebel nicht aus den Augen zu verlieren, was in der Dunkelheit gar nicht einfach war. Wöhrner war stinksauer auf ihn, gar keine Frage. Er hielt ihn für einen dummen Zivilisten. Nun zumindest Letzteres stimmte. Aber als Zivilist hatte Brandtner immer noch mehr Mumm in den Knochen als der Feldwebel, der einfach abwarten wollte, wo es doch so offensichtlich war, dass es eilte. Er war mittlerweile felsenfest davon überzeugt, dass sich die Amerikaner mit allem, was sie an Mensch und Material erbeutet hatten, aus dem Staub machen würden. Und wenn ihnen das gelang, dann gab es so gut wie keine Chance mehr, in Deutschland einen Impfstoff herzustellen. Dann würden Hunderttausende sterben, wenn nicht

Millionen, die man hätte retten können. Welche Rolle spielte da das Leben einiger Bundeswehrsoldaten?

„Jetzt haben die Amis es auch gehört. Schneller!", rief Wöhrner und arbeitete sich tiefer in den Wald hinein. Hinter ihnen waren Motoren zu hören. Große Dieselaggregate, wenn sich Brandtner nicht täuschte. Die Amerikaner brachten ihre M-ATVs in Stellung. Damit konnte man gegen Schützenpanzer zwar wenig ausrichten, gegen menschliche Ziele waren die Fahrzeuge aber fürchterlich. Wenn sie nicht schnell und weit genug in den Wald hinein kamen, bevor die Amerikaner hier waren, würden die schweren Maschinengewehre sie durchsieben. Brandtner keuchte und gab alles. Die Angst trieb ihn an. Jetzt waren Rufe zu hören, ohne dass er sagen konnte, ob in Deutsch oder Englisch. Beide Einheiten hielten unweigerlich aufeinander zu, und er und der Feldwebel hatten es noch keine fünfzig Meter in den Wald hinein geschafft. In seiner Panik meinte er, die Panzerketten rasseln zu hören.

Das Gelände fiel jetzt ein wenig ab und Brandtner hoffte, dass sich dadurch der Sichtschutz zur Straße hin verbesserte. Feldwebel Wöhrner hatte mittlerweile mehr als zehn Meter Vorsprung und es schien ihm aussichtslos, ihn einzuholen. Er pfiff aus dem letzten Loch und war am Ende seiner Kräfte. Mit einem Mal war eine Explosion zu hören, und dann setzten die schnellen Schüsse der Maschinengewehre und Bordkanonen ein. Er warf sich flach auf den Boden und robbte hinter den Stamm einer Buche. Er wusste zwar, dass ein schweres Maschinengewehr einfach durch das Holz hindurchschießen konnte, aber wenigstens bot der Stamm Sichtschutz. Er drehte sich so, dass er längs zur Straße lag, um ein möglichst kleines Ziel abzugeben, und wimmerte vor Angst. Dennoch konnte er es nicht lassen, den Kopf zu heben. Etwas brannte dort, keine hundert Meter entfernt und die Schüsse prasselten durch die Gegend. Immer wieder hörte er sie auch in Bäume einschlagen, wusste aber nicht, ob sie ihm galten. Dort hinten war die Hölle losgebrochen. Er nahm den Kopf runter und drückte sich auf den kalten und feuchten Waldboden, hoffend, dass er irgendwie überlebte.

Norbert Brandtner vermochte nicht zu sagen, wie lange die Schießerei gegangen war. Sie kam ihm ewig vor, dabei waren es wohl nur wenige Minuten, vielleicht eine Viertelstunde. Er hatte die Hände an die Ohren gepresst, um den schrecklichen Lärm auszusperren, und zitterte wie verrückt. Aber genauso plötzlich, wie es losgegangen war, war es dann vorbei. Von einer Sekunde auf die andere schwiegen die Waffen, es hallten Rufe durch den Wald, und er hörte Menschen vor Schmerzen schreien. Jemand rüttelte an seinem rechten Arm.

„Kommen Sie, es ist vorüber", hörte er Feldwebel Wöhrner sagen und wollte aufstehen, aber es klappte nicht. Seine Beine weigerten sich. Wöhrner rüttelte kräftiger, fluchte und griff ihm dann mit beiden Händen unter die Achseln. Mit aller Gewalt hob er Brandtners Oberkörper an, bis der endlich in der Lage war, mitzuhelfen, sich abstützte und schließlich wieder auf die Beine kam. Völlig benommen schaute er sich um. Das Funkgerät des Feldwebels meldete sich, und eine Stimme war zu hören, ohne dass er verstand, was sie sagte.

„Auf geht's. Wir müssen zur Straße", sagte Wöhrner und zog ihn mit sich.

Arm in Arm taumelten sie auf die Straße zu, stolperten über Wurzeln und traten in Löcher. Am Graben, der den Wald vom Asphalt trennte, angekommen, hatte sich Norbert Brandtner etwas gefangen. Er konnte alleine hinuntersteigen und an der gegenüberliegenden Böschung hinaufklettern. Sobald er auf der Straße stand, sah er sich um. Keine hundert Meter entfernt brannte das Wrack eines PUMAs vor sich hin. Er sah einige menschliche Schatten dahinter auf dem Boden liegen und realisierte, dass es sich dabei wohl um Leichen handeln musste. Noch weiter weg schien ein weiterer Panzer zu brennen, aber es war zu dunkel, um das mit Sicherheit zu sagen. Wieder packte Feldwebel Wöhrner ihn und zog ihn in die entgegengesetzte Richtung auf das Werksgelände zu. Dreißig Meter voraus lag ein zerschossenes M-ATV im Straßengraben und kurz vor dem Werkstor stand ein zweites, ebenfalls zerstört. In einem Gebäude auf dem Betriebsgelände brannte im obersten Stockwerk Licht und warf einen schwachen Schein in den Innenhof, wo die übrigen PUMA-Panzer und ein Lkw standen. Brandtner sah Menschen auf dem Hof hin und her rennen, und er hörte Rufe.

Feldwebel Wöhrner stieß ihn in Richtung des Gebäudes. Auf dem Hof, nahe dem Eingang, lagen drei Körper und im

Näherkommen sah er, dass es amerikanische Soldaten waren, die dort den Tod gefunden hatten. Sie gingen ins Treppenhaus, und dann nach oben in den vierten Stock. Auf dem Flur kam ihnen Hauptmann Jakobs entgegen, der aufgebracht auf sie zustürmte.

„Das haben Sie von Ihrem Wahnsinn", schrie er im Näherkommen. „Wir haben sechzehn Tote und vier Schwerverletzte, und dabei waren die Amis schon dabei, abzurücken!"

Die überraschenden Vorwürfe setzten bei Norbert Brandtner einen vertrauten Mechanismus in Gang. Als Politiker musste man immer und überall damit rechnen, angegriffen zu werden, und in jahrelanger Praxis hatte sein Gehirn gelernt, darauf zu reagieren. Ohne dass er wirklich darüber nachgedacht hatte, erkannte er sofort den Schwachpunkt in Jakobs' Vorhaltungen, und er wunderte sich etwas, dass der Hauptmann das nicht selber erkannte.

„Aber dann wären sie weg gewesen", entgegnete er. „Sie hätten alles mitgenommen, und wir hätten mit leeren Händen dagestanden." In diesem Moment begriff er, dass ihm eine wesentliche Information fehlte, und der Schreck fuhr ihm in die Glieder. „Sind die Wissenschaftler unversehrt, sind sie hier?"

Jakobs stand ihm nun direkt gegenüber, und er merkte, wie schwer es dem Hauptmann fiel, seine Wut zu zügeln. „Die Amerikaner hatten gar nicht vor, alles und jeden mitzunehmen. Sie wollten nur einen Teil für sich und wären dann abgezogen, ohne dass jemand ein Haar gekrümmt worden wäre, ohne dass wir irgendeinen Nachteil gehabt hätten. Ihre Wissenschaftler sind wohlauf und dort drüben in einem Seminarraum. Ganz anders als meine toten Kameraden, die für nichts und wieder nichts gestorben sind."

***

Alex hatte den Schock noch nicht überwunden. Alles war so wahnsinnig schnell gegangen, dass er noch gar nicht richtig begriffen hatte, warum und wieso er nun auf dem Beifahrersitz eines amerikanischen Army-Trucks saß. Neben ihm steuerte Lieutenant Kisner den Laster mit halsbrecherischer Geschwindigkeit die Landstraße hinunter. Die Scheinwerfer schnitten zwei Lichtkegel ins Dunkle, an denen die Umgebung in rasendem Tempo vorbeizog.

Sobald die ersten Schüsse zu hören gewesen waren, hatte Kisner Alex gegriffen und zu den anderen vier Wissenschaftlern gestoßen, die sich freiwillig gemeldet hatten. Dann brüllte er einem Soldaten zu, sie nach draußen zu bringen, und rannte aus dem Raum. Mit vorgehaltener Waffe waren sie hintereinander eiligst die Treppe hinabgetrieben und anschließend auf die Ladefläche des Lkw verfrachtet worden. Alex kletterte zur hinteren Bordwand, um besser sehen zu können, und blickte dann in die Mündung des Gewehrs des Soldaten, der sie hierhergebracht hatte. Aber das beeindruckte ihn nur mäßig, denn viel mehr Angst machte ihm, was er sonst noch sah und hörte. Hier draußen war die Schießerei beängstigend nah und intensiv. Keine fünfhundert Meter entfernt brannte etwas und es wurde geschossen, was das Zeug hielt. Lieutenant Kisners Gestalt schälte sich aus der Dunkelheit. Er rannte wie von Sinnen auf den Lkw zu. Der Wachsoldat drehte sich zu ihm um, und Alex kletterte nach draußen. Sollte er abhauen? Eine bessere Chance bekam er nie wieder, aber wenn er floh, musste er seine Kollegen auf der Ladefläche ihrem Schicksal überlassen. Noch bevor er zu einem Ergebnis gekommen war, war es schon zu spät. Kisner war heran, befahl dem Soldaten, auf die Ladefläche zu klettern, und zog Alex mit sich zum Führerhaus. Die Schießerei wurde immer intensiver und kam näher. Der Lieutenant stieß ihn die Stufen hinauf, und Alex kletterte eilig auf den Beifahrersitz. Gleich darauf waren sie unterwegs, querten das Werksgelände in seiner ganzen Länge und durchbrachen das Metalltor, das den Weg zur Landstraße versperrte mit hohem Tempo.

Kisner bremste brutal und Alex wurde nach vorne gedrückt. Er hielt sich am Armaturenbrett fest und schaute panisch auf die enge Kurve, die der Lieutenant wohl zu spät erkannt hatte. Das Fahrzeug wankte, als würde es gleich umkippen. Kisner fluchte, kurbelte am riesigen Lenkrad und schaffte es so gerade eben. Sofort gab er wieder Vollgas.

„Wenn Sie so weitermachen, brauchen unsere Verfolger uns nur einzusammeln", rief Alex.

„Haben wir Verfolger?"

Alex drehte sich nach rechts und schaute in den Rückspiegel. Nichts als Schwärze. „Sieht nicht so aus."

„Wir werden es erst wissen, wenn es zu spät ist, nicht wahr?"

Alex überlegte, wie das gemeint war. „Ich kann mir nicht vorstellen, dass die auf uns schießen. Die müssen doch mitbekommen haben, dass wir mit Ihnen hier drin sitzen."

„Da würde ich nicht drauf wetten", antwortete Kisner und nahm die nächste Kurve mit Elan.

Eine halbe Stunde später ging Kisner plötzlich vom Gas und fuhr rechts ran. Alex war in seinen Gedanken versunken gewesen und schreckte auf.

„Was ist passiert?", fragte er.

Der Lieutenant stellte den Motor ab und löschte die Scheinwerfer. „Aussteigen", befahl er barsch.

Alex tat wie geheißen und kletterte die Stufen der Fahrerkabine hinab. Sie waren auf einem Hügel. Das Mondlicht erhellte die Umgebung deutlich. Er blickte in den Sternenhimmel.

„Hier wird nicht rumgeträumt", schnauzte der Lieutenant und schubste ihn in Richtung Ladefläche. Alex stolperte, fing sich wieder und ging zum hinteren Ende des Lasters, wo der Soldat, der zusammen mit den übrigen vier Wissenschaftlern auf der Ladefläche mitgefahren war, schon auf sie wartete. Kisner befahl ihm, wieder nach oben zu klettern und nach der Transportbox zu sehen, dann klappte er die Ladebordwand herunter, kramte in einer der Kisten herum und hatte gleich darauf ein Nachtsichtgerät und ein Fernglas in der Hand. Sofort suchte er den Horizont im Nordwesten ab.

„Und?", fragte Alex, der in der Ferne nichts erkennen konnte.

„Sieht nicht so aus, als ob da jemand wäre", entgegnete Kisner nach einer Weile, und die Erleichterung darüber war ihm anzuhören. Alex wusste nicht, ob das für ihn und die anderen eine gute oder schlechte Nachricht war. Insgeheim hatte er gehofft, dass man sie verfolgte und befreite. Kisner hatte nur noch einen Soldaten. Welchen Widerstand hätte er schon leisten können? Auf der anderen Seite hatte er nicht die versteckte Drohung des Lieutenants vergessen, der es durchaus für möglich hielt, dass man einfach auf sie schoss, ohne Fragen zu stellen.

„Können wir dann etwas langsamer machen?", bat Alex. „Wo fahren wir eigentlich hin?"

„Das werden Sie noch früh genug erfahren. Einsteigen!"

Der Lieutenant klappte die Bordwand wieder hoch, wechselte einige Worte mit dem Soldaten und ging dann zum Führerhaus. Alex saß bereits auf dem Beifahrersitz und sah nach Osten. Vom Tagesanbruch war noch nichts zu sehen, und das würde auch noch eine Zeit lang so bleiben. Der Motor erwachte mit einem vernehmlichen Knurren. Ruckelnd fuhr der Laster an.

„Wer hat uns überhaupt angegriffen?"

Der Lieutenant zögerte kurz, gab dann aber Auskunft. „Das waren Ihre Landsleute. Bundeswehr. Mit vier PUMA-Panzern. Ich muss schon sagen, das hätte ich denen gar nicht zugetraut. Ein Überraschungsangriff aus heiterem Himmel, mitten in der Nacht, ohne gründlich aufzuklären. Alle Achtung, der kommandierende Offizier muss Mumm in den Knochen haben."

„Es hat sicher viele Tote gegeben?"

„Sicherlich. Wir haben zwei ihrer Panzer erwischt, bevor sie uns entdeckten. Ich glaube auch kaum, dass meine Männer es alle unbeschadet überstanden haben."

„Das sagen Sie so leichthin? Erschreckt Sie nicht der Gedanke, alle Ihre Kameraden könnten tot sein? Was sind Sie für ein Mensch?", rief Alex empört.

„Ich bin Soldat. Und als Soldat gehört das Kämpfen zum Job. Beim Kämpfen kann man sterben. Das sollte man bedenken, bevor man diesen Beruf ergreift." Kisner blickte zu ihm rüber, und Alex sah nichts als die Gasmaske, die ihm ein unmenschliches und böses Aussehen verlieh. „Aber selbstverständlich macht es mir etwas aus, ob meine Kameraden leben oder sterben. Ich habe ihnen den Befehl gegeben, die Deutschen nur so lange hinzuhalten, bis wir weg sind. Danach konnten sie sich aussuchen, ob sie fliehen oder sich ergeben wollten." Alex wollte antworten, aber Kisner gab ihm mit einer Geste zu verstehen, dass er noch nicht fertig war. „Dieses ganze Unternehmen war in meinen Augen von Anfang an zu riskant. Ich hatte das dem Colonel auch merken lassen, insbesondere, dass er nicht hierher gehörte. Aber er wollte ja nicht auf mich hören."

„Hätte der Colonel etwa ahnen sollen, dass Runge ihn tötet?"

„Er oder jemand anderer. Wenn man körperlich noch nicht in der Lage ist, solch ein Kommando zu führen, dann sollte man es auch lassen."

„Wie hat Sebastian Runge es überhaupt geschafft, so viele umzubringen?"

„Das Überraschungsmoment war auf seiner Seite. Außerdem unsere Personalnot. Meine Männer haben mir berichtet, dass er den Wachmann, der die Wissenschaftler in den Seminarraum bringen sollte, niedergeschlagen und entwaffnet hat. Dann ist er nach oben, wo ihm auf der Treppe zwei unserer Männer begegneten, die draußen die Wachen ablösen sollten. Er hat sofort das Feuer eröffnet. Sie hatten keine Chance. Dann ist er weiter in den obersten Stock, wo der Colonel, der die Schüsse gehört hatte, aus seinem Quartier kam. Leider hatte er nur eine Pistole bei sich, und Ihr feiner Herr Runge hat gleich wieder Dauerfeuer gegeben, bis sein Magazin leer war. Das war noch nicht sein letzter Fehler. Er hatte nicht mal ein Ersatzmagazin dabei und hat trotzdem auf unsere Leute gezielt, die die Treppe hinaufstürmten, um dem Colonel zu helfen. Sie haben ihn gründlich erwischt, wie Sie ja gesehen haben."

„Das scheint Sie zu freuen", sagte Alex verächtlich.

„Und wie mich das freut!"

„Sebastian Runge war auch nur ein Mensch, und wenn Sie und Ihre Leute ihn nicht in so eine verzweifelte Lage gebracht hätten, dann wäre auch niemand gestorben."

„Jaja, das sagten Sie schon."

„Vielleicht denken Sie auch mal darüber nach! Das alles hier ist doch völlig unnötiger Wahnsinn, als wenn es momentan nicht schon scheiße genug ist. Was Sie da machen, verstößt nicht nur gegen jeden menschlichen Anstand, sondern mit Sicherheit auch gegen Völkerrecht. Sie haben unbewaffnete Zivilisten angegriffen. Menschen, die Ihnen nichts Böses wollten, im Gegenteil, und das alles auch noch auf dem Boden eines befreundeten Landes. Meinen Sie nicht, dass Sie irgendwann dafür zur Rechenschaft gezogen werden, Lieutenant? Können Sie angesichts der vielen unnötigen Toten überhaupt noch in den Spiegel schauen?"

„Ich habe meine Befehle."

„Das, Lieutenant, haben schon die Nazi-Schergen, die die KZs beaufsichtigt haben, als Ausrede gebraucht!"

Alex erschrak über seine eigene Wut. Kisner schwieg, augenscheinlich beleidigt.

XIII

Hauptmann Jakobs weigerte sich, noch irgendeinen Befehl von ihm entgegenzunehmen, obwohl der Vizekanzler bei ihrem Aufbruch sehr deutlich gemacht hatte, wer das Sagen hatte. Norbert Brandtner war ratlos. Auch die Drohung, den Hauptmann zu entlassen, hatte nichts gebracht, im Gegenteil. Als er diese Möglichkeit auch nur andeutete, waren Feldwebel Wöhrner und andere sofort aufgebracht auf Jakobs' Seite gewechselt. Die Soldaten gaben Brandtner die Schuld am Tod ihrer Kameraden, was im Prinzip auch richtig war. Es war jedoch ganz falsch, ihm deswegen Vorwürfe zu machen. Zumindest empfand er das so, denn seine Einschätzung, dass die Amis sich davonmachen wollten, hatte sich im Nachhinein als richtig erwiesen. Dass es einen Deal zwischen ihnen und den deutschen Wissenschaftlern gegeben hatte, hatte nun wirklich niemand ahnen können. Insofern sah sich Brandtner als Opfer unglücklicher Umstände, und das war entschuldbar. Trotzdem, die Bundeswehrsoldaten folgten seinen Befehlen nicht mehr und es gab nichts, was er dagegen tun konnte.

Der Staatssekretär saß völlig übermüdet und körperlich ausgelaugt auf einem harten Stuhl im großen Seminarraum des Verwaltungsgebäudes von GlaxoSmithKline und starrte gedankenverloren zum Fenster, wo das erste Tageslicht zu sehen war. Der Himmel war wolkenverhangen und würde wohl einen düsteren und regnerischen Tag bringen. Schritte waren auf dem Gang zu hören, und er blickte zur Tür. Hauptmann Jakobs kam mit finsterem Gesicht auf ihn zu.

„Wir haben sämtliche Zivilisten zurück in die Stadt gebracht. Nur dass Sie es wissen."

„Wollen Sie dem flüchtigen Fahrzeug wirklich nicht hinterher?", fragte Brandtner, obwohl er die Antwort ahnte.

„Ganz sicher nicht! Ich dachte, ich habe mich da klar ausgedrückt."

Brandtner stieß ein Seufzen aus, erhob sich und streckte den Rücken durch. Alles tat ihm weh. Die Aktion im Wald würde einen bösen Muskelkater zur Folge haben. „Und wie wollen Sie nun weiter verfahren, Herr Hauptmann?"

„Ich dachte, das sagen Sie mir."

Überrascht zog Brandtner die Augenbrauen hoch. „Ich war in dem Glauben, Sie legen auf meine Meinung keinen Wert mehr?"

„Ich werde von Ihnen keine militärischen Befehle mehr befolgen", korrigierte Jakobs. „Und dabei bleibe ich auch. Was aber mit den Zivilisten und diesem Pharmawerk passiert, ist nicht mein Problem."

Auch wenn Brandtner erschöpft und müde war, erkannte er sofort die Chance. „Ich werde mich nicht mehr in militärische Belange einmischen", sagte er begütigend. „Das verspreche ich Ihnen. Dennoch halte ich das, was wir gemeinsam erreicht haben, nach wie vor für wichtig und richtig. Wir können und werden hier auf dem Werksgelände einen Impfstoff herstellen. Einen Impfstoff, Herr Hauptmann, mit dem wir sehr viele Menschenleben retten. Ich werde deshalb alles daransetzen, dass das Realität wird, und ich wäre Ihnen dankbar, wenn Sie mich und die Wissenschaftler dabei unterstützen könnten."

„Wie stellen Sie sich das vor?"

„Wir brauchen auch weiterhin Schutz. Die Amerikaner könnten zurückkommen und …"

„Die werden nicht zurückkommen", unterbrach Jakobs scharf. „Die Amerikaner haben, was sie wollten. Welchen Grund könnte es geben, hierher zurückzukommen? Außerdem sind es nur noch zwei Soldaten, soweit wir wissen. Die können uns wohl kaum gefährlich werden."

„Oh, die Amerikaner haben eine Menge Stützpunkte in Deutschland, in ganz Europa."

„Mag sein. Aber, wie ich schon sagte, haben sie keinen Grund für einen erneuten Angriff auf dieses Werk. Die Amerikaner haben fünf Wissenschaftler und alles, was sie für eine eigene Produktion brauchen, mitgenommen. Deshalb werde ich diesen Lkw auch nicht verfolgen. Sollen sie damit glücklich werden."

Es brachte nichts, dieses Thema weiter zu vertiefen, erkannte Brandtner und kehrte zu seinem eigentlichen Anliegen zurück. „Ich kann Ihre Haltung nachvollziehen, wirklich. Und deshalb werde ich auch nicht weiter insistieren. Aber dennoch sind wir hier auf Ihre Hilfe angewiesen und auf die Ihrer Männer. Wir brauchen jede Unterstützung. Insbesondere dann, wenn wir hier ein Hilfszentrum einrichten wollen."

„Ein Hilfszentrum? Was soll das sein?"

„Eine Sammelstelle, wo Menschen geimpft und betreut werden. Dafür brauchen wir jede helfende Hand. Die Infrastruktur, die wir dafür schaffen müssen, ist enorm."

„Das kann ja wohl kaum Aufgabe der Bundeswehr sein!"

„Oh, Ihre Kollegen von den Pionieren haben schon unter Beweis gestellt, zu was sie fähig sind, und ich denke, Ihre Männer werden sich nicht schlechter schlagen." Brandtner beugte sich vor und sprach sehr eindringlich. „Und vergessen Sie nicht, wie viele Mitbürger Sie vor dem sicheren Tod bewahren würden. Auch einige Ihrer Männer sind noch ungeimpft, wenn ich mich nicht irre. Die würden selbstverständlich als Erste versorgt, wenn sie hierbleiben."

Er hatte ihn. Brandtner sah es an Hauptmann Jakobs' Gesichtsausdruck ganz deutlich. Die hässliche Auseinandersetzung der letzten Nacht war zwar noch nicht vergessen, aber der Hauptmann schien zur Vernunft zurückzukehren.

„Ich werde das mit meinen Leuten besprechen."

„Ich komme gerne mit und rede persönlich mit Ihren Soldaten."

„Das, Herr Staatssekretär, ist eine ganz schlechte Idee."

***

Die Sonne ging auf und Alex saß mit kleinen Augen auf einem Hocker im Verkaufsraum einer Tankstelle irgendwo mitten in Hessen und aß lustlos etwas Schokolade. Draußen waren Lieutenant Kisner und sein einziger verbliebener Soldat dabei, die unterirdischen Tanks anzuzapfen. Was gar nicht einfach zu sein schien, wenn er die mittlerweile stundenlangen Bemühungen der beiden in Betracht zog. Alex war immer noch wütend und frustriert. In ihm brodelte es. Dazu kam, dass er Tine vermisste und ihm mit jedem Kilometer, den sie hinter sich brachten, die Tragweite seiner Entscheidung deutlicher wurde. Konnte es einen Weg zurück aus den USA geben? Denn dass es dorthin ging, daran hatte er keinen Zweifel, auch wenn Kisner nach ihrem Disput nichts mehr gesagt hatte. Wie sollte er je wieder nach Deutschland zurückkehren? Früher hätte man sich einfach in ein Flugzeug gesetzt und wäre binnen Stunden daheim gewesen. Davon konnte wohl auf Jahre hinaus keine Rede mehr sein. Zudem hinterfragte Alex mehr und mehr seine Rolle in dem Ganzen. Menschenleben zu retten, war sicher ein hehres Ziel. Gegen den eigenen Willen, als Gefangener, gezwungen und mit einer Blutspur hinter sich, war aber auch das nur eine fahle Ausrede. Die Amerikaner zu unterstützen, hieß, ihre brutalen Methoden abzusegnen. Das konnte es eigentlich nicht sein. War er Kisner zu irgendwas verpflichtet? Sicher nicht.

„Iss nicht so viel!"

Michael nahm neben ihm Platz und reichte eine Flasche Wasser herüber. Alex sparte sich eine Antwort und stierte weiter durch die große Glasscheibe auf die Zapfsäulen.

„Die bekommen es nicht auf die Reihe, was?", fragte Michael.

„Sieht so aus."

„Und dann? Ich meine, wir werden sicher nicht zu Fuß gehen."

Alex zuckte mit den Schultern. „Nicht mein Problem. Vielleicht nehmen wir ein anderes Auto, eines, das noch genug Sprit im Tank hat."

„Alle in ein Auto?"

„Ein Lieferwagen, oder was weiß ich."

Draußen zog Lieutenant Kisner an einem Schlauch, der aus dem Loch im Boden ragte. Dann rief er seinem Kameraden etwas zu, das im Inneren der Tankstelle nicht zu verstehen war.

„Wo bringen die uns wohl hin?", fragte Michael.

„Auf irgendeinen Stützpunkt der US-Army."

„Woher willst du das wissen?"

„Alles andere macht keinen Sinn. Überleg doch mal, Michael. Kisner und sein Kamerad brauchen dringend Hilfe. Sie sind alleine mit fünf Gefangenen. Wie lange können die das durchhalten?"

„Wenn wir weiter unterwegs sind, nicht mehr lange. Der Typ, der uns auf der Ladefläche bewacht, ist dauernd kurz davor einzuschlafen."

„Eben. Die sind seit mindestens genauso vielen Stunden wach wie wir. Ich habe vorhin im Führerhaus sogar etwas gepennt, und trotzdem bin ich hundemüde."

„Vielleicht sperren sie uns irgendwo ein und legen sich dann schlafen?"

„Wohl kaum. Kisner muss immer noch damit rechnen, dass ihm jemand folgt. Hast du auf den Zustand der Straßen geachtet? Die sind mittlerweile so dreckig und voller Laub und Unrat, dass auch ein Blinder unseren Spuren folgen kann."

Draußen tat sich was. Alex schaute genau hin. Kisner rannte mit dem Schlauchende zum Tank des Lasters und stopfte es hinein. Wieder rief er, und gleich darauf erklang ein unregelmäßiges Klappern.

„Scheint, dass sie es doch hinbekommen haben", sagte Michael.

„Ja, leider."

Eine halbe Stunde später waren sie kurz vor Mainz. Alex saß auf dem Beifahrersitz und spähte aus den Augenwinkeln immer wieder zu Kisner, aber der Lieutenant zeigte keine Anzeichen von Müdigkeit oder Erschöpfung. Entweder hatte er sich gut im Griff, oder aber er war noch viel fitter, als er ohnehin aussah. Dabei musste die Gasmaske, die er seit Ewigkeiten trug, mehr als unbequem sein. Alex erinnerte sie an die Schutzanzüge in den Sicherheitslaboren, die man auch keine Minute länger als nötig anhaben wollte. Die Gasmaske saß bei Kisner so eng, dass sie auf Dauer mindestens Druckstellen, wenn nicht Hämatome verursachen musste. Auch konnte die Haut wundscheuern, erst recht, wenn man schwitzte, und geschwitzt hatte der Lieutenant in den letzten Stunden sicher reichlich.

„Ist das Ding nicht unbequem?", fragte er.

Kisner schreckte auf, dann schaute er kurz rüber. Alex zeigte auf seine Maske.

„Geht, ohne wär's natürlich besser", antwortete der Lieutenant.

„Ist Ihnen eigentlich klar, dass Sie Gefahr laufen, keine Impfung zu bekommen?"

„Wie meinen Sie das?"

„Ob Ihnen klar ist, dass Sie nicht den Rest Ihres Lebens mit dem Ding im Gesicht herumlaufen können?"

„Das meinte ich nicht", antwortete Kisner unwirsch. „Meine Frage war, wie Sie darauf kommen, dass ich nicht geimpft werden könnte?"

Alex lehnte sich zurück und sah auf die verlassene Autobahn. „Wenn Sie Ihren Auftrag erledigt und uns irgendwo abgeliefert haben, dann wird man Ihnen einmal tüchtig Danke sagen, und dann Tschüss. Oder glauben Sie ernsthaft, dass Sie uns weiterhin begleiten werden, wenn man uns in die USA bringt?"

„Warum nicht?"

„Das werden andere machen, die Luftwaffe, wer denn sonst? Sie bestimmt nicht, denn Sie haben Ihren Job getan. Danach sind Sie überflüssig. Man wird Sie dahin zurückschicken, wo Sie hergekommen sind, Lieutenant."

Kisner schwieg, und Alex ließ seine Worte wirken.

Zehn Minuten später standen sie vor einem gewaltigen Stau auf der A61. Der Grund dafür war nicht auszumachen, aber Autos, so weit das Auge reichte, standen verlassen auf sämtlichen Fahrspuren und dem Standstreifen herum. Kisner hatte mehrmals kräftig geflucht, bevor er den Lkw zum Stehen brachte. Alex reckte sich.

„Können wir mal eine Pause machen?"

„Sie haben doch schon die ganze Zeit Pause", sagte der Lieutenant und griff nach der Landkarte. Er faltete den Plan auseinander und begann, nach einer Alternativroute zu suchen.

„Wir werden wohl umkehren müssen", sagte Alex.

„Was Sie nicht sagen", antwortete Kisner gereizt, legte die Landkarte aufgeklappt auf das Armaturenbrett, sodass er sie auch während der Fahrt lesen konnte, und begann, den Laster zu wenden.

„Wo wollen Sie überhaupt hin? Ich meine, warum verraten Sie es nicht? Ich kann es ohnehin niemandem sagen und früher oder später sehe ich es ja doch."

„Ramstein Air Base", antwortete Kisner knapp. In drei Zügen bekam er die Wende hin und gab wieder Gas.

„Also hatte ich recht mit der Luftwaffe. War ja auch naheliegend. Wer sonst sollte uns rüber fliegen? Also mich und meine Kollegen, meine ich."

„Jaja."

„Übrigens, Sie fahren auf der falschen Seite. Geisterfahrer nennt man das in Deutschland. Ist streng verboten."

„Sehr witzig, und jetzt halten Sie endlich die Klappe!"

***

General Jackson war zum Weißen Haus gefahren. Nicht,
weil er es für sinnvoll hielt, sondern weil er Schiss hatte,
dass es rauskam, wenn er es nicht tat. Eine Lüge konnte der
Präsident niemandem verzeihen, und deshalb hatte sich
Jackson mit drei Soldaten in ein Auto gesetzt und war über
den Potomac River die wenigen Kilometer bis zum Weißen
Haus gefahren. Dabei kamen sie am Lincoln Memorial
vorbei und Jackson dachte wehmütig daran, was für große
Führer diese Nation gehabt hatte und was für ein
beschränkter Clown nun an der Macht war. Aber daran
konnte er nichts ändern. Am Weißen Haus angekommen,
nahmen sie den Hintereingang. Die Schranke war oben, und
es war schon von Weitem offensichtlich, dass niemand
mehr da war. Dennoch stiegen sie aus und inspizierten das
Gebäude von innen. Leere Räume, verwaiste Flure und kein
Anzeichen, dass in den letzten Tagen jemand hier gewesen
war. Schon zehn Minuten nach ihrer Ankunft waren sie
wieder auf dem Rückweg. Was für eine unnötige Aktion, nur
um die Paranoia eines Bekloppten zu befriedigen, ärgerte
sich der General. Zurück im Pentagon wollte Jackson den
Präsidenten nicht gleich zurückrufen, sondern erst dann,
wenn er neue Nachrichten von Colonel Walsh aus
Deutschland hatte, damit er das gleich mit abhandeln
konnte. Außerdem hatte er nach dem irren Telefonat und
der überflüssigen Fahrt die Schnauze voll. Zwei Mal an
einem Tag mit dem Präsidenten zu reden, musste er sich
nicht geben, und so hatte er früh Feierabend gemacht und
sich in sein Büro zurückgezogen, wo er auch schlief. Alles

weitere würde sich schon am nächsten Tag ergeben, dann, wenn er sich beruhigt hatte und neue Nachrichten aus Deutschland vorlagen.

Aber es waren keine Nachrichten gekommen. Weder am letzten Abend noch in der Nacht, wie er gleich nach dem Aufstehen erfragt hatte. Was war da los? Viele denkbare Erklärungen dafür gab es nicht, und alle waren beunruhigend. Colonel Walsh war ein zuverlässiger Mann, ein Elitesoldat. Wenn er sich nicht wie verabredet meldete, dann gab es dafür einen verdammt guten Grund. Lloyd Jackson gab sich da keinen Illusionen hin. Es klopfte an der Tür und er sah auf.

„Herein!"

Major Chuck Murphy trat ein, und ihm war anzusehen, dass er keine guten Nachrichten brachte.

„Guten Morgen, Sir."

„Morgen Major, ob der Morgen gut ist, wage ich allerdings zu bezweifeln. Nehmen Sie Platz."

„Ihre Annahme kann ich leider nur bestätigen", antwortete Murphy und setzte sich steif auf die Kante des vor dem Schreibtisch stehenden Stuhls.

General Jackson musterte ihn kritisch. Eigentlich wollte er gar nicht hören, was sein Untergebener gleich sagen würde, aber daran kam er wohl nicht vorbei. „Nun spucken Sie es schon aus."

„Die USS John C. Stennis hat sich abgemeldet, Sir."

„Abgemeldet?"

Murphy schlug die Augen nieder. „Admiral Kulkin hat heute früh durchgegeben, dass er sich und seine Männer aus dem Dienst der US-Navy entlässt."

„Bitte was?", schrie Jackson.

Murphy rutschte unbehaglich hin und her. „Er will auf eigene Faust operieren, hat er gesagt."

Jackson sprang auf. „Das ist Meuterei!"

„Ganz recht, Sir."

General Jackson war wie vor den Kopf geschlagen. Er kannte Admiral Kulkin persönlich. Er war ein hervorragender Offizier. Was trieb diesen Mann zu einer solchen Entscheidung? Seine Wut verrauchte so schnell, wie sie aufgekommen war, und hinterließ nur noch Fragen und Resignation.

„Was hat er noch gesagt?", erkundigte sich Jackson und setzte sich wieder hin. Egal was kam, ändern konnte er es ohnehin nicht.

„Das war im Wesentlichen schon alles, Sir. Ich habe die Nachricht hier, falls Sie sie sehen wollen", antwortete Murphy und fingerte ein Blatt aus seiner Mappe.

„Schon gut. Was denken Sie? Wie viele Schiffe hat er überhaupt?"

„Siebzehn. Neben der USS John C. Stennis noch zwei Lenkwaffenkreuzer, vier Zerstörer, drei Jagd-U-Boote und sechs Schnellboote. Der Rest sind Versorgungsschiffe, wie sie jeden Flugzeugträger-Verband begleiten."

„Das sind wie viele Mann?"

„Die John C. Stennis hat alleine sechstausend Mann Besatzung, darin eingerechnet ist das Flugzeugpersonal, der Rest sind knapp zweitausend auf den anderen Schiffen."

Achttausend Mann Besatzung waren in Zeiten wie diesen eine Menge. Eine Menge Kampfkraft, aber auch eine Menge Verantwortung. Auf dem gesamten Festland der USA gab es keine Truppe von dieser Größe mehr. Was hatte Kulkin vor? Jackson ließ sich nun doch den Funkspruch reichen, aber die Lektüre brachte ihn nicht weiter.

„Haben Sie die Situation analysiert, Major?"

„Sicherlich, Sir. Admiral Kulkin war vor den Philippinen, als die Seuche ausbrach. Er ist dann vier Wochen gekreuzt, eher er nach Westen abschwenkte. Er hatte mit langsamer Fahrt Kurs auf Hawaii, ist dann aber vor einem Tag scharf nach Süden abgedreht."

„Nach Süden?"

„Jawohl Sir. Wir vermuten, er will eine der Inselgruppen im Südpazifik ansteuern. Kiribati, Omoka, vielleicht die Pitcairninseln. Das wäre alles bei seinem jetzigen Kurs innerhalb weniger Tage zu erreichen."

„Was soll er da wollen?"

„Sich und seine Männer in Sicherheit bringen, Sir. Ich denke, Admiral Kulkin geht zu Recht von der Annahme aus, dass er eine Insel oder ein Atoll finden kann, das von den Ebolapocken noch nicht betroffen ist. Er könnte sich dort aufhalten, bis sich die Lage bessert."

„Bessert? Lächerlich! Und von was will er leben? Was sollen seine Leute essen?"

„Einige dieser Inseln sind groß genug, um dort Landwirtschaft zu betreiben, und Süßwasser gibt es dort auch. Fischen kann er in jedem Fall. Sicher wird das alles nicht einfach werden, aber unmöglich scheint es auch nicht. Ich denke, das größere Problem wird sein, die Disziplin aufrecht zu erhalten."

Lloyd Jackson ließ sich tief in seinen Sessel sinken. Wenn er ehrlich war, dann klang das, was Murphy ihm gerade gesagt hatte, nicht nur plausibel, sondern sogar verlockend. Es gab momentan mit Sicherheit viel schlimmere Orte auf dieser Welt als eine Südseeinsel. Dennoch war das Meuterei, und es blieb die Frage, wie er als Oberkommandierender der amerikanischen Streitkräfte darauf reagieren sollte. Viel tun konnte er nicht. Sicher musste er Admiral Kulkin seines Postens entheben und die Mannschaften zum Gehorsam den USA gegenüber aufrufen. Aber das war nur ein symbolischer Akt, den niemanden interessierte. Wirklich einschreiten kam jedenfalls nicht infrage. Ob der Präsident es schon wusste? Jackson kam der Gedanke ganz unwillkürlich. In Mount Weather mussten sie den Funkspruch des Admirals ebenfalls empfangen haben.

„Haben wir bereits eine Reaktion aus dem Bunker?"

Der Major schüttelte den Kopf. „Bisher nichts."

„Das wird nicht so bleiben. Hat sich Colonel Walsh endlich gemeldet?"

„Nein Sir."

„Verdammte Scheiße!"

Er beschloss, mit seinem Anruf beim Präsidenten abzuwarten.

***

Es klopfte an die Stirnwand, die das Fahrerhaus von der Ladefläche trennte. Lieutenant Kisner schreckte auf. Er wäre fast eingedöst, während der Lkw monoton Richtung Westen fuhr. Er blickte auf seine Armbanduhr. Weit konnte es nun nicht mehr sein. Es war bereits zwei Uhr. Kisner ging vom Gas und ließ den Laster langsam ausrollen. Anscheinend musste hinten jemand pinkeln, es wäre nicht das erste Mal.

Auf dem Beifahrersitz reckte sich Dr. Baldau und sah sich verschlafen um. Kisner beneidete ihn um den Schlaf, den er gehabt hatte. Er selber brauchte auch ganz dringend welchen. Seit über vierzig Stunden war er wach, seit genauso langer Zeit trug er die verdammte Gasmaske. Das Ding drückte und juckte, dass es kaum zum Aushalten war. Er blickte auf die Karte. Eine halbe Stunde noch, dann waren sie an der Ramstein Air Base.

Diese Tour kam ihm endlos lang und unendlich falsch vor. Er hatte in den letzten Stunden viel darüber nachgedacht, was er hier machte, warum er es machte und für wen. Das Ergebnis gefiel ihm überhaupt nicht. Er konnte sich tatsächlich nur auf die Befehle als Rechtfertigung berufen und auf sonst gar nichts. Dass das etwas wenig war, war ihm nur zu bewusst. Da hätte ihn auch Baldau nicht draufstoßen müssen, das hatte er schon ganz alleine erkannt. Auch das Argument, Landsleute zu retten, zog nicht. Das hätte man auch anders haben können, insbesondere, weil die Deutschen bereitwillig kooperiert hätten. Die ganze Aktion war Schwachsinn und mit seinem Gewissen kaum zu vereinbaren, aber er würde die Sache durchziehen, so oder so. Er war Elitesoldat, und darauf bildete Kisner sich etwas ein. Für einen Schwarzen aus einem der ärmsten Stadtteile von Detroit bedeutete es eine Menge, Offizier der Special Forces zu sein.

Der Laster stand. Kisner nahm den Gang raus, zog die Feststellbremse an und stellte den Motor ab. Dr. Baldau langte nach dem Türgriff.

„Wo wollen Sie hin?", knurrte Kisner.

„Ich muss auch pinkeln."

„Na gut, dann machen wir alle fünf Minuten Pause."

Kisner griff nach seinem Gewehr, öffnete die Fahrertür und stieg aus. Sie waren in einer leicht hügeligen Gegend, die Sonne schien, es war richtig idyllisch. Zu gerne hätte er sich die Gasmaske vom Gesicht gezogen und ein Mal tief durchgeatmet. Leicht frustriert schüttelte er den Kopf und ging nach hinten, um mit Sergeant Lansing zu sprechen. Zehn Meter entfernt stand einer der Wissenschaftler vor einem Baum und urinierte. Kisner ärgerte sich, dass Lansing ihn unbewacht so weit gehen ließ, und nahm sich vor, seinen Kameraden den Marsch zu blasen. Er hatte die Ladefläche erreicht, hob die Plane an und starrte in den Lauf einer M16.

„Keine Bewegung", schrie einer der Wissenschaftler.

Sergeant Lansing lag gefesselt und geknebelt am anderen Ende der Ladefläche. Kisner konnte sich denken, was passiert war. Lansing war eingeschlafen, und die Eierköpfe hatten ihre Chance genutzt. Er wog seine Optionen ab. Einer der Wissenschaftler hatte sich das Sturmgewehr des Sergeants genommen. Ein Blick verriet Kisner, dass die Waffe entsichert war, allerdings zielte der

Mann nicht richtig. Er hatte Kisners Kopf im Visier und wahrscheinlich keinen Schimmer, wie schnell sich ein Kopf wegducken konnte. Als Soldat lernte man, immer auf den Oberkörper zu halten, knapp über dem Bauch, wo der Körperschwerpunkt lag, der sich am langsamsten bewegte. Die anderen Wissenschaftler standen so ängstlich wie angespannt daneben. Was sollte er tun? Es wäre für ihn ein Leichtes, sich zu ducken, blitzschnell unter den Laster zu rollen und dann alle von unten mit Kugeln zu durchsieben. Die Idioten waren so gut wie tot und ahnten es nicht einmal. Amateure, die ein Soldat wie er in Sekundenschnelle austricksen würde. Aber konnte er das tun? Die Männer waren völlig unschuldig. Sie taten nur, was jeder in ihrer Situation getan hätte. Außerdem waren sie Wissenschaftler, die man noch brauchte, die Leben retten konnten und sollten. Wo stände er, wenn er sie erschoss, und konnte er danach noch in den Spiegel sehen?

Plötzlich drückte jemand etwas in seinen Rücken, das sich verdammt nach dem Lauf einer Pistole anfühlte.

„Es ist vorbei, Lieutenant. Bitte zwingen Sie uns nicht, Ihnen etwas anzutun."

Der Typ, der gepinkelt hatte, ging es Kisner durch den Kopf. Er hatte Lansings Pistole mitgenommen, und nun hatte er einen Gegner vor sich und einen hinter sich. Auch das wäre noch zu bewältigen. Er hatte in zahllosen Trainings gelernt, wie man jemanden angriff, der direkt hinter einem stand. Es waren mehr die Worte des Mannes, die ihn zur Aufgabe zwangen. Der Mann hatte recht, niemandem musste noch etwas angetan werden. Das wollte weder er noch die anderen. Kisner ließ sein Gewehr fallen.

„Haben Sie Sergeant Lansing verletzt?", fragte er.

Die Erleichterung war den Gesichtern der Männer anzusehen, und Kisner erwog, sie sich doch noch zu schnappen, sobald die Schusswaffen aus dem Spiel waren oder er sie sicher aus dem Spiel nehmen konnte.

„Ich glaube nicht, Lieutenant", sagte der Mann mit dem Gewehr. „Bitte überzeugen Sie sich selber, und bitte legen Sie auch Ihre Pistole ab."

Sonst was, dachte Kisner und musste sich ein Schmunzeln verkneifen. Diese Trottel hatten wirklich keinen Schimmer, wie man einen Mann festsetzte, und wahrscheinlich hatte der Kerl vor ihm zum ersten Mal in seinem Leben eine Waffe in der Hand. Es war ja schon ein Wunder, dass er sie entsichert hatte. Aber schießen würde er nicht, da war sich Kisner sicher.

„Ich komme hoch", sagte er, machte einen Satz auf die Ladefläche und ging auf den bewusstlosen Sergeant zu. Lansing hatte eine Platzwunde am Kopf.

„Wir haben uns gleich um ihn gekümmert", sagte jemand hinter ihm. „Er ist nicht schwer verletzt. Ich bin Arzt, ich kann das beurteilen."

Kisner fühlte kurz den Puls. Zu wissen, dass der Sergeant lebte, reichte ihm. Er drehte sich um. Noch immer zielte der

Mann auf ihn und hinten an der Ladefläche war nun auch Dr. Baldau aufgetaucht und machte ein so blödes Gesicht, dass Kisner laut loslachte.

„Bitte geben Sie uns Ihre Pistole", sagte der Mann mit der Waffe.

Kisner griff an sein Holster. Er hatte jetzt zwei Möglichkeiten. Blitzschnell die Waffe ziehen und erst den Kerl mit dem Sturmgewehr und dann den mit der Pistole erledigen. Oder, die Waffe ziehen und so tun, als ob er sie übergeben wollte, um sich dann den Mann mit dem M16 zu schnappen und den Kerl mit der Pistole zu erschießen. Beides war möglich und würde klappen, aber egal, wie er es drehte, mindestens ein Toter war das Ergebnis. Das wollte er nicht. Nein, die Sache musste ohne Blutvergießen über die Bühne gehen. Früher oder später würde sich dafür eine Möglichkeit finden.

„Passen Sie auf, dass Sie sich nicht selbst erschießen", sagte er und schmiss seine Pistole auf die Ladefläche, wo sie über den harten Boden schlitterte, bis sie an die Rückwand stieß.

XIV

Mechthild Beimer stand vor dem Haus in der Eppsteinstraße und kämpfte mit den Tränen. Ramona war so stolz gewesen, als sie hier eine Zweizimmerwohnung bekommen hatte. Eine der besseren Gegenden Frankfurts, mit viel Grün, gepflegten Mehrfamilienhäusern und guter Nahversorgung. Jetzt war ihre Tochter tot.

Zumindest war sich Mechthild ziemlich sicher, dass die Leiche dort oben in der Wohnung Ramona war. Die Größe passte, die Haarfarbe, und wer sonst außer ihrer Tochter sollte sich schon zum Sterben dorthin zurückgezogen haben? Mechthild hatte es nicht über sich gebracht, die Leiche näher zu untersuchen. Sie war aufgequollen und voller Fliegen und Maden, das Gesicht zerstört. Und der Gestank. Mechthild roch die Verwesung immer noch, oder aber sie bildete es sich ein. Die ganze Stadt schien nach Tod und Fäulnis zu riechen. Es war schlimm.

Sie ging zu ihrem Auto, öffnete die Tür und setzte sich hinein. Wieder flutete die Trauer wie eine Welle durch sie hindurch. Mechthild ließ es geschehen. Sie war unendlich müde und seelisch erschöpft. Bis vor einer Stunde hatte es wenigstens noch etwas Hoffnung gegeben, dass Ramona lebte, jetzt blieb nichts als Leere. Wieso durfte sie weiterleben und ihre Tochter nicht? Das sollte nicht sein, dass Eltern die eigenen Kinder überlebten, das war grundfalsch. Sie schluchzte auf und ließ den Tränen freien Lauf. Es tat gut, sich gehen zu lassen, die Emotionen nicht mehr zurückzudrängen. Hier war nichts und niemand, vor dem sie sich schämen musste.

Sie schniefte, zog ein Taschentuch hervor und schnäuzte sich. Wie sollte sie Ramona nur beerdigen? Ging das überhaupt? Die Leiche zu bewegen, war nicht nur körperlich schwer. Konnte sie das? Und wohin sollte sie den Körper bringen? Hier gab es nichts als Asphalt und einige Straßenbäume. Ein Hinterhof, ein Garten? Wo bekam sie Werkzeug her, einen Spaten? Mechthild schaute die verlassene Eppsteinstraße hinab, als ob dort irgendwo die Lösung sein könnte.

Nein, das schaffte sie nicht. Sie drehte sich zur Seite und schaute auf das Haus, auf die Fenster im dritten Stock, hinter denen Ramonas Leiche lag. Wieder kamen ihr die Tränen.

Eine Stunde später hatte sie die Frankfurter Stadtgrenze endlich hinter sich. Ihre Tochter unbeerdigt zurückzulassen, hatte Mechthild an die Grenzen dessen getrieben, was sie ertragen konnte. Dazu kam noch die unheimliche Fahrt durch die verlassene und verkommene Großstadt. Sie ging vom Gas, hielt an einer Parkbucht und stieg aus. Alles schien ihr so sinnlos und vergeblich. Sollte sie wirklich bis Hamburg fahren und dort nach Melanie suchen? Was anderes konnte sie sich erhoffen, als das, was sie hier vorgefunden hatte? Würde sie es ertragen, auch ihre zweite Tochter tot aufzufinden? Mechthild wusste es nicht. Sie öffnete die Beifahrertür des Golfs und nahm eine Flasche Mineralwasser heraus.

Die Fahrt nach Frankfurt war schon schlimm gewesen. Die toten Städte und Dörfer, der Verfall, die völlige Abwesenheit anderer Menschen, das alles setzte ihr zu. Nie hätte sie sich vorstellen können, dass in wenigen Wochen ein ganzes Land unterging. Nie hätte sie geglaubt, dass alles so schnell gehen könnte. Frankfurt zu durchfahren war, wie in die Kulissen einer ausgestorbenen Kultur zu geraten. Schrecklich. Sie tat einige Schritte vom Auto weg und blickte dabei nach Süden, wo die letzten Wohnviertel der Stadt lagen.

Die Strecke bis Hamburg war vier Mal länger als das, was sie hinter sich hatte. Sie würde mehr als einen Tag brauchen, um dorthin zu kommen. Einige Straßen würden unpassierbar sein, weil verlassene Fahrzeuge sie blockierten, andere würden mit Straßensperren abgeriegelt sein, wie sie es schon mehrmals gesehen hatte. Und wenn sie dann endlich dort war, musste sie durch den Elbtunnel. Ging das überhaupt oder gab es eine Alternative? Sie musste sich Straßenkarten besorgen, jetzt, wo kein Navigationsgerät mehr funktionierte. Und das alles nur, um bestenfalls Melanies Leiche zu finden.

Mechthild trank einen großen Schluck aus der Wasserflasche. Aber eine ganz kleine Chance, dass Melanie noch lebte, gab es doch. Vielleicht hatte sie sich aus der Großstadt rechtzeitig abgesetzt, vielleicht hatte sie sich irgendwo versteckt, und in ihrer Wohnung fand sich eine Nachricht, wo man sie finden konnte? Vielleicht. Es war nur eine ganz schwache Hoffnung, aber wenn sie ihre Tochter lebend fand, dann konnte sie ihr helfen, jetzt, wo es einen Impfstoff gab.

Mechthild Beimer verschloss die Flasche, ging zum Auto zurück, setzte sich hinein und startete den Motor. Sie musste es versuchen.

***

General Jackson konnte nicht länger warten. Es war schon früher Nachmittag, und immer noch gab es keine Nachricht aus Deutschland, dafür drei Rückrufbitten aus dem Bunker. Der Präsident wurde ungeduldig. Aber was sollte er ihm sagen? Welche Handlungsmöglichkeiten anbieten, sowohl in Deutschland als auch im Pazifik, wo sich Admiral Kulkin jedem Kommunikationsversuch entzog? Das würde kein leichtes Gespräch werden, insbesondere, wenn man die Weltfremdheit des Präsidenten in Betracht zog. Dennoch hatte Jackson in den sauren Apfel gebissen und sich eine Leitung geben lassen. Nun wartete er mit dem Hörer in der Hand hinter seinem Schreibtisch, bis jemand den Präsidenten gefunden und ans Telefon gebracht hatte.

„Lloyd, na endlich!", dröhnte es aus dem Lautsprecher, und Jackson zuckte zusammen. „Wo haben Sie gesteckt, verdammt? Ich habe versucht, Sie zu erreichen."

„Ich war hier beschäftigt, Sir. Die Sache mit Admiral Kulkin, Sir."

Damit hatte er jede Wut von sich auf den Admiral abgelenkt, wie er es im Vorfeld geplant hatte. Und tatsächlich ging das Schimpfen sofort los.

„Dieser Verräter, dieser Dreckskerl, dieser Demokrat! Ich habe schon immer gewusst, dass Kulkin ein Linker ist, das sag ich Ihnen. Wissen Sie, woher der kommt? Aus New England. Aus Boston! Da gibt es nur dieses linke Gesindel, dieses demokratische Establishment, zum Kotzen. Ich sag Ihnen was, Lloyd. Wir hätten alle diese Wichtigtuer aus der Army schmeißen sollen, als wir noch Gelegenheit dazu hatten. Alle!"

„Sicher, Sir, aber leider ist es nun zu spät dafür."

„Ich will, dass Sie sich diesen Kulkin vorknöpfen, Lloyd."

„Ich habe bereits seine Absetzung verfügt und unsere Truppen aufgerufen, ihm keinen Gehorsam zu leisten."

„Schwachsinn! Da hört doch keiner drauf. Sie müssen ihn fertigmachen."

„Sir, wir können ihn nicht fertigmachen. Wie stellen Sie sich das vor?"

„Schicken Sie Admiral Moorer, schicken Sie die USS Gerald R. Ford."

War der Mann wahnsinnig?, schoss es Jackson durch den Kopf. Wollte der Präsident allen Ernstes Amerikaner gegen Amerikaner kämpfen lassen? Das musste er verhindern, irgendwie. „Die USS Gerald R. Ford hat kaum noch Vorräte, Sir. Außerdem ist der Verband viel zu weit entfernt."

„Zu weit? Wieso das denn? Meine Berater hier im Bunker sagen mir, dass Moorer es in einer Woche schaffen kann. Eine Woche!"

„Theoretisch, Sir. Aber praktisch hat er nur noch für wenige Tage Vorräte an Bord, und seine Begleitschiffe haben kaum noch Kraftstoff."

„Dann sollen Sie einen Stützpunkt anlaufen und sich versorgen."

„Dann würden sie unweigerlich mit dem Virus in Berührung kommen."

„Das würden sie sowieso, wenn ihnen in einigen Tagen das Fressen ausgeht. Hören Sie auf mit Ihren Ausreden, Lloyd. Ich will, dass Sie Moorer schicken. Haben Sie mich verstanden?"

„Sicher, Sir." Darauf gab es nur diese eine Antwort. Er musste das Thema schnell wechseln. „Aus Deutschland haben wir immer noch keine Nachricht, Mr. President."

„Das hat man mir auch schon gesagt. Was ist der Grund?"

„Den kennen wir nicht, vermuten aber, dass Colonel Walsh Probleme mit der Kommunikation hat."

„Das wollen wir doch hoffen. Schicken Sie wen zum Nachsehen."

„Sicher, Sir."

„Jetzt aber zu etwas anderem. Was war im Weißen Haus? Haben Sie Earl gefunden? Ist er noch da?"

General Jackson konnte ein Aufstöhnen gerade noch verhindern. „Nein, Sir. Das Weiße Haus ist leer und verlassen. Niemand ist mehr dort."

„Haben Sie im Keller nachgesehen?"

„Sicherlich. Wie gesagt: Es ist niemand mehr dort."

„Und haben Sie Fotos gemacht, Videos?"

„Selbstverständlich. Ich lasse sie Ihnen gerne zukommen, muss aber darauf hinweisen, dass wir für die Videos viel Bandbreite brauchen. Es würde die Kapazität unserer Kommunikationsverbindung erheblich belasten."

„So?"

„Ja, Sir. Wir sind, was das angeht, eingeschränkt. Die normalen Leitungen funktionieren nicht mehr."

„Egal, ich muss das sehen."

Natürlich war es dem Spinner wichtiger, seine Paranoia zu bedienen, als die Kommunikation zwischen dem Pentagon und dem Bunker in Mount Weather aufrecht zu erhalten. Es würde eine oder zwei Stunden nichts anderes übertragen werden können als die verdammten Aufnahmen eines leeren Hauses, als wenn es nichts Wichtigeres gab.

„Ich werde die Datenübertragung veranlassen."

„Machen Sie das, Lloyd. Und hetzen Sie diesem Verräter Admiral Moorer auf den Hals."

„Sicher, Sir. Ich melde mich dann, wenn es Neues gibt."

„Machen wir es so, Lloyd. Ach, und beschleunigen Sie bitte diese Deutschlandsache. Ich will endlich aus diesem Bunker raus."

General Jackson schmiss den Hörer wütend auf den Schreibtisch und stand auf. Es war eine echte Strafe, mit so einem Idioten zusammenzuarbeiten. „Beschleunigen Sie die Deutschlandsache", murmelte er, „schicken Sie Admiral Moorer. Was für ein Unfug." Auf keinen Fall wollte er, dass sich amerikanische Soldaten im Pazifik gegenseitig umbrachten. Am besten noch mit Atomwaffen, denn beide Flugzeugträger verfügten darüber. Eine schreckliche Vorstellung, und wofür? Eigentlich müsste er Moorer empfehlen, es Admiral Kulkin nachzutun und sich eine einsame Insel zu suchen, bis es irgendwann besser war. Aber er hatte den Befehl bekommen, die USS Gerald R. Ford in Marsch zu setzen. Wie kam er da raus? Der Präsident würde es schnell erfahren, wenn er nichts oder etwas Falsches unternahm. Er musste also Moorer kontaktieren und ihm durch die Blume sagen, dass er bitte keinen Krieg anzetteln sollte, und er brauchte einen Ansprechpartner im Bunker, irgendwen, der bei klarem Verstand war.

General Lloyd Jackson stand auf und trat ans Fenster. Er musste nachdenken.

***

Vizekanzler Schmidt stocherte lustlos in der Notration herum, die ihm jemand als Mittagessen auf den Schreibtisch gestellt hatte. Das Zeug schmeckte nach Konservierungsstoffen, richtig künstlich, war völlig verkocht, und Salz fehlte auch. Das alles besserte seine Laune nicht, auch wenn er mittlerweile mit Staatssekretär Brandtner hatte sprechen können, der ihm die ersten positiven Meldungen aus Klingenbronn bestätigt hatte.

Wie Schmidt es befürchtet hatte, hatten die Amerikaner nicht gezögert, die Impfstoffproduktion unter ihre Kontrolle zu bekommen. Er hatte offiziell in Washington protestiert, aber keine Reaktion bekommen. Und dass es tatsächlich gelungen war, die Amis zu verjagen, war nach Schmidts Auffassung reines Glück, auch wenn ihm Brandtner das als persönliche Heldentat hatte verkaufen wollen. Sicher hatte er seinen Teil dazu beigetragen, aber ganz sicher war der Staatssekretär nicht für alles verantwortlich, was dort so glücklich über die Bühne gegangen war. Aber wie immer es auch gewesen sein mochte, sagte sich der Vizekanzler und schob das Tablett mit dem Essen von sich, die Sache war noch nicht vorbei. Zwar glaubte er nicht an eine baldige Rückkehr der Amerikaner, aber es würde nicht lange dauern, und andere Staaten bekamen ebenfalls Wind davon. Momentan sah er keine Möglichkeit, das zu verhindern. Wie auch, wenn einem nur noch ein ganz kleiner Bruchteil der üblichen Möglichkeiten zur Verfügung stand? Es würde sich herumsprechen, und die Engländer wären die ersten, die es erfuhren. Sie hatten immer noch gute Kontakte in die USA. Was also sollte er tun? Bisher waren ihm nur zwei Möglichkeiten in den Sinn gekommen. Die erste war, mehr Truppen nach Klingenbronn zu schicken und die Produktionsanlage so gut zu sichern, dass ihnen niemand mehr gefährlich werden konnte. Das war ein schöner Plan, scheiterte aber sofort daran, dass er nicht mehr über nennenswerte Truppen verfügen konnte. Alles, was von der Bundeswehr noch übrig war, musste da runter, keine Frage, aber viel war das nicht.

Die zweite Möglichkeit war, offen zu kommunizieren, was sie hier hatten, und sämtlichen Staaten Know-how und Unterstützung anzubieten. Aber genau das hatte er auch bei den Amerikanern versucht, mit dem bekannten Ergebnis. Wie würden die Russen reagieren, wie die Chinesen? Aus Moskau hatte er seit Tagen nichts mehr vernommen. Ob der angebliche Putsch tatsächlich stattgefunden hatte, ob er erfolgreich gewesen war oder nicht, das alles wusste er nicht. War die jetzige russische Führung noch die alte, oder saß jemand ganz anderes im Kreml? Ein Militär sogar? Den Russen traute er vieles zu, und Soldaten hatten sie in rauen Mengen, dafür umso weniger Skrupel. Gut möglich, dass man in Moskau nicht lange fackeln würde.

Die zweite große Unbekannte war China. Das Land hatte sich bewusst abgesondert und blockierte alle Versuche der Kontaktaufnahme. Das verwunderte Schmidt nicht, aber ohne Kommunikation war es eben unmöglich, den anderen einzuschätzen. Auch China traute er alles zu, obwohl man dort immer so freundlich tat. Der Rest der Welt machte ihm weniger Sorgen. Es waren die beiden übrigen großen Atommächte, die ihm Kopfschmerzen bereiteten, denen schon vor der Katastrophe die eigenen Interessen wichtiger waren als alles andere. Das würde jetzt nicht anders sein.

Auf wen konnte er zählen? Die Einzigen, auf die Schmidt sich bedingungslos verlassen wollte, waren die Franzosen. Er kannte einige aus der französischen Regierung persönlich, und so manchen seit vielen Jahren. Leider war der Präsident tot und auch der Premierminister lebte nicht mehr, aber den Außenminister kannte er, und der lebte noch, zumindest war es vor drei Tagen noch so gewesen. Vizekanzler Schmidt stand auf und streckte sich. Es war unheimlich still in seinem Büro, ja im ganzen Haus. Als wenn alle tot wären. Er schüttelte sich. Nein, er sollte sich nicht ablenken lassen. Die Franzosen wussten bereits, dass sie kurz davor waren, einen Impfstoff zu entwickeln. Jetzt würde er ihnen nicht nur sagen, dass sie bereits dabei waren, eine Produktion in Angriff zu nehmen, sondern die Franzosen bitten, mit einzusteigen. Dadurch müsste man sich das Ergebnis zwar teilen, und unter Umständen brauchte es länger, bis auch der letzte Deutsche an eine Impfung kam, aber das war besser, als alles zu verlieren. Er brauchte Verbündete. Schmidt setzte sich wieder hin und griff zum Telefon.

***

Alex war mit der Situation völlig überfordert. Er strich sich nervös immer wieder über den Bauch, als wenn er Hunger hätte. Hatte er auch, hatte er immer, aber das war in diesem Fall nicht der Grund. Sergeant Lansing und Lieutenant Kisner saßen mit dem Rücken an die Hinterreifen des Lkw gelehnt auf dem Asphalt und sahen ihn gespannt an. Zumindest Kisner schaute gespannt, und etwas belustigt, wie es Alex schien. So genau war das durch die Gasmaske nicht zu erkennen.

Michael stand mit dem Sturmgewehr schräg hinter ihm, und wenn Alex ehrlich war, dann fand er das nicht gerade beruhigend. Der ganze Überfall war Michaels Idee gewesen, und Alex erkannte neidlos an, dass er das gut gemacht hatte, aber wie ging es jetzt weiter?

„Wir müssen sie fesseln, Alex!", verlangte Michael zum wiederholten Mal.

„Ich lasse mich von euch nicht fesseln", kam es sofort von Kisner zurück.

„Ich warne Sie! Ich habe die Waffe", drohte Michael.

„Komm nur her und versuch, mich zu fesseln", antwortete Kisner völlig ruhig.

Diese Diskussion führten sie schon seit mehreren Minuten, und es wurde langsam lächerlich. Alex wurde den Eindruck nicht los, dass Kisner an ihrer Hilflosigkeit Spaß hatte. Wahrscheinlich waren sie die schlechtesten Bewacher der Welt.

„So kommen wir doch nicht weiter", sagte Alex und hob begütigend die Hände. „Wir müssen gemeinsam eine Lösung finden."

„Was soll das wohl für eine Lösung sein, du Spinner", entgegnete Michael wütend und wandte sich ihm zu. „Wir haben die überwältigt, und jetzt sind wir am Drücker. Die werden gefesselt und dann bringen wir sie zurück nach Klingenbronn. Dort kann sich dann die Bundeswehr um die beiden kümmern. So einfach ist die Lösung, Alex."

„Wir werden keinesfalls nach Klingenbronn gehen", sagte Kisner.

Michael drehte sich wieder zu ihm. „Dann werde ich Sie erschießen!"

Dem Lieutenant rang die Drohung nur ein Lächeln ab. Michael sah Alex hilfesuchend an. Das Ganze war grotesk.

„Können wir uns unter vier Augen unterhalten?", fragte Alex.

Kisner nickte und stand auf.

„Spinnst du?", rief Michael, „der macht dich fertig."

„Du nimmst bitte die Waffe runter, mein Freund. Nicht, dass du versehentlich auf mich schießt. Kapiert?"

Michael schaute ungläubig, tat aber, was Alex wollte. Dann richtete er plötzlich die Waffe auf Sergeant Lansing. „Wenn Sie Alex angreifen, erschieße ich ihn", drohte er Kisner.

„Wenn du auf meinen Kameraden schießt, bring ich dich um", antwortete der Lieutenant und ging auf Alex zu.

Alex war unwohl bei dem, was er nun tat, aber es schien ihm die einzige Möglichkeit zu sein. Er hatte Kisner als intelligenten und zuverlässigen Mann kennengelernt, der sich an Absprachen hielt. Sie hatten sich lange genug unterhalten, um das einschätzen zu können. „Kommen Sie", sagte er, „gehen wir einige Schritte."

Die Straße in dem malerischen Tal lag dreckig und unberührt vor ihnen. Kisner schloss auf und sie liefen einige Meter nebeneinander her, ohne dass jemand etwas sagte.

„Wie kommen wir aus der Nummer raus?", fragte Alex und zeigte damit, dass er die schlechteren Nerven hatte. „Ich will nicht, dass jemand verletzt oder getötet wird."

„Das haben wir gemeinsam, Herr Dr. Baldau. Ich denke, Sie haben aber auch Verständnis dafür, dass ich und mein Kamerad weder bereit sind, mit leeren Händen abzuziehen, noch, dass wir uns gefangen nehmen lassen."

Alex schaute Kisner verblüfft an. „Sie sind bereits gefangen genommen worden."

„Ich habe die Waffen gestreckt, um unnötiges Blutvergießen zu vermeiden, sonst nichts."

War der Lieutenant nur arrogant, oder hatte er sich tatsächlich zurückgehalten? Alex tippte auf Letzteres. Er hatte keine Ahnung, was ein Elitesoldat alles draufhatte, aber er kannte den Unterschied zwischen einem Profi und einem blutigen Laien. Im Endeffekt war es aber auch unwichtig. Ihre Position hatte sich jedenfalls wesentlich verbessert, und nun musste er eben schauen, ob die Bedingungen, die Kisner stellen wollte, annehmbar waren. Und wenn nicht? Darauf hatte er auch keine Antwort.

„Ich denke, Ihnen ist klar, dass wir uns keinesfalls nach Ramstein bringen lassen werden", sagte er.

„Sie gehen nicht nach Ramstein, ich gehe nicht nach Klingenbronn, Herr Dr. Baldau. Unsere Wege trennen sich hier, wenn auch nicht für immer."

Verblüfft blieb Alex stehen. „Wie bitte?"

„Sergeant Lansing und ich werden alleine nach Ramstein fahren. Die Virusproben nehmen wir allerdings mit. Ich kann und will dort nicht mit leeren Händen auftauchen, außerdem will ich, dass mein Land in die Lage versetzt wird, selber einen Impfstoff herzustellen. Ich brauche deshalb Ihr Wissen."

„Ich werde nicht mitkommen!"

„Das brauchen Sie auch nicht. Wir werden in den USA genügend Experten haben, um selber klarzukommen. Wir haben eine Behörde in Atlanta, das CDC, die werden schon wissen, was zu tun ist. Ich will dennoch, dass Sie alles aufschreiben, was unseren Leuten weiterhilft. Die Vorgehensweise … alles." Kisner wandte sich ihm zu und nahm eine drohende Haltung ein. „Ich kenne mich in dieser Sache nicht aus, Herr Dr. Baldau. Ich muss Ihnen vertrauen, dass Sie nichts verschweigen."

Alex nickte. Kisner wusste also nicht, dass das CDC nicht mehr existierte. Er überlegte, ob er ihm das sagen sollte, aber dazu konnte er sich nicht überwinden. Es hätte Kisners gesamten Plan ruiniert, und das Ergebnis wäre gewesen, dass Alex wieder da stand, wo sie vorher auch gewesen waren. Nein, das sollte das Problem der Amerikaner bleiben. So weit reichte seine Verantwortung nicht. „Sicher, Lieutenant, das kann ich tun. Ich sehe keinen Grund, warum ich etwas verschweigen sollte. Im Gegenteil. Ich will auch, dass möglichst vielen Menschen geholfen wird."

„Gut, dann machen wir es so."

Alex streckte die Hand aus und Kisner griff zu. „Ich will, dass wir in Kontakt bleiben, Herr Dr. Baldau. Falls noch Fragen auftauchen sollten."

„Wie soll das gehen?"

„Über Funk selbstverständlich. Ich werde Ihnen eine Frequenz nennen, und Sie stellen sicher, dass Sie dort erreichbar sein werden. Wie das geht, werden Ihnen die Bundeswehrsoldaten in Klingenbronn verraten."

Alex nickte. Dann sah er Kisner lange an. Außer den braunen Augen und etwas Haut drumherum war nichts von seinem Gesicht zu erkennen. Er verstand den Lieutenant und seine Handlungsweise. Irgendwie tickten sie ähnlich, und unter anderen Umständen wären sie wohl Freunde geworden.

„Was ist mit Ihnen persönlich?", fragte Alex. „Sie wollen doch sicher auch geimpft werden."

Um Kisners Augen bildeten sich kleine Falten. „Darum geht es mir nicht in erster Linie, das wissen Sie. Aber danke für das Angebot, ich werde es sehr gerne wahrnehmen."

„Ich sorge dafür."

***

Staatssekretär Norbert Brandtner war mit sich und der Welt zufrieden. Er saß auf einer Bank vor dem Altenheim von Klingenbronn und genoss die warme Oktobersonne. Nach dem Regenwetter der letzten Tage tat das einfach gut, und viele Gelegenheiten, draußen in der Sonne zu sitzen, würde es dieses Jahr nicht mehr geben. Deshalb genoss er es und dachte nach. Die Wissenschaftler im Werk waren bereits wieder bei der Arbeit, und die Bundeswehrsoldaten halfen, wo sie konnten. Es lief gut, und das war nach Brandtners Meinung nicht zuletzt ihm zu verdanken. Hätte er nicht so energisch auf einen Angriff gedrängt, ständen sie nun ganz anders da. Er war ein wenig stolz auf sich. Die nächsten Tage versprachen, ruhig zu werden. Er wollte das nutzen, um sich zu erholen. Danach musste er dann alles geben, um aus diesem Kaff ein Hilfszentrum zu machen, das den Namen auch verdiente. Das würde alles andere als einfach werden. Vor allem fehlten Material und Personal, um hier in großem Umfang Menschen unterzubringen und versorgen zu können. Zwar hatte Schmidt ihm Unterstützung zugesagt, aber er wusste aus eigener Anschauung, wie bescheiden die Mittel noch waren. Brandtner überlegte ebenfalls, das Hilfszentrum in eine größere Stadt zu verlegen. Nicht zu weit weg, damit die Nähe zum Pharmawerk kein Problem wurde, aber doch an eine Stelle, wo die Versorgung besser war. Marburg war zum Großteil zerstört und schied deshalb aus. Aber er wollte sich auf jeden Fall Gießen und Wetzlar ansehen, bevor er sich endgültig festlegte.

„Haben Sie jetzt das Kommando?", fragte eine weibliche Stimme. Brandtner schaute auf. Eine zierliche, dunkelhaarige Frau Anfang dreißig sah ihn fragend an. Sie war mit im Tross gewesen, als es aus Berlin hierher ging. Er hatte sie häufig zusammen mit Dr. Baldau gesehen.

„Nun ja, also Kommando würde ich das nicht nennen", antwortete er, „aber ich bin der ranghöchste Vertreter des Innenministeriums hier vor Ort, und das Innenministerium ist federführend."

Das Gesicht der Frau verfinsterte sich. „Politiker, nicht wahr?"

„Ja, wieso?"

„So wie Sie redet kein normaler Mensch."

Das hörte Brandtner nicht zum ersten Mal, und deshalb perlte das an ihm ab wie das Wasser an der Ente. „Wie kann ich Ihnen helfen?", fragte er freundlich.

„Ich komme von der Sporthalle, dem Notfalllager. Wir haben es heute früh geschlossen."

„Geschlossen?"

„Ja, es ist niemand mehr da. Keine Patienten meine ich."

„Ach so, ja dann." Brandtner überlegte, wie er mit der Nachricht umgehen sollte und was das für seine Pläne bedeutete. Eine Sporthalle ließ sich eigentlich für vieles zweckentfremden. „Es kann sein, dass wir die Halle in naher Zukunft wieder brauchen."

„Gut, dann gebe ich Ihnen die Schlüssel", sagte die Frau, langte in die Hosentasche und schmiss ihm einen Schlüsselbund zu. Brandtner fing das Ding mit beiden Händen. „Wiedersehen", sagte sie noch, dann lief sie an ihm vorbei auf den Eingang des Altenheims zu.

„Auf Wiedersehen", murmelte er verwundert. Warum war die so unfreundlich? Er sah sich kurz den Schlüsselbund an, dann steckte er ihn weg, lehnte sich nach hinten und schloss die Augen. Die Sonne brannte noch ganz schön. Das musste er genießen.

„Herr Staatssekretär!" Die Stimme kannte Brandtner und wollte die Augen am liebsten geschlossen halten. Wahrscheinlich sollte er sich zum Entspannen einen anderen Ort aussuchen. Das Altenheim war zu einem der wenigen Orte in der Stadt geworden, der regelmäßig Leute anzog. Mit einem Seufzen beugte er sich vor. Heiner Schepers und seine Entourage waren im Anmarsch. Er konnte Schepers nicht leiden, aber wer konnte das schon?

„Herr Staatssekretär", wiederholte Schepers, als er auf wenige Meter heran war. „Ich sehe, Sie genießen diesen schönen Altweibersommer. Prächtig, nicht wahr?"

„Ja, wunderbar." Schepers sah aus, wie aus dem Ei gepellt. Der Anzug saß tadellos und war auch nicht verknittert. Frisch rasiert war er auch, und die Haare hatte er sich mit Gel nach hinten gekämmt. Aber was auch immer ihn hierher getrieben hatte, es konnte nichts Angenehmes sein. Also war es wohl am besten, das Ganze schnell hinter sich zu bringen und auf den leidigen Small Talk zu verzichten. „Was treibt Sie her?"

„Gut, dass Sie fragen, Herr Brandtner. Also, es geht nochmals um die Unterbringung. Wenn jetzt Dr. Baldau und vier weitere Wissenschaftler nicht mehr hier sind, dann müssen im Altenheim doch Zimmer frei sein."

Natürlich, was auch sonst, dachte sich Brandtner. Schepers ging es um die eigene Bequemlichkeit und sonst nichts. „Das schon, aber wir erwarten in Kürze weitere Hilfskräfte, die dann hier untergebracht werden sollen. Tut mir leid", antwortete er.

„Aber Herr Brandtner, das macht doch nichts. Können wir denn wenigstens so lange die leer stehenden Zimmer bewohnen, bis diese Hilfskräfte eingetroffen sind?"

Das war eine Falle. Wenn Schepers erst mal drin war, würden ihn zehn Pferde nicht mehr aus dem Heim herausbekommen. „Die können jeden Augenblick eintreffen, Herr Schepers", log Brandtner. „Glauben Sie mir, das lohnt sich nicht. Besser, Sie versuchen dort, wo Sie jetzt wohnen, sich einzurichten."

„Aber wir haben keinen Strom, kein Wasser. Herr Staatssekretär, bitte, können uns nicht wenigstens die Soldaten etwas zur Hand gehen?"

Statt selber zu helfen oder wenigstens Mithilfe anzubieten, fragte der Kerl nur nach kostenloser Unterstützung, ärgerte sich Brandtner und setzte schon zu einer Antwort an, als er ein Brummen hörte. Irritiert sah er sich um. Dann erfasste er, dass das Geräusch von oben kam, und er richtete seinen Blick in den Himmel. Ganz klein waren im Westen schwarze Punkte zu sehen, die schnell größer wurde. Alle waren seinen Blicken gefolgt und starrten gespannt in den Himmel. Das Brummen wurde lauter und bald erkannte man die Konturen der Flugzeuge, die Flügel und die Propeller und dann sah Norbert Brandtner, dass es Militärmaschinen waren. Er musste sofort zum Werk. Sie wurden angegriffen.

XV

General Jackson war nervös wie selten. In der linken Hand
hielt er den Telefonhörer, mit der rechten tippte er
unentwegt auf die Oberfläche des Schreibtisches ein. Was
er jetzt machte, konnte ihm seinen Job kosten oder sogar
die Freiheit. Amerikanische Soldaten wurden auf die
Verfassung vereidigt. Amerikanische Offiziere zusätzlich
noch auf den Präsidenten. Lloyd Jackson hatte vor über
dreißig Jahren geschworen, den Befehlen des Präsidenten
der Vereinigten Staaten Folge zu leisten. Wenn er nun
bewusst dagegen verstieß, war das ein Verbrechen. Er war
kein mutiger Mann, dessen war er sich bewusst, und
dennoch gab es keinen anderen Weg. Als Oberbefehlshaber
der Armee konnte er es nicht verantworten, Amerikaner
gegen Amerikaner kämpfen zu lassen, nicht jetzt, nicht in
diesen Zeiten und unter diesen Umständen. Der Befehl des
Präsidenten war zutiefst unmoralisch, sinnlos und würde
nicht als zusätzliches Leid und Tod bedeuten.

General Jackson hatte lange überlegt, wen im Bunker er
Vertrauen schenken konnte. Viele waren das nicht. Der
Präsident hatte in erster Linie seine Speichellecker
mitgenommen. Marionetten, die ihm nach dem Mund
redeten, die mit nichts anderem beschäftigt waren, als um
seine Gunst zu buhlen, und die nicht zögern würden,

Jackson ans Messer zu liefern. Er aber brauchte jemanden mit Rückgrat und am besten auch noch Einfluss.

„Guten Morgen, General", tönte es aus dem Hörer. „Schön, von Ihnen zu hören. Was kann ich für Sie tun?"

Das klang nicht schlecht, dachte Jackson. Emerson hatte sowohl seine Überraschung über die Kontaktaufnahme ausgedrückt, als auch seine Bereitschaft bekundet, sich anzuhören, was auch immer er ihm mitteilen wollte. „Guten Morgen Mr. Emerson", sagte Jackson höflich. „Wie ist die Lage im Bunker?" Die vermeintlich unverfängliche Frage war eine Botschaft und ein Test zugleich. Wenn er sich in Emerson nicht geirrt hatte, würde der stellvertretende Justizminister ihn verstehen. Er war ein Republikaner alter Schule, ein Top-Jurist und einflussreicher Abgeordneter des Kongresses. Kein Mann des Präsidenten.

„Nun ja", antwortete Emerson nach kurzem Zögern, „die Lage ist selbstverständlich angespannt. Was aber auch angesichts der Umstände nicht anders zu erwarten war. Es sind schwierige Zeiten."

Mehr konnte er nicht erwarten, dachte Jackson. Die Botschaft war klar gewesen. Jetzt musste er die Hosen runterlassen. Er atmete tief durch. „Ich muss einige Dinge mit Ihnen bereden, die mir Sorgen bereiten. Dinge, die unter uns bleiben müssen." Jackson ließ den Satz in der Luft hängen, aber Emerson antwortete nicht. Das war schade, er hatte auf ein weiteres Zeichen gehofft. Sollte er trotzdem weitermachen? Hatte er eine Wahl? Jackson gab sich einen

Ruck. Da musste er nun durch. „Es geht um die Flotte von Admiral Kulkin. Der Präsident will, dass ich ihm Admiral Moorer auf den Hals hetze. Er will, dass Moorer Kulkin angreift, um es ganz deutlich zu sagen."

„Ich habe davon gehört."

„Gut, dann ist Ihnen sicherlich auch bewusst, was ein Kampf zweier hochgerüsteter US-Trägerflotten bedeuten würde. Hunderte oder gar Tausende toter Soldaten. Soldaten, die größtenteils nichts mit der Entscheidung des Admirals, sich abzusetzen, zu tun haben. Soldaten, von denen wir jeden einzelnen noch dringend benötigen werden."

„Sicher, da gebe ich Ihnen recht, aber wir können Kulkin auch nicht einfach so davonkommen lassen."

„Natürlich nicht, Mr. Emerson. Aber es wäre besser, abzuwarten. Meiner Meinung nach ist es nur eine Frage der Zeit, bis der Admiral scheitern wird. Auf Dauer kann er seine Truppen nicht auf irgendwelchen kleinen Pazifikinseln ernähren und unter Kontrolle halten. Vergessen Sie nicht, dass die USS John C. Stennis auf dem Heimweg war. Alle an Bord der Schiffe haben Familie und Verwandte in den USA. Die werden nicht auf Jahre dort ausharren wollen. Anders ausgedrückt: Es ist nur eine Frage der Zeit, bis jemand Admiral Kulkin ablösen wird. Dann kommt unsere Stunde. Außerdem will ich nicht auch noch die USS General Ford und Admiral Moorer opfern. Wir brauchen jeden Träger, der noch einsatzbereit ist. Wir haben nur noch drei."

„Ihre Argumente klingen plausibel", sagte Emerson so vorsichtig wie möglich, und Jackson atmete durch. Er hatte sich nun so weit vorgewagt, dass es kein Zurück gab.

„Ich werde Admiral Moorer deshalb abweichende Befehle geben, Mr. Emerson, Befehle, von denen der Präsident nichts erfahren sollte."

„Man wird den Funkverkehr hier mitbekommen, General. Ich wüsste nicht, wie man das verhindern sollte."

„Sollte man auch nicht. Ich muss nur jemanden haben, der ... sagen wir ... den Funkbefehl etwas verkürzt."

Am anderen Ende der Leitung herrschte Stille. Emerson war nun an dem gleichen Punkt, an dem kurz vorher Jackson gewesen war: Er musste sich entscheiden.

„Bevor ich Ihnen antworte, General", sagte Emerson, „muss ich wissen, wie es um die Deutschlandsache bestellt ist. Der Impfstoff, verstehen Sie? Wie Sie sich sicher denken können, ist das ein ganz wichtiges Thema hier im Bunker. Ich denke, das ist nachvollziehbar."

„Sicherlich. Wir haben seit über dreißig Stunden keine Nachricht aus Deutschland. Das kann alles und nichts bedeuten, ich will Ihnen aber nicht verhehlen, dass ich mit Schwierigkeiten rechne. Colonel Walsh ist ein sehr zuverlässiger Mann, und wenn er sich über einen so langen Zeitraum nicht meldet, deutet das auf mehr als nur technische Probleme hin."

„Wussten Sie, dass uns die Deutschen freiwillig das Wissen um die Herstellung des Impfstoffes angeboten haben?"

Lloyd Jackson zog überrascht die Augenbrauen hoch. Das war unglaublich und niemand hatte es ihm gesagt. „Ehrlich? Und warum dann dieses Kommandounternehmen?"

„Das war natürlich die schwachsinnige Idee des Präsidenten", sagte Emerson wütend. „Das gehe schneller, meinte er, und natürlich, dass man den Deutschen nicht trauen könne. Wie er allen anderen ebenfalls misstraut."

General Jackson lächelte. Das war eine deutliche Botschaft gewesen. Emerson hatte sich also entschieden. „Ich werde Sie informieren, sobald ich aus Deutschland etwas höre."

„Wäre es Ihnen möglich, mich zu informieren, bevor der Präsident es erfährt?"

Das war alles, was Jackson hören wollte. Der Deal stand. Erleichterung durchflutete ihn. „Sicher Mr. Emerson, Sie erfahren es als Erster, das verspreche ich Ihnen."

„Gut, ich erwarte Ihren Anruf."

Jackson legte auf, froh, einen Verbündeten gefunden zu haben. Das hätte er schon früher tun sollen, ging ihm durch den Kopf. Von Emerson zu erfahren, dass es völlig unnötig gewesen war, die Deutschen anzugreifen, war unerhört. Das hätte man ihm sagen müssen, schließlich war er der

Oberbefehlshaber der Armee. Er konnte seinem eigenen Präsidenten nicht mehr trauen. Jackson stand auf und ging an das Fenster. So konnte das nicht weitergehen, er musste etwas tun.

***

Alex schob fluchend den alten Mercedes an. Neben ihm keuchten seine Kollegen. Michael ließ die Kupplung kommen. Der Wagen ruckte und bockte, dann kam der Motor keuchend und rappelnd ans Laufen. Michael gab Gas, und Alex musste schnell den Kofferraumdeckel loslassen, um nicht hinzufallen. Erschöpft lief er aus, blieb stehen und stützte sich mit den Händen auf den Knien ab, während er dem Auto hinterhersah. Es hatte funktioniert. Die Karre lief. Endlich waren sie wieder mobil.

Lieutenant Kisner und Sergeant Lansing waren mit dem Army-Laster und den Virusproben vor zwei Stunden davongefahren. Den Deal, den sie geschlossen hatten, fand Alex immer noch bemerkenswert. Er hatte nicht mit Kisners Kooperation gerechnet, erst jetzt, im Nachhinein, schien sie ihm logisch. Der Lieutenant war schlicht nicht im Bilde, wie es in den USA aussah. Er ging davon aus, dass man dort ebenfalls an einem Impfstoff arbeiten würde, was nur zu verständlich war. Für ihn hatte sich schon im Gespräch im Pharmawerk in Klingenbronn die Frage nach der Notwendigkeit, Wissenschaftler mitzunehmen, gestellt. Es war Colonel Walsh gewesen, der darauf bestanden hatte. Kisner würde seinen Irrtum noch herausfinden, aber dann war es zu spät. Außerdem wollte Kisner kein weiteres Blutvergießen, was etwas war, das er ihm hoch anrechnete.

Alex und seine Kollegen waren alleine in dem weiten Tal zurückgeblieben. Eine halbe Stunde waren sie dann gelaufen, bevor die ersten Bauernhöfe auftauchten und noch einmal fünfzehn Minuten bis zum nächsten Dorf. Dort hatten sie sich auf die Suche nach einem Auto gemacht, was gar nicht so einfach war, wie es zunächst aussah. Zwar standen genügend Wagen herum, aber die waren abgeschlossen. Die Schlüssel mussten in den Häusern sein, und alle weigerten sich, nachsehen zu gehen. Schließlich hatte Michael ein Einsehen und drang nacheinander in zwei Häuser ein, aus dem zweiten brachte er den Mercedes-Schlüssel mit, doch leider war die Batterie leer gewesen.

Aber jetzt lief die Kiste wieder. Michael hatte auf dem Dorfplatz gedreht und kam zurück. Alex warf einen Blick auf die Uhr. Der Nachmittag war schon weit fortgeschritten. Nach Klingenbronn würden sie es nur schaffen, wenn sie die Nacht durchfuhren. Das war aber nicht ungefährlich, und außerdem waren alle müde und erschöpft. Was sprach dagegen, mit Einbruch der Dämmerung einen Stopp einzulegen und sich was für die Nacht zu suchen?

„Du bist falsch abgebogen, dreh endlich um!"

Michael schaute genervt. Er saß am Steuer. Eigentlich hätten sie nur den Spuren folgen müssen, die der Army-Laster auf den Hinweg hinterlassen hatte, aber Michael hatte im Mercedes einen uralten Atlas gefunden und meinte, einen deutlich kürzeren Weg ausgemacht zu haben.

„Wir fahren nach Süden, verdammt noch mal", beschwerte sich Alex weiter, „wir müssen aber nach Nordwesten!"

„Seit wann kannst du die Himmelsrichtungen auseinanderhalten?"

„Seit wann kannst du Karten lesen?"

„So schwer ist das doch nicht."

„Ha! Ich will wetten, dass du noch nie nach Karte gefahren bist. Stimmt's?"

Michael atmete tief durch. „Einmal muss ja das erste Mal sein."

„Dann halt an, und wir schauen, wo wir sind."

Michael zeigte nach draußen, wo nichts als Wiesen und Wälder zu sehen waren. „Und woran willst du dich orientieren?"

„Die nächste Kreuzung, mein Freund. Oder das nächste Dorf."

Zwei Kilometer weiter fiel die Straße leicht ab. Anscheinend waren sie auf einer Hochebene gewesen und fuhren nun über sanfte Kurven hinab. Unten im Tal lag eine Stadt, und Alex jubelte innerlich. Endlich würden sie nachschauen können, und vielleicht gleich dort bleiben. Die Sonne stand nur noch knapp über dem Horizont. Keine Stunde mehr, und es wäre dunkel. Im Schritttempo rollte Michael am Ortseingangsschild vorbei. Glauken, große Kreisstadt, stand dort geschrieben.

„So, dann wollen wir doch mal nachsehen, wo dieses Glauken ist. Halt endlich an!"

Michael gab stattdessen wieder Gas. „Lass uns wenigstens bis zum Zentrum fahren, da müssen ja auch Kreuzungen sein, andere Straßen, größere als diese hier. Mit Straßenschildern, diese gelben, du weißt schon, wo auch die Entfernungen drauf stehen. Das sollte es leichter machen."

„Du gibst also zu, dass du dich verfranzt hast?"

„Gar nichts gebe ich zu."

Die Stadt sah verlassen und heruntergekommenen aus. Die Straßen voller Dreck und Müll, die Vorgärten verwildert, die Häuser verrammelt. Aber dann entdeckte Alex doch noch ein Lebewesen und sah zum ersten Mal seit Wochen wieder einen Hund. Ein großer dunkelbrauner Mischling trottete gemächlich auf dem Bürgersteig dahin, als wäre alles in bester Ordnung. Der Hund schien fit und gut genährt. Wo fand er Futter? Und dann sprang die Antwort auf die Frage ihm förmlich ins Gesicht. Natürlich die Leichen, was auch sonst.

„Was ist das denn?"

Michaels Frage riss ihn aus seinen Gedanken, und er schaute wieder nach vorne. Anscheinend hatten sie das Stadtzentrum erreicht. Hier kreuzten mehrere Straßen, hier waren die Häuser höher, aber was Michael gemeint hatte, war ein riesiger undefinierbarer Haufen. Der Mercedes kam zum Stehen und alle schauten schockiert auf das, was da vor ihnen lag.

Auf dem Marktplatz der Stadt türmten sich verkohlte Hölzer und verbrannte Leichen. Schwarz verfärbte Arme und Beine ragten an vielen Stellen aus dem unentwirrbaren Knäuel hervor. Zu Hunderten hatte man hier die Toten verbrannt oder versucht, es zu tun. Ein schrecklicher, ein apokalyptischer Anblick wie aus einem Gemälde von Hieronymus Bosch. Niemand sagte etwas. Es war zu grauenvoll.

Schließlich legte Michael einen Gang ein und fuhr an. Sie mussten sich einen anderen Ort zum Übernachten suchen.

***

Im schnell verblassenden Tageslicht sah Norbert Brandtner
zu, wie die letzten Kisten aus der offenen Ladeluke der
Transall rollten. Er hatte sich heute früh ganz fürchterlich
blamiert. Nachdem er die Flugzeuge entdeckt hatte, war er
panisch zum Werk von GlaxoSmithKline gerast, um
Hauptmann Jakobs zu warnen. Mit quietschenden Reifen
war er aufs Werksgelände gepescht, hatte direkt vor dem
Verwaltungsgebäude eine Vollbremsung hingelegt und war
dann im Laufschritt nach oben gestürmt. Dort fand er einen
entspannten und gut gelaunten Hauptmann, der über seine
hektisch vorgetragene Warnung müde lächelte. Wie sich
herausstellte, hatte das Kanzleramt Jakobs über die Ankunft
der Flieger bereits informiert. Es waren französische
Truppen, Fremdenlegion, die in einem Eileinsatz alle noch
verfügbaren Kräfte hierherschickten. Den Fliegern sollten
noch Bodentruppen folgen, ergänzt durch eine Reihe
französischer Wissenschaftler.

Staatssekretär Brandtner hatte sich kurz geschämt, dann
war er erleichtert ans Funkgerät gegangen, um mit
Vizekanzler Schmidt persönlich zu reden. Das Gespräch
hatte seine Laune nochmals verbessert, wenngleich es auch
eine Reihe von Fragen aufwarf. In den kommenden Stunden
würden über hundert Soldaten die wenigen
Bundeswehrkräfte verstärken. Wo sollten die alle
untergebracht und versorgt werden? Musste er sich darum
kümmern? Und wie war nun die Befehlskette? Schmidt
hatte ihn zwar beruhigt und zugesichert, dass er weiterhin

das Sagen haben würde, aber ob das französische Soldaten interessierte?

Die Transall-Maschinen waren auf dem Flugfeld in Schönstadt gelandet, einem einfachen, aus einer Grasbahn bestehenden Verkehrslandeplatz, der früher von den Hobbyfliegern des Kurhessischen Vereins für Luftfahrt genutzt worden war. Die nur siebenhundertfünfzig Meter lange Piste war eigentlich nicht für die schweren Transall ausgelegt und reichten den Flugzeugen so gerade eben, um wieder zu starten, aber es gab weit und breit keine Alternative.

Gemeinsam mit Hauptmann Jakobs hatte er den französischen Befehlshaber begrüßt, einem leibhaftigen General der Fremdenlegion namens Jacques Gagnon. Der General war auf den ersten Blick als Überlebender zu erkennen. Groß, mit einer gewaltigen Hakennase und völlig abgemagert. Norbert Brandtners Befürchtungen, dass er sich um die französischen Truppen würde kümmern müssen, hatte der General sofort beiseite gewischt. Anscheinend war man mit allem ausgerüstet, was es brauchte, und kurz nach dem Mittag starteten die Flugzeuge, um Nachschub einzufliegen. Norbert Brandtner drehte sich um und ging zu seinem Wagen. Er hatte genug gesehen.

***

Vizekanzler Schmidt rieb sich die müden Augen. Bis auf das wenige Licht der Schreibtischlampe war es in seinem Büro genauso dunkel wie draußen vor den Fenstern. Sein Rücken schmerzte und sein Kopf war leer. Er hatte den ganzen Tag am Telefon verbracht und mit allen Regierungen gesprochen, die noch erreichbar waren. Häufig in Englisch, was ihm nicht leichtfiel und ihn noch mehr anstrengte, aber Dolmetscher waren eine rare Spezies geworden.

Den Anfang hatte er mit seinem französischen Kollegen Diderot gemacht. Zu seiner großen Erleichterung hatte man ihm sofort Unterstützung zugesagt und auch gemeinsam das weitere Vorgehen beraten. Es tat gut, nicht mehr ganz alleine dazustehen. Mit neuem Schwung hatte Schmidt dann nacheinander alle europäischen Regierungen kontaktiert, die noch erreichbar waren. Holländer, Polen und die Italiener machten den Anfang. Überall stieß er auf das erwartete große Interesse, und nicht nur die Engländer hatten bereits gerüchteweise gehört, dass die Impfstoffproduktion in Deutschland kurz bevorstand. Das bestärkte Schmidt in seiner Einschätzung, es sei besser, mit offenen Karten zu spielen. Was er am wenigsten brauchen konnte, war Misstrauen.

Mittlerweile waren Truppen und Abordnungen aus halb Europa auf dem Weg nach Klingenbronn. Alle wollten so schnell wie möglich an der Sache beteiligt werden. Verständlich. Was das für die kleine Stadt und Norbert Brandtner bedeuten mochte, konnte Schmidt noch nicht absehen. Er wollte morgen mit dem Staatssekretär reden und ihn darauf vorbereiten, was alles auf ihn zukam. Bisher hatte er es nur mit den Franzosen zu tun.

Auch außerhalb Europas war das Interesse enorm. Staats- und Regierungschefs, die er größtenteils nicht kannte, meldeten sich. Dabei erfuhr er einiges, auch Dinge, die er besser nicht hätte wissen wollen. Der Krieg zwischen Pakistan und Indien ging weiter. Es waren auch Atomwaffen zum Einsatz gekommen, zumindest hatte ihm das der iranische Premier gesagt. Es war ihm ein Rätsel, wie man unter den derzeitigen Bedingungen überhaupt einen Krieg führen konnte, aber wahrscheinlich war das Töten etwas, das der Mensch als Allerletztes verlernen würde.

Was er ansonsten hörte, war das Erwartbare. Rund um den Globus war alles zusammengebrochen oder stand kurz davor. Er konnte sich beim besten Willen nicht vorstellen, wie die Welt in einem oder zwei Jahren aussehen sollte. Jedenfalls würde es eine ganz andere sein. Dass es eine bessere war, bezweifelte er sehr.

In Asien war die Lage am schlimmsten. Hier hatte ein Großteil der Weltbevölkerung gelebt, und hier gab es die meisten Toten. Millionenstädte waren ein einziger großer Friedhof geworden, und nichts und niemand würde sie auf Jahre hinaus bewohnen können. Bei Asien musste er gleich an China denken. Er hatte versucht, Peking zu erreichen, war aber nicht durchgekommen. Seine Techniker vermuteten, dass man sie bewusst ignoriert hatte, zumindest fanden sie keinen anderen Grund, warum Peking nicht antwortete. Die Option, dass dort niemand mehr war, der reagieren konnte, hatte Schmidt verworfen. Wenn jemand für alle Eventualitäten gerüstet war, dann China.

Er stand auf, trat aus dem Licht der Lampe in die Dunkelheit hinaus und ging zum großen Fenster, das einen Blick zur Spree bot. Draußen zogen wenige Wolken schnell am fast vollen Mond vorbei. Der Fluss war ein schwarzes Band in tiefem Grau. Kein Licht in all den Häusern, kein menschliches Lebenszeichen. Er drehte sich um und machte sie auf den Weg in sein Schlafzimmer.

***

General Lloyd Jackson las die Nachricht ein weiteres Mal und war sich immer noch nicht sicher, wie er damit umgehen sollte. Eine gute Nachricht von einem ihm unbekannten Lieutenant namens Kisner. Er berichtete, dass die deutschen Truppen sie überrannt hatten, dass Colonel Walsh und viele weitere Soldaten der 10th Special Forces getötet worden waren, aber er berichtete auch, dass es ihm gelungen war, an Proben des Impfstoffes zu kommen. Das war alles, was zählte. Jackson hatte erleichtert gejubelt, als er die Mitteilung bekam. Er hatte noch nicht persönlich mit dem Lieutenant sprechen können, aber nach allem, was ihm zu Ohren gekommen war, sollte Kisner ein guter Soldat sein.

Die Frage war nun, wie er vorgehen sollte. Abwarten? Erst mit dem Lieutenant reden und dann den Bunker informieren? Zunächst Emerson und dann den Präsidenten. Oder konnte er sich auf das, was er hier in der Hand hatte, verlassen? Kisner hatte mitgeteilt, dass er alles an Material und Unterlagen hatte, um sofort in den USA eine Produktion ins Leben zu rufen. Konnte ein einfacher Lieutenant das einschätzen? Ein Soldat, der nach ihren Unterlagen keine naturwissenschaftlichen Qualifikationen hatte? Woher nahm er sein Wissen und seine Zuversicht?

Aber er selber konnte das auch nicht einschätzen, gestand sich Jackson ein. Er hatte keine Ahnung von diesen Dingen und deshalb würde Abwarten ihn nicht weiterbringen. Jackson griff zum Telefon und ließ sich mit Emerson verbinden.

Der stellvertretende Justizminister meldete sich nach wenigen Sekunden. „Guten Abend General."

„Guten Abend Mr. Emerson. Können wir ungestört sprechen?"

„Das können wir."

„Ich habe Nachrichten aus Deutschland. Colonel Walsh ist gefallen und viele andere mit ihm. Anscheinend haben wir die Deutschen etwas unterschätzt. Aber wir haben den Impfstoff und alles, was man über seine Produktion wissen muss. Zumindest behauptet das der Lieutenant, dem es mit einem weiteren Kameraden gelungen ist, die

Auseinandersetzung zu überleben, und der sich nun auf der Ramstein Air Base befindet."

„Ist die Nachricht verifiziert?"

„Sie ist definitiv von einem von Walshs Leuten, das haben wir geprüft. Was das Inhaltliche angeht, muss ich leider passen. Wir haben weder auf der Ramstein Air Base noch hier im Pentagon Leute, die dafür qualifiziert sind."

Am anderen Ende der Leitung herrschte Schweigen und Jackson ließ Emerson die Zeit. Er selber hatte ja auch erst lange nachdenken müssen, wie man damit umging.

„Ich nehme an, der Transport ist in die Wege geleitet?"

„Sicherlich, Mr. Emerson."

„Ja, selbstverständlich. Wann und wie wird die Fracht hier eintreffen?"

„Morgen wird eine Boeing C-17 Globemaster in Ramstein starten. Wir erwarten sie morgen Nachmittag auf der Andrews Air Force Base."

„Wieso erst morgen? Lassen Sie die Maschine unverzüglich starten, General."

„Das wäre zu gefährlich. Es ist Nacht in Europa und die C-17 hat nicht die Reichweite für einen Direktflug. Da wir unter den momentanen Umständen über eine Luftbetankung nicht mal nachdenken dürfen, besteht die einzige Möglichkeit darin, die Maschine auf Island zwischenlanden zu lassen. Unser dortiger Stützpunkt in Keflavik ist aber seit Tagen nicht zu erreichen. Ich will daher nicht eine Nachtlandung riskieren. Das Risiko ist viel zu groß, weil die Piloten aller Voraussicht nach keine Hilfe vom Boden erwarten können."

„Existiert Keflavik denn überhaupt noch? Gibt es keine Alternative?"

„Unsere Satellitenbeobachtung hat ergeben, dass der Stützpunkt noch existiert und unversehrt ist. Wahrscheinlich ist er nur aufgegeben worden, und nein, eine Alternative existiert selbstverständlich nicht, sonst hätte ich nicht diesen Weg gewählt. Die C-17 transportiert neben unserer Fracht noch Notstromaggregate und andere Ausrüstung sowie drei Techniker, damit auch sichergestellt ist, dass man in Keflavik auftanken kann. Wir wissen schon, was wir tun."

„Ja, sicher. Ich wollte Ihnen nicht zu nahe treten, General. Machen Sie, wie Sie meinen. Wichtig ist nur, dass die Fracht bei uns ankommt."

„Das wird Sie, Mr. Emerson. Die Frage ist, was wir damit anfangen, sobald sie hier ist? Haben Sie einen Experten, der die Fracht prüfen kann? Gibt es genügend Spezialisten, um eine Impfstoffproduktion aufzubauen, und wenn ja, wo? Und vor allem: Wie wird der Präsident reagieren?"

Wieder schwieg Emerson eine Weile, ehe er antwortete. „Ich habe hier im Bunker einen Mann des CDC. Chastain heißt er, und er müsste sich auskennen. Für die

Beantwortung aller weiterer Fragen lassen Sie mit bitte etwas Zeit."

„Gerne, Mr. Emerson. Von der Beantwortung wird einiges abhängen. Aber bedenken Sie, dass wir den Start der C-17 nicht geheim halten können. Er wird davon erfahren und Fragen stellen."

XVI

Im frühen Sonnenlicht des beginnenden Tages wirkte die
Welt grau und tot. Wie erstarrt in ihrem Lauf, von Entsetzen
gelähmt. Aber das war nur menschliches Denken. In
Wahrheit interessierte es niemanden, was mit den
Menschen geschah. Die Welt war weder gut noch schlecht.
Sie war gleichgültig. Mechthild Beimer schüttelte sich, um
die trüben Gedanken zu verscheuchen. Sie hatte eine lange
und Gott sei Dank traumlose Nacht in einem kleinen
Schrebergartenhäuschen hinter sich. Sie hatte sich bewusst
für die Schrebergartenkolonie entschieden, als es darum
ging, ein Bett für die Nacht zu finden. Hier schien ihr die
Wahrscheinlichkeit, auf Leichen zu stoßen, geringer, und
damit hatte sie recht behalten. Sie warf noch einen letzten
Blick zurück, um sich zu vergewissern, dass sie nichts
vergessen hatte, dann ging sie hinaus. Ihr Golf stand
eingezwängt zwischen den hohen Hecken und nahm fast die
gesamte Zufahrt in Anspruch. Aber niemand würde
kommen und sich beschweren, dass er den Weg versperrte.

Der Wagen sprang gewohnt zuverlässig an. Mechthild
legte den ersten Gang ein und fuhr vorsichtig die enge
Straße bergab, bis sie an der Landstraße anlangte. Sie bog
rechts ab und beschleunigte. Vor ihr lagen zweihundert
Kilometer. Eigentlich nicht viel, aber wer wusste schon, wie
lange sie dafür brauchen würde, und insbesondere, wie es

um Hamburg herum aussah. Auch deshalb war sie so früh aufgebrochen. An der Anschlussstelle Seeßen bog sie auf den Zubringer zur Autobahn sieben ein, beschleunigte und hing ihren Gedanken nach. Immer noch saß es ihr in den Knochen, dass sie Ramona einfach so auf ihrem Sofa dem Verfall überlassen hatte. Wenigstens eine Decke oder ein Laken hätte sie über sie ausbreiten müssen, aber dafür war es nun zu spät.

Plötzlich tat es einen Schlag, und der Wagen begann zu schlingern. Erschrocken trat Mechthild auf die Bremse und brachte das Auto zum Stehen. Sie hatte etwas überfahren, aber im Rückspiegel war nichts zu erkennen. Sie stellte den Motor ab, zog die Handbremse an und stieg aus. Fünfzig Meter die Straße hinab lag etwas Hellbraunes. Ein länglicher Gegenstand. Sie ging darauf zu. Es war eine Latte, wie sie genutzt wurden, um die Ladewände der Lkw zu sichern. Auf der Standspur lagen mehrere davon herum. Beruhigt, dass es nichts Schlimmeres war, ging sie zum Auto zurück. Sie startete den Motor, löste die Handbremse und fuhr an. Dass etwas nicht stimmte, merkte sie schon nach den ersten Metern. Vorne rechts machte es Geräusche und die Lenkung fühlte sich merkwürdig an. Sie hielt erneut und hatte schon eine Ahnung, was passiert war. Nach dem Aussteigen bestätigte sich ihre Befürchtung. Sie hatte einen Platten.

Eine halbe Stunde später lehnte sich Mechthild erschöpft, wütend und ein wenig verzweifelt an die Motorhaube des Golfs. Sie hatte den Ersatzreifen gefunden, den Wagenheber und das Bordwerkzeug. Das Auto aufzubocken, war schon alles andere als einfach gewesen, aber im Handbuch gut beschrieben. Die Radmuttern bekam sie aber nicht auf. Keine Chance, sie hatte es lange genug probiert. Mechthild sah sich um. Was nun? Die Autobahn lag leer und verlassen da. Kein anderes Fahrzeug weit und breit, und die Zeiten, zu denen man einfach mal einen Pannenservice rufen konnte, waren wohl für sehr lange Zeit vorbei. Ihre einzige Möglichkeit war, zur nächsten Ausfahrt zu laufen, zum nächsten Dorf oder Stadt. Dort würde sie entweder ein anderes Auto oder geeignetes Werkzeug auftreiben müssen und dann hierher zurückkehren, um ihr Zeug zu holen. Sie schmiss den nutzlosen, weil viel zu kurzen Radmutterschlüssel wütend auf den Boden, dann nahm sie sich eine Flasche Wasser vom Rücksitz und lief los.

Sie war noch keinen Kilometer weit gekommen, als sie die Motoren hörte. Mechthild hielt sofort an und lauschte. Das Geräusch wurde schnell lauter, und es klang nicht wie ein Auto. Es kam von hinten, und sie drehte sich um. Das Geräusch wurde kurz leiser, näherte sich nicht mehr. Wahrscheinlich hatten die Fahrer ihr Auto entdeckt. Der Lärm schwoll wieder an, zwei kleine Punkte kamen in Sicht, und dann realisierte sie, dass es Motorräder waren, die sich da schnell näherten. Mechthild trat einen Schritt zur Seite, hob beide Arme und begann zu winken.

Die Fahrer der schweren Maschinen entdeckten sie augenblicklich und gingen vom Gas. Es handelte sich um große amerikanische Motorräder. Harleys, kam es ihr in den Sinn, und die Fahrer sahen alles andere als vertrauenerweckend aus. Ganz in Leder, die Lederjacken mit Stickern gepflastert, dichte Vollbärte und dunkle Sonnenbrillen. Einen Helm trug keiner der beiden, aber einer hatte sich ein Tuch um den Kopf geknotet, unter dem lange Haare herausschauten. Mechthild bekam Angst. Die Männer sahen bedrohlich aus, und sie hatte nichts, womit sie sich verteidigen konnte. Nun gaben die beiden wieder Gas, kamen auf zwanzig Meter heran, ohne zu winken oder sonst ein Zeichen zu geben, dass sie Mechthild bemerkt hatten. Der eine bremste stark und hielt, der andere verlangsamte ebenfalls und fuhr im Schritttempo auf sie zu, seine Augen hinter der spiegelnden Sonnenbrille verborgen. Ganz langsam drehte er einen weiten Kreis um Mechthild, die sich verängstigt um die eigene Achse drehte, um dem Fahrer bei seinem Manöver nicht den Rücken zuzukehren. Was sollte sie nur tun? Weglaufen, sich wehren? Die konnten alles mit ihr machen, und sie hatte keine Chance zu entkommen.

Der Lärm der Motoren erstarb. Die Männer klappten mit einem lässigen Tritt die Ständer der Maschinen aus und stiegen ab. Noch immer sagte keiner etwas oder ließ seine Absichten sonst wie erkennen. Sie warfen sich einen Blick zu, dann kamen beide langsam, aber stetig auf sie zu. Mechthild hob die Wasserflasche, den einzigen Gegenstand, den sie zur Verteidigung einsetzen konnte, so lächerlich das auch war.

„Ich habe euch nichts getan", schrie sie, „bleibt weg von mir!"

Diesmal fuhr er selber. Alex hatte sich vor dem Aufbruch genau angesehen, wo sie waren und wie sie wieder auf den kürzesten Weg zurück nach Klingenbronn kamen. Michaels Eskapade vom Vortag hatte sie locker zwei Stunden gekostet, so weit waren sie nach Süden gefahren, statt nach Nordwesten. Der Mercedes hatte hoffentlich genug Diesel im Tank, dass sie es schafften. Jedenfalls ließ er es gemächlich angehen.

Dennoch kamen sie gut durch. Bereits vor dem Mittag war Klingenbronn keine zehn Kilometer entfernt. Mit Tempo achtzig rollten sie die B3 hinauf.

„Willst du zuerst in die Stadt oder erst ins Werk?", fragte Michael.

„Weiß nicht, was ist denn auf dem Weg?"

Michael nahm die Landkarte und fuhr mit dem Zeigefinger darauf herum. „Das Werk kommt zuerst."

„Sicher, dass du den Plan richtig herum gehalten hast?"

„Haha."

„Schon gut, wo muss ich ab?"

Eine Viertelstunde später kamen die Gebäude des Pharmawerkes in Sicht. Alex war aufgeregt. Was würde ihn erwarten? Was war mit Tine? Er konnte es gar nicht abwarten, sie wiederzusehen. Eigentlich müsste doch alles in Ordnung sein, beruhigte er sich und bog bald darauf auf die Zufahrt zum Werksgelände ein. Vor dem Tor standen ein PUMA und ein Geländewagen, wie er ihn noch nie gesehen hatte. Zwei Soldaten kamen aus dem Wärterhaus neben der rot-weißen Schranke. Alex ließ den Wagen ausrollen. Sie hatten es geschafft und waren wohlbehalten zurück.

„Das sind Franzosen", rief Michael.

„Was, die Typen?"

„Nein, der Jeep, oder was das ist. Da ist eine französische Flagge drauf."

„Mon dieu!"

Michael schaute ihn wütend an. „Hast du einen Clown gefrühstückt?"

„Du musst die Klappe halten, gerade du!"

Es klopfte an der Scheibe auf der Fahrerseite. Alex fuhr sie herab. Ein Bundeswehrsoldat schaute ihn an. „Mahlzeit Herr Dr. Baldau. Wieder zurück?"

„Sieht so aus. Ist Hauptmann Jakobs hier? Staatssekretär Brandtner? Wie läuft es mit der Produktion, und warum sind die Franzosen hier, oder was ist das da für ein Auto?"

„Das sind eine Menge Fragen", antwortete der Obergefreite grinsend. „Also, der Hauptmann ist oben im Verwaltungsbau. Den Brandtner habe ich heute noch nicht gesehen. Die Produktion scheint zu laufen, aber das weiß ich nicht genau. Und die Franzosen sind gestern hier angekommen und unterstützen uns."

Alex brauchte einen Moment, die Informationen zu sortieren. Zumindest nichts Negatives. Das war ja schon mal was. „Okay, danke. Ich rede mal mit Jakobs."

„Ja, sicher doch." Der Soldat trat einen Schritt zurück und gab seinem Kameraden einen Wink, der daraufhin den Schlagbaum öffnete. Alex gab langsam Gas.

„Das hätte ich jetzt nicht erwartet", sagte Hauptmann Jakobs, rieb sich mit der rechten Hand die Stirn und sah Alex nachdenklich an. „Was bedeutet das für uns? Werden die wiederkommen?"

Alex hatte Jakobs ausführlich von den Ereignissen der letzten beiden Tage berichtet, insbesondere über den Teil, wo sie Kisner und seinen Kameraden überwältigt und schließlich einen neuen Deal ausgehandelt hatten. Wie er so erzählte, wurde Alex immer stolzer auf das, was er erreicht hatte, und so hatte er dick aufgetragen, insbesondere, als er schilderte, wie Sergeant Lansing überwältigt werden konnte und wie sie anschließend Kisner entwaffnet hatten. Richtig gut hatte das in seinen Ohren geklungen, aber dem Hauptmann schien es nicht zu interessieren, oder aber er glaubte ihm nicht. Jedenfalls waren Jakobs' Sorgen ganz andere. Er fürchtete anscheinend, dass die Amerikaner zurückkehren könnten, jetzt, wo sie zwar die Kulturen hatten, aber niemanden, der sich damit auskannte.

„Ich kann mir nicht vorstellen, dass sie es ein zweites Mal versuchen, Herr Hauptmann. Wozu? Und was wollen sie erreichen? Alles, was sie an Know-how haben wollen, können sie auch umsonst bekommen."

„Außer sie sehen sich nicht in der Lage, eine eigene Impfstoffproduktion in Gang zu setzen."

„Das ist doch pure Spekulation."

„Sicher, aber wir sollten das nicht außer Acht lassen."

Der Hauptmann war ein Bedenkenträger erster Güte. Alex wollte das jetzt nicht vertiefen. „Wie sieht es hier aus? Läuft die Produktion?"

„Jaja, sicher doch. Soweit ich weiß. Aber sprechen Sie besser selber mit Ihren Kollegen."

„Ja, natürlich. Ich gehe gleich runter. Und was ist mit den Franzosen?"

Jakobs legte seinen nachdenklichen Gesichtsausdruck ab und strahlte mit einem Mal über das ganze Gesicht. „Oh, das ist toll. Wir haben gestern eine Einheit Fremdenlegionäre geschickt bekommen. Heute sollen noch mehr kommen. Wissenschaftler auch. Und die Engländer schicken wohl auch Truppen, habe ich heute früh erfahren."

„Dann wird hier bald richtig was los sein."

„Das ist nur der Anfang, hat Brandtner mir gesagt."

„Wo steckt der eigentlich?"

„In der Stadt, Herr Dr. Baldau."

„Gut, da muss ich ohnehin vorbei."

Die Stadt sah aus wie immer. Vom Pharmawerk kommend sah man sie, sobald man den Wald hinter sich hatte, im Tal ausgestreckt vor sich liegend. Alex überlegte, wo er Tine finden würde. Er wollte auf jeden Fall zuerst mit ihr reden, bevor er mit Brandtner oder gar Schepers sprach. Es hatte ihm im Werk alles schon viel zu lange gedauert, obwohl er so schnell wie möglich gemacht hatte. Was, wenn Tine gar nicht mehr hier war? Was, wenn sie abgehauen war, als sie erfuhr, dass die Amis ihn gekidnappt hatten? Ihm graute davor, genauso wie vor der Vorstellung, sie könnte schon einen anderen haben. Das war natürlich völliger Quatsch. Nie und nimmer würde sie sich innerhalb von zwei Tagen einem anderen an den Hals werfen, argumentierte die Vernunft, aber das blöde Gefühl blieb. Er war verdammt noch mal verliebt, sagte er sich, da waren irrationale Ängste nur normal. Zumindest, soweit er wusste. So oft hatte er die Gelegenheit zum Verlieben ja noch nicht gehabt.

Alex entschied sich für das Altenheim, auch wenn er damit sicher irgendjemandem über den Weg laufen würde, den er nicht sehen wollte, aber dort schien ihm die Wahrscheinlichkeit, auf Tine zu treffen, am größten. Er parkte direkt vor dem Eingang, ignorierte die Blicke und Rufe und nahm die wenigen Stufen zur Eingangstür im

Laufschritt. Drinnen war eine Reihe von Leuten dabei, in der Cafeteria aufzuräumen. Anscheinend war das Mittagessen gerade vorbei. Alex dachte noch: schade, dann entdeckte er Tine und sie ihn. Ihm schossen die Tränen in die Augen und er rannte los.

***

General Jackson lief durch die leeren Flure des Pentagons und überlegte, wie viel Zeit ihm noch blieb. Die Fracht war auf dem Weg gebracht, die C-17 in der Luft. Wenn nichts schieflief, würde der Flieger um vierzehn Uhr in Andrews landen. Jackson wollte gerne dabei sein, doch bedeutete das eine Fahrt durch die halbe Stadt. Vorbei an einigen der übelsten Teile von Washington. Er hatte nicht mehr viele Soldaten und davon wollte er keine weiteren verlieren. Er brauchte sie alle, dringend, weiß Gott. Aber er musste einfach dorthin. Niemals gab es Wichtigeres. Die Kulturen bedeuteten für Millionen Amerikaner Hoffnung auf ein Weiterleben. Das hielt er sich immer wieder vor Augen.

Er öffnete die Tür zu seinem Büro, durchschritt das verwaiste Vorzimmer und sah nach, was an Neuem auf seinem Schreibtisch gelandet war. Eine Rückrufbitte von Emerson lag obenauf. Warum hatte man ihn nicht geweckt? Er hatte doch extra Anweisung gegeben, ihn jederzeit zu stören, falls der stellvertretende Justizminister sich meldete.

Kopfschüttelnd und wütend griff Jackson nach dem Telefon und verlangte barsch, dass man ihn mit Emerson verband.

„Guten Morgen, General, haben Sie gut geschlafen?"

Natürlich war Emerson sauer, dachte sich Jackson und machte sich sogleich daran, sich zu entschuldigen. „Ich habe ausdrücklich verlangt, dass man mich weckt, sollten Sie anrufen. Es tut mir leid, dass das nicht geschehen ist."

„Wir haben leider einige wertvolle Stunden verloren. Der Präsident ist mittlerweile im Bilde."

Das war nicht anders zu erwarten gewesen, und doch war Jackson sofort beunruhigt. Emersons Tonfall gefiel ihm nicht. „Wie hat er reagiert?"

„Oh, er ist wild darauf, endlich an eine Impfung zu kommen. Er will so schnell wie möglich hier raus. Sie kennen ihn ja. Leider kollidiert sein Wunsch mit der Wirklichkeit. Man hat ihm mittlerweile gesagt, dass es wohl noch dauern wird, dass es nicht der fertige Impfstoff ist, der da über den Atlantik fliegt, sondern allenfalls Kulturen, aus denen er sich herstellen lässt."

Emerson ließ den Rest ungesagt. Jackson konnte sich denken, wie die Reaktion des Präsidenten ausgefallen war, nämlich wie die eines bockigen, bösartigen Kindes, das seinen Willen nicht bekam.

„Sie werden in Kürze mit seinem Anruf zu rechnen haben, General."

„Das lässt sich nicht vermeiden. Hat er konkrete Pläne?"

„Nein, er schäumt noch vor Wut. Die Deutschen mit Atomwaffen bombardieren, ist momentan seine Lieblingsidee."

„Wenn ich nur darüber lachen könnte."

„Das geht vielen so. Aber er wird Ihnen mit aberwitzigen Vorschlägen kommen. Nur, dass Sie gewarnt sind."

„Danke, Mr. Emerson. Ich will sehen, wie ich ihn hinhalten kann. In zwei Stunden werde ich nach Andrews fahren und persönlich die Ladung übernehmen. Ich beabsichtige, sie auf der Air Base zu belassen, aber das ist natürlich nur eine vorübergehende Sache. Wissen Sie schon, wie wir weiter vorgehen werden?"

„Ich habe mit Mike Chastain gesprochen. Er ist Arzt, Virologe und der Einzige, der sich hier mit Impfstoffen auskennt. Er hält es durchaus für machbar, wenn ihm die richtigen Mittel zur Verfügung gestellt werden, aber genau darin dürfte das Problem bestehen."

„Ich werde tun, was ich kann."

„Das werden Sie, General, aber Sie haben auch kein Team an qualifizierten Leuten. Wir brauchen Virologen, wir brauchen Ärzte, meinetwegen auch Biologen, die sich im Pharmasektor auskennen. Da liegt das Problem. Und wir brauchen ein Labor, ein großes. Das ist aber nicht so schwierig, das würden wir beispielsweise an der Georgetown University finden, sagt Chastain."

„Moment mal", unterbrach Jackson, „ein Labor? Wir brauchen eine Fabrik!"

„Vergessen Sie's", antwortete Emerson mit mitleidigem Unterton. „Vielleicht in einigen Wochen, wenn wir bis dahin ausreichend Personal haben, vorher nicht."

„Das kann doch wohl nicht Ihr Ernst sein? Machen Sie Aufrufe über Rundfunk, verteilen wir Flugblätter über den Metropolen. Ich werde alle Flugzeuge abstellen, die ich noch habe."

„Und was schreiben wir auf die Flugblätter drauf? Wenn wir auch nur andeuten, dass wir dabei sind, einen Impfstoff zu produzieren, werden sich Hunderttausende auf den Weg machen. Und dann? Wir können ein solches Szenario unmöglich beherrschen."

Jackson schwieg. Seine Enttäuschung war groß, zeigte aber nur, wie wenig er von der Sache verstand. Er hatte sich das alles einfacher vorgestellt, aber anscheinend hatte Emerson sich bereits ausgiebig mit diesem Spezialisten beraten und mit anderen schlauen Köpfen auch. Wenn er nur bessere Berater hätte und nicht alles alleine machen müsste. Nichtsdestotrotz musste die Sache in Angriff genommen werden.

„Wie ist also Ihr Plan?", fragte er.

„Fahren Sie nach Andrews. Sichern Sie die Kulturen mit allen Mittel. Ziehen Sie alle Kräfte heran, die sich noch mobilisieren lassen. Nichts anderes ist momentan wichtig. Mr. Chastain hat bereits zusammen mit zwei medizinischen Mitarbeitern den Bunker verlassen und sich auf den Weg nach Washington gemacht. Ich habe ihm alles an Bewachung mitgegeben, was ich dem Präsidenten abringen konnte. Der Mann ist in der jetzigen Situation unersetzlich. Bitte behandeln Sie ihn entsprechend.“

„Selbstverständlich.“

„Gut, dann verbleiben wir fürs Erste so, General. Und passen Sie auf, wenn sich der Präsident bei Ihnen meldet.“

„Keine Sorge, mit dem komme ich schon zurecht.“

Emerson lachte höhnisch auf. „Viel Spaß, General.“

***

Mechthild Beimer hatte die Stadtgrenze von Hamburg überschritten und studierte den Stadtplan, den sie auf der Motorhaube des Golfs ausgebreitet hatte. Wenn sie das richtig sah, dann hatte sie vorhin die Süderelbe überquert und konnte nur noch wenige Kilometer auf der Autobahn eins bleiben, bis diese sich teilte. Dann würde sie auf die A255 wechseln müssen. Sie strich die Karte glatt und faltete sie zusammen. Es war windig geworden, man merkte den

Herbst oder die Nähe zur Küste. Hier oben wehte es gerne mal heftig. Mechthild legte die Karte ins Auto und sah sich um. Sie musste mal und fragte sich, ob sie in die Büsche gehen sollte oder ob sie noch die Toiletten der Rastanlage nutzen konnte. Der rote Backsteinbau von Stillhorn-Ost mit seinen weißen Fenstern war nur fünfzig Meter entfernt, und über dem Eingang prangte das rot-gelbe Serways-Zeichen.

Sie fürchtete sich ein wenig vor dem, was sie im Shop erwarten mochte, aber sie hatte sich ja auch vor den beiden Motorradfahrern gefürchtet, die sich dann als nette Kerle entpuppt und ihr den Reifen gewechselt hatten. Vielleicht fand sie im Shop noch was Essbares oder wenigstens Wasser, machte sie sich Mut und ging los.

Ohne Beleuchtung war der Verkaufsraum trotz der großen Fenster düster. Die Regale waren wie erwartet geplündert und ihre Hoffnung, noch etwas zu finden, schwand schnell. Der Abgang zu den Toiletten war ausgeschildert und ebenfalls unbeleuchtet. Unentschlossen sah sie in die Dunkelheit des Treppenhauses hinab. Wenn die Toiletten ebenfalls ohne Fenster waren, brauchte sie es gar nicht erst versuchen. Außerdem roch es nach Urin, Exkrementen und abgestandenem Wasser. Sie schüttelte den Kopf und drehte um. Dann doch besser die Büsche.

Kaum dass sie zur Tür hinaus war, sah sie den Mann auf sich zukommen. Ein älterer Kerl, dürr, der erschrocken stehen blieb, als er sie entdeckte. Dann hob er die Hand und winkte. Mechthild setzte ein Lächeln auf und winkte zurück, aber sofort war wieder die Furcht da. Auch wenn sich die

Motorradfahrer als nett herausgestellt hatten, war sicher nicht jeder so. Es war diese Einsamkeit, dieses völlig Auf-sich-gestellt-sein, das ihr Angst machte. Sie war allem ausgeliefert und niemand würde helfen kommen.

„Gibt's da noch was?", fragte der Mann und zeigte auf das Gebäude der Rastanlage.

„Nein, alles leer", rief sie zurück. Dennoch kam er näher und blieb nur zwei Meter vor ihr stehen. Er war ein Überlebender, das erkannte sie mittlerweile nur zu gut.

Er versuchte ein Lächeln. „Ich bin auf dem Weg nach Süden, und Sie?"

„Ich fahre in die Gegenrichtung", antwortete Mechthild.

„So?"

„Ja."

Unschlüssig, wie es weitergehen sollte, blickte der Mann zu Boden. „Tut mir leid, ich bin es wohl nicht mehr gewohnt, mit Menschen zu reden, oder aber es fällt mir nichts Unverfängliches ein. Es ist schwierig geworden, über etwas anderes zu reden als über das, was passiert ist."

Das Eingeständnis seiner eigenen Unzulänglichkeit machte ihn Mechthild sympathisch. Er schien aufrichtig. „Ich weiß, wovon Sie reden", entgegnete sie. „Man laviert immer um das Thema herum, oder versucht es zumindest. Ich habe festgestellt, dass das nicht funktioniert."

„Ja, das ist wohl so."

„Suchen Sie Ihre Familie?", fragte sie geradeheraus.

Er sah sie kurz erstaunt an und wandte dann seinen Blick ab. „Ja, ich will zu meinem Bruder, falls er …"

„Natürlich, ich wünsche Ihnen viel Glück."

„Danke, und Sie?"

„Ich bin auf dem Weg zu meiner Tochter, sie wohnt in Fuhlsbüttel."

„Ah, das ist ja nicht mehr weit. Ich bin aus Ohlsdorf, gleich nebenan", antwortete er, dann riss er die Augen mit einem Mal weit auf. „Aber seien Sie vorsichtig. Fuhlsbüttel ist kein sicherer Ort mehr. Die haben das Gefängnis aufgemacht, Santa Fu!"

Mechthild hatte natürlich gewusst, dass die Justizvollzugsanstalt nicht weit war, wenn sie bei ihrer Tochter ankam, aber das überraschte sie doch. „Die haben die rausgelassen?"

„Ja, die mussten! Sagt man jedenfalls. Weil kein Personal mehr da war und man die ja auch nicht da drinnen verhungern lassen konnte. Jedenfalls haben die alle Gefangenen gehen lassen, auch die ganz üblen Jungs."

„Die müssen ja nicht mehr dort sein."

„Nein, müssen sie nicht. Aber dennoch, seien Sie vorsichtig."

Wieder stockte das Gespräch. Eine Windböe fuhr über den leeren Rastplatz und wehte das Herbstlaub umher. Mechthild schauderte. „Ich muss dann weiter", sagte sie.

„Ja, ich auch", antwortete der Mann.

Beide standen unschlüssig herum. Ein normales Gespräch schien unmöglich. Es waren nur noch so wenige Menschen übrig, und doch hatten sie sich so wenig zu sagen. Schließlich gab sich Mechthild einen Ruck und ging.

XVII

General Jackson schnallte sich die Pistole um und prüfte den Sitz der kugelsicheren Weste. Zehn Minuten noch, dann ging es los. Die C-17 hatte in Island weniger Zeit zum Auftanken benötigt, als sie erwartet hatten. Die Maschine war jetzt über dem Atlantik und würde in einer Stunde landen, wenn nichts dazwischenkam. Es durfte nichts dazwischenkommen, sagte sich Jackson und warf einen letzten Blick in die Runde. Er wollte erst wieder ins Pentagon zurück, wenn die wertvollen Kulturen gesichert in einem Labor oder Pharmawerk waren. So lange würde er in Andrews oder wo auch immer bleiben. Sein Telefon klingelte. Er fluchte.

„Ja, bitte."

„Murphy hier, Sir. Der Präsident möchte Sie sprechen."

Einen Moment war er versucht, sich verleugnen zu lassen, aber das brachte nichts. Der Kerl würde ihn auch in Andrews nicht in Ruhe lassen, da konnte er das Ganze auch jetzt und hier hinter sich bringen.

„Stellen Sie durch", sagte er.

„Lloyd, warum melden Sie sich nicht?"

„Guten Morgen Mr. President. Ich bin gerade auf dem Weg zur Andrews Air Force Base, deshalb. Das Flugzeug aus Deutschland wird bald landen."

„Aber was hat es an Bord? Kulturen! Wie konnte das passieren, Lloyd? Wer hat da versagt? Ich bin zutiefst enttäuscht. Ich hatte Ihnen einen eindeutigen Auftrag gegeben, den Impfstoff zu besorgen, und Sie kommen mir mit so einem Quatsch! Was ist da schiefgelaufen? Und erzählen Sie mir keine Märchen. Ich merke, wenn jemand lügt."

Was für ein elendiges Arschloch, dachte Jackson und kämpfte um Beherrschung. „Sir, der Auftrag wurde im Rahmen dessen, was unter den jetzigen Umständen möglich ist, vorbildlich von Colonel Walsh und seinen Männern durchgeführt. Sicherlich haben Sie ebenfalls den Bericht von Lieutenant Kisner gelesen. Angesichts der Übermacht der deutschen Truppen kann es gar keinen Zweifel daran geben, dass wir sehr viel Glück hatten. Der Colonel und eine Reihe hervorragender Soldaten haben ihr Leben gegeben, um uns den Zugriff auf die Zellkulturen zu sichern. Einen Impfstoff werden wir schon selber hinbekommen. Alle dafür notwendigen Informationen sollen sich an Bord der C-17 befinden."

„Schwachsinn! Glauben Sie das, was Sie da sagen, Lloyd? Ich wollte den Impfstoff. Ich wollte ihn jetzt! Wenn Sie mehr Männer geschickt hätten, dann würde uns diese Fabrik in Deutschland gehören. Dann würde uns das Flugzeug heute nicht irgendeinen Scheiß, sondern genügend Impfstoff für

alle hier im Bunker gebracht haben. Und erzählen Sie mir
bloß nichts von der militärischen Stärke der Deutschen.
Waschlappen sind das, Feiglinge."

„Sir, also …"

„Unterbrechen Sie mich nicht!", schrie der Präsident.
„Ich will, dass Sie alle Truppen, die wir noch in Europa
haben, zusammenziehen. Ich will, dass Sie einen
Trägerverband in die Nordsee schicken. Ich will diese Fabrik,
ich will diesen Impfstoff, und ich will mich nicht von Ihnen
oder den verdammten Deutschen an der Nase herumführen
lassen. Haben Sie das kapiert?"

Jackson überlegte, einfach aufzulegen. Der Mann war
völlig durchgeknallt, jenseits von Gut und Böse. „Das wird
uns nicht viel nützen, Mr. President. Wie uns die Engländer
mitgeteilt haben, ziehen sämtliche Staaten Europas Truppen
rund um die Fabrik zusammen. Egal, was wir machen, da
stoßen wir nicht durch."

„Dann bombardieren Sie diese Scheißfabrik!"

„Damit ist niemandem gedient."

„Wir können uns doch nicht so behandeln lassen",
jammerte der Präsident mit einem Mal. „Die verarschen uns
doch, sehen Sie das denn nicht? Ich muss hier raus. Ich kann
diesen Bunker nicht mehr länger ertragen. Wir müssen
etwas tun!"

Das war das Gejammer eines Wahnsinnigen, dachte Jackson. Wann endlich würde ein Arzt ihn aus dem Verkehr ziehen, warum folgten immer noch Menschen einem Mann, der erkennbar gestört war? „Wir werden etwas tun, Sir", antwortete Jackson in einem Tonfall, in dem er eigentlich nur mit kleinen Kindern redete. „Und dann haben wir bald selber den Impfstoff. Gar nicht mehr lange, dann sind Sie da raus. Ich verspreche es."

„Wirklich?"

„Vertrauen Sie mir, Sir."

Einen Moment war Ruhe am anderen Ende der Leitung. „Gut, aber es muss schnell gehen", antwortete der Präsident in seiner gewohnt unfreundlichen Art und Weise. „Was ist übrigens mit Moorer? Ich habe lange nichts mehr von ihm gehört."

„Der Admiral ist dabei, seine Flotte zu verproviantieren und zu betanken. Er wird in zwei Tagen aufbrechen und Kurs auf Kulkins letzte bekannte Position setzen", log Jackson, der mit dem Admiral ganz anders verblieben war.

„Gut. Er soll sich beeilen und diesen Verräter aus dem Wasser bomben."

„Kulkin wird seine gerechte Strafe bekommen."

„So muss es sein."

„Das Flugzeug wird bald landen und wir müssen vor Ort sein, um die Fracht sicher in Empfang zu nehmen."

„Ja, natürlich. Ich verstehe das. Dennoch, Lloyd, ziehen Sie in Europa alle Truppen zusammen, die wir noch haben. Ich will zumindest vorbereitet sein. Haben Sie verstanden?"

„Sicherlich Sir."

„Das ist ein Befehl!"

„Natürlich, Mr. President. Ich muss nun Schluss machen und nach Andrews aufbrechen."

„Ja, aber vorher geben Sie die notwendigen Anweisungen. Übrigens werden Sie in Andrews Unterstützung von so einem Typen vom CDC bekommen, Mike Chastain heißt der. Der war hier im Bunker. Ich weiß nicht, wer den mit rein genommen hat. Ich glaube, Foggerty hatte den geschickt. Ein Arzt übrigens, aber kein guter. Was ich sagen wollte, Lloyd, ist, nehmen Sie sich vor diesem Chastain in Acht. Schrecklicher Kerl, ganz schlimm! Wirklich."

„Ja, sicher doch. Das mache ich, und nun muss ich auflegen. Auf Wiedersehen Mr. President."

„Wiedersehen Lloyd."

Jackson atmete einmal tief durch, froh, das hinter sich zu haben. Konnte man einen solchen Mann an der Spitze der amerikanischen Regierung noch verantworten? Ihm kamen mehr und mehr Zweifel. Alles, was der Mann absonderte, waren irrationale von persönlichen Interessen überlagerte Hirngespinste. Und das in einer Situation wie dieser, wo es darauf ankam, klug und besonnen zum Wohle des Landes oder dessen, was davon noch übrig war, zu handeln. Was würde der Kerl erst anstellen, wenn er aus seinem Bunker heraus war? Konnte man das überhaupt noch vertreten?

Er legte das Telefon ab und griff nach seiner Tasche. Es war Zeit, aufzubrechen, und er war gespannt darauf, Mr. Chastain kennenzulernen. Der Mann hatte anscheinend beim Präsidenten einen nachhaltigen Eindruck hinterlassen, und zwar den denkbar schlechtesten. Das machte ihm Chastain bereits sympathisch, noch bevor man sich kennengelernt hatte.

***

Staatssekretär Norbert Brandtner wuchs die Sache so langsam über den Kopf. Er hatte keine Leute, die er durch die Gegend scheuchen konnte, so wie er es gewohnt war. Alles musste er selber machen. Er schloss die Haustür und machte ein weiteres Kreuz auf seinem Stadtplan. Er trat auf den Gehweg hinaus, betrachtete kurz den stürmischen Himmel und hielt dann Ausschau nach einem weiteren Haus, das mit einem schwarzen Kreuz gekennzeichnet war.

Er brauchte Unterkünfte. Vizekanzler Schmidt hatte ihm angekündigt, wer und was alles im Anmarsch war. Polen, Ungarn, Engländer, Schweizer, Italiener, Spanier, selbst Österreicher. Halb Europa schickte Truppen und

Wissenschaftler hierher, und Brandtner konnte nur hoffen, dass die alle so selbstständig und unproblematisch wie die Franzosen waren. Um deren Soldaten hatte er sich gar nicht kümmern brauchen, und die französischen Wissenschaftler hatte er in irgendwelche Häuser gesteckt. Davon brauchte er absehbar mehr, und deshalb ging er die Straßen der kleinen Stadt ab. Gott sei Dank hatte man es hier noch eine ganze Zeit lang geschafft, die Leichen fortzuschaffen. Diese Bürgermeisterin hatte hervorragende Arbeit geleistet. Er brauchte nur den schwarzen Kreuzen folgen, dann fand er leere Häuser, in denen nichts und niemand vor sich hin gammelte. Hoffte Brandtner zumindest, aber bisher hatte es geklappt.

Dafür fehlte es an allem anderen. Er musste eine Wasserversorgung auf die Beine stellen. Die ganze Stadt zu versorgen, war absehbar unmöglich, aber eine öffentliche Zapfstelle, das sollte machbar sein. Feldwebel Wöhrner war schon mit seinen Leuten aufgebrochen. Sie organisierten eine Trinkwasseraufbereitungsanlage, insbesondere Pumpensätze, damit sie den Bach anzapfen konnten, ferner eine Wasserinstallationsausstattung, Messgeräte zur Durchflussmessung und Wasseranalyse sowie Leitungsmaterial. Wöhrner hoffte, das alles in Gießen zu finden, wenn nicht, hatten sie ein echtes Problem.

Nahrung war die zweite Sorge. Zwar gab es genug davon, aber jemand musste es besorgen, verteilen und zubereiten. Eine zentrale Küche, vielleicht so eine mobile, wie die Bundeswehr sie hatte, oder aber sie nutzten etwas in der Stadt, das geeignet war. Jedenfalls konnten all die Leute sich nicht selber versorgen und für sich kochen. Das musste er auf die Beine stellen und dafür brauchte er Menschen, die helfen wollten. Das war sein größtes Problem. Zeug genug stehe überall herum, hatte Vizekanzler Schmidt gesagt, aber rankommen musste man.

Brandtner schaute sich das Haus gegenüber an. Ein weißer Bungalow mit schwarzem Walmdach, sehr neu und sehr exklusiv. Den Bewohnern hatte das nichts genutzt. Neben der Haustür prangte ein schwarzes Kreuz auf dem weißen Putz. Er ging die Einfahrt hinauf, öffnete die unverschlossene Haustür und sah in einen mit grauen Fliesen ausgelegten Flur.

Und was jetzt kam, war nur ein Vorgeschmack. Noch völlig offen war, wie sie hier mal all die Hilfesuchenden behandeln und unterbringen sollten. Er rechnete mit einem Ansturm, sobald sich herumsprach, dass es einen Impfstoff gab. So etwas konnte blitzschnell in Chaos und Gewalt umschlagen. Er musste die Dauer, die die Leute hier verbrachten, so kurz wie möglich halten. Impfen und wieder wegschicken, das war sein Plan. Die Frage war nur, ob er aufgehen würde.

Das Haus roch muffig. Er ging den Flur entlang und kam in einem großen hellen Wohnzimmer heraus. Die Fensterfront des Zimmers hatte locker sechs Meter Länge. Alle Möbel sahen neu und teuer aus, waren für seinen Geschmack aber viel zu modern. Er drehte sich einmal im Kreis und schätzte die Dimensionen ab. Hier konnte man acht bis zehn Feldbetten aufstellen, dazu die Schlafzimmer, die er sich noch anschauen wollte. Er rechnete grob im Kopf aus, wo er rauskommen würde, und notierte sich dann eine Zwanzig auf seinem Stadtplan.

Fünf Minuten später war er wieder auf der Straße unterwegs. Der Wind hatte weiter zugenommen und es sah nach Regen aus. Norbert Brandtner nahm sich vor, bis Mittag mit der Suche nach Quartieren fortzufahren. Danach musste er sich um andere Dinge kümmern.

***

General Jackson stand auf dem riesigen Vorfeld der Andrews Air Force Base und spähte nach Norden. Hinter ihm waren die Hangars und Shelter für die Flugzeuge und in irgendeinem davon stand auch die Präsidentenmaschine, die Air Force One, herum. Das Gelände der Air Force Base knapp außerhalb der Hauptstadt war gigantisch groß. Kommandierender Offizier war ein Captain der Luftwaffe, der mit nur noch zwei Dutzend Soldaten versuchte, den Betrieb irgendwie aufrecht zu erhalten. Das war natürlich nicht möglich, aber auch nicht erforderlich. Es gab keine Flüge mehr, und in den letzten Wochen hatte man sich damit begnügt, Wache zu schieben und die Grenzen des Stützpunktes zu sichern.

„Sie landet in fünfzehn Minuten", sagte Major Murphy.

Jackson nickte zum Zeichen, dass er verstanden hatte, und richtete seinen Blick auf die Fahrzeuge. Sie waren in einem Konvoi von Geländewagen und Schützenpanzern vom Pentagon hierher gefahren. Eine Fahrt durch eine tote Stadt. Nicht ein Lebenszeichen hatte er gesehen, auch wenn er sicher war, dass es noch Menschen in Washington geben musste.

Als sie hier ankamen, waren bereits die Reste anderer Einheiten, die er aus dem ganzen Osten der USA hierher befohlen hatte, eingetroffen. Dreihundert Mann, ein Witz. Es fehlten noch einige, darunter auch der Konvoi aus Mount Weather, aber über fünfhundert Soldaten würde er nicht zusammenbekommen. Er musste damit leben, und nach dem, was er bei seiner Fahrt durch die Stadt gesehen hatte, waren fünfhundert eine ganze Menge. Zumal sie alles an Waffen hatten.

„Haben Sie Major Ayers erreicht?", fragte Jackson.

„Jawohl Sir. Er ist informiert und wird sich so schnell wie möglich auf den Weg von Deveselu nach Ramstein machen."

„Wo, um alles in der Welt, liegt dieses Deveselu?"

„In Rumänien, Sir. Ein Raketenstützpunkt, ich gebe zu, ziemlich unbekannt, aber der Major ist jetzt der ranghöchste Offizier, den wir in Europa haben."

Jackson winkte ab. Er würde in Ramstein zusammenziehen, was er in Europa an Streitkräften zusammenbekommen konnte. Alles andere hätte der Präsident bemerkt. Was er allerdings machen würde, nachdem sich die Truppen dort versammelt hatten, wusste er noch nicht.

Major Murphys Funkgerät meldete sich. Er entfernte sich einige Schritte und sprach, gleich darauf kam er zurück. „Der Konvoi aus Mount Weather ist angekommen."

„Gut", entgegnete Jackson angenehm überrascht. „Bringen Sie mir diesen Chastain her, sofort"

„Jawohl Sir."

Mike Chastain war deutlich jünger, als Jackson erwartet hatte. Er trug eine helle Jeans und eine gefütterte braune Lederjacke gegen die Kälte. Major Murphy lief neben ihm her und redete unentwegt auf ihn ein, was, Chastains Gesichtsausdruck nach zu urteilen, nur mäßig interessant war. Erst als seine Augen Jacksons Blick begegneten, kam Leben in sie.

„Guten Morgen General", grüßte er und streckte die Hand aus. Jackson griff danach. Er war immer froh, wenn ein Zivilist nicht versuchte zu salutieren, nur weil er einen leibhaftigen General vor sich hatte.

„Ob der Morgen gut wird, werden wir gleich sehen", antwortete er. „Wie ich sehe, tragen Sie keinen Mundschutz?"

„Ich denke, das lässt sich vertreten. Wer jetzt noch lebt, hat das Virus überstanden oder ist gar nicht infiziert worden. Aber Handschuhe trage ich nach wie vor." Wie zum Beweis hob Chastain die Hände.

„Wenn die Gefahr vorüber ist, wozu brauchen wir dann noch einen Impfstoff?"

„Sie ist nicht vorüber. Die Anzahl der möglichen Wirte hat sich nur drastisch verringert."

Sollte das ein Scherz sein, überlegte Jackson. Der Mann hatte einen merkwürdigen Humor. „Wann können Sie denn loslegen, Mr. Chastain?"

„Erst einmal muss ich wissen, was genau uns dieses Flugzeug bringt. Wenn ich mich damit eingehend beschäftigt habe, sage ich Ihnen Näheres."

„Nach Auskunft von Lieutenant Kisner, der die Ladung den Deutschen abgenommen hat, soll alles darin sein, was man braucht."

„Wenn er das so sagt, dann wird es ja wohl stimmen."

„Sie haben einen Hang zum Sarkasmus, nicht wahr, Mr. Chastain?"

„Nein, ich bin nur wochenlang zusammen mit dem Präsidenten in einem Bunker eingesperrt gewesen. Da bleiben Spätfolgen nicht aus."

Jackson konnte nicht anders. Gegen seinen Willen musste er laut lachen.

***

Vizekanzler Schmidt trommelte nervös auf die Lehne seines Sessels ein. Sein Blick ging zur gegenüberliegenden Wand, wo einer seiner Vorgänger ein beeindruckendes Gemälde von Gerhard Richter aufgehängt hatte. Es zeigte Wolken in einer Art und Weise, wie man sie sonst nie sah. Ein faszinierendes Bild, das Schmidt momentan gar nicht wahrnahm, weil er mit anderen Dingen beschäftigt war.

Vor zehn Stunden war eine kurze Mitteilung aus Moskau gekommen. Man erbitte die offizielle Unterstützung der Bundesregierung. Unterzeichnet hatte das ein Marschall namens Achmatow. Ihre Datenbanken kannten keinen solchen Mann, lediglich ein Oberst der Spezialeinheit Speznas mit dem gleichen Namen war den deutschen Geheimdiensten bekannt. War das der gleiche Mann, oder ein ganz anderer? Und war der Marschall nun der neue starke Mann in Moskau, war er es gar, der geputscht hatte, oder hatten sie es nur mit einem Militär zu tun, der auf eigene Rechnung arbeitete? Das warf die Frage auf, was aus der russischen Regierung geworden war, dem Präsidenten und dem Ministerpräsidenten. Konnten sie sich auf diesen Marschall einlassen? Und wenn sie es taten, was führte er im Schilde? Warum schickten die Russen kein Flugzeug wie andere Länder auch? Was steckte dahinter, und wie bekam er das heraus? Tausend Fragen, auf die er keine Antwort hatte.

Schmidt verpasste den Sessellehnen einen Schlag und stand auf. Er brauchte Informationen, und die musste er sich selber besorgen, denn weder die Briten noch die Franzosen wussten etwas. Seine einzige Hoffnung war, dass ihm die Polen weiterhelfen konnten. Sie waren dichter dran und außerdem äußerst misstrauisch allem gegenüber, was aus Moskau kam. Die Polen hatten versprochen, sich sofort zu melden, wenn sie Erkenntnisse über Achmatow hatten.

Schmidt stand auf und streckte sich. Er war müde und ihm taten die Knochen weh. Langsam schritt er das Büro ab und dachte nach. Seine Entscheidung, es sei besser, die Existenz eines wirksamen Impfstoffes bekannt zu machen, hatte er nicht bereut. Aus der ganzen Welt, oder besser gesagt, dem Teil, der noch so etwas wie eine Regierung hatte, kamen Anfragen und Bitten um Unterstützung. Am unverschämtesten waren die Chinesen gewesen. Irgendein hochrangiger Parteikader aus Peking, der Deutsch sprach, hatte sich gemeldet und die sofortige elektronische Übermittlung sämtlicher relevanter Daten verlangt. Andernfalls würde sich China die Informationen ungefragt beschaffen. Was sich hinter dieser Drohung verbarg, wollte Schmidt besser nicht herausfinden und hatte der Übermittlung der Daten nach China oberste Priorität eingeräumt. Auf seine Frage hin, wie es in China stehe, war er barsch zurechtgewiesen worden. Das wären innerchinesische Angelegenheiten, die ihn nichts angingen.

Das war zwei Tage her, und seitdem hatte er nichts wieder aus Peking gehört.

Aus den USA kamen ebenfalls keine Nachrichten mehr. Selbst die Engländer hatten nichts Neues, oder behaupteten das. Sein Protest gegen den Angriff auf das Pharmawerk war verhallt. Das machte ihm etwas Sorge. Zwar mussten die Zellkulturen, die der amerikanische Stoßtrupp erbeutet hatte, mittlerweile in den USA angekommen sein, ob die Amerikaner damit etwas anfangen konnten oder ob dem Präsidenten das reichte, das wusste Schmidt nicht. Er würde auch von sich aus nicht auf die Amis zugehen. Nach seinen letzten Erfahrungen schien ihm das nicht nur unangebracht, sondern sogar gefährlich. Auf die anderen Europäer zu setzen, war hingegen das Richtige gewesen, und er würde unter allen Umständen dabei bleiben.

Schmidt ging hinüber zu seinem Schreibtisch. Obenauf lagen noch Rückrufbitten aus Argentinien und Paris. Er nahm wieder Platz, um den Rest des Nachmittags am Telefon zu verbringen.

***

Alex hatte Mühe, sich mit seinen französischen Kollegen zu verständigen. Die meisten sprachen kein oder kaum Englisch, Deutsch sowieso nicht. Und er konnte kein Wort Französisch, von *Bon jour* und *Merci* mal abgesehen.

Kommunikation war demnach eine Herausforderung. Nur die medizinischen Fachbegriffe bereiteten keine Probleme, wenn man sich an die ungewohnte Aussprache gewöhnt hatte. Wenigstens waren die Kollegen aus Frankreich nett. Er reichte den Ausdruck mit einem Lächeln weiter und deutete auf die wichtigen Punkte. Sie saßen im Labor, wo die Proben routinemäßig kontrolliert wurden. Ein weißer Raum mit allerlei technischem Gerät und einigen Arbeitsplätzen. Der Franzose begann zu lesen, und Alex dachte nach.

Die Produktion konnte in wenigen Tagen starten. Die Vermehrung der Viren lief gut, nachdem sie festgestellt hatten, welches Medium dafür am geeignetsten war. In den Hallen des Werkes herrschte dennoch gähnende Leere. Fast alles lief automatisiert ab und wurde nur am Computer überwacht. Für ihn und seine Kollegen aus dem RKI bedeutete das warten, anders ging es nicht. Aber das Warten würde sich lohnen, davon war Alex überzeugt. Und wenn dann genug Ausgangsmaterial vorhanden war, um in die Produktion einzusteigen, wurde jede helfende Hand gebraucht. Aber auch da war er guter Dinge, erst recht, nachdem sich nun Wissenschaftler aus ganz Europa auf den Weg hierher gemacht hatten. Die meisten, die kamen, würden zwar nur kurz bleiben, aber die Zeit konnte man nutzen. In Kürze würde es hier turbulent zugehen.

„Très bon", sagte der Franzose und reichte das Papier zurück. So viel hatte Alex mittlerweile gelernt, als dass er verstand, was gemeint war. Zur Sicherheit nickte er bestätigend. Dann stand er auf, verließ den Raum, ging die

Treppen nach unten und trat in den Hof hinaus. Drüben vor dem Eingang des Verwaltungsgebäudes stand ein Soldat der Fremdenlegion Wache. Ansonsten war niemand zu sehen. Dabei war das Werksgelände nun viel besser gesichert als früher. Das Kommando hatte der französische General übernommen, der die Wachen neu eingeteilt hatte und der dafür sorgte, dass ein Umkreis von mehreren Kilometern rund um das Pharmawerk ständig mit Drohnen überwacht wurde. Alex fand das zwar übertrieben, aber dennoch beruhigend. Auf keinen Fall wollte er ein zweites Mal erleben, was er gerade hinter sich hatte.

Ein Auto war zu hören und er schaute nach links. Ein Mercedes-Geländewagen kam schnell näher. Alex erkannte das Auto sofort. Das war Brandtner. Alex blieb kurz vor dem Eingang des Verwaltungsgebäudes stehen. Das Auto hielt nur zehn Meter entfernt. Die Tür ging auf und der Staatssekretär sprang heraus.

„Hallo Herr Dr. Baldau", rief er, nahm eine Tasche vom Rücksitz und schlug die Autotür zu. „Wie schaut's?" Brandtner warf noch einen Blick in die Tasche und kam dann mit ausgestreckter Hand auf ihn zu.

„So weit, so gut. Aber es gibt noch eine Menge zu tun." Alex schüttelte ihm die Hand. „Wollen Sie auch zum Hauptmann?", fragte er.

Brandtner nickte. Dann gingen sie gemeinsam ins Gebäude.

„Haben Sie ausreichend Quartiere gefunden?",
erkundigte Alex sich.

„Ja, das war kein Problem. Leer stehende Häuser gibt es
genug."

„Wann kommen denn die nächsten?"

„Die Italiener und Polen werden wohl heute noch
kommen. Zumindest hat mir Berlin das so gesagt. Sie
müssen sich beeilen, sonst wird es dunkel, und ich glaube
nicht, dass man auf diesem kleinen Flugfeld nachts landen
kann. Ich finde es ja schon tagsüber abenteuerlich, wenn
diese großen Maschinen nur auf Gras landen."

„Das sind doch alles Militärmaschinen, die sind dafür
gebaut."

„Trotzdem, und wenn das dann so weitergeht, werden
die auch ein Platzproblem bekommen. Wo will man denn all
diese Flugzeuge abstellen? Na ja, da sollen sich andere
drum kümmern."

Sie hatte den vierten Stock erreicht, und Brandtner
wandte sich nach links. „Haben Sie was gehört, ob
Feldwebel Wöhrner sich gemeldet hat?"

Alex schüttelte den Kopf. Bis soeben hatte er nicht mal
gewusst, dass Wöhrner weg war.

„Der muss unbedingt das Zeug für eine
Wasserversorgung ranschaffen", fuhr Brandtner fort. „Ohne
Wasser geht gar nichts."

Sie waren am Büro vom Hauptmann Jakobs angelangt. „Dann wollen wir die Bundeswehr mal ein bisschen auf Trab bringen", sagte Brandtner und klopfte.

***

Mechthild Beimer musste sich bald eine Bleibe für die Nacht suchen, wenn sie nicht im Auto schlafen wollte. Sie war bereits weit hinter Hamburg auf dem Weg nach Süden. Die A7 zog ihr langes Band durch eine kaum besiedelte flache Landschaft, die im fahlen Herbstlicht nichts als Traurigkeit und Verlassenheit ausdrückte.

Von Melanie hatte sie keine Spur gefunden. Nach der kurzen Fahrt von der Raststätte Stillhorn bis zum Hamburger Stadtteil Fuhlsbüttel fand sie auf Anhieb die Alsterdorfer Straße, wo ihre Tochter zusammen mit ihrem Freund eine Dreizimmerwohnung hatte. Die Fahrt durch Hamburg glich nur zu sehr der durch Frankfurt, und auch wenn Mechthild keine Angst hatte, so wollte sie doch nicht länger bleiben als unbedingt nötig. Städte waren für Menschen gemacht, fehlten sie, glich die Kulisse einem Albtraum.

Das Haus, in dem Melanie wohnte, war ein roter Backsteinbau mit zwei Eingängen. Sie war schon mehrmals hier gewesen, um ihre Tochter zu besuchen. Außerdem mochte sie Hamburg, oder hatte es gemocht. Die

Wohnungstür war aufgebrochen gewesen. Mechthild hatte einige Minuten gelauscht, unsicher, ob sie es wagen sollte. Aber das Haus war völlig still, nur draußen toste der Wind, der mittlerweile fast ein Sturm war. Schließlich gab sie sich einen Ruck, schob die Tür auf und ging hinein. Die Wohnung war geplündert worden, aber niemand war da. Sie fand die persönlichen Sachen ihrer Tochter, jedoch keinen Hinweis, was aus ihr geworden war. Mechthild setzte sich im Wohnzimmer auf das große Sofa und sah aus dem Fenster auf die schnell dahinjagenden Wolken. Was nun? Melanie war offensichtlich von hier verschwunden, bevor es sie erwischt hatte. Wenn es sie erwischt hatte, korrigierte sie sich, um sich gleich danach zu ermahnen, sich nicht grundlos Hoffnung zu machen. War Melanie zusammen mit ihrem Freund aufgebrochen, noch bevor es zu schlimm wurde? Und wohin war sie gegangen? Mechthild schaute auf den Wohnzimmertisch, als stände die Antwort dort geschrieben.

Ihre Tochter konnte überall und nirgends sein oder längst tot. Aber Melanie war ein schlaues Kind gewesen. Mechthild traute ihr zu, einen sicheren Ort irgendwo auf dem Land gefunden zu haben. Nur hatte sie keine Idee, wo das sein konnte. Sie stand auf und sah sich um. Sollte sie nochmals alles durchsuchen? Sie war beim ersten Mal schon gründlich gewesen, und wenn Melanie etwas hinterlassen hätte, dann doch so, dass man es auch fand. Eine Botschaft, die ihren Adressaten nicht erreichen konnte, war sinnlos. Der Gedanke brachte sie auf eine Idee. Wenn schon ihre Tochter keinen Hinweis über ihren Verbleib hinterlassen hatte, dann wollte sie das tun. Zwar schien es ihr unwahrscheinlich, dass Melanie noch jemals an diesen Ort zurück kam, ausgeschlossen war es aber nicht. So viele persönliche Sachen waren noch da. Alles Dinge, die man auf einer Flucht sicher nicht mitnahm, die man aber vielleicht später vermisste. Sie schrieb am Küchentisch eine kurze Notiz, notierte, wann sie hier gewesen war, dass sie ihre Tochter liebte, und wohin sie nun gehen würde. Dann fügte sie noch einen Absatz ein, in dem sie jeden, der diese Notiz zufällig fand, bat, sie nicht wegzuwerfen.

Abfahrt Egerstorf drei Kilometer las Mechthild und kehrte aus ihren Erinnerungen zurück. Sie warf einen Blick auf die Uhr, dann in den Himmel. Eine halbe Stunde noch, und die Dämmerung würde einsetzen. Die Tage wurden kurz. Sie hatte keine Ahnung, wo genau sie war, aber ein Ort war so gut wie der andere, um etwas zum Übernachten zu finden. Morgen würde sie erneut in aller Frühe aufbrechen, und mit etwas Glück war sie schon gegen Mittag in Klingenbronn. Die Abfahrt kam näher, und sie setzte aus alter Gewohnheit den Blinker. Amüsiert über die eigene Unzulänglichkeit schaltete sie das Ding wieder aus.

Am Ende der Abfahrt ging es links nach Egerstorf, rechts nach Lübberstedt, die Entfernungen waren fast gleich, und beide Namen sagten ihr nichts. Sie entschied sich für links und bog auf die Landstraße ein. Schon nach hundert Metern kamen die ersten Gebäude in Sicht. Ein Supermarkt, ein Kfz-Handel, dann eine Aral-Tankstelle. Alles leer und verlassen. Ein kleines Dorf, mehr war das hier nicht, dachte sie und fuhr weiter Richtung Zentrum. Irgendwo würde sie ein Haus finden, wo sie schlafen konnte.

XVIII

Dieser Mike Chastain saß seit über vier Stunden im Labor der Georgetown University. Wann war er endlich fertig? General Lloyd Jackson rieb sich die Schläfen. Er war müde und erschöpft.

Gleich nach der Landung der C-17 hatte man die Ladung in eine der Hallen gebracht. Draußen sicherten sämtliche zur Verfügung stehenden Soldaten die kostbare Fracht gegen einen Feind, der nicht existierte, und drinnen hatte sich der einzige Wissenschaftler, der sich auskannte, sofort in die Papiere vergraben, die den Zellkulturen beigefügt gewesen waren. Schon nach wenigen Minuten hatte Chastain verlangt, alles in ein Labor zu bringen, und sie hatten eilig einen Konvoi auf die Beine gestellt und waren mit Mann und Maus nach Washington zurück. Teile des Campus und das Laborgebäude der Georgetown University zu sichern, hatte zusätzlich Stunden gekostet, aber irgendwann war auch das geschafft, und nun saßen sie gut geschützt in einem Trakt neben dem Hochsicherheitslabor. Das alles war schon nervenaufreibend und schwierig genug gewesen, und dazu kam noch, dass sich der Präsident drei Mal persönlich erkundigt hatte, ob die Sache Fortschritte machte. Jedes Mal hatte sich Jackson verleugnen lassen.

Es war erst neun Uhr abends, aber ihm kam es vor wie weit nach Mitternacht. Er brauchte ein Bett und einige Stunden Ruhe. Fraglich war, wann er beides bekommen sollte. Bis dahin blieb ihm nichts anderes, als in diesem Büro zu sitzen und abzuwarten. Draußen auf dem Gang lärmte das Notstromaggregat. Es klopfte und er rief „Herein".

„Sir, Mr. Emerson möchte mit Ihnen reden", sagte ein Sergeant und kam mit einem Satellitentelefon in der Hand auf ihn zu. Jackson wunderte sich, was der stellvertretende Justizminister von ihm wollen könnte, und streckte die Hand nach dem Apparat aus. Was immer es auch war, gut war es sicher nicht.

„Jackson", meldete er sich.

„Guten Abend, General. Ich fürchte, ich muss Sie warnen. So wie es aussieht, hat der Präsident Wind davon bekommen, dass Sie mit Admiral Moorer andere Absprachen getroffen haben. Er ist, um es mal vorsichtig auszudrücken, fuchsteufelswild."

„Wie konnte das passieren?"

„Anscheinend hat einer von Moorers Kapitänen von sich aus Kontakt zum Bunker gesucht. Genaueres weiß ich nicht. Tatsächlich versucht der Präsident nun, in direktem Kontakt zu Moorer zu treten. Wir versuchen, das zu verhindern oder hinauszuzögern. Es wäre aber angezeigt, dass Sie sich unverzüglich mit dem Admiral hinsichtlich der Kommunikation abstimmen."

„Sicherlich, Mr. Emerson."

„Er misstraut Ihnen jetzt auch in der Impfstoffgeschichte."

Jackson seufzte. Das war zu erwarten gewesen. „Ich kann ihm nichts anderes sagen, als das, was mir Mr. Chastain sagt. Ich habe keinen Grund, in dieser Sache die Unwahrheit zu sagen."

„Ich bin mir dessen bewusst, aber Sie wissen, wie er ist. Ich und einige andere hier werden alles tun, um ihn zu bremsen. Die Frage ist nur, ob das ausreicht."

„Wenn er mir nicht glauben will, dann soll er mit Chastain persönlich reden."

„Der Präsident und Mr. Chastain sind nicht gerade Freunde."

Wütend schlug Jackson die freie Hand auf den Schreibtisch. „Verdammt. Es kann doch nicht sein, dass dieser Bekloppte sich überall einmischt. Der Mann gehört von seinem Posten enthoben."

„Er ist der gewählte Präsident. Ich befürchte, wir werden ihn ertragen müssen."

„In Zeiten wie diesen brauchen wir einen starken Präsidenten, einen, der Verantwortung übernehmen kann, einen, der das Land wieder aufbauen wird."

Am anderen Ende der Leitung war ein abfälliges Schnauben zu hören. „Bleiben Sie realistisch, General. Und jetzt sprechen Sie mit Admiral Moorer. Wir werden morgen früh wieder telefonieren, wenn ich kann. Die Stimmung hier ist sehr schlecht. Der Präsident misstraut auch mir und anderen. Ich weiß nicht, wie sich das entwickeln wird. Sollten Sie also nichts mehr von mir hören, dann wissen Sie Bescheid."

Lloyd Jackson schämte sich, dass er sich so hatte gehen lassen. Seine Geduld war aufgebraucht, sein Nervenkostüm dünn geworden. „Sicher doch. Danke Mr. Emerson."

Er legte das Telefon vor sich ab und stand auf. Langsam schlenderte er zum Fenster. Draußen war nichts als Dunkelheit. Er stierte in das Schwarz und dachte nach, was er nun tun sollte. Jederzeit konnte der Präsident ihn absetzen. Die Macht hatte er, aber würde er sich dem auch beugen? Wer sonst sollte die Streitkräfte der USA führen? Hier draußen war niemand mehr, der das konnte. Und selbst, wenn sich jemand fand, das eigentliche Problem saß im Bunker. Wieder klopfte es, und er drehte sich um.

„Herein."

Die Tür ging auf und Mike Chastain trat ein. „Guten Abend General. Ich bin dann so weit."

„Und?"

„Das sieht sehr gut aus. Lieutenant Kisner hat nicht übertrieben. Wir haben nicht nur geeignetes

Ausgangsmaterial, sondern auch eine sehr gute Anleitung, wie weiter zu verfahren ist. Alle erforderlichen Gerätschaften finden sich hier im Labor. Ich brauche nur einige Helfer, eine zuverlässige Stromversorgung und etwas Zeit."

Jackson fiel ein Stein vom Herzen. Das war alles, was er hatte hören wollen. „Wann können Sie starten, wie lange brauchen Sie?"

„Beginnen kann ich gleich morgen, aber es wird etwas dauern. Zwei Wochen, bis eine erste Charge da ist. Das wird aber nicht viel sein. Von einer echten Produktion sind wir noch meilenweit entfernt, und das können wir auch nicht hier in der Uni machen."

„Gut, fangen Sie so schnell wie möglich an. Die Zeit drängt."

***

Endlich ging auch der Letzte. Erleichtert sah Alex dem niederländischen Wissenschaftler hinterher, der ihn fast eine halbe Stunde lang mit Fachfragen gelöchert hatte. Er räumte seine Papiere zusammen und schaltete den Overhead-Projektor aus.

Gestern Abend waren noch die Italiener und Polen gelandet, heute früh waren die Fahrzeuge der Holländer in

Klingenbronn eingefahren, und in den nächsten Stunden würden weitere Abordnungen aus anderen Ländern Europas eintreffen. Militärs, Ärzte und Wissenschaftler, alles, was die jeweiligen Regierungen hatten zusammenkratzen können. Sein Part war, die Fachleute auf den aktuellen Stand zu bringen. Er hatte sich im Verwaltungsgebäude den großen Vortragsraum hergerichtet, einen uralten Projektor aufgetrieben und in einem spontanen und schlecht vorbereiteten Vortrag zwei Stunden lang vor den Kollegen das referiert, was sie am RKI und hier getrieben hatten. Es war die schnellste Art und Weise, möglichst viele vom Stand der Dinge in Kenntnis zu setzen, und er würde noch einige dieser Vorträge halten müssen. Leicht war das nicht. Wenn man nur vor Fachleuten sprach, waren endlose Fragen die Folge. Jeder musste zeigen, was er drauf hatte, und mit Kritik hatte man auch nicht gespart. Aber er sah in den Augen der Menschen die Hoffnung, und das ließ ihn gelassen bleiben. Alex packte seine Tasche und ging zur Tür.

Jetzt war eine Stunde Pause angesagt, dann ging es mit der ganzen Bagage in die Labore. Ein bisschen fühlte sich das nach Werksführung an. Er grinste. Noch völlig offen war, ob man hier schnell genug ausreichend Viren züchten konnte, damit alle ausländischen Wissenschaftler versorgt wären. Die meisten Staaten wollten nur die Informationen und Zellkulturen, um dann im eigenen Land eine Produktion aufzuziehen. Aber das konnten nicht alle. Die Italiener hatten schon angedeutet, dass sie sich damit schwertun würden. Ihnen fehlten nicht nur die Leute, sondern auch geeignete Pharmawerke, wenn er das richtig mitbekommen hatte. Wie sollte das erst werden, wenn hier Delegationen aus der ganzen Welt einfielen, aus Afrika, Südamerika, aus Ländern, in denen mit Sicherheit keine Impfstoffproduktion möglich war? Man konnte hier nie und nimmer so viel produzieren, dass es für die ganze Welt reichen würde. Aber das war nicht sein Problem.

In Gedanken versunken trat er vor die Tür und schreckte sofort zusammen, als eine Windböe ihn erfasste. Der Himmel sah nach Sturm aus, und so fühlte es sich auch an. Er zog den dünnen weißen Kittel enger und beschleunigte seine Schritte. Sobald Alex die Werkshalle erreicht hatte, öffnete er die Tür und flüchtete sich fröstelnd ins Innere.

**

Lieutenant Kisner hatte bei der Sache ein ungutes Gefühl. Seit gestern landeten Flugzeuge aus ganz Europa in Ramstein und brachten alle möglichen Truppen. Auch Fahrzeuge von überall her waren eingetroffen. Viel war das nicht, vielleicht zweihundert Mann bisher, aber genug, dass er sich sorgte, denn den Grund für den Aufmarsch kannte er nicht. Vielleicht wusste Major Ayers, sein neuer Boss, mehr. Ayers war Hals über Kopf von seinem rumänischen Luftwaffenstützpunkt hierher verlegt worden, ohne wirklich erfahren zu haben, worum es ging. Nach Kisners Meinung konnte es nur einen Grund geben: der Impfstoff. Alles andere machte keinen Sinn, es sei denn, es gingen Dinge vor, von denen er nichts wusste. Aber auch das war möglich, schließlich war er nur ein kleiner Lieutenant. Er blieb vor der Tür stehen und nahm Haltung an. Dann klopfte er und wurde sofort hereingebeten. Major Ayers saß hinter seinem Schreibtisch und schaute ihn an. Der Mann war abgemagert, wie alle Überlebenden, wirkte aber fit und sah clever aus. Kisner war gespannt, wie sie miteinander auskommen würden.

„Lieutenant Kisner meldet sich wie befohlen", rief er und salutierte zackig. Major Ayers sah ihn überrascht an. Klar, der Mann war von der Luftwaffe, ein Pilot. Die fühlten sich cool, hatten aber keinen Respekt vor militärisch korrektem Auftreten, dachte Kisner.

„Entspannen Sie sich", sagte Ayers und zeigte auf den Stuhl vor seinem Schreibtisch, „und setzen Sie sich. Ich brauche das nicht mit dem Rumschreien und Meldung machen, o. k.? Besser, wir lassen das, Lieutenant."

„Ganz wie Sie wünschen, Sir!"

Ayers schaute, als wenn er Zahnschmerzen hätte. „Das mit dem Sir! können Sie ebenfalls lassen."

„Jawohl Major!", brüllte Kisner.

„Sie machen das absichtlich nicht wahr?"

„Nein, es sitzt nur tief drin."

435

„Ich lach gleich. Also, Lieutenant, ich habe Sie hergebeten, weil ich nicht weiß, was ich mit den ganzen Leuten anstellen soll. Wir haben hier ein wildes Gemisch sämtlicher Truppengattungen, und niemand weiß, was das alles soll."

Kisner setzte sich nun doch. „Sie wissen nicht, worum es geht?"

„Nur ganz grob. Wir sollen uns auf einen Kampfeinsatz vorbereiten. Was genau, wann und wo … keine Ahnung."

„Der Befehl kam aus dem Pentagon?"

„Ja, ein Major Murphy. Ist wohl die rechte Hand von General Jackson, soweit ich weiß."

„Das einzige plausible Ziel weit und breit ist das Pharmawerk in Marburg."

Ayers lehnte sich zurück und dachte nach. „Ich habe den Bericht gelesen, den Sie an Jackson geschickt haben, und ich weiß natürlich auch, was Sie da in Marburg erbeutet haben. Deshalb will ich nicht glauben, dass wir erneut den Auftrag bekommen, dort einzugreifen. Das macht doch keinen Sinn."

„Wahrscheinlich nicht, Sir. Es sei denn, die haben zu Hause Schwierigkeiten, eine eigene Produktion aufzubauen."

„Wenn die Deutschen das können, dann werden wir das ja wohl auch hinbekommen", sagte Ayers. „Nein, ich glaube

nicht daran, aber in einigen Stunden werden wir es wissen."
Er sah zur Uhr. „In Washington ist es noch mitten in der
Nacht. Ich rechne damit, dass wir heute noch Befehle
bekommen oder zumindest einige Informationen, worum es
hier geht. Bis dahin will ich, dass Sie die Männer in
Augenschein nehmen, die Leute einteilen und
gegebenenfalls die Befehlsstrukturen ändern. Da will ich
aber vorher gefragt werden."

„Jawohl Sir!"

„Sie können es nicht lassen, was?" Ayers schaute
genervt.

„Entschuldigung."

„Schon gut."

Anscheinend war das Gespräch vorbei. Kisner stand auf.
Er würde sich schon an seinen neuen Boss gewöhnen.
Umgänglich war er und offen. Als er an der Tür
angekommen war, drehte er sich nochmals um. Eine Frage
musste er noch loswerden. „Werden wir die Deutschen
erneut angreifen, wenn Washington es befiehlt?"

Ayers zog überrascht die Augenbrauen hoch, dann sah er
Kisner argwöhnisch an. Mit seiner Antwort ließ er sich Zeit.
„Ich finde es gut, wenn Sie so direkt fragen, Lieutenant, und
ich werde Ihnen offen antworten. Vorher möchte ich Sie
jedoch bitten, mir alles zu erzählen, was Sie über diesen
Einsatz gegen das Pharmawerk nicht in den Bericht
geschrieben haben."

Jetzt war es an Kisner, länger nachzudenken. Mit seiner Einschätzung, dass Ayers ein heller Kopf war, hatte er richtig gelegen, wie der Major soeben unter Beweis gestellt hatte. Er konnte jetzt nicht dichtmachen, wenn er das Verhältnis zu seinem neuen Chef nicht gleich an die Wand fahren wollte. Er war auf Ayers angewiesen, auf dessen Kenntnisse und dass er sie mit ihm teilte. Kisner ging zu dem Stuhl zurück und setzte sich.

„Ich werde Ihnen alles berichten."

***

Es war noch dunkel draußen, als General Jackson geweckt wurde. Irritiert und verwirrt kämpfte er sich aus dem viel zu kurzen Schlaf.

„Der Präsident, Sir. Er ist sehr ungehalten", sagte Major Murphy, dem es sichtlich unangenehm war, seinen Vorgesetzten aus dem Schlaf gerissen zu haben. Aber anscheinend fürchtete er den Präsidenten mehr als Jackson. Der General streckte seine Hand nach dem Telefon aus und versuchte, in die Realität zurückzukommen.

„Jackson", meldete er sich.

„Na endlich! Wo stecken Sie denn und warum höre ich nichts von Ihnen? Ich finde es indiskutabel, wie Sie mich behandeln."

„Ich habe Ihnen gestern Abend noch eine Nachricht zukommen lassen, Sir", unterbrach Jackson das Geschimpfe. „Sie waren nicht zu erreichen", log er. In Wahrheit hatte er es gar nicht versucht.

„Was? Wie kann das sein? Den ganzen Abend habe ich gewartet, bis man mir dann diesen Zettel brachte. Das ist eine Frechheit, das sag ich Ihnen."

Der Präsident war mal wieder grundlos persönlich beleidigt, hatte nicht genug Aufmerksamkeit bekommen und fühlte sich vernachlässigt. Ein verwöhntes Kind konnte nicht schlimmer sein, dachte Jackson, lehnte sich zurück, sah, dass Major Murphy noch im Raum war, und schickte ihn mit einer Handbewegung hinaus.

„Und dann will ich von Ihnen wissen, was Sie mit Admiral Moorer hinter meinem Rücken abgemacht haben", schimpfte der Präsident weiter. „Stimmt es, dass Sie befohlen haben, die Aktion hinauszuzögern? Wollen Sie etwa diesen Meuterer unterstützen? Lloyd! Was ist los mit Ihnen? Ich dachte, ich könnte Ihnen vertrauen."

Du traust niemand, dachte Jackson und legte sich seine nächsten Worte sorgfältig zurecht. Er hatte gestern Abend mit dem Admiral abgestimmt, wie sie vorgehen wollten, und Moorer hatte sich erneut als vernünftiger und weitsichtiger Mann entpuppt. Er hatte Jackson sogar eine Zusage gegeben, eine Zusage, von der er unter Umständen sehr bald Gebrauch machen musste. „Das Vorgehen des Admirals ist schlicht den Umständen geschuldet, Sir. In der jetzigen Situation kann er nicht einfach mit der gesamten Flotte einen Hafen anlaufen und sich versorgen. Er würde riskieren, dass sich die Besatzungen sämtlicher Schiffe dem Virus aussetzen. Das ist indiskutabel."

Das war ein logisches Argument, aber so etwas interessierte den Präsidenten bekanntlich nicht. „Das verzögert ein Auslaufen um Tage, wenn nicht um Wochen. Er hat ein Versorgungsschiff abgestellt, alles an Vorräten zu besorgen und zu verteilen. Ein Schiff! Wissen Sie, wie lange das dauern wird? Zu lange! Wir können das nicht hinnehmen, Lloyd."

„Der Admiral will sichergehen, dass nur wenige infiziert werden. So wenige wie irgend möglich. Sir, wenn die Besatzungen erkranken, dann haben wir binnen Tagen eine Geisterflotte. Die Krankheit wird durch die Decks toben, dass nach einer Woche niemand mehr in der Lage ist, ein Schiff zu steuern."

„Das ist mir doch egal. Dann soll er die überlebenden Crews eben zusammenfassen!"

Was für ein Schwachsinn, ärgerte sich Jackson. „Das wird nicht funktionieren, Sir."

„Sie stehen also hinter Moorers Entscheidung?"

„Aus militärischen Gesichtspunkten gibt es an seinem Vorgehen keinen Zweifel."

„Sie enttäuschen mich, Lloyd. Und ich sag Ihnen noch etwas. Ich traue Ihnen nicht mehr. Ich traue Ihnen in dieser Moorer-Sache nicht mehr, und ich traue Ihnen auch nicht mehr, was diesen Impfstoff angeht. Sie erzählen mir doch nur etwas, um mich hinzuhalten. Denken Sie, ich merke das nicht? *Warten Sie noch eine Woche, Mr. President, bald ist es so weit, Mr. President*, so klingen Sie! Ich glaube, Sie wollen, dass ich in diesem Bunker versaure. Ich glaube, Sie und andere planen da draußen ganz andere Sachen und wollen nur sichergehen, dass ich davon nichts mitbekomme. Sie hintergehen mich, Lloyd!"

Jackson biss die Zähne zusammen. Wie sollte er angesichts dieses Schwachsinns und der offensichtlichen Paranoia ruhig und gelassen bleiben? „Ganz sicher nicht", antwortete er. „Was hätte ich davon, wenn ich Ihnen etwas vormache? Ich will genau wie Sie, dass die Impfstoffproduktion so schnell wie möglich in Gang kommt, um möglichst viele unserer Landsleute zu retten."

„Drauf geschissen, Lloyd. Das ist für Sie doch nur ein Vorwand, um sich gegen mich aufzulehnen. Ich denke, Ihre Ziele sind ganz andere, und ich kann mir auch schon vorstellen, was Sie eigentlich wollen. Aber nicht mit mir! Ich entlasse Sie. Ich enthebe Sie hiermit Ihres Postens. Packen Sie Ihre Sachen, und scheren Sie sich zum Teufel."

General Jackson beugte sich vor. Jetzt war eingetreten, was er insgeheim seit Emersons Anruf befürchtet hatte. Er hatte einen Eid auf den Präsidenten geschworen. Aber er hatte auch geschworen, seinem Land zu dienen, es zu schützen und jeden Schaden von ihm abzuwenden. Er war immer ein vorbildlicher Soldat gewesen, der all seine Befehle befolgt hatte, aber jetzt war Schluss. Der Irre im Bunker war dabei, nicht nur ihn zu entlassen, sondern den Erfolg der gesamten Aktion zu gefährden, Millionen Leben aufs Spiel zu setzen, und dazu noch einen Krieg unter Amerikanern im Pazifik anzuzetteln. Das alles konnte er nicht mehr hinnehmen, und deshalb zog Lloyd Jackson hier und jetzt einen Schlussstrich. „Ich werde nicht zurücktreten, Mr. President. Ich werde weiterhin das Amt des Oberbefehlshabers ausüben, ob es Ihnen passt oder nicht."

„Sie Verräter! Ich habe es ja gewusst, dass Sie mich hintergehen, dass ich Ihnen nicht trauen kann. Aber warten Sie nur, ich lasse mir das nicht gefallen. Ich lasse Sie festnehmen, ich lasse Sie erschießen! Sie sind zum Abschuss freigegeben, Sie Schwein. Ich werde mir das …"

General Jackson drückte den Knopf, der das Gespräch beendete. Er hatte seine Entscheidung getroffen, warum sollte er sich das noch anhören oder sich beleidigen lassen? Er stand auf und griff nach seiner Uniform.

Sobald er angezogen war, verlangte er nach Major Murphy. Es war Zeit, alle Offiziere zusammenzurufen. Er musste sie vor die Wahl stellen, wem sie folgen wollten.

***

Mechthild Beimer kratzte die Frontscheibe frei. Der Sturm von gestern hatte kalte Luft gebracht und den ersten Nachtfrost. Sie hatte in einem kleinen Haus mitten im Dorf übernachtet. Im Wohnzimmer auf der Couch, zugedeckt mit drei Decken, und dennoch war es kalt gewesen. Wie sollte es erst im Winter werden, ohne Heizung? Daheim hatte sie wenigstens einen Ofen, der aber auch nicht stark genug war, das ganze Haus zu heizen. Zumindest für Wohnzimmer und Küche sollte es reichen. Sie klopfte den Eiskratzer ab, öffnete die Fahrertür, setzte sich ins Auto, startete und drehte die Heizung auf. Bibbernd saß sie da und starrte in einen kalten Morgen. Ihr fiel ein, dass sie noch Sommerreifen hatte, und so wie die Straße aussah, sollte sie wohl besser sehr vorsichtig sein. Auf den Winterdienst brauchte sie jedenfalls nicht zu warten. Mechthild langte mit der rechten Hand zur Lüftungsdüse. Immer noch kalte Luft. Es würde wohl noch dauern, bis der Motor warm wurde. Sie legte den ersten Gang ein und fuhr langsam los.

Im Osten stieg die Sonne in einen kalten klaren Himmel. Vor ihr lag eine offene von Landwirtschaft geprägte Landschaft im fahlen Sonnenlicht. Sie hatte den Eindruck endloser Weite und Einsamkeit. Nichts rührte sich, nichts deutete auf Leben hin. Sie hatte die letzte Nacht in einer kleinen Stadt verbracht, in der anscheinend alles tot und verlassen war. Konnte das sein? Wie viele solcher Dörfer und Städte gab es in Deutschland? Was sollte aus ihnen werden, wer würde je wieder dort wohnen? Überall leere Orte, verlassene Häuser, nutzlose Fabriken und Geschäfte.

Es dürfte Jahrzehnte dauern, bis sich das Land von diesem Schlag erholt hatte, mindestens.

Die Zukunft war einsam. Millionen Tote, ein ausgeblutetes Land. Dabei mussten doch auch in all den Kleinstädten Menschen überlebt haben. Wo waren sie, und was sollte aus ihnen werden? Viele mochten sich noch verstecken, aber sicher nicht für immer. Wer dauerhaft leben und überleben wollte, war auf andere angewiesen, musste Teil einer Gemeinschaft werden. Wie sollten sich die Menschen finden? Vielleicht ergab sich das, dachte Mechthild, so wie sich fast alles irgendwie ergab, ohne dass man allzu viel Einfluss darauf hatte. Sie spürte, wie die Heizung zu arbeiten begann, setzte ihre Mütze ab und regelte die Lüftung etwas herunter.

Mit Tempo dreißig schlich sie den Zubringer zur Autobahn hoch. Die Straße glitzerte gefährlich im Sonnenlicht. Sobald sie auf die A7 einbog, lag die Autobahn wie ein endloses graues Betonband vor ihr. Keine Spuren auf den Fahrbahnen. Sie war heute die Erste, die hier entlangfuhr, und es war fraglich, ob ihr noch jemand folgen würde. Mechthild fühlte sich verloren und preisgegeben. Sie musste dahin zurück, wo sie etwas Halt fand, wo sie eine Aufgabe hatte, die sie von ihren düsteren Gedanken ablenkte. Sie musste weitermachen, um nicht zu verzweifeln.

***

Lieutenant Kisner rannte die Gänge des Gebäudes entlang, so schnell er konnte. Es war noch früh am Morgen, und er hatte noch nicht einmal gefrühstückt, aber der Befehl von Major Ayers war eindeutig. So schnell wie irgend möglich. War der Einsatzbefehl gekommen?, fragte er sich. Was sonst sollte der Grund für die Eile sein? Dabei war der Sauhaufen, den sie hier aus ganz Europa zusammengetrommelt hatten, alles andere als einsatzbereit. Er hatte gestern nur wenige Stunden Zeit gehabt, die Truppen zu mustern und die wichtigsten Unteroffiziere kennenzulernen. Offiziere gab es außer ihm und dem Ayers keine mehr.

Kurz vor dem Büro des Majors bremste er sich und atmete tief durch, um seinen Puls etwas herunter zu bekommen, dann klopfte er.

„Ja, doch!"

Kisner öffnete die Tür und musste sich zusammenreißen, um nicht zu salutieren. „Guten Morgen, Major. Sie wollten mich sprechen?"

Ayers saß auf seinem Drehstuhl, die Füße auf dem Schreibtisch abgelegt. „Morgen, Lieutenant, und danke, dass Sie so schnell gekommen sind. Setzen Sie sich." Der Major nahm die Füße runter und setzte sich aufrecht. Kisner nahm Platz.

„Ich habe soeben ein Schreiben aus Washington erhalten", sagte Ayers und nahm ein Blatt Papier hoch, das vor ihm gelegen hatte. „Lesen Sie es, und dann reden wir darüber."

Lieutenant Kisner griff überrascht nach dem Blatt. Dieser Major hatte einen sehr ungewöhnlichen Führungsstil, wenn man das überhaupt so nennen konnte. Er ließ sich nach hinten sinken, begann zu lesen, und mit jedem Satz, den er las, nahm seine Verwirrung zu. Sobald er durch war, las er das Schreiben ein zweites Mal, und langsam begann es in seinem Kopf zu arbeiten. Kisner schaute auf, unsicher, was er nun sagen sollte oder was von ihm erwartet wurde. Ayers hatte die Füße wieder auf den Schreibtisch gelegt und lümmelte in seinem Sessel.

„Und?", fragte er.

„Ist das echt, Sir?"

„Sie sollen das mit dem Sir lassen, und ja, ich halte es für echt. Zumindest kam es über die gesicherte Leitung direkt aus dem Pentagon. Wer, wenn nicht der Oberbefehlshaber selber sollte da Zugriff haben?"

„Aber das ist ungeheuerlich. Ich meine, wir sollen …" Den Rest des Satzes ließ Kisner offen. Zu gefährlich schien es ihm, auszusprechen, was in dem Schreiben verlangt wurde.

„Ja, schwierige Sache, nicht wahr?" Major Ayers' Worte passten nicht zu seinem Auftreten. Er wirkte völlig entspannt, wie er da halb in seinem Sessel lag, mit einem hämischen Grinsen im Gesicht. Oder machte er sich über ihn lustig, fragte sich Kisner. Bei diesen Luftwaffentypen wusste man nie, woran man war.

„Ich weiß nicht, was ich dazu sagen soll, Sir."

„Ich will aber Ihre Meinung, Lieutenant."

Kisner nahm das Schreiben erneut in die Hand und las es ein drittes Mal. Es kam vom Generalstab, vom Oberbefehlshaber der amerikanischen Streitkräfte General Lloyd Jackson persönlich. Jackson teilte darin mit, dass sich die Führung der US-Army mit dem Präsidenten überworfen hatte. Dann folgte eine Schilderung der Gründe, warum dies geschehen war, und schließlich der Aufruf an alle Streitkräfte, es dem Oberbefehlshaber gleichzutun und sich sämtlichen Anweisungen aus dem Bunker zu widersetzen. Unterzeichnet war das Papier von einem guten Dutzend Offiziere, deren Namen Kisner nichts sagte, wenn man mal von Admiral Moorer absah, auf dessen Flugzeugträger er bei einem Kommandoeinsatz kurzzeitig stationiert gewesen war.

„Ich weiß nicht, Sir."

„Kommen Sie, Lieutenant. Sie sind kein Idiot. Sie können selbstständig denken, das haben Sie nicht zuletzt bei Ihrem Einsatz gegen das Pharmawerk unter Beweis gestellt. Also, was sollen wir tun?"

Kisner stand auf und legte das Papier auf den Schreibtisch. Er ging an das Fenster und sah hinaus, wie er es immer machte, wenn er schwierige Entscheidungen zu treffen hatte oder Dinge durchdenken musste, die kompliziert und gefährlich waren. Der Anblick des weitläufigen Geländes der Ramstein Air Base beruhigte ihn. Sein Vorgesetzter wollte, dass er Position bezog, und dem musste er nachkommen. Jedoch ging es hier um etwas, dessen Folgen nur sehr schwer abzuschätzen waren und die ihn auf Jahre in Gefängnis bringen konnten. Aber galten die alten Regeln noch? Er entschloss sich, es drauf ankommen zu lassen.

„Wenn das wahr ist, was Jackson schreibt, fällt die Entscheidung nicht allzu schwer", sagte er so vorsichtig wie möglich. Er wusste nicht, wie sich Ayers positionieren würde.

„Das hat ja nicht nur Jackson unterschrieben, sondern alles, was in der Army noch Rang und Namen hat", antwortete der Major, wie aus der Pistole geschossen. „Halten Sie es etwa für unwahr? Immerhin werden Sie in diesem Schreiben persönlich genannt. Jackson verweist ausdrücklich auf Ihren Bericht, und wie unnötig und sinnlos die ganze Aktion war."

Kisner atmete durch. Ayers' Reaktion verriet, wohin er tendierte, und das passte ihm ganz gut. „Es ist dem Präsidenten durchaus zuzutrauen", sagte er und machte damit reinen Tisch.

„Das ist leider die Wahrheit", antwortete Ayers.

Kisner drehte sich herum. „Wir sollten das sehr ernst nehmen, Sir. Ich denke, wir werden erneut in den Fokus geraten. Dieser Truppenaufmarsch, hier in Ramstein, wir wissen nicht, wer oder was dahintersteckt. Nach dem, was Jackson schreibt, scheint es mir unwahrscheinlich, dass er den Grund dafür gesetzt hat. Der Mann scheint mehr auf Ausgleich und friedliche Vorgehensweise zu setzen."

„Sehr gut, Lieutenant. Sehe ich auch so." Ayers stand auf und reckte sich. „Dann sind wir uns ja einig. Kommen Sie, lassen Sie uns frühstücken und dann beraten wir, was wir unseren Leuten sagen."

***

Vizekanzler Schmidt war beunruhigt. Die Engländer hatten ihm ein Schreiben des Oberbefehlshabers der amerikanischen Streitkräfte zukommen lassen, das es in sich hatte. Anscheinend hatte die oberste Führung der US-Army geschlossen ihrem Präsidenten die Gefolgschaft verweigert. Ein Aufstand, vielleicht sogar ein Putsch. Unglaube und heimliche Schadenfreude waren seine erste Reaktion darauf gewesen.

Die Engländer schworen Stein und Bein, dass das Schreiben echt war, und hatten wohl auch Kontakt zu diesem General, der nun das Kommando führte. Sollte er ebenfalls versuchen, das Pentagon zu erreichen? Was würde der Präsident tun? Welche Mittel hatte er noch? Das alles waren wichtige Fragen, die offen waren. Schmidt tendierte dahin, sich bei Jackson zu melden, denn in dem Schreiben, das er verfasst hatte, wurde die Verantwortung für den feindseligen Einsatz auf deutschem Boden eindeutig dem Präsidenten angelastet. Und nicht nur Schmidts Gefühl deutete darauf hin, dass das die Wahrheit war. Auf der anderen Seite war es gefährlich, sich bei unklaren Verhältnissen auf eine Seite zu schlagen und die andere zu verprellen. Was, wenn Jacksons Aufstand niedergeschlagen wurde, was, wenn der Präsident und seine Administration noch über genügend Mittel verfügten, um sich erfolgreich zu wehren? Das alles konnte er unmöglich einschätzen. Ihm fehlten Informationen.

Schmidt legte das Papier zurück auf den Schreibtisch und lehnte sich nach hinten. Der gleiche Zustand wie in Russland. Nur, dass es dank der Engländer aus den USA zumindest Informationen und Kontakte gab. Aus Warschau hingegen hatte er noch nichts über diesen Marschall gehört. Er schüttelte den Kopf. Mit den Russen würde er sich später befassen, er sollte sich nicht ablenken lassen. Zunächst galt es, die Lage in den USA einzuschätzen und zu handeln. Was lag da näher, als sich mit seinen besten Verbündeten abzustimmen. Schmidt langte nach dem Telefon und ließ sich eine Verbindung nach Paris geben.

***

„Das funktioniert nie und nimmer", sagte Michael.

Alex konnte ihm da schlecht widersprechen. „Wir mussten es uns wenigstens ansehen", entgegnete er.

„Ja, aber jetzt können wir zurück."

Alex warf noch einen Blick auf die Produktionsanlagen und nickte. Sie waren gleich am frühen Morgen in das Werk von NOVARTIS gefahren, das nur wenige Kilometer entfernt war. Auch hier war früher Impfstoff hergestellt worden, aber dann hatte man viel Geld investiert, um alles umzubauen. In den letzten Jahren waren monoklonale Antikörper hergestellt worden, und deren Produktion und die dafür erforderlichen Anlagen hatten nichts mehr mit Impfstoffen zu tun. Das konnten sie also vergessen. Dabei war Alex dringend auf der Suche nach mehr Kapazität. Immer deutlicher zeichnete sich ab, dass viele Länder mehr als nur etwas Hilfe brauchten.

Sie gingen den schmalen, weiß gefliesten Korridor bis zum Ausgang und traten in einen asphaltierten Innenhof, der an einer Seite offen war. Alex schaute in den wolkenverhangenen Himmel. Ein trüber Tag. Ihr Auto stand fünfzig Meter entfernt.

„Ich verstehe nicht, warum du es so eilig hast", beschwerte sich Michael. „Wir sollten erst mal die Produktion bei uns anschieben."

„Das geht morgen los. Und eilig habe ich es nicht, aber ich muss Antworten haben. Antworten auf die Fragen, die mir viele ausländische Kollegen jetzt schon stellen. Wenn ich denen nicht zumindest eine Perspektive aufzeigen kann, dann werden die unruhig und gehen mir auf die Nerven. Du vergisst, unter welchem Druck die stehen."

„Sag ihnen, dass wir schon was finden werden."

„So nicht, genauso funktioniert das eben nicht, Michael. Die wollen konkrete Antworten und nicht irgendwelche blumigen Versprechen."

Sie waren am Fahrzeug angekommen und Michael drückte die Entriegelungstaste an der Fernbedienung. „Jaja, schon gut. Wohin jetzt?"

„Zurück in die Stadt."

Klingenbronn füllte sich ganz vorsichtig wieder mit Leben. Sie fuhren die Bundesstraße hinab in den Ort hinein. Auf der Fahrbahn hatten die Fahrzeuge ausgefahrene Spuren hinterlassen. Ein ganz anderer Anblick als der, den Alex bei seiner Rückkehr vorgefunden hatte. Es war wieder etwas los, wenn auch nicht viel, so doch regelmäßig. Ihnen kam ein Geländewagen der italienischen Armee entgegen. Sie grüßten sich mit der Lichthupe. Am Rathaus standen die Lkw der Pioniere. Die Soldaten waren dabei, einen Brunnen zu bohren, um an zentraler Stelle eine Trinkwasserversorgung aufzubauen. Michael hupte, als sie daran vorbeifuhren.

„Fahr mal links", sagte Alex und Michael bog bei der nächsten Gelegenheit ab. Die St.-Marien-Kirche kam in Sicht. Auf dem Platz davor standen Kleintransporter und zwei Lastwagen. Michael parkte den Audi mitten auf dem Gehweg.

Sie stiegen aus und liefen auf den Eingang des Gemeindehauses zu, das direkt neben der Kirche auf der Südseite stand. Ein mehrstöckiger Bau aus Beton und Glas, lange nicht mehr renoviert. Zwei Männer trugen eine große Kiste ins Innere. Michael und Alex folgten ihnen. Sie betraten einen großen Saal mit Parkettboden. Tische, Stühle, Kisten und Gerätschaften hatte man überall, wo Platz war, abgestellt. Im hinteren Bereich waren einige Menschen damit beschäftigt, eine Trennwand aufzubauen.

Alex kannte den Weg und hielt sich rechts, folgte den Schildern zu den Toiletten und öffnete dann eine unscheinbare Tür. Sie kamen in einer Großküche heraus, in der richtig was los war. Tine stand an der Fensterwand und diskutierte mit jemand von der Bundeswehr. Er musste lächeln, als er sie sah, und ging hinüber.

„Hallo, kommt ihr voran?"

Tine drehte sich um, und Alex sah zu, dass er einen Begrüßungskuss bekam.

„Nun lass mich, ich habe zu tun", wehrte sie ihn ab.

„Schon gut, ich wollte nur schauen, wie ihr vorankommt."

„Gut, siehst du doch. Wir haben alles an Küchenmaschinen hier, was man braucht. Und Unteroffizier Mai sagte mir gerade, dass sie die Stromversorgung heute noch hinbekommen."

„Dann kann ich heute Abend schon hier essen?", fragte Alex voller Begeisterung.

„Du denkst immer nur ans Essen! Nein, heute noch nicht, aber übermorgen ist alles fertig."

„Schade."

„Wir werden morgen ein Probekochen machen, dann kriegst du was ab."

Michael lachte schallend, und Alex wurde rot.

„Und nun lass uns in Ruhe, wir haben zu tun", schickte Tine ihn fort.

XIX

General Lloyd Jackson blickte nachdenklich auf die Zettel, die ihm Major Murphy hingelegt hatte. Es waren Dutzende Nachrichten aus allen Bundesstaaten und aus der ganzen Welt. Was er da losgetreten hatte, war weder gewollt noch gewünscht gewesen, aber nun musste er da durch. Ein Zurück gab es nicht. Er stand nach wie vor zu seiner Entscheidung, mit dem Präsidenten zu brechen. Es wäre unverantwortlich gewesen, weiterhin die Befehle dieses Mannes zu befolgen.

Verblüfft war Jackson, wie viele seiner Kameraden das genauso sahen. Im Vorfeld hatte er lediglich mit Admiral Moorer über den Fall der Fälle gesprochen, der ihm Unterstützung zugesagt hatte. Ansonsten war er sich nicht mal bei seinen engsten Mitarbeitern sicher gewesen. Aber sowohl Major Murphy als auch First Lieutenant Boyle hatten keine Sekunde gezögert, ihm zu folgen. Im Gegenteil, sie hatten ihn in seiner Meinung bestärkt und mitgeholfen, als es darum ging, möglichst schnell möglichst viele Offiziere zu erreichen und für ihre Sache zu gewinnen. Das Resultat hatte ihn selber überrascht, und er fragte sich, ob es die Abneigung gegen den Präsidenten oder gegen jeden weiteren unnötigen Todesfall war, der so viele dazu trieb, sich ihm anzuschließen. Er schob die Blätter hin und her und warf einen Blick auf einige der Schreiben.

Natürlich hatte er nicht alle erreicht, und unter den Schreiben, die dort vor ihm auf dem Schreibtisch lagen, waren auch welche, die ihn beschimpften, die ihm Landesverrat vorwarfen und sich klar zum Präsidenten bekannten. Ob das aus Überzeugung oder Furcht geschah, wusste er nicht sicher zu sagen, aber er befürchtete Ersteres. Der Präsident hatte seine Anhänger auch im Militär. Es klopfte und Major Murphy trat ein, ohne seine Antwort abzuwarten. Er war ein aufrechter Charakter, aber die militärische Disziplin, die einem Major anstand, würde er wohl nie lernen.

„Guten Morgen, Sir", grüßte Murphy und wedelte mit weiteren Papieren in seiner Hand, „wir haben letzte Nacht noch mehr Reaktionen bekommen. Größtenteils positiv."

„Mir machen mehr die Sorgen, die sich gegen uns entschieden haben."

„Das war nicht anders zu erwarten, aber im Großen und Ganzen dürfen wir sehr zufrieden sein."

„Sicher, aber dennoch müssen wir uns überlegen, wie wir weiter vorgehen. Sind Einheiten dabei, die uns Sorgen machen sollten?"

„Schwer zu sagen. Wir haben nicht den Überblick, wie stark einzelne Verbände noch sind. Allerdings kann ich für die Ostküste ausschließen, dass wir einer akuten Bedrohung gegenüberstehen, Sir."

„Ja, Chuck, die Ostküste war klar. Aber was ist im Mittleren Westen. Versuchen Sie, das in Erfahrung zu bringen. Ich hoffe doch sehr, dass niemand so unvernünftig ist, jetzt einen Kampf anzuzetteln, aber ausschließen können wir es natürlich nicht."

Major Murphy legte die Papiere, die er mitgebracht hatte, zu den anderen auf Jacksons Schreibtisch.

„Wie reagiert er?", fragte der General.

„Der Präsident spuckt Gift und Galle, wie nicht anders zu erwarten. Er versucht, Verbündete zu finden, und telefoniert rund um die Uhr. Er kontaktiert alle möglichen Einheiten, jeden, den er ans Telefon bekommen kann."

„Können wir ihn nicht von der Außenwelt abschneiden, Chuck? Ich meine, er kann nicht raus aus seinem Bunker. Die Truppen, die er da drinnen noch hat, ebenso wenig. Wir müssten doch in der Lage sein, ihm alle Kommunikationsmöglichkeiten zu nehmen, oder nicht?"

„Schwierig, Sir. Mount Weather ist die modernste und am besten geschützte Anlage, die wir haben. Sie ist völlig autark. Energieversorgung, Wasser, Nahrungsmittel, das alles für viele Monate. Auch die technische Ausstattung ist auf dem neuesten Stand, und die Kommunikationsleitungen sind so verlegt, dass sie sogar einen Nuklearschlag aushalten. Da kommen wir nicht ran, Sir, oder nur mit gewaltigem Aufwand. Ich weiß nicht einmal, ob wir Pläne haben, wie und wo diese Leitungen verlaufen."

„Versuchen Sie, das in Erfahrung zu bringen. Irgendwo müssen die Leitungen ja rauskommen. Wenn er über Satellit kommuniziert, dann kann das ja nicht von unter der Erde geschehen. Es muss Antennen geben. Welche sind das, und wo stehen die?"

Major Murphy seufzte. „Ja, da haben Sie sicher recht. Aber wie finden wir das heraus?"

„Mount Weather ist eine Anlage der Federal Emergency Management Agency. Suchen Sie dort, und suchen Sie auch im Pentagon. Irgendwo müssen Aufzeichnungen und Pläne existieren."

„Das wird nicht leicht zu finden sein, Sir. Mit Sicherheit sind diese Pläne sehr gut versteckt und gesichert."

„Wenn wir es nicht probieren, dann geben wir unnötig eine Chance aus den Händen, die sehr wichtig ist. Versuchen Sie es."

Major Murphy sah aus wie ein geprügelter Hund. Jackson hatte Verständnis dafür. Wen sollte man für so eine Aufgabe abstellen, wer war dafür qualifiziert? Das Pentagon war gigantisch groß und die FEMA nicht viel kleiner. Das Ganze glich der Suche nach einer Nadel im Heuhaufen. „Können wir nicht direkt die Satelliten abschalten, Chuck?"

„Nicht, dass ich wüsste. Vom Bunker aus hat man direkten Zugriff, und ich kann nicht mal sagen, ob die nicht uns die Satelliten abschalten könnten. Wahrscheinlich nicht, denn sonst hätten sie es wohl schon getan. Aber vielleicht geht es denen so wie uns, und es ist einfach niemand mehr da, der sich damit auskennt. Die Zugriffscodes auf die Atomwaffen hat der Präsident ja auch noch, und wir könnten ihn nicht davon abhalten, Raketen zu starten, wenn er das wollte."

„So bekloppt ist nicht mal er."

„Ich hoffe, Sie haben recht, Sir."

Das hoffte Jackson auch, und dennoch war er nun beunruhigt. Er musste mit Mr. Emerson reden, anders ging es nicht. Er musste wissen, was im Bunker vor sich ging.

***

Lieutenant Kisner sah sich die Personalunterlagen aller Unteroffiziere durch, um einige geeignete und gute Männer zu finden. Viel Auswahl hatte er nicht. In Ramstein waren mittlerweile Truppenteile zusammengekommen, die nur noch über drei oder vier aktive Soldaten verfügten, im besten Fall über zwei Dutzend. Seine Aufgabe war es, die Einheiten irgendwie sinnvoll zusammenzufassen, neue Strukturen zu bilden und damit auch Hierarchien festzulegen. Dabei musste er immer im Hinterkopf haben, dass sie nun eine Truppe waren, die sich hinter den Oberbefehlshaber gestellt hatte. Er brauchte also loyale Leute, keine verkappten Anhänger des Präsidenten. Ihm selber war bei der Sache nicht wohl. Anders als Major Ayers, der das Ganze sehr locker nahm, war ihm nur zu bewusst, welche Konsequenzen ihr Tun haben konnte. Aber er hatte sich entschieden und musste nun damit leben.

Kisner lehnte sich zurück und dachte darüber nach, wie sehr er sich in den letzten Wochen verändert hatte. Früher wäre ihm nie in den Sinn gekommen, Befehle infrage zu stellen oder gar zu verweigern. Sicher hatte er auch damals schon seine eigene Meinung gehabt und war auch in der Lage, kritisch zu hinterfragen, aber letztendlich hatte er sich immer auf den Standpunkt zurückgezogen, dass ihn als kleinen Lieutenant nichts anging, was oben entschieden wurde. War es die Krankheit, das unnötige massenhafte Sterben der letzten Wochen gewesen, das seine Einstellung so grundlegend verändert hatte? Oder hing es mit dem sinnlosen Einsatz zusammen, bei dem seine wenigen noch lebenden Kameraden den Tod gefunden hatten? Er wusste die Antwort nicht, vermutete aber, dass es eine Mischung aus beidem war. Verstärkt noch durch die völlig veränderten Gegebenheiten. Er konnte sich nicht mehr in irgendwelchen Hierarchien verstecken. Da waren kaum noch Leute, die ihm das Denken und die Verantwortung abnahmen, so wie es früher immer der Fall gewesen war. Schon Colonel Walsh hatte das erkannt, als er ihm die Leitung des Kommandounternehmens übertragen wollte. Dass Walsh sich dann doch entschlossen hatte, den Einsatz selber anzuführen, war ein schwerer Fehler gewesen, der ihm das Leben gekostet hatte. Kisner bedauerte, nicht energischer auf den Colonel eingewirkt zu haben. Wie genau alles zusammenhing und woraus sich was ergab, war letztlich auch egal. Fest stand, dass er von nun an für weit mehr verantwortlich war. Das betraf nicht nur seine Person, sondern alle hier auf der Ramstein Air Base. Seine Entscheidungen hatten nun weitreichende Konsequenzen.

Die Tür zu seinem Büro flog auf und Sergeant Lansing stürmte mit einem Satellitentelefon in der Hand herein. Kisner wollte schon losbrüllen, was seinem Untergebenen einfiel, einfach so hereinzuplatzen, dann sah er Lansings Gesichtsausdruck.

„Der Präsident, Sir", stammelte der Sergeant und hielt ihm das Telefon hin. „Der Präsident persönlich."

„Was?", konnte Kisner noch sagen, dann hatte ihm Lansing den Apparat auch schon in die Hand gedrückt. Mit einer Mischung aus Angst und Verwunderung meldete er sich. „Hallo, Lieutenant Kisner hier."

„Na endlich. Wissen Sie, wer hier spricht? Erkennen Sie meine Stimme?"

„Jawohl, Sir, Mr. President."

„Genau der, Lieutenant. Und ich will Ihnen mal etwas sagen. Ich bin verdammt ungehalten, dass Sie Ihren letzten Auftrag so vermasselt haben. Sie hatten die einfache Aufgabe, mir diesen Impfstoff zu besorgen. Stattdessen haben Sie nur nutzlosen Kram erbeutet und dabei auch noch ihre Leute verloren. Gegen die Deutschen, die Deutschen! Ich habe Ihren Bericht gelesen. Schämen sollten

Sie sich, aber ich bin auch großzügig. Ich will Ihnen eine letzte Chance geben. Ich hoffe ja sehr, dass Sie sich nicht auf die Seite dieses Verräters geschlagen haben, aber auch das können Sie wiedergutmachen. Haben Sie überhaupt davon mitbekommen? Dieser Jackson, dieses Arschloch, dieser Vaterlandsverräter. Kennen Sie den? Ich hoffe nicht, Lieutenant, sonst ..."

Kisner hörte mit offenem Mund zu. Was der Präsident da absonderte, klang wie der Sermon eines Manischen. Ein sprunghaftes Sammelsurium von kruden Beleidigungen, gespickt mit Drohungen, ohne Konzept oder klare Aussage. Er war noch immer beeindruckt, mit wem er da sprach, aber mit jedem Satz, mit jedem Vorwurf und jeder Beleidigung aus dem Mund des Präsidenten, kam Kisner auf den Boden der Tatsachen zurück. Egal, wer am anderen Ende der Leitung war, er musste nüchtern und sachlich seine Entscheidungen treffen und durfte sich nicht vom antrainierten Respekt leiten lassen.

„... haben Sie nun die Gelegenheit, alles wiedergutzumachen. Nehmen Sie Ihre Männer und erobern Sie dieses Pharmawerk. Tun Sie es mich, für Ihren Präsidenten. Ich brauche diesen Impfstoff, ich will ihn, und ich will ihn jetzt. Haben Sie verstanden?"

Was sollte er da antworten? Kisner versuchte es mit einer sachlichen Richtigstellung. „Sir, ich habe Ihnen doch die Zellkulturen bereits geliefert, und dazu noch die Anleitung, wie Dr. Baldau sie persönlich verfasst hat. Ich meine, damit sollten unsere Wissenschaftler doch etwas anfangen …"

„Kommen Sie mir nicht mit Ausreden!", unterbrach ihn der Präsident. „Sie wissen genau, dass dieser abtrünnige General die Zellkulturen hat. Ich muss daher diesen Impfstoff haben, begreifen Sie das doch. Was sind Sie für ein Idiot?"

„Sir, also wirklich, ich …"

Die Tür zu seinem Büro flog erneut auf und Major Ayers stürmte herein. Sein Vorgesetzter sah ihn fragend an. Anscheinend hatte er erfahren, mit wem er hier telefonierte. Kisner war sich jedoch sicher, alleine klarzukommen, und machte mit seiner freien Hand eine beruhigende Geste. Ayers hob als Antwort den Daumen und setzte sich.

„Ich will keine Ausreden mehr hören. Wann können Sie aufbrechen? Ich befehle Ihnen, sofort loszuschlagen. Haben Sie gehört? Ich befehle es!"

Kisner atmete tief durch, dann hatte er seine Entscheidung getroffen. Ein vernünftiges Gespräch mit diesem Mann war unmöglich, und deshalb drückte er den Knopf, der die Verbindung beendete. Dann legte er das Satellitentelefon auf seinen Schreibtisch und sah Major Ayers an. „Tut mir leid, Sir, aber ich glaube, ich habe gerade unserem Präsidenten einen Korb gegeben."

Ayers lachte auf. „Gut so. Ich hatte schon Angst, dass Sie umkippen und machen, was er will."

***

Mechthild Beimer sah die Stadt im fahlen Licht eines trüben Herbsttages unten im Tal liegen und ging vom Gas. Klingenbronn lag da wie tot, und doch fühlte es sich nach Heimkehr an. Sie war nur wenige Tage weg gewesen, aber es kam ihr wie eine Ewigkeit vor. Die Fahrt durch ein ausgestorbenes und langsam verfallendes Land hatte sie mehr mitgenommen, als sie gedacht hatte. Erst unterwegs war ihr klar geworden, welche Ausmaße die Katastrophe hatte, und dass es Jahrzehnte dauern würde, bis die Folgen überwunden waren. Deutschland würde in Zukunft ein anderes Land sein, welches, das war schwer zu sagen. Auf jeden Fall weit und leer, geprägt von Ruinen und Verfall. Ihre Heimatstadt, die da vor ihr lag, mochte eine Ausnahme bleiben, hoffte Mechthild und beschleunigte wieder.

Sie kam von Nordosten über die Bundesstraße. Vertraute Umgebung. Ihr erster Weg war der zum Rathaus. Sie wollte da weitermachen, wo sie aufgehört hatte. Eine Alternative dazu zog sie nicht mal in Betracht. Sie brauchte die Stadt mehr, als die Stadt sie brauchte. Es war die einzige Möglichkeit, ihrem Leben einen Sinn zu geben.

Schnell merkte sie, dass etwas anders war. Militärfahrzeuge, Geländewagen und Lkw standen hin und wieder am Straßenrand. Dass das keine deutschen Fahrzeuge waren, fiel ihr erst auf, als sie das Rathaus beinahe erreicht hatte. Was war da los, wo kamen die her, fragte sie sich und bog dann um die letzte Kurve. Erschrocken trat sie die Bremse durch und kam zum Stehen. Auf dem kleinen Platz vor dem Rathaus war richtig was los. Die Laster der Bundeswehr standen hier, ein großes olivfarbenes Zelt hatte man aufgebaut, und es liefen Menschen herum, die Eimer und Kanister schleppten. Neben dem Zelt standen einige von Major Malz' Pionieren, und dann erkannte sie den Major selber. Mechthild stoppte den Motor, stieg aus und ging hinüber.

„Frau Bürgermeisterin!" Malz hatte sie gleich erkannt und kam freudestrahlend auf sie zu. „Sie sind wieder zurück."

„Hallo Herr Major", grüßte sie zurück, dann standen sie sich gegenüber. „Was ist denn hier los?"

Malz drehte sich halb um und zeigte einmal im Kreis. „Wir haben einen Brunnen gebohrt, gleich dort, neben dem alten Zierbrunnen. Acht Meter sind wir runter und haben nun bestes Grundwasser. Wir wollen noch sehen, dass wir mit Schläuchen einige Leitungen hinbekommen, insbesondere zum Gemeindehaus, aber bis das fertig ist, wird es noch dauern. Solange müssen wir uns mit Kanistern behelfen."

„Und was sind das für Leute?", fragte Mechthild und zeigte auf einige Soldaten in Uniformen, wie sie sie noch nicht gesehen hatte.

„Das sind Bulgaren, die sind erst vor drei Stunden hier angekommen", antwortete Major Malz. „Oh, das wissen Sie ja noch gar nicht, aber wir haben mittlerweile halb Europa hier. Und es sollen noch mehr kommen, hat mir Brandtner gesagt."

„Wer ist das denn?"

„Der Staatssekretär. Kennen Sie den nicht? Ach ja, kann sein, ich glaube, der ist erst angekommen, als Sie schon fort waren. Herr Brandtner koordiniert hier alles. Sie finden ihn entweder beim Gemeindehaus oder im Werk. Kann auch sein, dass er unterwegs ist. Jedenfalls hat er das Sagen."

„Hier? In meiner Stadt?"

„Äh, vielleicht reden Sie mal mit ihm."

„Da können Sie sich drauf verlassen."

***

War das Pentagon oberirdisch schon riesig, so kam es General Jackson vor, als wenn der unterirdische Teil noch viel größer und labyrinthischer war. Er kannte sich hier nicht aus, erst recht nicht auf der untersten Ebene, auf der sie nun unterwegs waren. Dutzende Meter unter der Oberfläche, auf dem gleichen Level, von dem der Bunkerbereich und die unterirdischen Tunnel abgingen. Nur wenige wussten, wie ausgedehnt das Areal des Pentagons untergraben und genutzt war. Alles davon war streng geheim und wurde vor der Öffentlichkeit versteckt. Der atombombensichere Bunker war relativ klein und sollte nur im Notfall den höchsten Militärs zur Verfügung stehen. Man konnte ihn in weniger als einer Minute erreichen, und viel mehr Zeit hatte man auch nicht, sollte ein direkt vor der Küste von Delaware verstecktes U-Boot, eine Nuklearrakete abschießen. Außerdem gab es hier unten Tunnel, die das Gebäude mit dem Weißen Haus und anderen Regierungsbehörden verbanden. Es gab Fluchtwege und gesicherte Zugänge.

Aber es gab auch die geheimen Archive. Keller, in denen Material gelagert war, das unter keinen Umständen in die Hände Unbefugter gelangen durfte, und deshalb war er hier. Major Murphy hatte tatsächlich eine Spur der Unterlagen über Mount Weather gefunden. Nach stundenlanger Suche, für die er alle Männer, die nur halbwegs geeignet waren, eingespannt hatte, stieß jemand im Gebäude der Federal Emergency Management Agency auf einen Hinweis, dass sich die Pläne für Mount Weather im Pentagon befanden. Damit war klar, wo man suchen musste, in den geheimen Archiven, für die aber weder Major Murphy noch sonst wer die Zugangsberechtigung hatte. Aber er, als Oberkommandierender der amerikanischen Streitkräfte, verfügte über die Codes und Rechte, um die Panzertüren zu öffnen. Zumindest sollte es so sein, dachte Jackson. In wenigen Minuten würde er es wissen.

Die letzten Stunden hatte er unentwegt am Telefon verbracht. Er hatte mit Einheiten auf dem gesamten Kontinent und in der ganzen Welt gesprochen, hatte mit ausländischen Regierungen telefoniert und alles getan, um die Lage zu beruhigen. Das war auch dringend nötig, denn der Präsident telefonierte ebenfalls. Mehrmals hatte Jackson Kontakt zu amerikanischen Offizieren gehabt, die vom Präsidenten persönlich angerufen worden waren. Das waren teils schwierige Gespräche gewesen, und bei denen, die sich ihm nicht anschließen wollten, versuchte er zumindest zu erreichen, dass man sie nicht angriff. Dazu fehlten den meisten aber ohnehin die Möglichkeiten. Dennoch, jedes Blutvergießen galt es zu vermeiden.

Wen er noch nicht hatte sprechen können, war Mr. Emerson. Er hatte gehofft, dass sich der stellvertretende Justizminister von sich aus bei ihm melden würde, aber bisher war das noch nicht geschehen. Was war der Grund dafür, und sollte er versuchen, im Bunker anzurufen? Das konnte fürchterlich in die Hose gehen, wenn Emerson sich nicht mehr frei bewegen konnte, oder die internen Telefonleitungen überwacht wurden. Wie schizophren war der Präsident? Die Antwort darauf wollte Jackson eigentlich gar nicht wissen, aber es war ihm sicher zuzutrauen, dass er nun alles und jeden verdächtigte. Wenn herauskam, dass er und Emerson gemeinsame Sache machten, war Emerson geliefert. Das wollte er nach Möglichkeit vermeiden.

„Wir sind gleich da, Sir", sagte Major Murphy und riss ihn aus seinen Gedanken. Sie liefen einen weiteren weiß gekachelten und grell erleuchteten Flur entlang. Jackson wusste, dass die Beleuchtung und damit die Stromversorgung des Pentagons nicht mehr lange aufrechterhalten werden konnte. Der Energieverbrauch des Gebäudes war einfach zu hoch. Einige Tage noch, dann würde hier das Licht ausgehen. Auch die letzten Reste der Infrastruktur fielen nun aus. Was dann?

Der Gang endete in einem rechteckigen Raum, in deren Wand eine imposante gepanzerte Tür von mehreren Quadratmetern eingelassen war. Neben der Tür war ein Bedienfeld.

„Hier müssen Sie sich identifizieren", sagte Murphy und zeigte auf das Display. General Jackson trat näher. Er hatte alle Codes von seinem Vorgänger übernommen, der Sache aber wenig Aufmerksamkeit beigemessen. Jetzt nahm er den Zettel aus seiner Jackentasche und las ihn, dann gab er den Code ein. Das Display wechselte seine Farbe von Weiß zu Grün, dann klackte es und man hörte, wie Elektromotoren ansprangen und sich etwas in der Wand bewegte. Kurz darauf schwang die Panzertür langsam auf.

Major Murphy ging voran, dann seine Mitarbeiter, der General folgte zum Schluss. Was in diesen Archiven gesichert war, musste auch in Zukunft sicher sein, ging ihm durch den Kopf. Sobald sie hatten, was er brauchte, musste die Tür unter allen Umständen wieder verschlossen werden.

Im Inneren erwartete sie ein weißer Raum von beachtlichen Ausmaßen. Drei Gänge führten tiefer in die Anlage hinein, aber wahrscheinlich mussten sie das gar nicht. An der gegenüberliegenden Wand waren mehrere Terminals aufgebaut. Ein Techniker hatte bereits vor einem der Bildschirme Platz genommen und machte sich mit den Angaben vertraut.

„Ich denke, Sie brauchen mich nicht mehr", sagte er zu Murphy.

„Wahrscheinlich nicht, Sir, aber bitte warten Sie noch einen Moment. Vielleicht braucht man für die Abfragen weitere Codes. Wir wissen nicht, wie das hier funktioniert."

„Ich möchte, dass Sie genau überwachen, was die Leute abfragen. In diesen Archiven sind Informationen, die niemanden etwas angehen, die streng geheim sind und es auch bleiben müssen. Lassen Sie Ihre Leute ausschließlich nach Daten über die Anlage im Mount Weather suchen, und nach sonst gar nichts."

„Sicherlich, Sir."

„Wir haben vollen Zugriff", sagte einer der Techniker.

Damit war er hier überflüssig, dachte Jackson und drehte sich um. Er musste wieder nach oben, ans Telefon, und dann musste er mit Chastain reden, der sich heute noch

nicht bei ihm gemeldet hatte. Genug zu tun. Er drehte sich
um und ging hinaus.

***

Alex parkte den Audi auf dem Rathausplatz und stieg aus. Es
war gut was los. Die Wasserversorgung zog Leute an. Er
nahm sich eine Minute Zeit, sich das anzusehen. In einem
silbernen Gestell stand ein weißer Druckbehälter, daneben
ein Notstromaggregat. Ein Metallrohr ragte aus dem Boden,
mündete in einen Flansch, an dem ein Schlauch
angeschlossen war, der zum Druckbehälter führte. Von dort
ging ein weiterer Schlauch ab, der das hochgepumpte
Wasser an eine Zapfanlage mit sechs Wasserhähnen leitete,
wo mehrere Männer und Frauen damit beschäftigt waren,
Kanister zu befüllen. Ein weiterer Schlauch führte vom
Druckbehälter weg die Straße hinab. Er drehte sich um und
ging zum Rathaus.

Im Inneren musste er sich orientieren, weil er noch nie
hier gewesen war. Ein großes Schild neben dem
Treppenaufgang zeigte, wo welche Büros waren. Das der
Bürgermeisterin lag im ersten Stock. Er ging zur Treppe. Das
Gebäude war leer und kalt. Arbeiten würde man hier nicht
mehr lange können. Zwar war es momentan noch mild und
regnerisch, das würde sich aber sicher bald ändern, wenn
der Herbst voranschritt. Er langte im ersten Stock an, folgte
der Ausschilderung und stand kurz darauf im Vorzimmer der

Bürgermeisterin. Von nebenan hörte er Stimmen. Alex ging auf die Tür zu, klopfte an und trat ein. Mechthild Beimer saß hinter ihrem Schreibtisch und schaute zu ihm rüber. Ihr gegenüber saß Norbert Brandtner, der sich halb herumgedreht hatte, um sehen zu können, wer da kam.

„Hallo zusammen", grüßte Alex und schloss die Tür hinter sich.

Brandtner stand auf. „Danke, dass Sie so schnell gekommen sind. Frau Beimer kennen Sie bereits?"

Alex nickte, gab Brandtner die Hand und ging dann zu Mechthild. „Sicherlich. Frau Beimer hat mich hier begrüßt, als wir ankamen." Sie schüttelten sich die Hand, und Alex war aufrichtig froh, dass Mechthild zurück war. Er hatte in der letzten Woche oft genug zu hören bekommen, wie aufopferungsvoll sie sich um die Stadt gekümmert hatte. Jeder sprach mit Hochachtung von ihr.

„Wir müssen uns abstimmen, Herr Dr. Baldau", sagte Brandtner und setzte sich wieder. „Ich bin heilfroh, dass Frau Beimer zurück ist, denn jetzt geht es richtig los. Ich weiß ja nicht, wie Sie das sehen, aber wir sind mittlerweile guter Dinge, was die Versorgung angeht."

„Oh, Vorsicht!", rief Mechthild. „Da fehlt noch so viel. Immer langsam."

Alex nahm sich einen Stuhl und nahm Platz. „Was fehlt denn?"

„Unterkünfte, Essen, Strom, Wasser und insbesondere Wärme."

„Aber Strom und Wasser haben wir doch", beschwerte sich Brandtner. „Und Häuser stehen mehr als genug leer."

„Der Strom reicht nur fürs Nötigste, und das Wasser wird auch nicht reichen, wenn Sie hier Hunderttausende versorgen wollen. Das gilt auch für die Häuser und die Versorgung mit Lebensmitteln."

„Hunderttausende?", fragte Alex ungläubig.

„Ja, was dachten Sie denn?", antwortete Brandtner. „Wir werden demnächst bekannt machen, dass es einen Impfstoff gibt und dass man sich hier impfen lassen kann. Das wird sich herumsprechen. Übrigens, wie weit sind Sie und wann können wir loslegen? Ich brauche von Ihnen einen Plan oder eine Aufstellung, welche Mengen Impfstoff wann verfügbar sein werden, also, wie viele wir in welcher Zeit impfen können."

Alex schüttelte ungläubig mit dem Kopf. „Wir haben erst heute Morgen mit der Produktion angefangen. Im Moment kann ich Ihnen nicht mal sagen, ob das alles so läuft, wie wir uns das erhoffen. Es kann immer noch zu Fehlern kommen oder etwas Unvorhergesehenes passieren."

„Kommen Sie, Herr Dr. Baldau. Wir müssen langsam mal in die Pötte kommen."

„An mir liegt das nicht, das versichere ich Ihnen."

„Dann sagen Sie mir doch mal, wann Sie so weit sind."

„Das wird noch Tage dauern. Und von der ersten Marge, bitte vergessen Sie das nicht, geht einiges nach Berlin und Paris. Das war so abgesprochen. Dann wollen alle, die hier sind und noch keine Impfung hatten, geimpft werden. Das gilt auch für die ganzen ausländischen Delegationen und Soldaten. Da bleibt nicht mehr viel übrig."

„Zahlen, Herr Dr. Baldau, ich will Zahlen."

Alex lehnte sich nach hinten und überschlug das im Kopf. „Fünftausend, wenn alles klappt. Dann zehntausend die Woche, ab Woche drei fünfundzwanzigtausend."

„Damit kann ich was anfangen, danke." Brandtner stand auf. „Ich werde das nach Berlin berichten. Und bitte schauen Sie, wie Sie das mit der Versorgung machen können", sagte er noch zu Mechthild, stand auf und verließ das Zimmer.

„Spinnt der?", fragte Alex, sobald die Tür hinter dem Staatssekretär ins Schloss gefallen war.

Mechthild seufzte. „Schlimmer, er steht unter Druck. Ich glaube, er hat Versprechungen gemacht, die er nun nicht einhalten kann."

„Versprechungen?"

„Gegenüber Berlin und unseren Verbündeten. Brandtner ist Politiker, vergessen Sie das nicht. Die machen gerne

Versprechungen, und dann dürfen andere dafür sorgen, dass sie auch eingehalten werden."

Alex musste schmunzeln. Die Analyse war so treffend. „Sind Bürgermeisterinnen nicht auch Politiker?"

„Ja, aber nur ganz kleine", antwortete Mechthild mit einem Grinsen im Gesicht.

Alex konnte sich ein Lachen nicht verkneifen. „Und wie wollen Sie das jetzt machen, wenn der Brandtner tatsächlich überall verbreitet, dass hier Hilfe zu finden ist? Es könnte tatsächlich sein, dass dann Hunderttausende hier ankommen."

„Abwarten, Herr Dr. Baldau. Nichts wird so heiß gegessen, wie es gekocht wird. Ich habe gerade erst eine Fahrt durch halb Deutschland hinter mir, und ich kann Ihnen versichern, dass ich keine Hunderttausende gesehen habe, die nur darauf warten, hier einzufallen. Im Gegenteil. Da draußen gehen sich die Menschen aus dem Weg. Wer noch lebt, hat sich verkrochen. Das gilt insbesondere für diejenigen, die mit der Krankheit noch nicht in Berührung gekommen sind. Die zu erreichen, wird das eigentliche Problem sein. Wie will Brandtner das denn lösen?"

„Soweit ich weiß über Rundfunk."

„Ja klar. Die sitzen auch alle an ihren Radios und warten nur darauf, dass sich die Regierung meldet. Vergessen Sie's."

Darüber hatte Alex noch gar nicht nachgedacht. „Sicher, das wird ein Problem", sagte er, „aber das könnte uns auch helfen, das hier in geordneten Bahnen ablaufen zu lassen."

„Ihr Wort in Gottes Ohr."

XX

Vizekanzler Schmidt war hochzufrieden. Die letzten
Nachrichten aus Klingenbronn waren ausnahmslos positiv,
dieser Brandtner machte einen ausgezeichneten Job. Er
schob den Stapel Papier, der sich im Laufe des Tages vor
ihm angehäuft hatte, zur Seite und stand auf. Der Rücken
schmerzte, wie so oft, und er machte einige Dehnübungen,
die ihm vor Jahren ein Arzt empfohlen hatte und die
tatsächlich halfen, wenn man sie regelmäßig machte. Noch
besser wäre es allerdings, nicht so viel herumzusitzen, sagte
er sich, aber dafür hatte er wohl den falschen Job. Er ging
langsam zur Fensterfront auf der Westseite und schaute in
den grauen Himmel.

Die letzten Tage hatten ihm etwas Hoffnung gegeben. Es
zeichnete sich eine ganz vage Möglichkeit ab, dass es nach
dieser unfassbaren Katastrophe doch irgendwie
weitergehen könnte, und er wollte alles dafür tun, dass es
so kam. Wie würde ein Land sein, dem mit einem Schlag
mehr als achtzig Prozent seiner Bewohner
abhandengekommen waren, dessen Wirtschaft völlig
ruiniert war, dessen Sozial- und Gesundheitssystem nicht
mehr existierte und dessen Verwaltung lediglich rudimentär
zu nennen war? Wie sollte man daraus etwas machen, das
eine Zukunft hatte? Eine wahrlich gigantische Aufgabe.

Aber zunächst musste er den Grundstein legen, dass es überhaupt so weit kommen konnte. Er schlenderte zurück zum Schreibtisch und dachte über die nächsten Schritte nach, und noch bevor er wieder Platz genommen hatte, klingelte das Telefon. Missmutig griff er nach dem Hörer. Seit die halbe Welt hier anrief, kam er kaum noch zum Nachdenken.

„Ja?", blaffte er unfreundlich.

„Der Präsident der Vereinigten Staaten möchte Sie sprechen."

„Was?"

„Der amerikanische Präsident, Herr Schmidt. Soll ich durchstellen?"

„Einen Moment." Sollte er das Gespräch wirklich führen? Was würde passieren, wenn er es verweigerte? Diesem Kerl war alles zuzutrauen. Was war besser, reden oder schweigen? Der Vizekanzler kämpfte mit sich, aber schließlich setzte sich durch, was er in Jahrzehnten gelernt hatte. Er atmete einmal tief aus. „Gut, stellen Sie ihn durch.

Schmidt", meldete er sich.

„Ah, endlich. Warum lassen Sie mich denn so lange warten? Sie sind jetzt der Bundeskanzler, richtig? Wie war Ihr Name?"

„Schmidt, Mr. President. Wir sind uns übrigens schon begegnet. In Ottawa, auf der G7-Konferenz vor zwei Jahren."

„Jaja, natürlich. Meine Mitarbeiter haben mir das schon gesagt, aber ich kann mich daran nicht erinnern, an Sie kann ich mich nicht erinnern, wie auch an Ihren Namen. Wissen Sie, wie viele Menschen man trifft, wenn man Präsident der USA ist? Schrecklich ist das, das sage ich Ihnen, und alle wollen etwas von einem, schrecklich! Und dann soll man sich das alles auch noch merken. Wozu? Ich mache das nicht, keinesfalls."

Dass der Kerl keine Manieren hatte, war allgemein bekannt, und dennoch musste der Vizekanzler sich zusammennehmen, um nicht zu unfreundlich zu antworten. „Jetzt wollen Sie aber etwas von mir, wenn ich das richtig sehe, oder warum rufen Sie mich an?"

„Natürlich will ich was von Ihnen, und Sie wissen sicher auch schon was. Ich wette, Ihnen ist bekannt, was hier vorgefallen ist, dass das Militär putscht, dass dieser General sich gegen mich aufgelehnt hat. Aber glauben Sie mir, den Kerl kaufe ich mir, ich muss nur hier raus, raus aus diesem Bunker, und deshalb brauche ich den Impfstoff. Ich will diesen Impfstoff, und ich will ihn jetzt!"

„Wir haben immer die Zusammenarbeit angeboten, Mr. President. Aber Sie haben es ja vorgezogen, ein Kommandounternehmen zu starten, einen Angriff auf einen Verbündeten."

„Ah, ich sehe, Sie haben dieses Lügenpapier gelesen, das General Jackson überall in Umlauf gebracht hat. Glauben Sie das etwas? Ich will Ihnen mal was sagen, Herr Schmidt. Nicht ich habe diesen Angriff gewollt, sondern der General. Er war es, der ganz versessen darauf war, zu zeigen, was die Army drauf hat. Er wollte es, nicht ich. Glauben Sie bloß nicht seine Lügen!"

„Das habe ich aber aus anderen Quellen ganz anders gehört."

„Lügen! Das sind alles Lügen. Die wollen mich fertigmachen, die hintergehen mich. Alle! Aber ich lasse mir das nicht gefallen, ich weiß, wie ich mich wehren muss. Aber dazu muss ich aus diesem Bunker raus! Was ist nun, geben Sie mir den Impfstoff oder nicht?"

Schmidt kochte vor Wut und hätte am liebsten abgelehnt, aber er wollte keine weitere Eskalation. Das waren Probleme, die die Amerikaner unter sich ausmachen mussten, und auch wenn seine ganze Sympathie den Gegnern dieses Irren gehörte, so wollte er dennoch nicht in die Sache hineingezogen werden. „Wir sind nach wie vor kooperativ, Mr. President. Ende der Woche soll eine größere Charge des Impfstoffes fertig werden. Ich kann gerne veranlassen, dass man etwas für Sie abzweigt."

„Ende der Woche? Sind Sie noch ganz dicht? Ich habe keine Zeit mehr! Dieser General schafft da draußen Fakten, während ich hier drin versaure. Ich muss hier raus, und deshalb brauche ich diesen Impfstoff jetzt, auf der Stelle!"

„Tut mir leid, aber das ist schlicht unmöglich."

„Sie lügen doch! Sie stecken mit Jackson unter einer Decke. Ich warne Sie, ich mache ernst, wenn Sie mir das Zeug bis morgen nicht liefern. Ich habe immer noch die Befehlsgewalt über die Atomwaffen, und ich werde nicht zögern, sie einzusetzen. Wissen Sie, was ich mache? Ich werde Ihre ganze Impfstoffproduktion wegbomben, wenn ich bis morgen nicht habe, was ich brauche. Und glauben Sie ja nicht, dass ich scherze. Ich bin zu allem entschlossen. Und jetzt bewegen Sie Ihren faulen Arsch und besorgen mir das Zeug!"

„Aber Mr. President, ich …"

„Schluss jetzt mit den Ausreden. Ich melde mich morgen Mittag wieder. Sollte bis dahin nichts passiert sein, werde ich meine Drohung wahr machen."

***

Alex hatte einen langen Tag hinter sich. Müde und hungrig schlich er die Treppe in den ersten Stock hinauf. Obwohl es sein Zimmer war, klopfte er, dann trat er ein. Tine saß auf dem Bett, hatte ein Buch vor sich und schaute ihn überrascht an. „Habe ich ‚Herein' gesagt?"

Er musste über sich selber schmunzeln, ging zu ihr und gab ihr einen Kuss.

„Du siehst müde aus", merkte sie an.

„Ich bin auch platt. Diese ganzen Leute und das ständige Diskutieren, ich kann das nicht ab." Er setzte sich auf das freie Bett und zog die Schuhe aus. Mit einem erleichterten Seufzen streckte er sich lang aus. Das tat gut, aber sofort kamen wieder die Gedanken an die Arbeit hoch. Er musste mal etwas anderes hören. „Und wie war dein Tag?", fragte er.

„So weit so gut. Wir haben das Gemeindehaus fertig und können ab morgen für alle kochen."

„Habt ihr genug Helfer?"

„Ja, es sind einige aus ihren Häusern gekommen, nachdem in der Stadt so viel los ist."

„Da halten sich noch mehr versteckt, glaub es mir."

„Sicher, aber an die kommst du nicht ran. Meinst du, es gibt noch viele, die sich gar nicht infiziert haben?"

„Das ist zumindest wahrscheinlich. Viele haben sich gleich, nachdem es losging, verkrochen und jeden Kontakt zu anderen gemieden. Davon wird es reichlich geben, aber irgendwann müssen die raus und sich versorgen. Manchmal siehst du welche am Bach Wasser holen."

„Die könnten ja jetzt zum Rathausplatz kommen."

„Könnten, werden sie aber nicht. Die haben zu viel Angst."

„Verständlich, wenn man schon wochenlang durchgehalten hat. Wann wird die Gefahr, sich anzustecken denn kleiner?"

„Das ist sie schon. Mit abnehmender Zahl an Menschen sinkt automatisch das Ansteckungsrisiko, weil sich das Virus in erster Linie von Mensch zu Mensch verbreitet. Ich denke, dass man mittlerweile schon Pech haben muss, auf einen Infizierten zu treffen. Aber ausgeschlossen ist das nicht. Gestern erst hat es einen italienischen Wissenschaftler erwischt. Sicher ist man also noch lange nicht."

„Wie viele wohl noch leben?"

„Hier in der Stadt?"

„Nein, in ganz Deutschland."

„Das hat mich der Brandtner auch schon gefragt. Ich schätze mal, dass vielleicht noch zwanzig Prozent der Bevölkerung am Leben sind. Da sind die fünf bis zehn Prozent, die die Krankheit überstanden haben oder gar nicht erkrankt sind, und dann noch die, die sich versteckt gehalten haben. Diese Gruppe kann ich natürlich schwer schätzen, kann auch sein, dass noch fünfundzwanzig oder sogar dreißig Prozent leben."

„Hältst du es denn für so unwahrscheinlich, dass sich so viele in Sicherheit gebracht haben? Ich meine, dumm sind die Leute doch nicht."

Er schaute überrascht zu ihr rüber. „Da möchte ich widersprechen."

Draußen auf dem Flur waren plötzlich schnelle Schritte zu hören. Alex schaute zur Tür, dann flog sie auch schon auf, und Norbert Brandtner stürmte ins Zimmer. „Hier sind Sie", rief er, „ich muss Sie dringend sprechen, wir haben ein Problem."

Alarmiert setzte sich Alex auf. „Was ist passiert?"

„Die Amerikaner, der Präsident", stammelte Brandtner, dann schloss er die Tür hinter sich und versuchte, sich zu beruhigen. „Der amerikanische Präsident hat den Vizekanzler angerufen und ihm gedroht, das Pharmawerk mit Atomwaffen zu zerstören, wenn wir ihm nicht bis morgen Impfstoff liefern."

Alex fiel die Kinnlade herunter.

„Das ist doch wohl ein Scherz!", sagte Tine.

„Leider nein."

„Mit Atomwaffen?"

Brandtner warf die Arme in die Luft. „Der Mann ist völlig irre und verzweifelt. Sie wissen nichts davon, Herr Dr. Baldau, aber in den USA hat es einen Militärputsch gegeben. Der Oberbefehlshaber der amerikanischen Streitkräfte hat sich gegen den Präsidenten gestellt."

Alex schüttelte sich, das alles war schwer zu verarbeiten. „Erzählen Sie mal von Anfang an", sagte er, und Brandtner berichtete.

„Der ist doch völlig durchgeknallt!", stellte Tine mit Nachdruck fest, als sein Bericht an ein Ende kam.

„Da haben Sie sicher recht, aber leider nützt uns das nichts. Wie ich schon sagte, ist er in einer verzweifelten Lage, sitzt im Bunker fest und hat kaum noch Unterstützung. Die Atomwaffen sind das Letzte, auf das er alleine uneingeschränkt zugreifen kann, und es ist ihm zuzutrauen, dass er es auch tut."

„Ich glaube das nicht", antwortete Tine. „So bescheuert ist nicht mal der. Der droht doch nur."

„Möglich, aber eben nicht sicher. Wir müssen diese Drohung ernst nehmen, alles andere wäre unverantwortlich."

„Aber ich habe momentan keinen fertigen Impfstoff", mischte sich Alex ein. „Nicht eine Spritze voll. Ende der Woche wieder, aber nicht früher."

„Das ist zu spät."

„Aber nicht zu ändern. Man muss dem Kerl klarmachen, dass man die Biologie nicht beliebig beschleunigen kann."

„Sie können mit diesem Mann nicht vernünftig reden."

„Dann müssen wir uns etwas anderes einfallen lassen."

***

General Jackson saß wieder im Büro der Georgetown University. Dieses Hin und Her zwischen dem Pentagon und der Uni war nicht gut. Zwar wirkte die Stadt wie ausgestorben, aber garantiert blieben die Konvois, die zwischen diesen beiden Standorten pendelten, nicht unbemerkt. Er war sich uneinig, wie sicher die Lage in der Hauptstadt war, und ob nicht doch irgendwo Leute des Präsidenten ihn ausspähten. Den Großteil seiner wenigen Einheiten hatte er daher an der Georgetown University stationiert. Es gab nichts Wichtigeres als die Herstellung des Impfstoffes, und darum musste er Mike Chastain und seine Arbeit mit allem schützen, was ihm zur Verfügung stand.

Er hatte einen Anruf des deutschen Vizekanzlers bekommen, der ihn weiter in seiner Meinung bestärkt hatte, dass der Präsident nicht zurechnungsfähig war, und er deshalb richtig gehandelt hatte. Aber dieser Anruf warf auch Probleme auf, von denen er nicht wusste, ob er sie lösen konnte oder sollte. Es klopfte an der Tür, und er wurde aus seinen Gedanken gerissen. Major Murphy trat ein. Was man von seinem Gesicht sehen konnte, ließ die Anspannung erkennen, unter der er stand. Er salutierte gewohnt nachlässig und setzte sich dann unaufgefordert in den Stuhl vor seinem Schreibtisch.

„Hallo Chuck", grüßte Jackson so ungezwungen, wie es ihm möglich war.

„Guten Morgen, General. Ich komme gerade aus dem Pentagon zurück. Wir haben die Pläne für Mount Weather gefunden. Es ist alles da, Tausende Seiten, weshalb wir lange gebraucht haben, das zu finden, was uns interessiert." Er hob seine Tasche hoch, die er neben sich abgestellt hatte, und nahm einige Papiere heraus. „Die Kommunikation aus dem Bunker hinaus ist dreifach abgesichert. Zunächst gibt es eine Anlage in der Nähe von Pine Acres, in rund vier Kilometer Entfernung vom Bunkereingang, also knapp außerhalb dessen, was Nuklearwaffen sicher zerstören würden, sollte Mount Weather angegriffen werden. Das Ganze ist als Farm getarnt und beinhaltet Funkanlagen und Satellitenkommunikation. Wegen der Tarnung sind die Antennen nicht sehr groß und nicht sehr leistungsstark. Das ist also mehr eine Notfallstation, wenn alle anderen Kommunikationswege ausfallen. Das Worst-Case-Szenario. Es gibt einen direkten Zugang vom Bunker aus, und die Anlage ist gleichzeitig einer der Fluchtwege an die Oberfläche."

Ein Teil dessen, was er vorgetragen hatte, hatte Murphy von einem Zettel abgelesen, den er nun zur Seite legte und nach einem anderen Blatt aus seiner Mappe griff. „Dann gibt es zwei Datenleitungen, beide unterirdisch. Die eine führt vom Bunker aus nach Westen. Das ist die Leitung, über die hauptsächlich kommuniziert wird. Sie kommt in Atoka an die Erdoberfläche und verläuft dann entlang der I50, getarnt als Teil eines Abwasserkanals. Diese Leitung geht durch bis Washington, ist ans Pentagon und damit an alle anderen Leitungen angebunden. Sie ist die wichtigste

Verbindung, die Verbindung, über die momentan auch von dort kommuniziert wird."

„Was?", wunderte sich Jackson. „Das geht über das Pentagon? Dann können wir doch mithören, oder?"

Major Murphy schaute zerknirscht. „Wenn Sie jemanden haben, der weiß, wie das geht, ja. Leider haben wir niemanden."

„Schon gut, und noch?"

„Die dritte Leitung ist für den Fall gelegt worden, dass Washington zerstört wird, einschließlich des Pentagons und allem, was sonst noch wichtig ist. Diese Leitung verläuft unterirdisch vom Bunker nach Nordwesten, bis sie auf die I80 trifft. Von da an begleitet sie den Highway bis Hagerstown, wo ein Knotenpunkt eingerichtet wurde, der Zugriff auf sämtliche Netze gewährleistet. Man hat Zugang auf alles, landesweit. Wenn die Anlagen noch Strom haben, muss ich natürlich einschränken." Murphy sah auf seinem Blatt nach, ob er etwas vergessen hatte. „Das war es, Sir."

„Sehr gute Arbeit, Chuck. Wirklich sehr gut. Zwei Leitungen und eine Notfallstation in unmittelbarer Nähe. Sind Sie sicher, dass das alles ist?"

„Ganz sicher, Sir."

General Jackson lehnte sich nach hinten und verschränkte die Arme hinter dem Kopf. „Wir müssen ihn schnell abschalten, Chuck. Er hat gestern die Deutschen kontaktiert und mit Vehemenz den Impfstoff gefordert. Er hat ihnen sogar angedroht, die Produktionsanlage mit Atomwaffen auszulöschen, sollten sie nicht kooperieren."

„Bitte was?"

„Sie haben ganz richtig gehört."

„Unfassbar."

„Er ist völlig verzweifelt."

„Aber Mr. Emerson und einige andere werden ihn doch stoppen, sollte er das tatsächlich versuchen."

Jackson nahm die Arme wieder herunter und beugte sich vor. „Darauf können wir uns nicht verlassen, Chuck. Emerson meldet sich nicht. Wir haben keine Ahnung, was in diesem Bunker vor sich geht, wer hinter ihm steht und wer nicht."

„Das ist sehr beunruhigend."

„So ist es. Ich traue ihm alles zu, darum muss es schnell gehen."

Major Murphy sagte nichts und beugte sich wieder über seine Papiere. „Die Leitung, die nach Washington geht, können wir einfach kappen", sagte er nach einer Weile. „Wir wissen sogar, wo die entsprechenden Versorgungsschächte und Tunnel unter dem Pentagon zu finden sind. Aber wir müssen auch raus, einmal nach Mount

Weather, um die Funkstation zu zerstören, einmal an die I80 oder nach Hagerstown, um die zweite Leitung zu kappen."

„Dann brauchen wir drei Teams. Wie weit ist es bis Mount Weather?"

„Rund sechzig Meilen, Sir, bis Hagerstown so um die hundert. Das ist machbar, aber wir müssen das Ganze so koordinieren, dass alle Kommunikationswege gleichzeitig zerstört werden. Wenn das nicht hinhaut, laufen wir Gefahr, dass er durchdreht."

„Arbeiten Sie einen Plan aus, Chuck. Schnell, denn wir haben keine Zeit mehr. Er hat den Deutschen ein Ultimatum bis morgen Mittag gesetzt. Das wäre nach Washingtoner Ortszeit in elf Stunden."

Major Murphy riss die Augen auf. „In elf Stunden kriegen wir das nie und nimmer hin. Ich weiß ja so schon nicht, wo ich geeignete Leute hernehmen soll. Die müssen ja auch eingewiesen werden und dann dorthin. Wir müssen das planen, wir brauchen Sprengstoff und Werkzeug, eventuell müssen wir vor Ort graben oder die Sicherheitseinrichtungen in Hagerstown überwinden. Das alles dauert."

„Dann müssen wir ihn hinhalten, irgendwie. Oder sollen wir die Bitte der Deutschen um Unterstützung ignorieren? Immerhin könnte es für uns ein Vorteil bedeuten, wenn er abgelenkt ist, weil er sich um etwas anderes kümmern muss."

Murphy machte ein Gesicht, als wenn er Zahnschmerzen hätte. „Das halte ich schon aus moralischen Gründen für nicht vertretbar."

„Ja, sehe ich auch so. Zudem würde es uns nur wenig bringen und an unserem Grundproblem nichts ändern. Wir müssen ihn in seinem Bunker isolieren, so oder so. Machen Sie sich sofort daran, einen Plan dafür auszuarbeiten. Ich weiß, dass Sie und alle anderen müde und erschöpft sind, aber wir haben keine Zeit. Ich werde mich derweil um das Problem in Deutschland kümmern."

Major Murphy stand auf, hob die Hand kraftlos zu einem Abschiedsgruß und ging hinaus. Jackson ließ sich nach hinten gegen die Lehne seines Stuhls sinken. Er brauchte ebenfalls einen Plan, wie er etwas Zeit gewinnen konnte. Einen einfachen Plan, leicht und schnell umsetzbar.

***

Lieutenant Kisner rannte durch die leeren Flure der Ramstein Air Base. Es war noch früh am Morgen, aber er schon seit Stunden auf. Er schlief schlecht in letzter Zeit, ohne dass er einen Grund dafür festmachen konnte. Schlimm war das nicht, weil er nicht im Einsatz war und das Leben auf der Air Base ruhig, aber es nervte, morgens um vier hellwach im Bett zu liegen. Er erreichte das Treppenhaus und nahm zwei Stufen auf einmal. Der wenige

Schlaf hatte den Vorteil, dass er mangels jedweder Alternative viel an seiner Fitness arbeiten konnte. Noch im Dunkeln startete er jeden Morgen zu einer Zehn-Kilometer-Runde.

Auf dem obersten Flur machte er langsamer und brachte seinen Puls runter, dann klopfte er und trat ein. Mittlerweile hatte er sich angewöhnt, keine Meldung mehr zu machen.

„Morgen Kisner", grüßte Major Ayers. Er saß wie immer hinter seinem Schreibtisch, einen Becher des scheußlichen Kaffees, den die Kantine ausschenkte, vor sich.

„Guten Morgen, Sir."

Ayers bedeutete mit einer Geste, Platz zu nehmen. „Der Tag fängt richtig scheiße an", sagte er und griff nach seinem Kaffee. „Eben rief mich General Jackson an, scheint so, als wenn der Präsident nun endgültig durchdreht." Er trank einen Schluck, verzog angewidert das Gesicht und stellte den Becher ab. „Folgendes ist passiert: Der Präsident hat den Deutschen gedroht, Atombomben auf ihr Pharmawerk zu schmeißen, wenn sie ihm nicht umgehend den Impfstoff liefern. Jackson will natürlich nicht, dass der Präsident das Zeug bekommt, und übrigens ist momentan auch kein Impfstoff vorhanden. Jedenfalls will er den Deutschen helfen und Zeit gewinnen, und da kommen wir ins Spiel." Ayers lehnte sich zurück und ließ seine Worte wirken.

„Wir dürften ein Glaubwürdigkeitsproblem haben, nachdem ich ihm persönlich am Telefon die Gefolgschaft verweigert habe."

Ayers zog anerkennend die Augenbrauen hoch. „Sie können sich also denken, worauf es hinausläuft?"

„Das ist nicht allzu schwer. Ich habe, wie Sie wissen, die Möglichkeit, mit den Wissenschaftlern in Klingenbronn Kontakt aufzunehmen."

„Brauchen wir das denn?", fragte Ayers.

„Wir sollten es tun. Was, wenn er irgendeine Möglichkeit hat, uns abzuhören oder auszuspionieren. Es dürfte auf dieser Air Base einige geben, die Fans dieses Mannes sind."

„Ja, wenn es uns nicht zu viel Zeit kostet. Er hat den Deutschen bis heute Mittag ein Ultimatum gesetzt."

„Bis dahin wird es arg knapp."

„Unmöglich, meiner Meinung nach. Aber wir sollten bis dahin anfangen, damit wir etwas vorzuweisen haben."

Lieutenant Kisner stand auf. Wie immer, wenn er nachdenken musste, konnte er das am besten im Stehen mit einem Blick in die Ferne. Er ging ans Fenster. „Und wie erklären wir unseren plötzlichen Sinneswandel?"

Ayers lachte auf. „Sie sind natürlich festgenommen, weil Sie hinter meinem Rücken und gegen meine ausdrückliche

Anweisung unserem Präsidenten die Gefolgschaft verweigert haben."

„Das könnte klappen, aber dann sollte ich aus nachvollziehbaren Gründen auch von der Bildfläche verschwinden."

„Richtig. Setzen Sie sich mit ein oder zwei Leuten, die sie für absolut vertrauenswürdig halten, in ein Auto und fahren Sie nach Klingenbronn."

***

Vizekanzler Schmidt war nervös wie selten in seinem Leben. Unruhig wanderte er in seinem Büro auf und ab und warf immer wieder einen Blick auf die große Wanduhr. Es war schon ein Uhr durch. Seit zwei Stunden wartete er, und mit jeder Minute, die verging, wurde es schlimmer. Er wollte es hinter sich bringen, und deshalb fühlte er auch Erleichterung, als das Telefon endlich klingelte.

„Der Präsident der Vereinigten Staaten", meldete die Mitarbeiterin und er schluckte.

Jetzt galt es. „Schmidt", meldete er sich.

„Sind Sie so weit?"

„Guten Tag, Mr. President. In der Tat haben wir Impfstoff für Sie bereitgestellt."

„Ha! Ich habe doch gewusst, dass Sie mich anlügen, als Sie gestern sagten, dass Sie keinen hätten."

„Ich habe nicht gelogen. Ich habe es selber nicht besser gewusst. Aber unsere Wissenschaftler haben schneller gearbeitet, als ich dachte."

„Das soll ich glauben? Ich sag Ihnen mal etwas. So viele haben schon versucht, mich reinzulegen, dass ich im Laufe der Jahre eine Nase dafür entwickelt habe, wenn jemand lügt. Und Sie klingen wie ein geborener Lügner."

Vizekanzler Schmidt musste sich zusammennehmen, um nicht aus der Haut zu fahren. Zu gerne hätte er dem Idioten seine wahre Meinung gegeigt, aber das konnte er sich einfach nicht leisten. Noch nicht. Der Gedanke gab ihm Hoffnung. „Es war wirklich so, wie ich sagte, Mr. President. Außerdem habe ich schon gestern unsere Bereitschaft mitgeteilt, zu kooperieren. Erneut mitgeteilt, wie ich ausdrücklich anmerken möchte. Aber nun haben wir Impfstoff für Sie, und Sie müssen ihn lediglich abholen. Leider haben wir keine Möglichkeit, ihn in die USA zu verbringen."

„Das ist kein Problem. Es ist bereits ein Transport organisiert. Ich erwarte, dass meinen Männern keine Steine in den Weg gelegt werden."

„Ganz sicher nicht."

„Gut, dann will ich das mal glauben, aber ich warne Sie. Wenn Sie versuchen, eine krumme Tour zu fahren, dann lasse ich meine Raketen los, und eine davon, das verspreche ich Ihnen, wird direkten Kurs auf Berlin nehmen."

Wieder musste Schmidt sich zusammenreißen. Das alles war so irre, dass es kaum auszuhalten war. „Machen Sie sich keine Sorgen. Von unserer Seite aus geht alles klar. Wie ich schon sagte, kooperieren wir."

„Jaja, dann lasse ich das Zeug abholen ... wie viel ist es denn überhaupt, soll ich fragen."

„Es reicht für fünfhundert Personen."

„Fünfhundert? Das ist gut, das ist sehr gut. Dann können wir hier endlich raus, und dann kaufe ich mir diesen Jackson. Also, machen Sie es gut und seien Sie gewarnt", verabschiedete er sich.

Schmidt schlug wütend auf die Schreibtischplatte. Dann atmete er einmal tief durch und rief General Jackson an.

***

Lloyd Jackson sah auf die Uhr, zum hundertsten Male. Er konnte vor Müdigkeit kaum noch die Augen aufhalten und brauchte dringend einige Stunden Schlaf. Seit Stunden telefonierte er. Ein Gespräch noch, und dann war er fürs

Erste durch. Er trank einen Schluck Wasser, dann griff er nach dem Telefon.

„Machen Sie mir eine Leitung zu Major Ayers, ich muss wissen, wie es vorangeht", befahl er und lehnte sich in seinem Sessel zurück. Er glaubte nicht daran, dass der Präsident seine wahnwitzige Drohung, Atomwaffen einzusetzen, wahr machen würde, aber sicher war er sich nicht. Er musste also vom Schlimmsten ausgehen. Denn noch immer hatte er keine Nachricht von Mr. Emerson aus dem Bunker, und mittlerweile glaubte er auch nicht mehr daran, eine zu bekommen. Irgendwie musste Emerson aufgeflogen sein, oder sie hatten jedwede Kommunikation unterbunden. Was auch immer es war, so schnell würde es sich nicht ändern lassen, wenn überhaupt.

„Major Ayers, Sir", meldete eine Stimme und Jackson schreckte auf. Es hatte nicht viel gefehlt, und er wäre eingedöst.

„Jackson hier, Morgen Major."

„Morgen passt nicht so ganz, wir haben schon Nachmittag. Hallo General."

Vorlaute Luftwaffenoffiziere waren ihm schon immer ein Gräuel gewesen, und dieser Ayers war ein besonders ausgeprägtes Exemplar dieser Gattung. Aber es half nichts, er konnte sich die Leute nicht aussuchen, mit denen er zusammenarbeiten musste.

„Haben Sie mit dem Präsidenten gesprochen?", fragte er.

„Ja, mit ihm höchstpersönlich, und er ist sehr erfreut, dass die Ramstein Air Base wieder seinem Kommando untersteht."

„Ist er nicht misstrauisch geworden?"

„Er ist immer misstrauisch, so weit ich weiß. Aber hat er eine andere Wahl, als mir zu vertrauen? Ich denke, ich habe meine Rolle gut gespielt, oder sehen Sie das anders?"

„Ja, schon gut. Kommen Sie voran?"

„Sicher doch. Ich habe einen Lastwagen nach Klingenbronn geschickt, und wir sind dabei, eine C-130 startklar zu machen."

Jackson stutzte. „Eine C-130? Das ist doch eine Propellermaschine, oder nicht? Warum keine C-17 Globemaster?"

„Ich habe keine Einweisung für eine Globemaster. Ich habe noch nie in einer drin gesessen, und ich werde auch nicht versuchen, mir alles in wenigen Stunden anzueignen. Außerdem kommt uns die C-130 dadurch entgegen, dass sie so langsam ist. Dauert halt länger."

„Welche Marschgeschwindigkeit hat die C-130?"

„Vierhundert Meilen die Stunde. Das heißt, ich werde mit Zwischenlandung in Island mindestens vierzehn Stunden brauchen, eher länger."

„Gut, ich hoffe nur, er wird das schlucken."

„Was soll er denn machen? Er hat kein anderes Flugzeug." Einen Moment herrschte Ruhe. „Müssen wir das überhaupt komplett durchziehen, General? Ich meine, reicht es nicht, wenn wir nur so tun, als wenn wir unterwegs wären?"

„Nein, auf keinen Fall. Er hat Zugriff auf sämtliche Spionagesatelliten, und ich wette, dass man in Mount Weather schon dabei ist, genau zu beobachten, was in Klingenbronn und Ramstein los ist. Die würden es sehen, wenn sich nichts täte. Sie werden genau beobachten, ob Sie starten, und sie werden auch den Kurs des Flugzeugs nachvollziehen können. Wir müssen das durchziehen, und es muss alles echt wirken. Ich will kein Risiko eingehen. Wann werden Ihre Leute zurück sein?"

„Die müssten jetzt wieder auf dem Rückweg sein. Das heißt aber auch, dass meine Männer erst zurück sein werden, wenn es dunkel ist. Ich würde nur sehr ungern einen Nachtflug riskieren, deshalb habe ich bereits angekündigt, bis morgen früh mit dem Start zu warten. Ortszeit, General."

„Das ist gut. Hat er das akzeptiert?"

„Er war sehr ungehalten, aber ich habe ihm gesagt, dass er besser einige Stunden wartet, als zu riskieren, dass sein kostbarer Impfstoff im Atlantik landet. Das hat ihn dann umgestimmt, wenn auch nicht besänftigt."

„Sehr gut. Wir können jede zusätzliche Stunde gebrauchen. Ich möchte Sie bitten, mich vor dem Abflug anzurufen."

„Sonnenaufgang ist hier morgen um 7:38 Uhr. Ich werde mich gegen sechs Uhr melden, das ist Mitternacht Washingtoner Zeit."

„Gut, machen wir es so. Vielen Dank für die gute Arbeit, Major."

„Ich danke Ihnen."

Jackson legte auf. Das war weit besser gelaufen, als er zu hoffen gewagt hatte. Sie hatten zwölf zusätzliche Stunden gewonnen, weil Ayers jemand war, der denken konnte. Davon gab es leider viel zu wenige. Er stand auf, und jeder Knochen tat ihm weh. Drei, vier Stunden Schlaf brauchte er, und die würde er sich nun holen.

Alex sah dem davonfahrenden Laster der US-Army hinterher. Der Auspuff des olivgrünen Wagens stieß schmutzige Dieselrußwolken aus.

„Hier ist ja richtig was los."

Er schaute nach links, von wo Lieutenant Kisner mit großen Schritten herbeieilte. „Ja, halb Europa ist hier", antwortete er und wandte sich dem Lieutenant zu. Kisner sah genauso aus, wie er ihn in Erinnerung gehabt hatte, vielleicht noch etwas angsteinflößender. Auch die Atemschutzmaske schien noch dieselbe.

„Wo kann ich denn unterkommen?", fragte der Lieutenant, sobald er heran war. „Hier sind alle Räume voll."

„Kommen Sie, ich nehme Sie mit in die Stadt." Alex drehte sich um und ging auf den Haupteingang des Verwaltungsgebäudes zu, wo er seinen Audi abgestellt hatte. Dort stand noch ein Dutzend anderer Fahrzeuge herum, hauptsächlich Geländewagen der unterschiedlichsten Streitkräfte. Auf dem Hof parkten Lkw und zivile Autos, mit denen seine Kollegen und die ausländischen Wissenschaftler hergekommen waren.

Alex überlegte, was er mit Kisner anfangen sollte und wie er überhaupt die neue Situation bewerten musste. Das plötzliche Auftauchen der Amerikaner hatte für Hektik gesorgt. Früh am Morgen war ein Funkspruch der Ramstein Air Base gekommen, dass sich ein Laster mit drei Soldaten auf dem Weg befinde, sonst nichts. Man hatte nach Alex gerufen, der aber auch keine Erklärung dafür hatte, und dann versetzte der französische General sämtliche Soldaten in Gefechtsbereitschaft. Alles rannte an seinen Posten und sämtliche im Vorfeld besprochenen und geübten Maßnahmen zur Sicherung des Werksgeländes waren in Kraft gesetzt worden. Es herrschte Unsicherheit, wenn auch keine Angst. Kurz nach dem Mittag entdeckte ein Späher den Army-Laster, und eine Drohne stieg auf, um ihn zu begleiten. Alex staunte, wie schnell und professionell die Franzosen das handhabten. Zehn Minuten später hielt der Army-Laster vor dem abgeriegelten Werkstor, wurde sofort von drei Schützenpanzern eingekeilt und von Soldaten umstellt. Mit erhobenen Händen stiegen Kisner und seine zwei Kameraden aus. Fünf Minuten später hatte sich alles geklärt, und der Alarm wurde abgeblasen.

„Schickes Auto", sagte der Lieutenant und stieg auf der Beifahrerseite ein.

„Eine Leihgabe der Regierung. Ich muss ihn leider wieder zurückgeben."

„Na ja, Autos stehen nun reichlich in der Gegend rum."

„Auch wieder wahr", antwortete Alex, startete den Motor und schob den Wählhebel auf R. „Vielleicht suche ich mir einen Porsche, wenn das alles vorbei ist."

Kisner lachte auf. „Die Idee gefällt mir."

„Dann wird sich für Sie sicher auch einer finden. Wie lange bleiben Sie denn bei uns?" Alex hatte ausgeparkt und fuhr nun langsam auf das Tor zu.

„Keine Ahnung. Bis das Ganze vorüber ist … einige Tage."

„Und Sie sind sich sicher, dass sich der Präsident täuschen lässt."

„Ich hoffe es, aber um das einschätzen zu können, fehlen mir die Informationen. Das müssen die da oben ausmachen. Ich kann nichts dazu beitragen."

Ein Soldat öffnete den Schlagbaum, Alex grüßte und bog auf die Landstraße ein. „Es muss klappen, alles andere wäre unvorstellbar. Meinen Sie, der meint das ernst?"

„Ich hoffe nicht, aber bei Typen wie ihm kann man das nie sicher sagen. Ich hatte schon vor Jahren den Eindruck, der Mann wäre in einem Krankenhaus besser aufgehoben als im Weißen Haus."

„Es haben sich erstaunlich viele Einheiten gegen ihn gewandt, habe ich gehört."

Kisner zuckte mit den Achseln. „So erstaunlich ist das nicht. Unter den Offizieren war er schon lange umstritten. Selbst die oberste Führung hielt nur zu ihm, weil er das Budget für die Streitkräfte nicht angetastet hat. Aber beliebt war er nicht, insbesondere, nachdem er einen Militär nach dem anderen abgesetzt hatte. Das hat in der Army für reichlich Verdruss gesorgt. Was General Jackson dann an alle Einheiten rausgegeben hat, war deshalb für die meisten glaubhaft, insbesondere, weil Admiral Moorer ihn unterstützt. Jackson kannten viele nicht, aber Moorer ist einer der angesehensten und bekanntesten Offiziere der Navy mit erstklassigem Ruf."

„Jackson hat sich auch auf Sie berufen."

„Das musste er ja, als er die unnötige Kommandoaktion erwähnte. Aber wegen mir hat sicher niemand die Seiten gewechselt."

„Ich finde es dennoch überraschend."

„Nein, überlegen Sie, was die Alternative bedeutet hätte. Ein Krieg zwischen hochgerüsteten Navy-Einheiten im Pazifik, ein Krieg zwischen Amerikanern. Jetzt, in dieser Situation. Das ging zu weit."

Leichter Regen setzte ein, als sie die letzte Kurve vor der Stadt erreichten. Ein weiterer grauer und nasser Herbsttag. „Haben Sie Hunger?", fragte Alex.

„Sicher, aber ich bin nicht zum Essen hergekommen. Sie brauchen wegen mir keinen Aufwand zu treiben."

„Kein Problem. Ich selber bin auch hungrig."

„Sind Sie das nicht immer?"

Empört sah Alex zu Kisner hinüber, aber der lachte nur.

Kurz darauf bogen sie auf den Parkplatz vor dem Gemeindehaus ein. Es war nicht viel los. Alex schaute auf die Uhr. Gleich zwei. Hoffentlich waren sie nicht zu spät. Mit schnellen Schritten ging er voran, öffnete die Eingangstür und ließ dem Lieutenant den Vortritt.

„Wow, eine Kantine."

„Ja, erst seit Kurzem in Betrieb. Wir versuchen, eine Infrastruktur aufzubauen. Wasser, Essen, Unterkünfte. Alles nicht einfach."

„Das sieht doch gut aus."

„Mal sehen, ob wir noch etwas bekommen", antwortete Alex und ging zur Essensausgabe. Dort waren die meisten Mitarbeiter schon dabei, aufzuräumen, aber es standen auch noch welche herum und warteten auf Kundschaft. Sein Magen knurrte hungrig.

Zwei Minuten später saßen sie mit einer großen Portion Eintopf ganz am Ende des Raums. Kisner ließ etwas Platz zu Alex und nahm vorsichtig seine Atemschutzmaske ab. Die Gesichtshaut war an einigen Stellen, wo die Maske gedrückt hatte, rot und entzündet. Ohne das Ding sah der Lieutenant nicht weniger furchterregend aus, fand Alex und sah zu, wie Kisner ein paar neue Handschuhe aus seiner Tasche kramte.

„Übermorgen haben wir Impfstoff", sagte er.

„Wenn ich noch hier bin, nehme ich Ihr Angebot gerne an."

„Sie sollten in jedem Fall so lange bleiben. So eine Gelegenheit bekommen Sie so schnell nicht wieder." Alex griff nach seinem Löffel und begann zu essen. Es schmeckte nicht besonders, und er verzog enttäuscht den Mund.

„Wie meinen Sie das?", fragte Kisner. „Ich dachte, Sie hätten uns alles geliefert, damit wir selber produzieren können?"

„Habe ich auch, aber was nützt Ihnen das? Sie sind hier, in Deutschland, oder glauben Sie, Ihre Kameraden werden nichts Besseres zu tun haben, als das Zeug durch die ganze Welt zu schicken?"

„Ach so, ja, da haben Sie recht, und so schnell werde ich wohl nicht wieder heim kommen."

„Nein. Haben Sie keine Angehörigen drüben?"

„Meine Schwester, einige Cousins und Cousinen, Freunde hoffe ich. Wer weiß schon, wer noch lebt. Meine Eltern sind bereits tot."

Alex schaute betreten. Man sollte in Zeiten wie diesen nicht mit solchen Themen anfangen. Kisners Gesichtsausdruck sprach Bände, schnell wechselte er das Thema. „Deshalb sollten Sie sich auch hier impfen lassen. Dann brauchen Sie das Ding nicht mehr", sagte er und zeigte mit seinem Löffel auf die Atemschutzmaske.

„Das ist ein Argument", antwortete Kisner, griff nun auch zu seinem Löffel und stopfte sich eine Ladung Eintopf in den

Mund. Anscheinend schmeckte es ihm, denn er verzog anerkennend den Mund. „Gut, ich bleibe."

XXI

Schon wieder eine Nacht mit viel zu wenig Schlaf. General Lloyd Jackson saß mit kleinen Augen neben dem Funker, der ebenfalls den Eindruck machte, gleich einzuschlafen. Major Murphy nuckelte an einem Kaffee, und Lieutenant Boyle hatte die Augen geschlossen und atmete so langsam und regelmäßig, dass es gar keinen Zweifel daran geben konnte, dass er eingeschlafen war. Jackson riss sich zusammen, stand auf und lief einige Schritte durch den Raum, um den Kreislauf in Schwung zu bringen. Der Tag war lang gewesen. Die Organisation von Material und Fahrzeugen, das Auswählen und Einweisen der Männer und das Ausarbeiten eines detaillierten Ablaufplans hatten harte Arbeit erfordert. Nicht nur er war müde und erschöpft, alle waren es, und dennoch lag das Schwerste noch vor ihnen.

Mit einem grellen Klingelton meldete sich das Satellitentelefon. Jackson ging eilig zum Tisch, nahm es in die Hand und drückte die Sprechtaste. „Hallo?"

„Guten Morgen General, oder gute Nacht, bei Ihnen ist es ja Mitternacht. Sie sind sicher hundemüde, nicht wahr? Major Ayers hier, ich melde mich wie verabredet."

Jackson war so erleichtert wie genervt. Benehmen war nicht des Majors Sache. „Hat alles geklappt?"

„Jawohl. Der Lkw war schon am frühen Abend zurück, und wir haben gleich alles verladen."

„Was haben Sie verladen?"

„Keine Ahnung. Jedenfalls kam die Kiste erkennbar nicht von uns. Was dieser Dr. Baldau da reingepackt hat, wussten die Fahrer natürlich nicht. Sie gingen davon aus, dass es der Impfstoff ist. Wir haben nicht nachgesehen, weil wir die Täuschung aufrechterhalten müssen, General. Ich kann nicht für jeden Mann hier auf der Air Base garantieren."

„Gut. Haben Sie mit dem Präsidenten gesprochen?"

„Sicherlich. War kein einfaches Gespräch, aber er hat letztlich akzeptieren müssen, dass ich mit dem Start bis Sonnenaufgang warten wollte."

„Wann starten Sie?"

„In fünfzehn Minuten. Ist bei Ihnen alles bereit?"

„Ja Major, wir haben nur auf Ihren Anruf gewartet."

„Gut, dann läuft alles wie abgesprochen. Ich werde eine Stunde vor der Landung mit der Andrews Air Base Kontakt aufnehmen. Sollte ich von dort kein Okay bekommen, werde ich in Winchester landen."

„Wir wollen nicht hoffen, dass das notwendig werden sollte. Ich wünsche Ihnen einen guten Flug, Major Ayers."

„Und ich Ihnen viel Erfolg, General."

Jackson drückte das Gespräch weg und legte das Telefon zurück auf den Tisch. Alle sahen ihn gespannt an, auch Lieutenant Boyle war wieder wach. „Es kann losgehen. Ayers startet in wenigen Minuten."

***

Mike Chastain stand am Fenster seines Zimmers und sah den davonfahrenden Fahrzeugen hinterher. Der Lärm der Motoren und die Rufe der Offiziere und Mannschaften hatten ihn geweckt. Dutzende Lkw, Geländewagen und Panzer machten sich auf den Weg in die Nacht.

Er konnte nur hoffen, dass der Plan des Generals funktionierte, wenn nicht, hatten sie ein großes Problem. Er war lange genug mit dem Präsidenten im Bunker eingeschlossen gewesen, um das beurteilen zu können. Es waren die übelsten Wochen seines Lebens gewesen. In Mount Weather hatte eine ungute Stimmung geherrscht. Eine Mischung auch Angst und Verzweiflung. Dazu die Lakaien des Präsidenten. Ekelhafte Speichellecker, jeder nur auf seinen eigenen Vorteil bedacht und nur daran interessiert, wie er vermeintliche Konkurrenten ausstechen konnte. Jeder ebenso gestört wie ihr oberster Chef. Die wenigen Vernünftigen hatten sich abgesondert und zurückgehalten. Man musste sehr vorsichtig sein, um nicht in Ungnade zu fallen. Das alles war schon schlimm gewesen, als General Jackson noch treu und ergeben seinem obersten

Dienstherrn gehorcht hatte. Wie es jetzt dort war, nachdem die Army offen meuterte, wollte Chastain sich gar nicht vorstellen.

Die letzten Fahrzeuge verließen den gesicherten Campus und ihre Rücklichter verschwanden in der Dunkelheit. Er schob den Vorhang wieder zu und ging zu seinem Feldbett. Mit einem Seufzen legte er sich hin und zog die kratzige Decke über sich. Er brauchte noch ein paar Stunden Schlaf, bevor er wieder ins Labor musste. Die Georgetown University war hervorragend ausgestattet, und es fehlte an nichts, aber es blieb eben das Labor einer Universität. Was er hier machen konnte, das hatte er getan, und in wenigen Tagen würde er hoffentlich die Früchte seiner Arbeit ernten. Jedoch, das reichte nicht. Die erste Charge Impfstoff, wenn sie denn gelang, würde für keine hundert Leute reichen, und auch wenn er danach sofort weitermachte, kam er so auf keinen grünen Zweig.

Mike Chastain drehte sich unruhig auf die linke Seite. Wie sollte er in großem Stil produzieren und wo? Er hatte keine Ahnung. Weder war er jemals in einem pharmazeutischen Werk gewesen, noch wusste er, wie er Leute auftreiben sollte, die die notwendigen Fachkenntnisse hatten. Es musste einen Weg geben, sonst hatten all seine Bemühungen keinen Sinn. Seit Tagen knobelte er an dem Problem herum und fand doch keine Lösung.

***

Vizekanzler Schmidt saß beim Frühstück. Was hätte er nicht
für eine Scheibe frisches Brot oder ein Brötchen gegeben.
Stattdessen wieder Schwarzbrot aus der Dose,
Kochschinken mit viel zu viel Konservierungsstoffen und
Marmelade, die so süß war, dass sie an den Zähnen
schmerzte. Es gab zwar reichlich zu essen, aber nichts
Frisches mehr. Wann würde sich das bessern? Würde es das
überhaupt? Missmutig nahm er sich eine Scheibe und
bestrich sie mit Butter.

Dass er trotz der Anspannung und des Stresses gut
geschlafen hatte, war allein seiner Erschöpfung zu
verdanken gewesen. Er hatte geglaubt, abgehärtet zu sein,
aber die letzten beiden Tage hatten ihn an die Grenze seiner
Leistungsfähigkeit geführt. Vielleicht wurde er auch nur alt,
dachte er und griff nach dem Schinken. Sein Blick schweifte
zum Fenster. Draußen begann ein trüber regnerischer
Herbsttag, und Berlin lag da wie tot. Kein Mensch weit und
breit und dabei hatten sich hier vor dem Kanzleramt immer
ganze Heerscharen herumgedrückt. Aber die Zeiten waren
wohl ein für alle Mal vorbei.

Das Telefon klingelte und Schmidt stöhnte auf. Nicht mal
in Ruhe frühstücken ließ man ihn. Er griff nach dem Hörer.
„Schmidt", meldete er sich.

„Morgen, Brandtner hier", kam sofort die Antwort. „Ich
wollte mich erkundigen, wie der Stand der Dinge ist.
Verständlicherweise machen wir uns einige Sorgen."

„Seien Sie nicht zu beunruhigt. Ich habe gestern mit allen Regierungschefs gesprochen, die zu erreichen waren, und ihnen berichtet, was der amerikanische Präsident sich geleistet hat. Die Empörung war groß, und alle, wirklich ausnahmslos alle, haben mir zugesagt, bei den Amerikanern zu protestieren."

„Ob das was bringt?"

„Das werden wir sehen, und mehr können wir nicht tun. Ich denke aber schon, dass es ihn nachdenklich machen sollte, wenn sich alle von ihm abwenden."

„Oder es bestärkt ihn in seiner Paranoia."

Schmidt seufzte. Ja, man konnte immer alles von zwei Seiten sehen. „Mehr können wir nicht machen, Herr Brandtner."

„Schon gut. Was ist mit General Jackson?"

„Er ist aktiv. Was genau er vorhat, wann und wie er handelt, das hat er mir jedoch nicht verraten. Verständlich, er muss um Geheimhaltung bemüht sein. Aber er unternimmt etwas."

„Gut, dann hoffen wir mal, dass das reicht."

Schmidt schüttelte mit dem Kopf. Auf der einen Seite konnte er Brandtner verstehen, denn schließlich hielt er sich an einem Ort auf, den der Präsident mit einem Nuklearschlag gedroht hatte. Auf der anderen Seite glaubte er nicht wirklich daran, dass es dazu kommen würde. So verrückt konnte niemand sein. Er sollte den Staatssekretär besser etwas ablenken. „Wie kommen Sie denn voran?", fragte er.

„Gut. Hier läuft alles nach Plan. Wir haben Lebensmittel herangekarrt, Treibstoff und jede Menge Ausrüstung. Wenn in zwei Tagen Dr. Baldau das Okay gibt, kann es losgehen."

„In zwei Tagen schon?"

„Dann wird die Produktion so weit sein. Wir geben natürlich einiges an unsere europäischen Verbündeten, aber es bleibt auf jeden Fall genug übrig, dass wir Tausende impfen können. Zuerst alle hier in der Stadt und im Umland. Darüber hinaus müsste man sehen."

„Soll ich über Rundfunk informieren?"

„Ich weiß nicht, Herr Vizekanzler. Das könnte auch gewaltig in die Hose gehen, wenn sich auf einmal Hunderttausende auf den Weg machen."

„Glauben Sie, dass so viele zuhören würden? Wer sitzt denn noch vor einem Radio? Wer hat überhaupt eines, das sich ohne Strom betreiben lässt?"

„Kann schon sein, dass wir kaum jemanden erreichen, aber wissen, tun wir es nicht. Wenn Sie es melden, dann nimmt das einfach seinen Lauf. Steuern kann das niemand."

„Das können Sie nie."

„Wir sollten es versuchen."

„Und wie?"

„Kann man nicht erst gewisse Regionen informieren? Kann man nicht, ich sag mal, zuerst nur in Hessen oder Bayern ausstrahlen?"

„Das weiß ich nicht. Da muss ich die Techniker fragen."

„Haben Sie noch welche?"

„Gott sei Dank ja."

„Dann sollten wir das in Erwägung ziehen."

„Gut, ich kümmere mich darum", versicherte Schmidt, froh, ein positives Thema gefunden zu haben. Hier in Berlin gab es sicher auch noch Zehntausende, die eine Impfung brauchten. Er musste sich auch dazu etwas einfallen lassen.

„Dann verbleiben wir so", sagte Brandtner, „und bitte geben Sie mir sofort Bescheid, wenn Sie aus den USA etwas Neues haben."

„Das mache ich. Bis dahin."

***

Bis Tagesanbruch war es nicht mehr weit. Ganz im Osten wurde es bereits heller. Nur ein schwacher Schein, aber dennoch der Vorbote eines Tages, der über vieles entscheiden würde. General Jackson saß auf dem Beifahrersitz eines grauen Humvees und war über die Landkarte auf seinem Schoß gebeugt. Mit dem Finger fuhr er den schmalen schwarzen Strich entlang, der sie zu der als Farm getarnten Funkstation führen würde. Drei Meilen steil bergauf, mit engen Kurven und unbekanntem Straßenzustand. Er konnte keinen Spähtrupp aussenden, um den Weg zu überprüfen, weil es Überwachungskameras gab. Es war zwar unwahrscheinlich, dass man sie entdeckte, weil er sich nicht vorstellen konnte, dass man im Bunker genügend Leute hatte, um alle Kameras zu überwachen, aber es war nicht ausgeschlossen. Das Restrisiko war angesichts der möglichen Konsequenzen zu groß. Sie mussten schnell und entschlossen handeln, und schneller an der Farm anlangen, als es die Verteidiger aus dem Bunker über ihre Fluchttunnel konnten.

Er lehnte sich zurück und schaute auf den gegenüberliegenden Wald. Sie waren mitten in den Blue Ridge Mountains, einer gottverlassenen Gegend aus Hügeln und Bäumen. Die Fahrt hierher war besser verlaufen, als er zu hoffen gewagt hatte. Sie waren nicht ohne Grund nachts gefahren, zu einer Zeit, in der sich die Spionagesatelliten schwerer taten, Dinge zu identifizieren, und wo hoffentlich auch weniger Männer an den Bildschirmen saßen als tagsüber. Jackson war guter Dinge, dass man im Bunker bisher noch nichts bemerkt hatte, zumindest deutete alles darauf hin. Zudem bot die Dunkelheit auch Schutz vor zufälliger Entdeckung, vor Überfällen oder Fallen, die eigentlich nicht ihnen dienten. In einem Land, in dem jeder mindestens eine Schusswaffe besaß, konnte alles passieren.

Sie hatten unterwegs weder Menschen noch Anzeichen von ihnen gesehen. Keine Straßensperren, keine Blockaden. Mit zwanzig Meilen die Stunde waren sie nach Westen gefahren und hatten mehrfach pausiert, um voraus liegende Städte zu erkunden, bevor sie sich hineintrauten. In Leesburg hatten sie sich aufgeteilt. Major Murphy war mit dreißig Fahrzeugen und achtzig Mann nach Norden gefahren, um Hagerstown zu erreichen, während Jackson mit dem restlichen Tross weiter nach Westen fuhr. Murphy war vor einer Stunde vor Ort angekommen. Das hatte er verschlüsselt über Funk gemeldet. Im Pentagon war ebenfalls alles bereit. Es konnte bald losgehen.

Jackson faltete den Plan zusammen, sah auf die Uhr und schaute dann Lieutenant Boyle an, der am Steuer saß. „In fünfzehn Minuten brechen wir auf. Geben Sie das nochmals an alle durch. Die Truppführer sollen ein letztes Mal nach ihren Männern sehen, ich wette, dass einige wieder eingepennt sind."

„Jawohl Sir", sagte Boyle, öffnete die Fahrertür und stieg aus.

In einer halben Stunde würden überall gleichzeitig die Sprengladungen hochgehen, um dem Bunker sämtliche

Kommunikationsmöglichkeiten abzuschneiden, und bis dahin musste er oben auf dem Berg sein und die verdammten Antennen zerstört haben. Alles gleichzeitig, das war Kern des Plans. Wenn es irgendwo hakte, wenn es gar irgendwo misslang, dann konnten die Folgen schrecklich sein. Jackson traute dem Präsidenten alles zu. Insofern hatten er und seine Männer, hier, direkt am Berg, den einfachsten Job. Über die Anlage oben auf der Farm konnte man zwar mit dem Rest der Welt kommunizieren, aber sicher keine Atomraketen auf den Weg bringen. Dazu bedurfte es der Datenleitungen. Jedoch war hier der einzige Ort, wo sie mit ziemlicher Sicherheit auf Gegenwehr stoßen mussten. Sie würden entdeckt werden, spätestens, wenn sie in die getarnte Farm eindrangen, und er zweifelte nicht daran, dass man im Bunker sofort handeln würde.

Im Vorfeld hatte er deshalb über einen Luftangriff nachgedacht. Er hatte noch taktische Bomber auf der Andrews Air Base, aber nur einen Piloten, der die Maschinen fliegen konnte. Jedoch war er sich sicher, dass man vom Bunker aus Andrews und andere Luftwaffenstützpunkte permanent überwachte. Der Start der Maschine wäre bemerkt worden und die darauffolgende Reaktion unkalkulierbar, zudem er sich bei einem Luftangriff auch nie sicher sein konnte, dass das Ziel getroffen und komplett vernichtet würde. Nein, sicherer war es, das Ganze vom Boden aus anzugehen, und deshalb waren sie hier.

Ganz langsam sickerte das Tageslicht durch die Bäume, immer mehr Konturen traten hervor. Der Weg schälte sich aus der Dunkelheit. Die Fahrertür wurde aufgerissen. Lieutenant Boyle brachte einen Schwung kühle, frische Morgenluft mit.

„Es ist alles bereit, General", meldete er und sah auf seine Armbanduhr. „Sergeant Mc Miller wird in zwei Minuten losfahren."

Jackson nickte. Jetzt gab es kein Zurück. Um sie herum erwachten die Motoren der Fahrzeuge einer nach dem anderen. Eine Minute noch.

Die schweren M-ATVs von Mc Miller beschleunigten und jagten hintereinander den Weg hinauf. Der Sergeant hatte dreißig Männer, die besten, die sie hatten. Gleich dahinter folgten die Stryker-Schützenpanzer, deren Aufgabe es war, Mc Millers Einheiten Deckung zu geben, sobald sie oben anlangten. Lieutenant Boyle legte den ersten Gang ein und folgte langsam. Nach ihnen kamen nur noch der Lkw mit der Funkanlage und die Sanitäter.

„Bleiben Sie dichter dran", knurrte Jackson, nachdem auch der letzte Panzer außer Sicht geraten war.

„Sir, wir sollten kein Risiko eingehen", antwortete Boyle. „Wenn Ihnen etwas zustößt, wären die Folgen katastrophal."

„Wir geben ein verdammt schlechtes Beispiel ab, wenn wir erst dort auftauchen, wenn alles vorbei ist. Schneller Lieutenant!"

Boyle warf ihm einen kritischen Blick zu, sagte aber nichts und beschleunigte. Der Waldweg war uneben und schmal, mit einer festgestampften Oberfläche voller Schlaglöcher. Für den Humvee kein Problem. Sie durchfuhren die erste Haarnadelkurve in einem Tempo, dass sich Jackson an der Tür festhalten musste, um nicht vom Sitz zu rutschen. Dann jagten sie den leeren Weg hinauf. Mittlerweile war es fast taghell. Das Timing passte.

Hinter der dritten Kurve kamen die Schützenpanzer wieder in Sicht. Boyle ging vom Gas und folgte mit konstant fünfzig Meter Abstand. Jackson breitete die Karte aus, obwohl er wusste, dass es nur noch zwei Kurven waren, bevor sie oben anlangten. Er war nervös.

Ein lauter Schlag, eine Explosion, nicht allzu weit entfernt. Jackson sah besorgt nach oben den Hang hinauf, aber außer Bäumen war nichts zu erkennen. Was war das gewesen? Wenn alles nach Plan gelaufen war, musste Mc Miller oben sein, aber die Zeit war viel zu knapp, als dass er bereits in die Farm eingedrungen sein konnte, die Sprengsätze gelegt hatte und wieder abgezogen war. Eine zweite Explosion und eine Rauchwolke. „Was ist da los", fragte er laut.

Die vorletzte Kurve. Sie waren immer noch dicht hinter den Panzern und nun hörte man Schüsse. Oben auf dem Berg wurde gekämpft. Ein schlechtes Zeichen. Boyle ging vom Gas und vergrößerte den Abstand.

„Was machen Sie?", raunzte Jackson ihn an.

„Das wird zu riskant, Sir. Der Humvee ist nur schwach gepanzert. Selbst ein Maschinengewehr kann uns gefährlich werden."

„Das ist mir egal, fahren Sie. Wir müssen dahin!"

„Was sollen wir dort noch ausrichten, Sir, wenn es die M-ATVs und die Stryker nicht schaffen?"

„Ich sagte, fahren Sie! Das ist ein Befehl!"

„Befehl verweigert, General. Nehmen Sie es nicht persönlich, aber ich darf nicht riskieren, dass wir Sie verlieren."

So ungläubig, wütend und gleichzeitig hilflos hatte sich Jackson noch nie gefühlt. Ein einfacher Lieutenant verweigerte einem General den Befehl. Er wusste nicht, ob es so etwas in der Geschichte der amerikanischen Streitkräfte je gegeben hatte. Einen Moment erwog er, seine Pistole zu ziehen und Boyle mit Waffengewalt zur Räson zu bringen, dann kam er wieder zur Vernunft. Der Lieutenant hatte ja recht, was sollte er dort oben schon ausrichten und außerdem, wer wollte ihm denn Befehlsverweigerung vorwerfen? Jemand, der selber seinem obersten Dienstherrn den Gehorsam verweigert hatte, war halt kein gutes Beispiel.

Das Funkgerät knackte, und die aufgeregte Stimme von Sergeant Mc Miller war zu hören, der den Schützenpanzern befahl, sofort auf das Farmgebäude vorzurücken. Dass er die Funkstille brach, konnte nur bedeuten, dass er längst entdeckt worden war. Jackson rutschte unruhig auf seinem Sitz hin und her, während der Humvee immer langsamer wurde. Der Gefechtslärm war mittlerweile angeschwollen. Er hörte die einzelnen Waffen heraus, die schweren Maschinengewehre der M-ATVs und bald auch die Bordkanonen der Panzer. Boyle brachte den Wagen vor der letzten Kurve zum Stehen.

„Verdammte Scheiße", fluchte Jackson. Warten war ihm schon immer schwergefallen. Hilflos sah er sich um.

Lloyd Jackson erlebte die längsten zehn Minuten seines Lebens, bis sich das Funkgerät erneut meldete und Mc Miller die Nachricht übermittelte, dass die Lage unter Kontrolle sei. Lieutenant Boyle reagierte sofort und gab Gas. Vor ihnen lag eine lange Gerade, die von Bäumen dicht gesäumt steil nach oben führte. Am höchsten Punkt angelangt, fiel der Weg leicht ab und ein schmales Tal kam in Sicht. Brennende Fahrzeuge, die zerstörten Farmgebäude und überall Soldaten. Jackson zählte drei zerstörte M-ATVs auf ihrem Weg, dann hatten sie die Farm erreicht. Ein Schützenpanzer hatte seine Heckklappe heruntergelassen und im offenen Kampfraum saßen Mc Miller und Sergeant Fraud, der die Panzertruppe kommandierte. Boyle hielt direkt dahinter und Jackson stieg aus. Mit großen Schritten ging er auf den Stryker zu. „Was ist passiert?", rief er noch im Gehen.

Sergeant Mc Miller kam langsam aus dem Fahrzeug geklettert und machte Meldung. Er sah mitgenommen und erschöpft aus, war aber augenscheinlich unverletzt. „Sie kamen aus dem Hauptgebäude, als wir nur noch zweihundert Meter entfernt waren", berichtete er. „Allem Anschein nach hatten sie uns wohl schon entdeckt, als wir noch ganz unten auf der Zufahrt waren, sonst hätten sie nicht so schnell sein können. Es waren auch nicht viele, vielleicht zwanzig Mann, wahrscheinlich die Wache, die ohnehin in Bereitschaft war, aber sie hatten Panzerabwehrwaffen dabei. Wir haben sie gleich bekämpft, kamen aber nicht näher heran. Dann haben wir mit den Bazookas und den schweren Maschinengewehren auf das Gebäude gehalten, um sie gar nicht erst ins Freie zu lassen. Aber die Wände sind gepanzert, auch wenn sie von außen nicht so aussehen, und bis wir das gemerkt haben, hatten sie schon Nachschub herangeführt. Erst die Stryker mit ihren Bordkanonen haben dem ein Ende gemacht."

„Viele Tote?"

„Auf unserer Seite nicht, Sir. Zehn Mann, soweit ich weiß. Auf deren Seite ist es schlimm." Mc Miller drehte sich um und zeigte auf die völlig zerstörte Farm. „Ich weiß es nicht, aber ich schätze mal, dass da drinnen Dutzende umgekommen sind. Genau kann das aber keiner sagen, weil man nicht mehr hineinkommt. Die Stryker haben alles zerschossen, die Wände und Decken sind zusammengestürzt. Da ist keiner heil herausgekommen."

„Und der Tunnel? Ist der Zugang da drunter?"

„Mit Sicherheit, Sir. Aber da kommen wir nicht ran, jedenfalls nicht ohne schweres Gerät. Das hat aber auch etwas Gutes. Wenn wir nicht rankommen, können sie nicht rauskommen." Mc Miller verzog die Lippen zu einer Andeutung eines Lächelns.

Jackson warf einen Blick in die Umgebung. Alle Gebäude auf dem Gelände waren dem Erdboden gleichgemacht. „Was ist mit den Antennen und den Kommunikationsanlagen?"

„Da ist nichts mehr von übrig, Sir."

„Gut gemacht, Sergeant, sehr gut sogar. Ich werde Sie nach unserer Rückkehr in den Offiziersrang befördern, Sie und Sergeant Fraud ebenso."

Mc Millers Gesicht war anzusehen, dass ihn das freute. „Danke Sir."

„General Jackson!", rief jemand hinter ihm, und er fuhr herum. Der Funker kam angerannt und die Aufregung war ihm anzusehen. „General Jackson", rief er erneut, obwohl er ihn fast erreicht hatte. Dann stoppte er, nahm Haltung an, schaffte es aber nicht, eine ordentliche Meldung zu machen. „Major Murphy, Sir. Major Murphy meldet, dass beide Datenleitungen aus dem Bunker wie geplant durchtrennt wurden."

Lloyd Jackson brauchte einen Moment, um die Bedeutung der Mitteilung zu begreifen. Dann sah er zu dem Schutthaufen, der eine Farm gewesen war. Irgendwo da drunter war ein Tunnel, der direkt in den Bunker führte, und dort im Bunker saßen nun rund vierhundert Menschen, angeführt von einem Geisteskranken, die komplett von der Außenwelt abgeschnitten waren. Eine schreckliche Vorstellung, in so einem Bunker zu sitzen, ging ihm durch den Kopf, und dennoch stahl sich ein Lächeln auf seine Lippen.

Sie hatten es tatsächlich geschafft.

Epilog

Einen Monat später

Mechthild Beimer stand auf, trat an das Fenster und sah auf den Rathausplatz. Drüben beim Brunnen lärmte das Notstromaggregat. Die Schläuche pulsierten beim Pumpen regelmäßig. Dutzende Menschen standen an den Wasserhähnen, mit Kanistern, Flaschen und Eimern. Sie kannte nicht ein Gesicht, alles Fremde. Sie schlang die Arme um sich. Ihr Büro ließ sich nicht heizen. Wenn es noch kälter würde, dann musste sie sich einen anderen Ort zum Arbeiten suchen. Das würde nicht leicht werden. Klingenbronn war voller Menschen. Seit zwei Wochen strömten sie herbei. Der befürchtete ganz schlimme Ansturm war bisher zwar ausgeblieben, aber auch schon wenige Hundert Menschen pro Tag brachten alle an die Grenze der Leistungsfähigkeit.

Man führte die Leute zunächst zum Gemeindehaus, wo man sie registrierte und versorgte. Dann ging es zum Impfen, wofür man das Erdgeschoss eines gegenüberliegenden Geschäftes ausgeräumt hatte. Die Wissenschaftler des RKI waren den ganzen Tag damit beschäftigt, und Frau Dr. Leussink kümmerte sich um die, die andere medizinische Probleme hatten. Viele waren das nicht, denn die wirklich Kranken waren längst tot, oder nicht mehr in der Lage, sich auf den langen Weg nach Klingenbronn zu machen. Dennoch gab es inzwischen einige, die ein Krankenbett brauchten. Ihr nächstes Problem. Sie überlegte, die Sporthalle zu reaktivieren.

Wenn man die Menschen geimpft hatte, musste man für Unterbringung sorgen. Die wenigsten wollten sich sofort auf den Rückweg machen. Der größte Teil der Leute war froh, irgendwo angekommen zu sein, wo es Hilfe und Gemeinschaft gab. Wahrscheinlich waren sie hier der letzte Teil Deutschlands, der halbwegs funktionierte. Also brachte man die Leute in die leer stehenden Häuser, organisierte Lebensmittel und Wasser. Nicht mehr lange, und die Stadt war voll. Das hatte aber auch etwas Gutes. Es herrschte wieder Leben, und es war kein Problem, Helfer zu finden. Viele boten sich an, erleichtert und froh, wieder eine Aufgabe zu haben.

Es herrschte eine seltsame Mischung aus Hoffnung und Verzweiflung. Ein Großteil der Überlebenden war traumatisiert. Die schrecklichen Ereignisse, der allgegenwärtige Tod, der Verlust geliebter Menschen, all das hatte tiefe Spuren in den Seelen hinterlassen. Entsprechend schwierig war der Umgang miteinander. Ein falsch verstandenes Wort, eine unbedachte Äußerung konnte die schlecht verheilten Wunden wieder aufreißen.

Man ging sehr vorsichtig miteinander um, tastete sich an den anderen ran, um einschätzen zu können, wen man vor sich hatte, und wie miteinander umgegangen werden konnte. Je mehr Menschen kamen, umso schwieriger wurde es. Und es würden noch viele weitere kommen. Das hier, da machte sich Mechthild nichts vor, war erst der Anfang. Was würde aus ihrer geliebten Kleinstadt werden? Ihr graute davor.

Auch kamen immer noch Delegationen aus der ganzen Welt. Nicht mehr viele, und in erster Linie nur Wissenschaftler und Ärzte. Das Militär war größtenteils abgezogen, und das war auch gut so. Mit Grauen erinnerte sich Mechthild an das Verhalten der russischen Soldaten, die sich fast ein Gefecht mit den Franzosen geliefert hatten. Aber auch das war vorbei und nur mehr die Bundeswehr half und sorgte für Schutz und Ordnung.

Es klopfte an der Tür. Sie drehte sich vom Fenster weg und ging zu ihrem Schreibtisch. Noch bevor sie Platz genommen hatte, wurde geöffnet und Norbert Brandtner sah sie fragend an.

„Sie sind ja doch da", sagte er, kam rein und schloss die Tür hinter sich. „Ich dachte schon, Sie wären wieder unterwegs. Ich muss mit Ihnen wegen der Unterbringung sprechen."

Mechthild seufzte. Sie und Brandtner hatten sich aneinander gewöhnt, anders konnte man es nicht nennen. Freunde waren sie ganz sicher nicht geworden, dazu waren ihre Persönlichkeiten viel zu verschieden, und dazu überschnitten sich ihre Aufgaben und Kompetenzen zu oft. „Setzen Sie sich. Was kann ich für Sie tun?", fragte sie.

„Ich brauche mehr Häuser, Frau Bürgermeisterin", antwortete Brandtner und fläzte sich auf den Stuhl direkt gegenüber dem Schreibtisch. „Wir kommen in spätestens einer Woche an unsere Grenzen, wenn wir nichts Neues auftun. Es gehen viel weniger wieder nach Hause, als gedacht."

„Die haben kein Zuhause mehr, Herr Brandtner. Und wir haben keine Kapazitäten. Sie kennen meine Meinung, aber ich sag es Ihnen nochmals: Ich werde niemanden zwingen, Fremde in sein Haus aufzunehmen. Außerdem, und auch das wissen Sie, würde uns das nur kurzfristig helfen. In drei Wochen säßen wir wieder hier und Sie fordern mehr Wohnraum. Irgendwann ist halt Schluss. Das hier ist eine Kleinstadt." Sie sah sich seine Reaktion kurz an. Aber außer einem genervten Gesichtsausdruck war dem Staatssekretär nichts anzumerken. Also fuhr sie fort. „Ich mache das nicht. Punkt! Gehen Sie nach Gießen, gehen Sie nach Wetzlar. Da haben Sie Platz für Zehntausende, hier nicht."

„Aber wie soll ich denn die Infrastruktur dort auf die Reihe bekommen?"

„Fragen Sie die Bundeswehr oder machen Sie es mit Leuten hier aus der Stadt. Tun müssen Sie es ohnehin. Ob jetzt oder in wenigen Wochen. Was ist denn mit Berlin?"

„Schmidt kann uns nicht helfen, Frau Beimer. Wir haben bekommen, was da war, mehr geht nicht. Zumal sie in Berlin nun selber damit beschäftigt sind, einen Neuanfang zu planen. Schmidt will ein Versorgungszentrum aufbauen, wie auch immer."

„Dann schicken Sie die Leute von hier nach Berlin. Die Stadt ist schließlich groß genug, Hunderttausende aufzunehmen."

„Das sind fünfhundert Kilometer."

„Es gibt noch Pkw und Busse, Herr Brandtner."

„Jaja."

Mechthild schlug wütend auf den Schreibtisch. „Ich warne Sie, wenn wir nicht anfangen, wieder Menschen hier rauszuschaffen, dann haben wir bald eine Katastrophe. Wie viele sind überhaupt unterwegs? Weiß man da jetzt mehr?"

Brandtner zuckte mit den Schultern. „Nicht wirklich. Zwar haben uns die Amerikaner Zugang zu einem Satelliten beschafft, aber wir haben nicht die Möglichkeit und die Fachleute, das alles auszuwerten. Auf jeden Fall sind Tausende unterwegs."

„Toll, Herr Brandtner."

„Ihr Sarkasmus hilft mir nicht weiter, und wenn ich in Gießen anfange, etwas aufzubauen, dann muss ich hier Menschen und Gerät abziehen."

„Soll das eine Drohung sein? Lächerlich. Nehmen Sie, was Sie brauchen, an Material wird es ja nun wirklich nicht mangeln."

Norbert Brandtner stand auf. „Ich sehe schon, das hat keinen Zweck mit Ihnen."

„Im Gegenteil! Ich sage Ihnen doch genau, was zu tun ist. Leider reichen meine Befugnisse nicht über die Grenzen dieser Stadt hinaus."

Er lächelte spöttisch, schüttelte den Kopf und ging zur Tür. „Sie machen es sich zu einfach", sagte er zum Abschied und verließ grußlos das Büro.

Mechthild blieb wütend zurück. Sie atmete einmal tief durch und ließ sich nach hinten fallen, bis ihr Rücken an die hohe Lehne des gepolsterten Drehstuhls stieß. Das Gespräch mit Brandtner über die Zukunft der Stadt war nicht das erste und würde auch nicht das letzte sein. Ihre Vorstellungen darüber, wie es weitergehen musste, gingen auseinander. Dabei war für sie die Sache klar. Es konnte nicht nur um die kommenden Wochen gehen, bis man alle geimpft hatte, sondern man musste weiter planen, längerfristig etwas aufbauen. Dazu hatte Brandtner ganz offensichtlich keine Lust. Wahrscheinlich wollte er nur schnellstmöglich zurück nach Berlin. Dabei würde es Monate und Jahre dauern, eine neue Gesellschaft zu formen, neue Städte aus den alten zu entwickeln, wieder ein Leben aufzubauen, das zu leben sich lohnte. Sie würde sich dieser Aufgabe stellen, aber nur hier, in Klingenbronn, für das sie die Verantwortung trug.

***

Alex fror wie ein Schneider. Ein scharfer kalter Wind wehte über das Flugfeld der Andrews Air Base. Schnee lag auf der Betonpiste, wo nicht geräumt worden war. Eilig hastete er hinter Captain Kisner her auf das Mannschaftsheim der Basis zu.

Die Ostküste der USA hatte einen frühen und heftigen Wintereinbruch erlebt. Ein Blizzard hatte sich zwei Tage ausgetobt und ein Schneechaos hinterlassen. Es war kaum noch möglich, von A nach B zu kommen. Man musste schon in einem Räumfahrzeug unterwegs sein oder in einem Panzer. Alex war heute zum ersten Mal in so einem Ding gefahren und es war laut, kalt und ungemütlich gewesen. Aber der Stryker kam durch, und das war alles, was zählte, denn er wollte nach Hause. Seit drei Wochen war er in den USA, um General Jackson und Mike Chastain bei der Produktion eines Impfstoffes zu helfen und mittlerweile hatte er genug. Außerdem vermisste er Tine.

Kisner hielt ihm die Tür auf, und Alex eilte ins Warme. Er schüttelte sich, stampfte den Schnee von den Schuhen und zog sich dann die Handschuhe aus. „Man ist das kalt."

„Das ist doch gar nichts", antwortete Kisner und ging an ihm vorbei den Gang entlang. „Wenn Sie mal einen Winter im Mittleren Westen hinter sich haben, können Sie mitreden. Vorher nicht."

Sie erreichten eine weitere Tür und dahinter den Aufenthaltsraum mit der angeschlossenen Kantine. Alex lief zielstrebig Richtung Essensausgabe.

„Ich dachte, Sie wollten abnehmen."

Er sah Kisner an. In den letzten Wochen waren sie Freunde geworden, trotz aller Unterschiede. Gemeinsam waren sie zusammen mit vier von Alex' Kollegen in die USA geflogen, wo Kisner umgehend zum Captain befördert worden war und eine kleine Einheit von dreißig Soldaten erhielt, deren einzige Aufgabe es war, die Wissenschaftler zu schützen. Zusammen mit Mike Chastain, einigen amerikanischen Ärzten, Chemikern und Biologen hatten sie dann in der Nähe von Baltimore ein Pharmawerk aufgetan, das ihren Ansprüchen genügte, und umgehend mit der Arbeit begonnen. Jetzt waren sie an einem Punkt angelangt, an dem die Amis alleine weitermachen konnten.

„Ich fange gleich mit der Diät an, wenn ich wieder zurück in Deutschland bin", antwortete er.

„Wäre es nicht schlauer, damit bis nach Weihnachten zu warten?", fragte Kisner mit einem sarkastischen Lächeln im Gesicht. „Immerhin sind es nur noch ein paar Wochen bis dahin, und Sie wissen, wie schwer es ist, an den Feiertagen Disziplin zu halten."

„Jaja, verarschen kann ich mich selber", antwortete er, schnappte sich ein Tablett und suchte sich ein Frühstück zusammen. Das Angebot war überschaubar und bestand in erster Linie aus Notrationen der US-Army. Zwar gab es auf Andrews eine Küche und sogar einen Koch, aber dessen Möglichkeiten waren angesichts des Mangels an frischen Lebensmitteln überschaubar. Alex bediente sich, nahm noch einen Becher heißen Tee, dann machte er sich auf die Suche nach einem Fensterplatz.

Draußen hingen die Wolken tief, brachten aber keinen Schnee mehr. Die B-17 Globemaster stand abflugbereit auf dem Vorfeld, einige Techniker liefen um das Fahrwerk herum und machten eine letzte Inspektion. Die Gangway war bereits an die Maschine gefahren worden, die Flugzeugtür aber noch geschlossen. Auf der Start- und Landebahn unmittelbar vor dem Tower räumten zwei Army-Laster mit Schneepflügen. Links und rechts der Bahn türmte sich das Weiß über einen Meter hoch. Skeptisch sah sich Alex das Ganze an, dann stellte er sein Tablett ab und setzte sich. „Ob das was wird?"

Kisner schob einen Stuhl beiseite und nahm ihm gegenüber Platz. Er blickte nach draußen. „Angeblich soll der Himmel in einer Stunde aufreißen und bestes Wetter herrschen", sagte er. „Das ist nach diesen Winterstürmen eigentlich immer so. Kalte Luft aus Norden folgt dem Sturm, und dann wird es richtig frisch. Minus zehn und tiefer."

„Gut, dass ich das nicht mehr erleben muss."

„Oh, das ist sehr schönes Winterwetter. Man kann Skifahren oder Motorschlitten. Das haben wir früher viel gemacht. Ich komme ja von den Great Lakes, da gibt es noch viel mehr Schnee als hier, und da hat es auch Hunderte Meilen Pisten für die Schneemobile. Geile Sache, glauben Sie mir."

„Ich mag keinen Winter", sagte Alex, „und jetzt erst recht nicht mehr, wo keiner räumt und man nicht weiß, wie man heizen soll. Wenn ich nur an die Fahrt durch Washington denke." Er schüttelte mit dem Kopf, langte nach der Butter und begann, eine Scheibe Brot zu bestreichen. „Ich meine, da müssen doch noch Menschen leben. Wie sollen die durch den Winter kommen, wo wollen die sich versorgen, wie sich warmhalten?"

„Wir haben einige Rauchsäulen gesehen. Viele Häuser hier haben Kamine, und zum Verbrennen findet man immer was. Ich glaube auch nicht, dass Lebensmittel so schnell ein Problem werden. Vergessen Sie nicht, wie viele gestorben sind. Da draußen liegt noch einiges herum."

„Da würde ich nicht drauf wetten. Jedenfalls möchte ich nicht von Haus zu Haus ziehen, um nach Essbarem suchen. Ungefährlich ist das nicht."

„Nein, sicher nicht. Und im Schnee sind auch alle Spuren sichtbar. Das kann Vor- oder Nachteil sein. Je nachdem."

Alex belegte das Brot dick mit Scheiben von Dosenfleisch, das an Sülze erinnerte. Lecker sah das nicht aus, aber er hatte Hunger. Beherzt biss er zu.

„Der Schnee kommt uns aber auch ganz gelegen", führte Kisner weiter aus. „Wie Sie wissen, haben sich in Oklahoma präsidententreue Einheiten gesammelt und wollen nach Osten vorrücken. Wir haben das verfolgt. Ich hoffe, dass sie sich das nochmals überlegen, jetzt, wo auf den Straßen kaum noch ein Durchkommen ist."

„Schon erstaunlich, dass er immer noch Anhänger hat."

„Im Mittleren Westen war er sehr beliebt."

„Aber jetzt haben seine Anhänger wochenlang nichts von ihm gehört. Warum geben sie nicht auf?"

„Weil sie hoffen. Und deshalb müssen wir sie auch abfangen, bevor sie in die Nähe des Bunkers kommen können."

„Hat er sich noch mal gemeldet?"

„Der Präsident?", fragte Kisner überrascht und zog die Augenbrauen hoch. „Nein, wie denn? Nach dem Ausfall aus dem Bunker vor zwei Wochen, wo sie sich eine blutige Nase geholt haben, ist Ruhe. General Jackson schätzt, dass er keine fünfzig Mann mehr hat, also Soldaten. Den Rest können Sie ohnehin vergessen. Er hat über einhundert Tote bei dem Versuch, die Funkstation zu verteidigen, zu verzeichnen gehabt. Und bei dem Ausfall sind weitere zweihundert umgekommen. Da bleibt ihm nicht mehr viel. Hoffe ich wenigstens. Aber uns kostet es auch viel Kraft, diesen Scheißbunker zu bewachen. Major Murphy geht jedenfalls auf dem Zahnfleisch, so wenige Männer hat er.

Aber wir müssen ihn da drin halten, mit allen Mitteln. Wenn er entkommt, dann kriegen wir einen Bürgerkrieg, das garantiere ich Ihnen."

„Wenn er denn eine Flucht überleben würde", schränkte Alex sogleich ein. „Immerhin wäre er dann dem Virus ausgesetzt."

„Sich anzustecken, ist nicht mehr so einfach, und selbst wenn er nach einer Flucht erkranken würde, so hätte er vorher genug Gelegenheit, alles ins Chaos zu stürzen. An seiner Stelle würde dann ein anderer treten, aber der Schaden wäre angerichtet."

Alex widmete sich wieder seinem Brot und dachte über Kisners Worte nach. Was für ein Wahnsinn. So viele Tote und die Menschen lernten nichts daraus. Statt gemeinsam eine Zukunft zu schaffen, bekämpfte man sich. Er wollte damit nichts zu tun haben, und dennoch war er nun hier, auf einer amerikanischen Luftwaffenbasis am Stadtrand von Washington. Wenigstens hatte er das Gefühl, sich für die richtige Seite entschieden zu haben. Als vor rund einem Monat, gleich nachdem es gelungen war, den Präsidenten und seine Entourage im Bunker zu isolieren, General Jackson mit der Bitte um Hilfe an die Deutschen herangetreten war, hatte Alex lange gezögert. Erst Kisner und dann ein Gespräch mit Mike Chastain hatten ihn umgestimmt. Sein amerikanischer Kollege hatte geschildert, wie er in den Räumen der Georgetown University Mühe hatte, überhaupt etwas herzustellen, und dass es ihm sowohl an Fachleuten als auch an Fachkenntnis mangelte, um eine echte Produktion aufzunehmen. Er hatte sich dann mit Tine beraten, und es war die Menschlichkeit gewesen, die ihn schließlich umstimmte. Er hoffte, dass sich sein Einsatz gelohnt hatte und dass nicht in wenigen Wochen in den USA ein Bürgerkrieg alles nur noch schlimmer machte. Für ihn hätte das eine persönliche Niederlage nach all den Anstrengungen bedeutet.

„Aber der Großteil der Truppen ist doch auf Ihrer Seite", stellte er fest.

„Der regulären Truppen ja", entgegnete Kisner, der nun auch nach einer Scheibe Brot griff. „Insbesondere haben wir dank Admiral Moorer die Navy auf unserer Seite. Das ist die mit Abstand kampfkräftigste Einheit. Nur, was nützt uns das an Land? Sicher werden uns die Flugzeuge der Träger helfen, sobald die Flotte an der Ostküste angekommen ist, aber deren Reichweite ist auch beschränkt. Was mir mehr Sorgen macht, sind die ganzen paramilitärischen Einheiten. Sie haben sicherlich mitbekommen, dass ein gewisser David Hellerston in Iowa eine Republik ausgerufen hat, die sich zum Präsidenten bekennt. Es würde mich nicht wundern, wenn sich noch mehr solcher spontanen und unkontrollierbaren Zusammenschlüsse bilden würden. Das ist eben Amerika. Hier packt man es selber an, wenn es sein muss, und wartet nicht auf irgendeine Behörde, wie ihr Deutschen es tut. Und Waffen hat hier jeder."

„Wir sind zivilisatorisch halt etwas weiter fortgeschritten."

Kisner lacht laut auf. Ein dröhnendes Lachen tief aus seiner breiten Brust. Dann nahm er sein Brot, biss hinein und schaute immer noch amüsiert zu Alex rüber. „Und vergessen Sie nicht die ganzen religiösen Spinner in diesem Land. Die ganzen politisch Radikalen. Die sind insbesondere im ländlichen Raum stark. Ich denke, es wird viel schwieriger als in Europa sein, wieder ein einiges Land aus dem zu machen, was diese Krankheit übrig gelassen hat."

„Ja, das Virus hat die Welt ein für alle Mal verändert."

„Weiß man denn jetzt mit Sicherheit, dass es von den Russen stammte?"

„Den Sowjets", korrigierte Alex. „Ja, daran kann kaum noch ein Zweifel bestehen, nach dem, was General Jackson wusste."

„Wie kann man so krank sein, so etwas zu entwickeln?"

Alex schaute überrascht. „Wundert Sie das wirklich? Alles, was machbar ist, wird irgendjemand auch machen. Und Irre laufen auf der Welt genügend frei herum."

Kisner nickte und wurde nachdenklich. „Ob es den, der diese Waffe geschaffen hat, auch erwischt hat?"

„Kanatschan Alibekow? Er lebte hier in den USA, unter neuem Namen. Wer weiß, vielleicht hat ihn seine eigene Schöpfung getötet?"

Kisner seufzte, sichtbar bemüht, ein anderes Thema zu finden. „Was werden Sie tun, sobald Sie wieder zu Hause sind?", fragte er schließlich.

Was er zuerst tun wollte, das konnte er Kisner wohl kaum sagen, ohne rote Ohren zu bekommen. „Ich denke, ich werde gleich wieder irgendwo eingebunden werden", entgegnete Alex ausweichend. „Es ist noch so viel zu tun, und das wird sich auch so schnell nicht ändern."

„Ja fürs Erste, aber dann? Was schwebt Ihnen auf längere Sicht vor?"

„Das weiß ich nicht. Ich weiß ja nicht mal, wie man sich überhaupt in einer solchen Welt wieder einrichten soll. Mein Job, meine Wohnung, mein altes Leben. Das ist alles unwiderruflich weg. Was dann kommt, mal sehen. Das muss sich ergeben. Und Sie?"

„Ich werde wohl eine neue Einheit bekommen. Wahrscheinlich werde ich es sein, der den präsidententreuen Truppen entgegenzieht."

Alex riss die Augen weit auf. Davon hatte er weder gewusst noch es geahnt. Aber überraschend war es nicht, wenn man die Situation von General Jackson bedachte. Viele fähige Offiziere hatte er nicht, und Captain Kisner war mit Sicherheit einer der besten. „Passen Sie bloß auf sich auf", sagte Alex.

Kisner seufzte. „Das werde ich, aber wird das reichen? Ich will kein Blutvergießen mehr. Erst recht nicht unter

Landsleuten. Irgendwie muss das zu verhindern sein." Er sah aufrichtig zerknirscht aus. Die Stirn in tiefe Falten gezogen, der Blick unbestimmt in die Ferne gerichtet.

„Oh, da kommen die anderen", sagte er plötzlich und Alex schaute nun ebenfalls zum Fenster hinaus. Zwei Radpanzer hielten auf das Gebäude zu, stoppten in zwanzig Meter Entfernung und öffneten ihre Heckklappen. Heraus kletterten seine Kollegen, Frau Memel-Sarkowitz voran, und einige Soldaten. Dann kamen General Jackson und ihr Pilot, Majors Ayers, der die Globemaster hoffentlich sicher zurück zur Ramstein Air Base bringen würde.

„Wir müssen los", sagte Kisner.

Alex sah bedauernd auf seinen Teller und stopfte sich eilig das zur Hälfte gegessene Brot in die Jackentasche. Vor ihm lagen zwölf Stunden Flug mit Zwischenlandung in Island, und es gab mit Sicherheit keinen Bordservice. An Kisners Seite eilte er nach draußen und wurde sofort vom kalten Wind empfangen. Er zog die Jacke enger. Die anderen hatten die Gangway fast erreicht, und er legte etwas Tempo zu.

General Jackson hatte sich zu ihnen umgedreht. Major Ayers war bereits mit seinen Kollegen auf dem Weg nach oben. Alex keuchte von dem kurzen Lauf, als er endlich anlangte. Jackson hielt ihm die Hand hin.

„Dr. Baldau, ich möchte mich vielmals bei Ihnen bedanken. Sie haben uns und unserem Land einen großen Dienst erwiesen."

Alex bekam trotz der Kälte warme Ohren. Mit Lob hatte er noch nie umgehen können. „Keine Ursache, General. Das war doch selbstverständlich."

„Das war es ganz und gar nicht, besonders, wenn man bedenkt, was Ihnen von Truppen der US-Army zugefügt worden ist."

Darauf wusste er nun nichts mehr zu entgegnen und drückte Jackson die Hand. Dann drehte er sich zu Captain Kisner, der breit grinsend das Ganze beobachtet hatte. Der Abschied von dem Kerl fiel ihm schwer, auch wenn er zu genau den Truppen gehörte, die der General soeben erwähnt hatte.

„Machen wir es kurz", sagte Kisner. Dann zog er ihn an sich und drückte ihn, dass Alex die Luft weg blieb. „Ich bedanke mich auch bei Ihnen, und nicht nur wegen dem, was Sie hier getan haben. Ich hoffe, wir sehen uns wieder. In unbeschwerten Zeiten."

„Das hoffe ich auch." Betreten schaute Alex zu Boden. Mit emotionalen Situationen wie dieser kam er schlecht zurecht. „Und passen Sie auf sich auf."

Kisner zwinkerte ihm zu und gab ihn frei. Alex stieg die Gangway hinauf, warf, oben angekommen, noch einen Blick in die Runde und winkte Kisner und Jackson ein letztes Mal. Dann trat er durch die Tür in das Flugzeug, das ihn hoffentlich in ein besseres Leben bringen würde.

Nachwort und Danksagung

Wie immer, wenn man ein Buch abgeschlossen hat, bleibt vieles ungesagt. Im Entstehungsprozess sortiert man aus, gliedert, konzipiert. Das Eine findet Eingang in die Geschichte, etwas anderes fliegt raus. Für Manches ist dann plötzlich kein Platz. Ich habe in meine Geschichte eine Reihe von Tatsachen einfließen lassen, will aber hier noch mehr Hintergrundinformationen liefern.

Die Geschichte der Ebolapocken beruht auf wahren Begebenheiten und hat einen realen Hintergrund. Wie ich dem ersten Kapital vorangestellt habe, kam Anfang der Neunziger tatsächlich ein Mann aus der ehemaligen Sowjetunion in die USA und berichtete, dass er die Ebolapocken, diese Schimäre aus zwei der tödlichsten Krankheiten, die wir kennen, selbst geschaffen habe. Dieser Mann war Kanatschan Alibekow. Er existiert wirklich, und er war tatsächlich Direktor von Biopreparat, der wichtigsten Behörde für biologische Kriegsführung in der Sowjetunion seit den 1970er-Jahren.

Kanatschan Alibekow wurde in dem Teil der Sowjetunion geboren, der heute die selbstständige Republik Kasachstan darstellt und wuchs in Alma-Ata auf. Er studierte Militärmedizin in Tomsk, wurde Arzt, Mikrobiologe und Biowaffenexperte. Bereits in seiner ersten Stelle nach dem

Studium, in der Stadt Omutninsk, entwickelte Alibekow Nährmedien zur Züchtung und Massenherstellung von als Biowaffen geeigneten Bakterien. In den Folgejahren durchlief er viele Positionen und stieg dabei stetig in der Hierarchie auf, bis er es zum Direktor von Biopreparat brachte. Damit hatte er eine Position erreicht, die ihm einmalige Kenntnisse und Einsichten in alle damals in der UdSSR durchgeführten Experimente mit biologischen Waffen gab. Und das waren einige.

Denn Biopreparat war eine geradezu gigantische Institution, mit zeitweise mehr als 60.000 Mitarbeitern. In mindestens 18 Forschungseinrichtungen und Zentren, arbeitete eine Armee von Wissenschaftlern und Technikern. Es war zu seiner Zeit weltweit führend in der Entwicklung neuer Biowaffentechnologien. Man erforschte dort nachweislich Krankheitserreger wie Milzbrand, Pocken, Pest, Q-Fieber und eben auch Ebola, und das wohl besonders intensiv. Die Ebola-Viren hatte man sich ganz offiziell in einem wissenschaftlichen Austausch zwischen einer weißrussischen Forschungseinrichtung und einem belgischen Institut für Tropenmedizin beschafft.

Im Westen blieb das Treiben von Biopreparat lange unbemerkt, trotzt der teilweise haarsträubenden Unfälle und dem laschen Umgang mit hochgefährlichen Stoffen in der Sowjetunion. Erst Ende der 80er Jahre kamen die USA nach und nach dahinter, was alles in sowjetischen Laboren zusammengebraut wurde. Dies geschah durch verstärkte militärische Aufklärung, aber auch durch Überläufer. Alibekow war weder der erste noch der einzige

Wissenschaftler, der sich in den Westen absetzte. Bereits drei Jahre vor ihm war Wladimir Passetschnik in die USA gegangen und hatte mit seinen Enthüllungen für Aufsehen und Entsetzen gesorgt. Denn die Sowjets waren wohl schon Mitte der 80er in der Lage gewesen, aus Ebola-Viren einen Kampfstoff herzustellen, der stabil genug war, um ihn großflächig über feindlichem Gebiet auszubringen. Kanatschan Alibekow bestätigte das 2003 ausdrücklich.

Doch schuf man auch die Ebolapocken? Was die weitergehende Forschung und insbesondere den Erfolg bei der Herstellung hybrider Viren angeht, steht Alibekows Aussage alleine. Er ist auch der Einzige, der von den Ebolapocken berichtete. Darf man seinen Aussagen Glauben schenken? Es würde in die Zeit passen, es wäre technisch möglich gewesen, und es gibt Berichte von anderen geflohenen Wissenschaftlern, dass man an Mischformen zumindest forschte.

Einen tatsächlichen Nachweis der Ebolapocken hat es jedoch nie gegeben, was man aber nicht zu hoch bewerten sollte. Denn zum einen war die Forschung streng geheim, zum anderen fielen die entscheidenden letzten Jahre von Biopreparat in eine chaotische Zeit, in den Zusammenbruch der UdSSR. Damals herrschte Chaos, auch in den Einrichtungen von Biopreparat. Was zu diesen Zeiten genau geschah, ist nie offiziell aufgearbeitet worden, was angesichts der Art der Forschung und der hergestellten Waffen aber nicht überraschend ist. Tatsache ist, dass die Ergebnisse der sowjetischen Wissenschaftler sehr begehrt waren und auch die Amerikaner versuchten, an Erzeugnisse und Erkenntnisse der Sowjets zu kommen. Viele Produktionsstätten wurden damals geschlossen, einige lagen in Gebieten, die heute zu selbstständigen Nachfolgestaaten gehören. Was genau aus den gigantischen Beständen aus biologischen Waffen geworden ist, ist ein großes Geheimnis. Vieles dürfte in die Hände der Russen übergegangen sein. Aber auch alles? Dass damals Bestände einfach so verschwanden, war ein offenes Geheimnis. Wo sind diese Stoffe heute, und was, wenn sie in falsche Hände gelangen?

Aber auch nach dem Zusammenbruch der UdSSR ging und wahrscheinlich geht die Forschung an Biowaffen weiter. Sicher ist, dass die Arbeit am Kampfstoff Ebola auch nach dem Untergang der Sowjetunion fortgesetzt wurde. Dies ergibt sich aus der späteren Veröffentlichungspraxis einschlägiger russischer Wissenschaftler. Sicher ist ebenfalls, dass nicht nur die Russen heutzutage in der Lage wären, ein solches Virus herzustellen. Die Fortschritte in der Gentechnik und Mikrobiologie waren seit Ende der 80er enorm. Auch die Amerikaner wären dazu in der Lage. Denn sie verfügen in den Hochsicherheitslabors des CDC in Atlanta ebenfalls über Pockenviren. Aber sowohl die Russen als auch die Amerikaner würden derart brisante Informationen nie öffentlich machen. Man kann also nur hoffen, dass es nie zur Schaffung der Ebolapocken gekommen ist und nie dazu kommt. Noch mehr hoffen muss man, dass eine solche Waffe nie in falsche Hände gerät oder bei einem Unfall frei gesetzt wird. Sicher ist das nicht.

Wenn man die letzten Worte getippt und das Buch abgeschlossen hat, bleibt übrig, was keine Verwendung fand. Das war im Fall von *Global Killer* eine Menge. Wenn ich mir all die Notizen, Skizzen und Schmierzettel anschaue, dann kristallisiert sich heraus, wie sehr eine Geschichte ein Eigenleben entwickelt, wenn man sie erzählt. Mehr unbewusst als gewollt trifft man eine Auswahl, und jede Entscheidung für einen Erzählstrang erfordert unvermeidlich Konsequenzen für andere. Und auch wenn die Geschichte des Buches einen realen Hintergrund hat, bleibt *Global Killer* ein Roman. Ich habe die Realität manchmal bewusst etwas verzehrt.

Abschließend möchte ich mich bei all denjenigen bedanken, die mir bei der Arbeit an diesem Buch so wertvoller Dienste geleistet haben. Zunächst, Frau Heinen, für das Korrektorat. Dann für das Lektorat, Marion Pielseike , auf die ich einfach hören muss, schon allein weil ich so viel Respekt vor ihr habe.

Ich danke den Ärzten und Mikrobiologen, die sich die Zeit für mich genommen haben. Danke für die endlosen Diskussionen, hilfreichen Hinweise und die Beratung, die mir sehr weitergeholfen hat.

Vielen Dank auch an meine Testleser, die ich hier nicht alle nennen kann und natürlich und eigentlich in erster Linie: Danke an meine Familie.

Wer mir schreiben will, kann dies gerne tun:
volker.paffen@gmx.net

.

ÜBER DEN AUTOR

Volker Pfaffen ist Bücherwurm seit frühester Jugend. Schon in der Kindheit war die Stadtbücherei sein Lieblingsort. Erste eigene Texte entstanden in seiner Jugendzeit, blieben aber unveröffentlicht, da er sich Studium und Familie widmete. Geblieben ist aber immer die Liebe zu Geschichten und dem Geschichtenerzählen. Heute lebt Volker Pfaffen in Südwestdeutschland mit Frau, Kind und Hund und schreibt, sobald er Zeit dafür findet.

Weitere Bücher von Volker Pfaffen

Eine verheerende Grippewelle schwappt von Asien aus um die Welt. Die Zahl der Erkrankten steigt rasant, und auch junge und gesunde Menschen sind von dem Virus betroffen. Aber nicht die Krankheit selbst ist das größte Problem, sondern deren Folge: Die Angst.

Berlin 2038. In einem heruntergekommenen Hotel wird ein
junger Mann ermordet. Kommissar Haiser ahnt von Anfang
an, dass sich der Fall schlecht entwickeln wird. Was sich
anfangs wie eine Beziehungstat ausnimmt, entwickelt sich
zu einem komplexen Verwirrspiel, in das mächtige
Organisationen verwickelt sind. Zwischen alle Fronten
geraten, will Haiser nur noch unbeschadet aus der Sache
herauskommen. Doch das ist alles andere als einfach.

Seit Jahren geht Ludgers Leben einen geregelten Gang. Zuverlässig aber abgestumpft lebt er seinen Trott, bis die internationalen Finanzmärkte kollabieren. Hilflos muss er mit ansehen, wie die gewohnte Welt um ihn herum im Chaos versinkt.

Als sich abzeichnet, dass er nicht nur seinen Job verlieren wird, sondern auch noch seine Familie, macht er sich auf die Suche nach seiner Tochter und sich selbst und erlebt ein Land im Niedergang.

Printed in Poland
by Amazon Fulfillment
Poland Sp. z o.o., Wrocław

68039332R00327